포스트식민시대의 디아스포라 문학

이 저서는 2007년 정부(교육과학기술부)의 재원으로 한국연구재단의
지원을 받아 수행된 연구임(NRF-2007-361-AM0059)

Diaspora Literature in the Post-colonial Era

포스트식민시대의 디아스포라 문학

중국문학의 새로운 지형도와 북미 화인화문문학

고혜림 지음

學古房

서문을 대신하며...

이 세상을 살아 온 수많은 사랑하는 아버지의 이름들과
그리고 그들이 눈물로 이룩해 온 지금까지의 문화와 역사의 토대 위에서
나와 우리 모두 오늘을 또 무사히 살아가고 있음을 감사하며,
그들을 추억하고 그리워하고 사랑하는 마음을 담아
이 책의 서문을 대신합니다.

목차

제 1 장 포스트식민시대의 도래와 중국문학의 다변화

지금 이 시대는 많은 사람들이 국경을 넘어서 더 나은 곳을 찾아 떠나고 있다. 이 사람들은 이주를 통해 행복을 추구해가는 가운데 새로운 정체성이 구축되는 색다른 경험을 하게 된다. 인간이 보다 더 살기 좋은 곳을 찾아 거주지를 이동하는 것은 인류 초기부터 시작된 인간의 근원적 욕망이었다. 아리안 족의 대이동이나 앵글로 색슨 족의 이동 뿐 아니라 메이플라워 호를 탄 젊은이들, 유대인의 이동 등 새로운 공간을 찾아 떠나는 일은 범세계적인 일이었다. 미국의 역사가 시작된 이래 유대인의 미국으로의 유입에 이어 가장 많은 인구의 이주는 미국을 향한 중국계 사람들의 대이동이 대표적이다.

문학에 있어서도 경계를 넘어서는 것은 작가의 국경 넘기도 포함하는데 작품 창작의 소재와 주제의 경계 넘기에까지 나아간다. 현 시점에서 중국문학을 전공하는 중국대륙 학자들의 고민은 경계 내에 치중되었던 문학연구를 중국대륙으로만 국한하지 않고 어떻게 타이완과 홍콩, 동남아시아 등지를 아우르면서 포괄적인 의미로 방향을 전환할 것인가 하는 점이 되었다. 그리고 이러한 경향은 한국의 중국문학 연구자들 사이에서도 활기를 띠고 있으며 새로운 관심 분야로 주목받고 있다. 중국대륙에서의 소위 '세계중국문학' 논의는 저변에 문학을 이용한 정치적 이데올로기의 선전 및 홍보가 동반되고 있다. 중국대륙은 관방, 정책적 차원에서의 활발한 연구서 출간 및 학술대회를 장려하고 있는 상황이다.

중국대륙에서 진행되는 세계중국문학 논의의 대상과 이 책에서 다루고 있는 대상은 중국대륙, 타이완, 홍콩, 마카오 이외의 중국계 사람들에 대한 문학으로 그 소재는 동일하지만 대상을 바라보는 관점은 상이하다. 여기서는 세계 도처에 흩어져서 각자의 문학세계를 구축하여 그 안에서 인간을 논하고 나아가 세계를 바라보는 화인들 중에서 북미와 연관된 화인 작가들의 문학을 다루고자 한다. 그리고 이를 위해서 디아스포라의 개념에서부터 출발하게 된다. 가야트리 스피박(Gayatri Chakravorty Spivak)의 말처럼, 이제는 정말로 "문화연구와 소수인종 연구가 부상하고 있으며 이미 존재하고 있는 다문화주의적 비교문학과 경계선 넘기에 의해 경계선은 벌써 넘게 된 지역학에 대한 윤곽을 보게 되는 시대"[1)]가 되었다.

한국에서 디아스포라를 주제로 하고 있는 학술논문은 주로 신학에서 성서연구와 유대인 디아스포라 연구에서 시작된 것으로 보인다. 그러다가 차츰 인문학 쪽에서도 초국가적 문학들의 탄생과 국경을 초월한 작가들의 등장으로 디아스포라의 개념을 적용하고 있고 그 영역을 확대해나가고 있다. 디아스포라는 역사적으로 대문자인 'Diaspora'라고 표기하여 팔레스타인 또는 이스라엘 밖에 거주하는 유대인들을 가리키는 고유명사로 사용된 것으로, 그 시작은 유목민 혹은 유대인의 대탈출로부터 기인한다. 그러다가 1990년대를 지나 디아스포라에

1) 가야트리 차크라보르티 스피박 지음, 문학이론연구회 옮김, ≪경계선 넘기-새로운 문학연구의 모색≫, (경기: 인간사랑, 2008), p.66.

대한 논의가 활발해지면서 이 용어는 단순히 유대인들만의 이산의 경험을 일컫는 것으로부터 다른 민족들의 국제적인 이주나 망명, 난민과 이주노동자, 민족공동체 및 문화적 차이와 정체성 등을 아우르는 포괄적인 개념으로 확장되어 쓰이게 되었다.[2] 현대에 이르러서는 정치적 난민과 같이 타의에 의해 이주를 강요당한 이들은 물론이고 자본과 노동의 필요에 따라 자발적인 이주를 통해 새로운 삶을 꾸려나가는 이주자들도 포함하는 것으로 의미가 확대되고 있다. 이용일은 "이주현상의 중심에는 이주를 감행하고 많은 선택의 지점들에서 결정하고 협상하며 더 나은 삶을 추구했던 행위주체로서의 이주민들이 자리한다."[3]고 설명한다. 여기에 덧붙여 그가 서평으로 다룬 원저의 저자인 크리스티안 하지크(Christiane Harzig)가 ≪What is migration history?≫[4]에서 주장하는 바 중 주목할 만한 것은, "이주현상의 중심에는 이주를 감행하고 많은 선택의 지점들에서 결정하고 협상하며 더 나은 삶을 추구했던 행위주체로서의 이주민들이 자리한다"[5]는 점이다. 그리하여 이주자들의 움직임이 이제는 자발적인 선택의 문제가 될 수 있음을 예고한다.

화인들에 의한 화문문학의 특징을 말하기에 앞서 윌리엄 사프란(William Safran)이 디아스포라를 정의한 부분을 살펴보면 다음과 같다. 첫째, 특정한 기원지로부터 외국의 주변적인 장소로의 이동, 둘째,

2) 윤인진, ≪코리안 디아스포라≫, (서울: 고려대학교출판부, 2004), p.4.

3) 이용일, <학제적 이주연구로서 이주의 역사>, ≪로컬리티 인문학≫8, (부산대학교 한국민족문화연구소, 2012.10), p.250.

4) Chiristianne Harzig and Dirk Hoerder with Donna Gabaccia, ≪What is Migration History?≫, (Cambridge Malden: Polity Press, 2009)

5) 이용일, <학제적 이주연구로서 이주의 역사>, ≪로컬리티 인문학≫8, (부산대학교 한국민족문화연구소, 2012.10), p.250.

모국에 대한 집합적인 기억, 셋째, 거주국 사회에서 수용될 수 있다는 희망의 포기와 그로 인한 거주국 사회에서의 소외와 격리, 넷째, 조상의 모국을 후손들이 결국 회귀할 진정하고 이상적인 땅으로 보는 견해, 다섯째, 모국에 대한 정치적, 경제적 헌신, 마지막으로 모국에 대한 지속적인 관계유지이다.[6] 윌리엄 사프란이 정의내리고 있는 것 중에서 네 번째 부분인 '조상의 모국을 후손들이 결국 회귀할 진정하고 이상적인 땅으로 보는 견해 부분은 화인들의 화문문학의 모든 역사적 세대들에 공통적으로 적용하기에는 무리가 있다. 하지만 이민 1세대의 화인들에게서는 위에서 말한 몇 가지 특징들이 잘 나타나고 있어 참고할 만하다.

이처럼 윌리엄 사프란이 포착한 디아스포라의 특징은 이상의 여섯 가지로 귀납된다. 그런데 이에 덧붙여서 제임스 클리포드(James Clifford)는 "모국으로 귀환하려는 희망을 포기하였거나 또는 처음부터 그러한 생각을 갖지 않은 이주민 집단"도 디아스포라로 간주한다. 흔히 주변인으로 상정될 소지를 다분히 가지고 있는 디아스포라라는 용어는 이들의 지위 상승과 함께 중심 대 주변의 경계의 붕괴에 따른 중심으로의 진출이 아니라 오히려 다중심적 차원에서 이해되어야 한다. 그러므로 "폭력적으로 자신이 속한 공동체로부터 이산을 강요당한 사람들 및 그들의 후손"[7]이라는 범주 규정은 확대가 가능하다. 이와 같은 규정에 근거하여 화인 디아스포라 역시 확대된 의미의 디아스포라로 정의하도록 한다. 이들은 외양적으로 드러나는 신체적 차이

---

6) Diasporas 1 (1) (1991), pp.83-99, 윤인진, <디아스포라를 어떻게 볼 것인가>, ≪문학 판≫, 2006년 봄호, (서울: 열림원, 2006.3), p.160에서 William Safran에 대한 부분을 참고.

7) 서경식, ≪디아스포라 기행: 추방당한 자의 시선≫, (서울: 돌베개, 2006), p.14.

로부터 언어적 차이의 이질성을 극복해야할 필요와 요구를 동시에 느끼게 된다. 대체로 새로운 언어를 얼마나 빨리 습득할 수 있느냐 하는 문제가 중요하다. 그리고 이주를 겪게 되면 그들의 기존의 삶의 양식과 경유지로서의 거주국에서 겪게 되는 새로운 삶의 양식이 공존한다는 것을 경험하게 된다. 그러나 순식간에 기존 삶의 방식과 습관들을 단절시키고 새로운 거주국의 것으로 전환하는 것은 불가능하다. 그들은 다양한 형태의 혼종적 환경에 노출되어 자신들의 정체성을 형성하는 중요한 요인이 되는 여러 층위의 혼종화 과정을 겪게 된다. 따라서 '화인 디아스포라문학은 이주를 경험한 화인 디아스포라들이 혼종화 과정을 겪으며 새로운 정체성을 형성해가는 문학'으로 정의할 수 있는 것이다.

디아스포라문학을 키워드로 하고 있는 국내 200여 편의 논문의 대다수가 기존에는 종교와 신학에 관련한 것이었다. 그러다가 1990년대 이후로 계속해서 점차 높아지고 있는 마이너리티 문학과 문화 연구에 대한 연구 열기에 힘입어 최근 몇 년 간은 문학과 문화 방면에서의 디아스포라 연구가 활발히 진행되고 있는 것으로 보인다.

디아스포라에 관한 논의들은 이제는 특정한 소수 집단들만의 문제가 아니라 근대 이후의 보편적인 삶의 문제와 연관되어 등장한 것으로 보아야 한다. 나아가 세계화와 더불어 전 지구적이고 전 방위적이며 전 계층적으로 확산되고 있는 이산과, 이러한 이산을 둘러싼 다양한 문제들을 새롭게 조명하고자 하는 일환으로 디아스포라문학은 대두된다.[8] 이와 같은 상황 속에서 디아스포라를 조명하는 것은, 이산의 문제에 관한 한 시대와 장르를 초월하여 디아스포라 논의가 가장

8) 정은경, ≪디아스포라문학≫, (서울: 이룸, 2007), pp.13-14 참고

분명한 논리를 제공하게 될 것으로 본다. 그리하여 세계적으로 거대 집단인 중국인들이 대서양을 건너 북미 지역으로 나아간 역사를 세기적인 이산, 즉 디아스포라의 한 흐름으로 읽어내고자 한다.

여기서 집중하여 살펴보게 될 북미 지역은 18세기부터 타대륙으로부터의 새로운 이민이 이루어졌고 다문화적 토대가 형성되어 온 곳이다. 이민의 역사 속에서 중국의 문화와 서구 문화는 자연스럽게 서로 영향을 주고받게 되었고 특히 북미 지역의 화인 디아스포라는 그 자체로 나름의 역사성을 확보하게 되었다. 이 책에서 '화인'으로 지칭하는 사람들은 기본적으로 중국대륙과 타이완, 홍콩, 마카오 이외의 지역에 거주하면서 이주를 경험한 사람들을 아우르는 말로 사용하고 있음을 미리 밝혀둔다. 화인의 정의에 대해서는 단순히 중국인을 광범위한 의미로 지칭하는 기존의 인식과는 달리 학문적 연구의 범주에서 해석해야 한다. 따라서 화인에 대한 기존의 인식이 대체로 '화교'에 치우쳐 있는 한국인들의 사고의 틀 속에 새로운 의미로서의 '화인'이 자리할 수 있도록 다시 정의를 내릴 필요가 있다.

1. 화인화문문학의 정의와 범주

화인화문문학과 더불어 디아스포라문학에 대해 본격적으로 논의하려면 우선 그 범주부터 설정해야 할 것이다. 그러나 세계 도처에 산재하는 디아스포라문학은 그 다종다양한 문화적 배경으로 인해 작가와 작품의 정체성 또한 복잡한 양상을 띠고 있다. 따라서 화인화문문학과 디아스포라문학의 범주를 정립하는 것부터가 결코 쉽지 않은 일이다. 앞으로도 일정 기간 동안 디아스포라문학 또한 자국의 문학과 이주국의 문학의 경계에서 맴돌게 되고 그로 인해 타자화 될 가능성을 잠재적으로 내포하고 있는 것도 사실이다. 이러한 디아스포라문학 연구에 있어서 여러 각도에서 논의들이 진행되고 있지만 그럼에도 불구하고 이들이 공통적으로 가지고 있는 공감대는 분명히 존재한다.

화인 디아스포라들의 문학에서 나타나는 현상과 이들 문학을 소비하고 수용하는 과정에서 나타나는 일련의 사건과 현상들은 앞으로의 화문문학 연구에서 논의될 만한 중요한 시각들을 보여주고 있다. 그리고 화인 디아스포라문학 연구는 단순히 중국문학의 영역 확장이나 새로운 담론의 모색이라는 이유에 의해서가 아니라 보다 현실적이고 실체적인 요구에 의해서 우러나오는 것으로 보아야 한다.

화인 집단은 이민자 집단들 가운데서도 비교적 오랜 역사를 지니고 있는 디아스포라 무리 중의 하나이다. 디아스포라는 과거 유대민족의 강제이주로부터 유래된 말이지만 현대에 이르러서는 그 의미가 확대되면서 더욱 광범위한 이주를 경험한 사람들을 가리키는 말로 사용되고 있다. 이들은 민족적, 집단적 정체성에서 개인적 정체성으로의 이행 과정을 거치게 되는데 이러한 과정은 디아스포라 연구의 근간이 되는 전제조건으로 작용한다. 이를 화인 디아스포라에게 적용하면, 중화주의적 독단을 경계하는 동시에 화인 디아스포라문학의 문학적, 문화적 가치를 그 자체로 수용하고 인식하는 방향으로의 전환을 가능하게 한다. 화인화문문학에서 이민 1세대에서 시작된 문화적 갈등과 그로 인한 자기 정체성에 대한 고뇌는 이민 2, 3세대 문학 창작의 토양이 되었다.

이 책은 지역적 범위를 북미 지역으로 한정하고 있다. 허세욱의 말과 같이 이 지역의 문학작품들은 일종의 분명하고도 특징적인 경향을 띠고서 발전해가는 과정에 있다. 허세욱은 남북미와 호주, 유럽지역의 화문문학과 더 일찍이는 주류와 지류로 나뉘었던 각 지역의 문학 작품들은 점차 노스탤지어 문학, 디아스포라문학, 유학생 문학의 형식으로 생산되었다고 분류한다. 더불어 그 문학은 삶에 충실하고 현실적이며, 그들의 감성 코드는 해당 지역에서 이미 '횡적인 발전'을 계속해왔다고 말한다.[9] 허세욱의 글에서 언급된 '횡적인 발전'은 화인 디아스포라문학을 논함에 있어서 일종의 실마리를 제공하고 있다. 이것은 화인 디아스포라문학이 중국대륙 문학과의 분명한 차이와 특수성을 전제로 하고 있다는 의미이다. 화인화문문학을 논함에 있어 북미 지역을 그 연구대상으로 삼는 것이 적합한가에 관한 문제는 이 지역의 이민의 역사와도 밀접한 관련이 있다. 이 점에 대해서는 이후 자세히 언급하기로 한다.

데이비드 펜드리(David Pendery)는 "1800년대 중반부터 미국으로 이주해온 중국인들은 그들의 가족에게 돌아갈 생각으로 자발적으로 왔다.[10]"고 하며 이를 북미 지역으로 향한 화인들의 이주의 시작으로 바라보고 있다. 무엇보다도 북미 지역 자체가 이주와 이민의 기반 위

---

9) 至于南北美洲、澳洲、歐洲地區的華文文學，還早於辯清主流與支流，他們在産生懷鄕文學、流浪文學、留學生文學，他們的文學充實於生活的，現實的，但他們的華文感性，已有一層距離。因而可以說他們在海外形成了橫的發展，却與中國靠近的東南亞不同了。東南亞主要的華文文學地區，已經易地生根，他們離開了祖先的母土，越來越遠，對土生土長的地方認同方深，中國與海外華文文學在內容上，似乎有「遠交近功」的現象。허세욱, <華文文學與中國文學>, ≪중국어문논총≫10집, (서울: 중국어문연구회, 1996), pp.201-212.

10) Chinese people immigrating to the US from the mid-1800s came voluntarily, with plans to return to their families. David Pendery, "Identity development and cultural production in the Chinese diaspora to the United States, 1850-2004: new perspectives", *Asian Ethnicity* Vol.9, No.3, October 2008, p.203.

에 세워진 것이라는 특수한 상황을 감안해야 한다. 게다가 미국과 캐나다는 다른 지역에 비해서 이민도 자유로웠으며 일찍부터 다문화사회, 다인종사회로 발전해왔던 역사를 가지고 있기에 북미 화인화문문학은 연구대상으로서 풍부한 내용을 갖추고 있다.

중국대륙에서는 화인화문문학을 연구하기 시작한 이래로 줄곧 이를 세계중국문학의 일부로 간주해왔다. 그리하여 화인은 곧 중국대륙사람의 연장선상에서, 화인화문문학은 중국대륙 문학의 연장선상에서 언급되었다. 중국대륙의 이러한 이데올로기적 전략에 대해 王潤華는 다음과 같이 주장한다.

> 5·4 신문학 운동을 중심으로 하는 문학관은 식민문화가 주도하는 사조가 되었다. 오로지 중국대륙 중심적 문학관의 인정을 받는 생활경험이나 문학적 기교형식만이 사람들에게 수용이 되어 왔다. 그러므로 새로운 세대의 말레이시아 작가들은 전쟁을 전후하여서부터 오늘에 이르기까지 5·4 신문학의 경전이 되는 어떤 작품들을 모방하고 학습하는 데 힘겨워하고 있다. 중심에서부터 온 '정확성(authenticity)'은 본토작가들이 새로운 제재와 새로운 형식을 탐색하는 것을 가로막고 있는데 그로 인해 별 수 없이 많은 작가들이 멀리 말레이시아 식민지의 생활경험을 쓰게 되는 것이다. [……] 이러한 문화적 헤게모니가 설정한 경전작가와 그 작품들의 규범은 식민 시기부터 오늘날까지 끊임없이 본토문학에 영향을 미치고 있다. 魯迅도 이러한 헤게모니 문학의 하나의 예이다.[11]

---

11) 五四新文學爲中心的文學觀成爲殖民文化的主導思潮，只有被來自中國中心的文學觀所認同的生活經驗或文學技巧形式，才能被人接受，因此不少新馬寫作人，從戰前到戰後，一直到今天，受困於模仿學習某些五四新文學的經典作品。來自中心的眞確性（authenticity）拒絕本土作家去尋找新題材、新形式，因此不少被迫去寫遠離新馬殖民地的生活經驗。[……] 這種文化霸權(cultural hegemony) 所設置的經典作家及其作品規範，從殖民時期到今天，

기존의 화인화문문학 분야에 관한 연구에서는 이른바 海外華文文學, 海外華僑文學, 海外漢語文學, 혹은 世界華文文學 등으로 불리고 있었으며 용어의 사용에 있어서 통일된 합치점은 나타나지 않았다. 앞에 '해외'나 '세계'라는 말이 덧붙여지는 것은 화문문학의 의미를 좀 더 분명하게 만들어주기는 하지만 언어가 중국어로 제한되어 이 경우에는 민족이나 인종에는 차별을 두지 않기 때문에 중국어로 된 문학작품은 모두 여기에 포함된다. 그러므로 화문문학의 의미는 언어와 어종적(語種的)인 측면에서 살펴본 중국문학을 의미하게 된다. 海外華僑文學이라고 하면, 중국어로 창작활동을 하는 외국인 작가군의 소속이 불분명해진다. 그렇다고 해서 海外華文文學이라고 하면 중국과 해외를 구별하기 때문에 중국과 해외중국문학을 포괄하기에는 한계가 있을 뿐만 아니라 중국대륙의 정치적 이데올로기를 반영한 용어라는 색채를 띠게 된다. 중국대륙 중심의 문학 중 하나라는 전제에서 시작하는 海外華文文學이라는 용어를 한국인 학자가 필터링없이 그대로 가져다 쓰는 것도 문제의식의 결여 혹은 연구자로서의 방임을 의미할 수 있다. 그러므로 여기서는 이러한 명명법을 지양하고자 한다. 중국어로 작품창작을 하는 것을 모두 포괄하여 화문문학이라고 하는 경우에도 白杰明(Geremie R. Barme), 葛浩文(Howard Goldblatt), 馬漢茂(Helmut Martin), 許世旭, 山本哲也(やまもと てつや), 今富正巳(イマトミ マサミ), 胡志明(Hồ Chí Minh), 黃文歡(Hoàng Văn Hoan) 등의 문학작품마저 여기에 포함시켜야 할 것이다. 그리하여 화문문학의 앞에 가장 적절한 수식어를

繼續影響著本土文學。魯迅便是這樣的一種霸權文化。王潤華, ≪華文後殖民文學——本土多元文化的思考≫, (臺北: 文史哲出版社, 2001), p.139.

첨가하는 것이 요구되는 시점에서 여기서는 김혜준의 견해에 따라 華人들의 華文으로 된 문학 작품을 '화인화문문학'이라고 붙여서 부르고 용어에서 드러나는 바대로 그 범위를 화인들의 화문문학으로 한정시켜서 일관되게 사용하도록 한다.

'화인화문문학'이라고 하게 되면 세계 각지 중국인들의 문학작품을 동시에 아우를 수 있을 뿐만 아니라 '華人英文文學' 혹은 '華人韓文文學', '華人日文文學' 등과 같이 어떠한 언어로 창작되었는지에 따라서 분류할 수도 있다. 화인들에 의해 창작된 여러 언어를 통합적으로 다룰 수 있게 된다면 앞으로 화인화문문학과 화인영문문학, 화인한국어문학, 화인일문문학 등을 통해 화인 디아스포라문학에 관한 일반적인 특징을 도출하는 것도 가능할 것이다.

≪文化的華文文學≫에서 彭志恒, 趙順宏 두 사람은 지금까지의 민족주의와 민족 문화를 바탕으로 한 '어종적 화문문학'은 앞으로 '문화적 화문문학'으로 기본개념에서부터 방법론과 목적의 수정이 필요하다고 하였다. 이는 제대로 된 화문문학을 연구하고 그 문학적 기본가치의 발견과 향후의 적극적인 활용을 위해서 필수불가결한 이행의 과정이 될 것이라고 주장하고 있다.[12] 두 사람은 '어종적 화문문학'이라는 명명법에 대한 적합성과 기존의 연구방식에 의문을 제기하는 것으로 서두를 여는 한편, '어종적 화문문학'이 갖는 태생적 한계를 짚어내고 있다. 이들은 '어종적 화문문학'이 필연적으로 띠게 되는 특성이 단순히 언어적인 측면과 민족주의적 요소의 조합에서부터 출발한 것이므로 민족주의적 성향이 강조될 수밖에 없으며 혹은 최소한

12) 莊園 編, ≪文化的華文文學≫, (汕頭: 汕頭大學出版社, 2006)에서 彭志恒, 趙順宏의 글을 참고.

그러한 성격을 지닐 수밖에 없게 되므로 한계를 가지고 있다고 지적한다. 따라서 앞으로 '문화적 화문문학'으로 연구의 시작을 전제하고 그 토대에서 방법과 목적을 이행해야 함을 주장한다. 그들의 주장에 따르면, '어종적 화문문학'은 중국대륙이 민족주의를 강화하기 위해 세운 문화적 전략의 산물이다. 그러므로 문학의 비교적 '순수한' 입장에서의 연구와 발전을 위해서, 또 무엇보다도 화문문학 자체를 바로 바라보기 위해서는 '어종적 화문문학'이라는 기존 연구의 틀을 벗어나야 한다고 말하고 있는 것이다.

彭志恒, 趙順宏은 "문화적 화문문학이라는 관념 속에서 문화학으로 존재하는 화문문학은 전체적으로 보이게 될 것이고, 그 독립성과 자족성 또한 충분히 존중받게 될 것이다. 그것은 더 이상 어떤 문화주의적인 전략을 생성해내는 수단이 아니라 그 자체로 독립적인 존재가 되어 그 본연의 풍부한 함의를 드러내며 연구될 것"[13]이라고 말한다.

문화적 화문문학 역시 외국을 끌어와서 자신을 강화하는 것을 목적으로 삼고 있다는 한계를 지니고 있음에도 불구하고 몇 가지 부분에서 참고할 만한 주장들이 엿보인다. 우선 다원 문화 속에 탄생한 화문문학과 다원 중의 일원 속에서 탄생한 중국문학은 그 태생부터 다르다는 점[14]이다. 그렇기 때문에 기존의 연구방식으로는 문화학적 의의

---

13) 而在文化的華文文學這一觀念里，作爲文化學存在的華文文學將被整個地看到，它的獨立自足性也將得到合適的尊重，它將不再是某個文化主義大謀略的打造手段，而是組身成立的存在，它將向研究活動展示來自其本身的豊富的內涵。莊園 編, ≪文化的華文文學≫, (汕頭: 汕頭大學出版社, 2006), p.143.

14) 用時髦的話說，華文文學發生於地道的多元文化環境，而後者的發生地則是多元中的一元，因而用基于中國新文學的標准、趣味以及批評方式處理華文文學旣不公平也不合法。若頑固地堅持這種做法，則華文文學不但會被壓迫成中國文學的附庸(有些硏究者不正是這樣看的麽?!)，而且文本本身含有的豊富的文化學意蘊勢必被掩盖起來。莊園 編, ≪文化的華文文學≫, (汕頭: 汕

라는 측면에서 논의할 수 없는 근본적인 한계를 지니고 있다는 것과, 다른 하나는 대상 혹은 텍스트의 겉/표상/외형을 단순히 비평하는 수준으로밖에 목적을 이룰 수 없다는 점이다. 창조력이나 내재적인 비판의 현실적 장치 및 환경이 마련되지 않은 '어종적 화문문학'의 치명적 결함들을 극복하기 어렵기 때문에 '문화적 화문문학'으로 이행해야 한다는 주장인 것이다.

> 어종적 화문문학은 창조성이 결여된 개념으로 선천적으로 결함을 가지고 있다. 이런 개념을 통해서는 단편적인 외부적 정황만을 파악하게 되며 동시에 화문문학을 일종의 양적인 집합의 개념으로 다루게 되어 화문문학의 총체적인 의미는 묻혀버리게 된다. 그러므로 그것은 연구의 흐름을 대상의 깊은 곳으로까지 이끌어줄 수 없게 된다. 이는 곧 우리가 던지고 있는 아주 중요한 의문에 이르도록 한다. '화문문학은 도대체 무엇인가? 어떠한 개념이 가장 적절하고 분명하게 가장 엄격한 의미라는 측면에서의 '본질'을 구분해 낼 수 있는가?' 이에 관해서 우리가 제시할 수 있는 것으로는 문화학적 존재로서의 화문문학을 의미하는 '문화적 화문문학'이 가장 적합한 대답이 될 것이다. 앞서도 말했지만, '어종적 화문문학'은 '어종'에 근거해서 새롭게 쓴 것이지 '화문문학'이 중심이 된 것이 아니다. 이와 정확하게 대비되어, 문화적 화문문학은 바로 '화문문학'의 토대 위에 새롭게 쓴 것이다. '문화적 화문문학'에 대해서 말하자면, 그 추구하는 목표가 화문문학의 외부적 상황에 있다. 이 개념에 있어 '문화적'이라는 수식어는 주로 지향과 암시를 의미한다. 그것은 이론적 토대를 마련하는 데 있어 연구의 사유를 대상의 내부로 이끄는 역할을 함으로써 문화학으로 존재하는 '그 자체(화문문학 그 자체)'에 대해 신뢰할 만한 서술을 가능하게 할 것이다.[15]

頭大學出版社, 2006), p.147.

彭志恒, 趙順宏은, 이처럼 강력하게 문화적 화문문학으로의 이행을 주장함으로써 점점 활기를 띠어가고 있는 화문문학 연구뿐만 아니라 기존의 편향된 연구경향과 방법론에 다른 시각을 제시하고 있다. 그들의 주장에 따르면, '어종적 화문문학'을 주장하는 것은 결국 중국대륙으로의 귀결이라는 당연한 결과를 내포하고 있다. 이것은 중국대륙이 전략적이자 정치적으로 반복해서 인식되기를 바라는 정형화된 틀 속으로의 삽입을 의미할 따름이다. 하지만 이 두 사람의 문화적 화문문학도 결코 중국대륙 중심주의로부터 자유롭지 않다는 점을 기억해야 할 것이다. 그러므로 두 사람의 견해를 참고하되 특정한 정치적, 사상적 압력 또는 헤게모니나 이데올로기로부터 자유로운 객관적 시각을 견지하며 앞으로의 화교문학 또는 화인문학을 연구하고자 한다. 그리하여 이들 문학에 대한 용어를 화인화문문학이라고 지칭하고 그 문학적 성격 측면에서 기존의 중국대륙의 문학과 다른 방향과 전제에서 출발하는 것으로 정의를 내리려는 것이다.

한편 이와 함께 연구되어야 할 부분은 화인화문문학에 나타나는 디아스포라들의 정체성 문제에서 두드러지게 드러나는 상실과 소외, 그

15) 語種的華文文學是一種缺乏創造力的概念, 它具有先天性缺陷。這種觀念所看到的只是一些零散的外部情況, 它所看到的華文文學只是一種量的集合, 而於華文文學的整體內質却杳燃不聞。因而, 它不可能引導研究思維向著對象的深處行進。這就向我們提出了一個十分嚴肅的問題: 華文文學到底是什麽? 怎樣的觀念才能最好地切中其最嚴格意義上的"本身"? 對此, 我們直截了當的回答是: "文化的華文文學"是對作爲文化學存在的華文文學的最恰當的陳述。前面說了, "語種的華文文學"重心在"語種", 而不在"華文文學"; 與此正相反, 文化的華文文學則把重心落在"華文文學"上。對於"文化的華文文學"來說, 追問的目標是它的外部情況。這一觀念的前綴"文化的"主要是一種引 領, 一個暗示, 它在理論籌劃中的作用是, 將研究思維引向對象內部, 以便對其作爲文化學存在的"自身"進行可靠的描述。莊園 編, ≪文化的華文文學≫, (汕頭: 汕頭大學出版社, 2006), p.150.

리고 저들이 추구하는 이상향에 대한 문제와 디아스포라의 혼종성에 관한 것이다. 이와 관련하여 3, 4, 5, 6장에서 구체적인 작품의 분석을 통해 화인 디아스포라 작가들에 의한 화인화문문학의 큰 특징들을 검토해볼 수 있을 것이다.

화문문학의 정의에 대해서는 김혜준의 <화인화문문학 연구를 위한 시론>을 참고할 수 있다. 김혜준은 중화권에 속하지 않는 중문학 연구자들이 어떻게 편향되지 않은 시각을 유지하면서 새로운 문학연구의 지평을 열 수 있는지에 대한 방향을 제시하고 있다. 그 중에서도 화문문학을 화인 디아스포라문학으로 규정할 수 있는가 하는 문제와 화문문학 명명에 있어서 그 앞에 '화인'을 붙여서 '화인화문문학'으로 명명하는 것이 연구와 분석적 측면에서 효율적임을 보여준다.

> 화인의 성격을 좀 더 분명히 지칭하기 위해서는 화인 디아스포라라고 부르는 것이 좀 더 적확할 수 있으며, 그들의 문학 역시 화인 디아스포라문학이라고 부르는 것이 더 적절할 수도 있겠다. [……] 근래에 와서 이 새삼스럽게 발견되고 새롭게 부상하고 있는 문학 내지 문학 현상의 개념과 범주가 아직 확정되지 않은 상태에서, 일단은 잠정적으로나마 '화인문학', '화인화문문학' 등으로 부르는 것이 더욱 실용적이라고 생각되는 것이다.[16]

중국은 한족 중심에서 벗어나 '화인'이라는 용어를 고안해내는 한편 '화문문학'을 중국문학영역으로 끌어들이기 위해 끊임없이 노력하고 있다. 이를 통해 중국대륙의 바깥에 있는 중국인들을 현지부적응자로 규정하게 되는데 이런 중국대륙의 입장을 비판 없이 수용한다면

16) 김혜준, <화인화문문학 연구를 위한 시론>, ≪중국어문논총≫제50집, (서울: 중국어문연구회, 2011.9), pp.80-81.

사용언어만 달라졌을 뿐 같은 내용의 주장을 반복하는 것과 같다. 그 대신 화인화문문학으로 정의하게 되면 문학 주체는 물론 문학의 대상 언어까지 함께 정의내릴 수 있다. 따라서 '화인 디아스포라문학' 대신 '화인문학' 혹은 '화인화문문학'으로 부르는 것은 연구의 효율성과 실용성을 고려할 때 적절하다고 본 바, 마찬가지로 위 규정에 따라 '화인화문문학'의 정의와 범주를 획정하고자 한다.

뚜렷한 규모와 성격을 갖춘 대표적인 화인화문문학의 집단은 동남아와 북미에서 주로 나타나고 있다. 현재의 상황을 보면 크게 동남아 지역은 말레이시아, 싱가포르, 태국, 베트남, 필리핀 등을 묶어 동남아 화인화문문학[17]으로, 북미 지역은 그 자체로 북미 화인화문문학으로 묶어 연구가 가능하게 된다.

> 중국 디아스포라의 주체들은 유대인이나 흑인들처럼 그들의 고국의 정체성 혹은 귀향의 목적성에 대한 도전들과 대면한 적이 결코 없었다. 중국이란 민족국가는 의문의 여지없이 오랜 세월 역사적, 정치적, 문화적 실체로 확립되어 왔고, 그래서 중국 디아스포라 주체는 자신의 디아스포라 경험들을 관련지을 수 있는 명확하게 정의된, 온전한 민족을 가지고 있다. Ang의 글을 살펴보면 다음과 같다. '중국 문명이 발원하는 하나의 중심, 문화적 중심이라는 개념은 —이른바 중화주의적 복합체—는 중국의 역사적 상상력 속에 확고

17) 동남아 화인문학은 한국인들에게 여전히 상당히 낯선 부분이다. 지금까지 동남아의 중국인, 화교, 화인 등, 사실상 대중 독자들에게는 비슷비슷한 용어의 사용으로 느껴질 수도 있지만 분명하게 그들을 중국인으로 지칭할 수 없는 이유도 존재하며, 화교라는 명명도 이 책에서 설명되는 것과 같이 가장 적합한 이름은 아니라는 것을 알 수 있을 것이다. 동남아 화인문학 중에서도 말레이시아의 화인화문문학을 참고하고자 한다면 황진수 외 저, 고혜림, 고운선 역의 ≪물고기뼈: 말레이시아 화인 소설선≫(서울: 지만지, 2015)를 통해 약간의 방향성을 설정할 수 있을 것으로 짐작한다.

히 자리잡고 있다. 요컨대 비록 중국 자체의 내부적인 정치적 사건들에 의해 수차례 유사한 수준의 위기를 느꼈다고는 하지만, 중국 이민자들은 자신들의 고국을 잃을지도 모른다는 위협이 결코 없었다. 그리하여 일시체류 중국인이 몇 년 뒤 고향이나 집으로 돌아가려고 하든(대개는 그럴 수 있다), 혹은 정치적 여건 때문에 귀향이 지연된다고 하더라도 그것은 일시적인 것이라는 의미에서든 되는 중국인의 귀향의 목적은 단지 지연될 뿐이다.[18)]

북미 지역의 화인들이 African American이나 유대인과 다른 큰 차이점은 데이비드 펜드리의 말처럼, 그들이 중화주의－여기서는 Central Country complex인데, 중국대륙 중심주의에 영향을 받는 일종의 강박관념이라는 의미를 담고 있다－라는 심적 중심을 유지하면서 더불어 돌아갈 수 있고 영원히 그곳에 존재할 고향/조국이 있다고 믿는 점이라고 설명하고 있다. '화인 디아스포라'는 확장된 범주를 포

18) Chinese diasporic subjects never had to face the challenges to their homeland identity and teleology of return that Jews and blacks did. The nation-state of China is without question a long-established historical, political and cultural entity, and thus Chinese diaspora subjects have always had a clearly defined, intact nation to relate their diaspora experiences to. Ang writes that 'the notion of a single center, or cultural core, from which Chinese civilization has emanated—the so-called Central Country complex—[is] deeply entrenched in the Chinese historical imagination. In short, there was never for Chinese immigrants any true threat of loss of their homeland, although they may have felt something akin to this at various times, because of political conditions in China. Thus, the Chinese teleology of return was only deferred—either in that the Chinese sojourners fully intended to return to home and family in a few years (and were largely capable of doing so), or in that, if a return was delayed because of political conditions, this would only be temporary. David Pendery, "Identity development and cultural production in the Chinese diaspora to the United States, 1850-2004: new perspectives", *Asian Ethnicity* Vol.9, No.3, October 2008, pp.204-205.

괄하는 개념으로 이해되어야 한다고 규정한 점에서 그의 주장은 긍정적으로 수용될 필요가 있다. 이에 비해 중국대륙의 시각에서는 중국대륙의 문학을 중심으로 설정하고 해외 중국문학, 해외 화예문학(華裔文學)을 변방 혹은 경계나 주변에 배치시키는 방식으로 화인 디아스포라문학을 다루고 있다. 그리하여 지역적인 구분을 넣기도 하지만 기본적인 사고는 타이완과 홍콩은 중국대륙에 속해 있고 그들 스스로 해외라고 부르는 문학들도 모두들 중국대륙에 최종적으로 귀속될 목적성을 가지고 있는 시각에서는 이견을 갖게 된다.

19세기 중엽 이후 본격화되었던 이민 물결과 더불어 세계 각지에 산재하는 중국계 해외 이주자인 화인 인구의 급격한 증가는 과정과 규모 및 성격의 차이에도 불구하고 '그 자체의 문학 활동과 창작이 전개된 것은 당연'[19]하다. 화인 인구가 세계 각지에 집단을 이루어 거주하고 있지만 비교적 현저한 궤적을 남긴 곳이 동남아와 북미 지역임을 강조한 다음의 문장을 살펴보도록 하자.

> 북미의 화인화문문학은 동남아의 그것과는 또 다른 길을 걷는다. 19세기 중엽 이래 20세기 초엽까지는 거의 자체적인 문학 활동이 없었던 화인노동자(쿨리)들의 시기였다. 그 이후 20세기 전반 주로 중국 신문학에 관여했던 胡適, 陳衡哲 등에서부터 林語堂, 梁實秋 등까지 1세대 유학생 시기, 20세기 중반 한편으로는 叱咤社 등 다수 문학단체를 중심으로 항일문예활동을 전개하는 등 중국의 사회 상황에 주목하면서 다른 한편으로는 순문학지 ≪華僑文陣≫ 등을 중심으로 차츰 자신들의 화인 생활에 관심을 갖기 시작했던 시기, 20세기 중후반 이 지역 화인화문문학의 독자성이 확립되어

19) 김혜준, <화인화문문학 연구를 위한 시론>, ≪중국어문논총≫제50집, (서울: 중국어문연구회, 2011.9), p.83.

가던 가운데 뿌리 없는 유랑감, 역사적 상실감, 현실적 소외감, 문화적 곤혹감을 표현했던 白先勇, 於梨華, 聶華苓, 葉維廉 등 주로 타이완 출신 2세대 유학생이 주도하던 '臺灣文群'의 시기, 20세기 말엽 차이나타운 하층 화인의 삶을 다룬 黃運基, 劉荒田 등 이른바 '草根文群'과 전지구화 상황 속에서 경계인 주변인으로서 디아스포라의 삶을 더욱 복합적으로 보여주기 시작한 嚴歌笭, 張翎 등 주로 중국대륙 출신 3세대 유학생이 대거 등장한 '新移民文群' 시기에 이르기까지 대단히 다양하고 역동적인 과정을 겪었으며, 오늘날에는 세계 각지의 화인화문문학 중에서 동남아의 그것과 더불어 가장 규모가 크고 활력이 넘치는 면모를 보여주고 있다.[20]

이처럼 북미 지역의 화인화문문학은 그 자체로 하나의 역사를 이루어 현재에 이르고 있고 지명도 있는 작가들의 문학 활동이 활발하게 지속되고 있다. 시기별로 보았을 때도 이민 2, 3세대들 간의 활동이 문학단체들을 구심점으로 하여 서로 교류하고 있다는 점에서 중요도가 높다. 북미 화인화문문학은 특수한 성격을 띤 새로운 중국문학의 지평을 열어주고 있다는 측면에서 살펴볼 수 있다.

북미 화인화문문학, 동남아 화인화문문학, 유럽, 일본, 호주 등지의 화인화문문학이 각각 거점이 되는 지역을 수식어로 달고서 연구될 수 있는 근거는 다음과 같다. 무엇보다도 화인 집단과 거주국의 문화, 사회, 정치적인 관계가 상호 밀접하게 관계를 맺고 있다는 점이다. 김혜준의 글에서 나타난 바와 같이 어쩌면 이주자의 규모와 시기, 기간과 같은 외재적인 조건들보다 실제로는 '화인 이주자 집단 자체와 그들이 거주하고 있는 사회와의 관계가 가장 큰 영향을 미친 것'[21]이 정

20) 김혜준, <화인화문문학 연구를 위한 시론>, ≪중국어문논총≫제50집, (서울: 중국어문연구회, 2011.9), pp.83-84.

당할지도 모른다는 점은 진지하게 고려되어야 한다.

개별 작가의 작품/텍스트가 지닌 고유의 복잡한 성격 외에도 거주국에서의 수용과 해당 언어가 사용되는 출신국에서의 수용의 측면에서도 다양한 해석이 가능해진다. 복잡한 언어적 문화적 배경을 가지고 있는 화인 디아스포라문학에 대한 기존의 연구들은 비교적 단순한 시각 속에서 진행되어 왔다. 이것이 좀 더 보편적인 세계문학의 차원에서 논의되려면 그것은 "문학 자체의 심미적 측면에서의 연구, 역사적 텍스트라는 부분에 집중한 연구와 더불어 문화적 측면까지 포함하는 연구"[22]로 발전해야 할 것이다.

2. 화인화문문학 연구의 목적과 방법

화인화문문학의 몇 가지 특징들은, 언어상의 이유뿐만 아니라 그들의 문학이 해당 지역의 사회역사적, 문화적 영향과 필수불가결한 위치에 놓여 있다는 점에서 화인 디아스포라문학의 기본적인 특징들과 공통된 부분이 있다. 중국대륙은 중국대륙 중심주의적 경향을 분명히 드러내고 있으며, 다문화·다민족에 대한 오랜 이산의 역사를 가지고 있는 북미 지역에서도 자국 문학의 한 장르로서 'ethnic literature' 혹은 아시아계 미국인 문학으로 분류하고 있는 현 상황에서, 북미 화인

21) 김혜준, <화인화문문학 연구를 위한 시론>, ≪중국어문논총≫제50집, (서울: 중국어문연구회, 2011.9), p.85.

22) 김혜준, <화인화문문학 연구를 위한 시론>, ≪중국어문논총≫제50집, (서울: 중국어문연구회, 2011.9), p.108 참조.

화문문학을 본격적으로 다룰 수 있는 중립적이고 객관적인 접근이 가능한 관점이 필요하다. 중국대륙에서는 화인화문문학을 속문주의 원칙에 의해 판단하고 있다. 하지만 이한창의 말처럼 속문주의 원칙은 이미 깨어진 것이며 새로운 틀이 없이는 화인화문문학도 제대로 연구될 수 없다는 점에 주목해야 한다.

> 동포문학에 대한 귀속 문제를 검토할 필요성이 대두되는데, 동포문학을 문학의 주체, 내용, 독자층과 문자 등 네 가지 측면에서 살펴보면 한일 양국문학의 성격을 가졌다는 점이 드러난다. 즉, 동포문학은 일본어로 발표되었고, 일본 문학권 속에서 성장했다는 점에서는 일본문학의 성격을 지니고 있다. 그러나 동시에 문학의 주체인 작가들이 우리 동포들이며, 작품 속에 조국의 문제와 민족적인 정서를 담고 있다는 점에서 우리 문학의 성격을 갖고 있다. 이 밖에도 동포문학은 신문학 도입에서 1980년대의 민족문학에 이르기까지 우리문학에 상당한 영향을 남겼으며 동포 작가들이 일본문학으로의 편입을 거부하고 문학을 통해 자신들의 정체성을 확인하려는 사실을 감안할 때, 한국문학의 성격이 선명하게 드러난다. 더욱이 우리 학계에서 한자로 쓰인 한문학을 우리문학으로 편입시킴으로써 문자만을 문학의 귀속요건으로 삼는 속문주의 원칙은 이미 무너졌다. 또 속문주의 원칙에 따르면 아프리카나, 중남미, 동남아시아 등에는 자국 문학은 존재할 수 없고 식민지의 종주국인 영국의 영문학과 프랑스의 불문학만이 존재한다는 해괴한 결과를 가져온다. 그럼에도 속문주의 원칙만을 고집하려는 태도는 식민지 문학을 억압하고 세계 문학을 강대국 중심문학으로 개편하려고 하는 문화 제국주의적인 발상에서 나온 것으로, 극복해야 할 과제라고도 할 수 있다.[23]

---

23) 이한창, <재일 동포문학의 역사와 그 연구 현황>, ≪재일 동포 문학과 디아스포라≫, (서울: 제이앤씨, 2009), pp.17-18.

이 글에서 동포문학을 주변부로 상정하고 그 '귀속문제'를 논하는 것은 이 책이 전하고자 하는 바 중심/주변의 해체라는 주제의식과 다소 차이를 보인다. 이한창의 주장에서 주목할 만한 것은, 속문주의를 고집하여 계속해서 식민지 문학을 억압하는 것이 결코 올바른 자세가 아니며 앞으로의 문학이 나아가야 할 방향은 '세계문학'이자 코스모폴리탄의 진정한 실현이라는 주장이다. 이한창이 속문주의를 비판하는 의도는 언어를 넘어서는 한국문학의 범주 확대를 위한 것이며 이것은 중국대륙에서 속문주의를 강조하여 세계 속의 화인문학도 모두 중국문학으로 편입시키려는 의도와 유사하다. 이제는 중국대륙 중심으로 초점이 맞추어져 있던 시각을 전환하고 중심을 해체하며, 포스트식민주의적 관점에서 제반 문제를 바라보기를 시도하여야 한다. 그러므로 ≪디아스포라문학≫에서 정은경이 주장한 것과 같이 새롭게 자리 잡아 가고 있는 존재형식의 가능성을 탐색한다는 측면에서 화인화문문학의 필요성을 되짚어 볼 수 있다.

> 낯선 곳에서 타자의 언어로 빚어놓은 디아스포라문학을 살펴보는 것은 이산의 기원이 되었던 과거 식민지배와 제국주의를 비롯한 세계사적 면면들을 되짚어 나가는 것이기도 하지만 한편 근대 '이후' 보편적인 삶의 형태로 우리 안에 자리 잡아 가고 있는 존재형식의 가능성을 탐색하는 일이기도 하다.[24)]

디아스포라문학을 연구하는 것에 대해서 정은경은 역사적으로도 의의가 있다고 보고 있다. 그녀의 말은 보편적인 삶의 형태의 하나로 디아스포라를 규정하고 있다는 점에서 긍정적이다. 이 분야의 연구

24) 정은경, ≪디아스포라문학≫, (서울: 이룸, 2007), p.17.

역시 일반적이고 보편적인 삶의 형태라는 측면에서 접근하여 디아스포라의 문학과 디아스포라 집단에 대한 연구로 나아가고자 하고 있다. 화인 디아스포라문학의 연구는 다른 종족에 의한 디아스포라문학 연구에서도 일종의 지표로서의 역할을 수행할 수 있게 될 것이다.

화인화문문학 연구는 포스트식민시대인 21세기를 살아가는 문학 연구자로서 실존적 고민에서 출발하며 관심을 가질 내재적 요소들이 작품 속에 있다는 점에서 주목할 만하다. 이제는 탈중심으로 흩어진 주변들이 다시 주목을 받게 되고 나아가 다시 세계화라는 이름을 달고 중앙무대로 나오고 있다. 이를 위해서 몇몇 작품을 통해 화인화문문학의 디아스포라문학적 특징을 살펴보고 이를 통해 화인 디아스포라들의 심리상태를 진단하며 의미를 분석하고자 한다. 화인 디아스포라들이 경험하게 되는 이주 이후의 상실과 소외, 그리고 화인들이 겪는 언어적 혼종과 문화적 혼종의 경험 및 이민 1세대와 2세대의 차이를 통해서 이들의 문학이 탈경계 문학이자 저항의 담론으로 나아갈 수 있는 가능성을 개진해 보고자 한다. 이를 바탕으로 텍스트 분석에서부터 그것이 지니는 역사성과 문화적 의미에 이르기까지 고찰의 범위를 확대시켜 살펴보게 될 것이다.

디아스포라가 고국/거주국이라는 두 개 이상의 국가의 영토성과 관련이 있으므로 디아스포라 담론이 혼종성을 중심으로 이루어지는 것은 당연한 귀결이라고 할 수 있다. 디아스포라 주체는 혼종적 형태를 구성하는 두 개 또는 그 이상의 복수적 정체성을 갖는다. 디아스포라가 갖는 국가 정체성 역시 고국/거주국이라는 이분법을 뛰어넘어 혼종적이고 복수적인 정체성을 구성한다. 디아스포라 주체가 고국과의 관계 속에서 주체를 상정하는 망명주체나 이민주체, 그리고 거주국의 국가담론 속에서 주체 구성을 상상하는 동화주체와 확연히 다른 지점에 놓이는 것도 바로 고국/거주국을 가로지르며 잉여적으로 발생하는 혼종성 때문이라고 할 수 있다. 하지만 중요한 사실은 디아스포라 담론에서 논의되는 혼종성, 특히 스튜어트 홀(Stuart Hall), 폴 길로이(Paul Gilroy), 리사 로우(Lisa Lowe) 등이 상정하는 혼종성은 데리다의 차연 즉 미결정성의 잉여를 논거로 삼는다는 점에서 호미 바바(Homi K. Bhabha)의 혼종성과 직접적인 연관성을 갖지만, 19세기 식민공간이라는 식민 대 피식민의 틀 안에서 논의된 호미 바바의 혼종성과는 확연한 차이점이 발생한다는 사실이다. 즉 디아스포라 담론에서 논의되는 혼종성은 국가·민족·인종의 경계를 침입하고 횡단한다는 점에서 호미 바바의 피식민 주체의 혼종성과 구별되는 것이다.[25]

> 혼종적인 것은 식민적·토착적 지식을 분절하고 저항의 능동적인 형식을 가능하게 해주는 부분대상(part object)이다. 담론적 개념이라기보다는 하나의 대상에 대한 기술로서, 혼종적인 것은 자신의 창조의 조건들을 변형하는 것으로 볼 수 있다.[26]

화인화문문학 작가들의 소설 속에서 화인 디아스포라 주체의 모습은 어떠한 자화상으로 그려지는지, 그리고 이들이 화인 디아스포라 신분으로서 무엇을 말하고자 하는지를 살펴보는 것으로 이들 디아스포라들이 지닌 혼종성의 특징을 설명하게 될 것이다. 화인화문문학 작가들이 문화적 첨병으로서 중국과 서양을 연결시켜준다는 중국대

---

25) 황은덕, <강용흘의 『동양사람 서양에 가다』에 나타난 디아스포라 주체>, 정진농 편저, ≪미국소수민족문학≫, (서울: 동인, 2010.4), pp.420-421.

26) 김용규 옮김, 로버트 J.C.영 지음, ≪백색신화: 서양이론과 유럽중심주의 비판≫, (부산: 경성대 출판부, 2008), p.371.

륙 중심주의적 견해에 대한 문제 제기인 바 이는 비판적으로 검토될 것이다. 하지만 화인화문문학 작가들이 향후 중국문학의 영역확장이라든지 혹은 중화주의적 전략의 희생자가 될 수도 있다는 점은 충분히 고려되어야 한다.

화인화문문학 중에서도 규모와 성격 및 역사성이라는 측면에서 자기 정체성을 가지고 있는 북미 화인화문문학은 주요한 연구대상이 된다. 그리고 북미 지역 화인화문문학을 네 시기로 나누고, 이 중 1960-70년대를 풍미한 네 명의 소설가들의 작품을 주로 연구의 대상으로 다루게 된다. 이 시기는 역사적으로 이민 1세대가 중심이 되는 초기 화인 디아스포라의 형상이 소설에서 잘 드러나는 시기이다. 지금까지 약 4, 50년의 시간 동안 이들의 작품의 문학성과 정체성에 대한 논의는 상당히 심화되어 왔다.

북미 지역의 화인화문문학 작가들 중에서도 노스탤지어와 고향에 대한 그리움을 표현하고 있는 白先勇, 미국에서의 유학 경험을 자전적으로 풀어낸 於梨華, 타이완과 미국의 문화적 경험과 정체성을 다양한 인물을 통해 생생하게 묘사한 張系國, 떠도는 이방인의 심리를 작품의 시공간의 구성을 통해 섬세하게 묘사한 聶華苓의 작품들을 대상으로 하고자 한다. 이들은 그 자체로 화인 디아스포라문학의 행위자로 인식되어야 하며, 좀 더 정확하게 말하자면 이들의 작품은 화인화문문학으로, 이들 자체는 화인화문문학 작가로 다루어져야 한다. 소설을 분석하는 과정에서 화인 디아스포라들이 겪고 있는 상실과 소외가 어떻게 드러나고 있는지, 그리하여 궁극적으로 그들이 찾아나서는 이상향은 어떠한 형태로 표현되고 있는지 그리고 주인공들이 겪고 있는 혼종화 과정과 문화적 혼종성이 드러나는 방식 등을 고찰하게 될 것이다.

이들은 공통적으로 중국대륙의 기억을 안고 타이완에서 학창시절을 보낸 후, 북미에서 학위를 받고 직업을 가지고 가정을 이룬 북미 이주 중국인, 즉 화인 디아스포라의 신분으로 문학창작활동을 하고 있다. 이들은 작가이자 학술연구자 신분으로 이주하여 유학생 문학의 기반을 닦은 후 지속적인 학술 활동을 통해 점차 세계문학 속에서 자신들만의 독특한 문학을 정립해가고 있다는 점에서 노동자 신분이었던 북미 지역 초기 이주자들과는 확연히 다르다.

북미 화인화문문학을 어떻게 볼 것인가 하는 시각과 관점에 대해서 화문문학에 대한 중국대륙의 연구들은 이들을 어떻게 바라보고 있는가, 그리고 역시 타이완 출신으로 현재 북미 지역의 대표적인 학자가 된 王德威는 또 이들을 어떻게 평가하는가[27], 나아가 지금에 이르러서 이들의 문학을 재조명하는 것은 북미 화인화문문학의 연구에 있어서 어떠한 실마리를 제공할 수 있는가 하는 문제의식의 흐름을 살펴보게 될 것이다. 그런 다음 필자는 한국인으로서 이러한 선행고찰을 바탕으로 북미 화인화문문학과 그 대표 작가들의 작품들을 어떻게 해석할 것인가 하는 문제로 나아가고자 한다.

'정체성'의 사전적인 의미는 변하지 않는 존재의 본질을 깨닫는 것 혹은 그런 성질을 가진 독립적 존재로 정의된다. 전통적인 시대에는 고정되고 견고한 특징의 정체성을 가지고 있는 반면에 지금처럼 시대

27) 王德威는 이와 관련해서 다음과 같이 말한다. "五四(以及五四後)的留學生小說, 上承晚淸留學小說的遺緖, 下開6, 70年代白先勇、於梨華、張系國等人新留學生小說的先河。", 王德威가 말하는 白先勇, 於梨華, 張系國을 중심으로 하는 유학생 소설집단에 聶華苓은 포함되어 있지 않지만 여기서는 화인 디아스포라의 정체성을 규정한 상실과 소외, 혼종성이라는 측면에서 함께 살펴보는 것이 더욱 유의미하다고 판단하였다. 王德威, ≪小說中國: 晚淸到當代的中文小說≫, (臺北: 麥田, 1993), p.246.

가 다변화되고 역할에 대한 요구가 다양화되는 시대에는 한 개인이 여러 가지 정체성을 지닐 수 있게 되었다. 즉 각각의 개인은 자신이 속해 있는 사회 속에서 어떠한 정체성을 구축해야 하는지, 혹은 어떻게 하면 더 나은 정체성을 추구할 수 있는지를 찾아가는 방향으로 움직여 왔다. 따라서 디아스포라는 더 나은 삶을 찾아 이주를 선택하는 사람들로서 현대적 의미로 자신의 삶에 부합되는 정체성을 만들어내기 위해서 이동해 왔거나 앞으로도 그것이 가능한 사람들이다.

이렇듯 화인 디아스포라의 정체성에 관한 것은 그들이 이주를 통해 축적한 문화적 경험들로 구성된다. 그들은 스스로 자신의 정체성을 인식하게 되는 여러 가지 계기들을 통해서 기존의 것을 바탕으로 새로운 것을 받아들여 혼종화된 방식으로 문화적 정체성을 형성해나가게 된다. 따라서 그들은 고정된 하나의 정체성을 가지는 것이 아니라 이동하거나 변화되는 정체성을 가지게 된다. 이러한 움직임은 정체성의 의미의 변화 요구에서 파생되어 새로운 정체성의 출현을 의미하게 되었다. 정체성을 이해하는 데 있어서 기존에 국가나 영토라는 틀로 규정되었던 구성원이라는 의미가 약화되고 종족, 인종, 지역공동체, 동일 언어 사용자들의 공동체 혹은 기타 문화적인 형식에 기초한 새로운 정체성이 그 자리를 대체하고 있다.[28] 화인 디아스포라들의 질긴 삶의 추구 의지 속에 구축된 저들의 정체성은 저만치 다가서 있지만 직접 손이 닿지 않는, 그러나 거칠게는 끊임없이 변화하는 속성으로 이미 파악된 '가변적 정체성'인 것이다.

화인 디아스포라들은 가변적 정체성을 가지고 다양한 문화적 경험

---

28) 이 개념은 김혜준으로부터 비롯된 것이다. 김혜준, <화인화문문학 연구를 위한 시론>, ≪중국어문논총≫Vol.50, (서울: 중국어문연구회, 2011), p.105.

으로부터 습득한 혼종성이 주된 요소로 자리하고 있다. 혼종성의 사전적 의미는 노새, 잡종개 등 이종 간의 교배로 생긴 생물을 의미했다가 점차 개인이나 집단이 새로운 환경에 노출되면서 이질적인 요소가 기존의 요소와 혼합되는 의미로 확대되어 인종간의 혼합까지 수용하게 되었다. 스튜어트 홀은 "디아스포라 경험은 정수 혹은 순수함이 아니라 필연적인 이질성과 다양성을 인식함으로써 또한 차이를 거부함이 아니라 이것을 통한 '정체성'의 개념으로써 혼종성으로 정의 내려진다. 디아스포라 정체성은 변신과 차이를 통해 끊임없이 그들 스스로를 새롭게 생산하고 재생산하는 것이다."[29]라고 디아스포라의 특징을 여지없이 혼종성으로 정의했다. 그리고 디아스포라들의 이러한 혼종성이 내적인 변화는 물론 끊임없는 변화와 재생산의 바탕이 되는 것으로 보고 있다.

호미 바바는 피지배자가 지배자를 부분적으로 닮게 만듦으로서 '혼종성'이 발생한다고 짚어내면서 한편 지배자는 피지배자가 자신을 완전히 닮게 되면 구분이 불가능해지고 이것이 결국 지배가 원활해지지 않는 것을 의미한다고 보았다. 지배자는 자신이 통제하는 권력이 도전받는 것을 방지하기 위해서 완전히 닮는 것은 금지하게 되고, 피지배자는 지배자의 양가적인 요구로 흉내 내기를 하게 된다. 이 과정에서 항상 원형과 다른 차이가 존재하게 되므로 피지배자는 부분적으로

29) The diaspora experience is defined, not by essence or purity, but by the recognition of a necessary heterogeneity and diversity; by a conception of 'identity' which lives with and through, not despite, difference; by hybridity. Diaspora identities are those which are constantly producing and reproducing themselves anew, through transformation and difference. 성정혜, ≪탈식민시대의 디아스포라와 혼종성; 살만 루시디의 『자정의 아이들』, 『수치』, 『악마의 시』≫, (이화여자대학교 영어영문학과 박사학위논문, 2010) p.13에서 재인용.

닮은 혼종이 될 수밖에 없다. 호미 바바의 혼종성은 무의식의 구조에서 작동하는 것이며 간극의 공간에서 지배담론을 불안정하게 하며 그로 인해 지배담론에 균열을 가할 수 있는 것으로 해석된다. 문화적으로 혼종성을 이해할 때 호미 바바의 이론은 적절하다.

호미 바바의 이론 내부에 존재하는 여러 계기들을 구분하여 그 계기를 오늘날 디아스포라적 정체성과 혼종적이고 번역적인 제3의 문화공간을 사고하는 데 적극적으로 활용할 필요가 있다는 점[30]에 필자는 이견이 없다. 하지만 이를 북미 화인들에게 적용시키기 위해서는, 스튜어트 홀과 호미 바바의 혼종성에 관한 정의에 덧붙여 화인 디아스포라들이 거주국에서 적응하기 위해 의식적으로 혼종화 과정을 거친 자발적인 성격을 추가해야 한다.

이러한 혼종적 정체성의 바탕 위에서 텍스트의 심미적인 분석과 역사성, 그리고 이들의 작품에서 읽어낼 수 있는 문화적 함의를 통시적이고도 체계적으로 바라보게 하는 것은 이 책을 통해 북미 화인화문문학의 특징에서 살펴볼 핵심 내용이 된다.

북미 화인화문문학 작가들이 白先勇, 於梨華, 張系國, 聶華苓만 있는 것은 아니다. 캐나다에는 陳浩泉, 葉維廉, 梁錫華, 盧因, 東方白, 李頻書, 梁麗芳, 亞堅, 劉慧琴, 崔維新 등의 화인화문문학 작가들이 있다. 王景山의 ≪臺港澳暨海外華文作家辭典≫에 소개된 북미 지역 화인화문문학 작가들은 미국 74명, 캐나다 11명으로[31] 미국 지역이 압도적으로 많다. 문학단체의 수나 작가들의 작품 활동을 고

30) 김용규, <포스트 민족 시대 혼종과 틈새의 정치학: 호미 바바 읽기>, ≪비평과 이론≫Vol.10 No.1, (서울: 한국비평이론학회, 2005), pp.29-57.

31) 王景山編,≪臺港澳暨海外華文作家辭典≫, (北京:人民文學出版社, 2003.7), pp.1037-1062와 pp.1113-1114 참고.

려할 때도 미국이 더욱 방대한 텍스트를 보유하고 있다. 소설 등 문학이라고 부를 수 있는 본격적인 작품들의 등장은, 이민 1세대 타이완 출신의 작가들을 중심으로 창작되면서였다. 그들의 작품은 중국어로 창작되어 타이완과 중국대륙으로 유입되었고 순수하게 문학적인 측면에서도 다양한 각도로 조명되고 있을 뿐만 아니라 영역되어 읽히기도 하였다. 이 책에서 다루는 네 작가 중에서도 白先勇과 張系國는 타이완 문학사에서 모더니즘 시기의 문학으로 함께 분류되고 있다. 예컨대 타이완에서 발표된 학위논문 중 林家綺의 ≪華文文學中的離散主題：六七〇年代「台灣留學生文學」硏究——以白先勇、張系國、李永平爲例≫[32]와 朱芳玲의 ≪論六、七〇年代臺灣留學生文學的原型≫[33]에서는 이들 작가들을 타이완 출신 유학생 문학으로 분류하여 연구하고 있다. 於梨華와 聶華苓의 경우는 유학생 문학의 대표적인 여성작가로 알려져 있어 이들을 동시대의 다른 작가들과 비교하여 연구하는 것이 일반적이다. 高雄師範大學에서 2000년도 발표된 蔡雄薰의 논문 ≪臺灣旅美作家之留學生小說及移民小說硏究(1960-1990)≫에서도 張系國의 소설을 유학생 소설이라는 각도에서 조망하고 있다. 이 연구에서는 白先勇, 於梨華 등과 더불어 유학생 소설의 핵심 작가 반열에 張系國을 올려놓고 있기는 하지만 화인 디아스포라적 관점에서의 고찰은 발견되지 않으며 문학적 성과를 평가하는 데 치중해 있다.

화인 디아스포라문학이 지닌 다양한 언어적 문화적 정체성의 차이에도 불구하고 그들의 문학에서 보편적이고도 공통된 특징이 나타난

32) 林家綺, 國立淸華大學台灣文學硏究所, 2008년 석사 학위논문.

33) 朱芳玲, 嘉義：國立中正大學中文硏究所, 1995년 석사 학위논문.

다. 잃어버린 고향에 대한 향수가 그것이다. 디아스포라문학에 공통적으로 나타나는 그들의 다양한 정체성은 화인 디아스포라 신분으로서 그들이 겪을 수밖에 없는 필연적인 존재적 문제로부터 발생하여 현실로 드러나게 되는 것으로 보인다. 이들은 고향으로 돌아가게 되더라도 이미 그곳에는 그들이 생각하는 그런 모습이 남아있지 않을 가능성이 크다. 왜냐면 디아스포라 주체들이 생각하는 고국과 고향의 모습은 그들만의 시간 속에 잠들어있는 상상된 공간이기 때문이다. 화인 디아스포라문학 중에서도 화인영문문학에 대한 尹曉煌(Xiao-huang Yin)의 말을 살펴보자.

> 1960년대의 10년은 중국계 미국인들의 문학 판도를 완전히 바꾸어 놓았다. 시민권운동에 의해 촉발된 인종적 평등권을 위한 투쟁이 중국계 미국인들의 민족의식을 고취시키고 있는 동안 새로운 이민법이 미국 내의 화인 인구의 폭발적 증가와 다양성을 낳았다. 반전운동, 페미니즘의 부상, 인종문학 운동 그리고 아시아계 미국인 운동의 출현과 같은 그 10년의 다른 사건들은 미국의 화인작가들의 문학에 영향을 끼쳤다. 더 많은 미국 화인 작가들이 독자층을 넓히고 시야를 넓히고 주제의 관심사를 새롭게 형성하는 문학을 생산해내는 데 적극 참여하게 되었다. 그 결과, 중국계 미국인의 문학은 독특한 새로운 발전 단계로 접어들었다.[34)]

---

34) The decade of the 1960s changed the Chinese American literary scene forever. While the struggle for racial equality initiated by the civil rights movement raised the ethnic consciousness of Chinese Americans, new immigration laws led to a dramatic increase in, and diversity of, the Chinese population in the United States. Other events of the decade, such as the anti-war movement, the rise of feminism, ethnic literary activism, and the emergence of the Asian American movement, also had an impact on Chinese American literature. More Chinese Americans were led to participate in creating literature that had

尹曉煌은 화인영문문학 작가들이 거주국에서 어떠한 방식으로 자신들의 입지를 정립하고 문학의 방향성을 결정했는지에 대해 설명하고 있다. 1960년대 이후 타이완에서 북미지역으로의 유학은 정치적인 상황과 세계적인 추세에 맞물려 당시 타이완의 대학생들에게는 진학을 결정한다면 선택 가능하게 되는 하나의 가능성으로 인식되고 있었다. 즉 타이완이 농경사회에서 급속한 현대화의 진통을 겪던 시기인 1960년대에는 미국의 원조와 후원으로 타이완 사회가 총체적인 변화를 겪게 되었으며 미국의 것은 선진적인 것이고, 미국의 문화는 진보한 문화로 인식되었다. 더욱이 선진학문을 배우기 위해 떠나게 되는 미국 유학의 문이 활짝 열려 있었으므로 자연스럽게 일어난 유학 열기는 한동안 지속되었다. 수많은 지식인들이 미국에서 학문을 하게 되고 이로써 자연스럽게 '유학생 문학'이 탄생되었다. 그래서 타이완 문학에는 1960년대 무렵의 '유학생 문학'이 타이완의 현실을 진단하고 아메리칸 드림을 꿈꾸게 하는 상상의 공간으로 발전한 독특한 경향으로 자리 잡고 있다. 이들은 타이완을 떠나 미국에 자리를 잡게 되면서 유학생에서 이주민으로 신분이 바뀌게 되고 디아스포라가 되는 운명 속에 던져지게 된다. 초기에 이들의 문학작품은 고향에 대한 향수와 그리움의 정서가 작품 전반에 드리워 있었다. 하지만 점차 화인 디아스포라의 특수한 위치를 깨닫게 됨으로써 독자적인 북미 지역의 화인화문문학의 성격을 가지게 되었다.[35] 타이완 문학의 입장에서

---

expanded readership, a broadened scope, and reshaped thematic concerns. As a result, Chinese American literature entered a distinctively new phase of development. Xiao-huang Yin, *Chinese American Literature since the 1850s*, Chicago: University of Illinois Press, 2000, p.229.

35) 王潤華, <後殖民離散族群的華文文學>, ≪文訊≫第189期, 2001.7, pp.64-70 参고.

는 이들의 문학을 '유학생 문학'이라고 분류하여 다루고 있지만 이들의 학술적 배경 및 문학 활동의 바탕과 창작의 결과물은 중국대륙, 타이완, 미국적 요소가 복합된 것으로 보아야 한다. 그렇기 때문에 다양한 문화가 한데 어우러져 반영되고 있는 이들의 문학을 단순히 '유학생 문학'이라고만 부르는 데는 한계가 있다. 따라서 이들을 연구함에 있어 좀 더 넓은 범주와 시각에서 해석하고 이해하는 것이 바람직하므로 화인 디아스포라의 정체성과 화인화문문학의 개념을 적용하여야 하는 것이다.

> 2세대 작가들의 창작 이면에 있는 문학적 감수성을 이해하기 위한 하나의 방법은 그들을 그 시대의 사회적, 역사적인 맥락 속에 놓고 보는 것이다. 그 작가들은 미국화가 진행되고 '중국인의 미국적인 충성'이 강조되는 시대를 살았고, 1960년대 후반의 시민운동에 이어 생겨날 인종적 의식을 내다볼 수 없었을 것이다. 우리는 그들을 역사적 맥락 밖으로 데려가기보다는 그들의 작품을 미국에서 태어난 중국인들이 자기부정에서 자기이미지와 자기의식을 발견해가는 과정을 반영하는 하나의 거울로 간주할 수 있을 것이다. 다문화주의라는 관념은 다문화주의의 개념은 이제는 상식에 불과한 것 같다. 하지만 그들의 시대에 여전히 '용광로'(melting pot)이론'이 사회의식을 압도하고 있었고 그들 역시 '소수인종적 모델'이라는 정해진 역할에 집중하고 있었다. 이러한 사실은 당시의 비평가들에게 무시되었다36)

36) One way to understand the literary sensibilities behind the writing of second-generation authors, however, is to place them within the social and historical context of their time. The authors lived in an era marked by an emphasis on Americanization and "Chinese American loyalty" and could not have foreseen the ethnic consciousness that would follow the civil rights movement in the late 1960s. Instead of taking them out of historical context,

화인화문문학이 문학적 가치와 더불어 더욱 의미를 가지게 되는 것은 尹曉煌이 밝힌 것처럼 그것이 역사적 문화적 맥락에서 해석되기에 충분하기 때문이다. 화인화문문학을 연구함에 있어서 특히 문화학적 시각[37]은 필요하다. 종합적으로 바라볼 때 문화라는 것과 특히 문화적 정체성은 디아스포라에 관한 논의에서 반드시 고려되어야 할 요소이다.

식민시대에는 인종적 우열을 통해 지배와 피지배가 이루어졌다면 포스트식민시대에는 문화를 중심으로 지배담론과 피지배담론이 재현되고 있다. 이로 인해 디아스포라 신분의 화인 작가들이 주류문화 속에 편입될 것을 요구받고 있는 것이 포스트식민시대의 주된 현상 중 하나가 된다. 혼종화 과정에서 혼란을 겪은 것은 디아스포라 작가들에 한정된 일은 아니다. 오히려 전지구화 시대를 살고 있는 모든 사람들이 크든 작든 간에 1차적으로는 문화와 언어의 차이로부터 야기된 혼종화 과정을 겪고 있다. 디아스포라들은 좀 더 민감하게 이러한 경험과 사고의 전환을 요구받고 있다고 볼 수 있다. 따라서 화인 작가들

---

we may regard their work as a mirror, reflecting the process by which native-born Chinese evolved from denial of self to finding a self-image and consciousness. The idea of multi-culturalism seems nothing more than common sense now, but in their era the melting pot theory still dominated social consciousness, and they were preoccupied with their designated role of being a "model minority", a fact that is ignored by some contemporary critics. Xiao-huang Yin, *Chinese American Literature since the 1850s*, Chicago: University of Illinois Press, 2000, pp.120-121.

37) 디아스포라가 새로운 하나의 집단으로 이해되고 연구되고 있다는 전제하에서 이들 자체가 하나의 문화로 해석될 수 있는 충분한 가능성이 있으며 이것은 레이먼드 윌리엄스의 말과 같이 '경험을 공유한 특정한 공동체'로 정의될 수도 있을 것이다. 그러므로 디아스포라에 대한 연구와 디아스포라문학에 대한 연구는 이처럼 특정 공동체의 공통 요소라든가 그들이 겪은 실제적 경험으로 풀이될 수 있다.

은 디아스포라의 혼종성으로 인해 자신들이 단순히 타자로 규정되는 차별을 감내하는 것이 아니라 그 혼종성을 다원성으로 인정받기 위해 스스로 목소리를 내는 주체로 나서고 있다.

식민시대에 국가와 민족 단위의 구분은 갈등을 야기하였다. 포스트식민시대 이전에 혈통, 언어, 문화, 종교, 국가 기준은 만들어낸 이데올로기에 불과하다. 이것들은 베네딕트 앤더슨(Benedict Anderson)이 주장한 상상의 공동체 형태에 가까우며 이런 맥락에서 중화민족이라는 구분도 과도한 강요의 느낌을 주게 된다. 즉 중국대륙을 떠나있던 이민자들의 자연스러운 향수를 일시적으로 확대시키는 효과를 거둘 수는 있다. 그러나 이러한 정서는 강제되거나 요구받지 않을 때 훨씬 더 안정된 삶으로의 이행을 가능하게 해준다. 그러므로 이제 디아스포라를 하나의 거대 현상으로 인정할 때 이들은 출발지였던 고국과 거주국 양쪽에게 환영받게 되고 그 자체로 독립적인 생존가치를 인정받게 될 것이다. 현 시점에서 혼종은 문화가 아니라 국가 단위로 분할되어 있던 사람들을 흔들어놓는 것이다. 베네딕트 앤더슨과 에릭 홉스봄(Eric Hobsbawm)의 주장도 바로 이 국가단위라는 것이 억지로 만들어놓은 것이라는 전제에서 출발하고 있는데, 이러한 인식에서 포스트식민적 관점이 성립한다. 따라서 국가 단위로 인간집단을 구분하는 패러다임은 이제 종말을 맞이했다고 봐도 과언이 아니며 그런 의미에서 현시대를 살아가는 대부분의 사람들은 디아스포라 전단계의 사람들인 것이다. 이처럼 민족과 국가를 뛰어넘는 디아스포라문학 속에 화인문학이 존재하고 그 하위분류로 화인화문문학, 화인영문문학, 화인한국어문학 등등이 규정될 수 있을 것이다. 이제는 화인 디아스포라문학 연구에서 디아스포라 단계에 우려되는 패권주의를 경계하면서 동시에 갈등을 해소할 수 있는 방법을 제시하는 것이 목표이다.

그것은 디아스포라라는 현상이 포스트식민시대에 전지구적으로 발생하는 것임을 이해하여야 하고, 나아가 디아스포라들이 지닌 이질성이 그들의 개별적인 차이임을 받아들일 때 가능해진다.

메리 루이스 프랫(Mary Louise Pratt)은 '접촉지대'라는 용어로 전지구적 현상 속에 발생하는 다양한 공간들을 설명하고자 했다. 만남의 공간으로 정의된 '식민지'는 디아스포라들이 존재하는 곳 어디서나 발견될 수 있다. 지리적·역사적 차별성으로 구분되어 있던 사람들이 서로 만나서 새로운 관계를 맺게 되는 과정에서 '강제, 불평등, 그리고 끊임없는 분쟁'[38]이 야기되었다. 이것은 거주국의 주류문화를 수용하거나 흡수하기를 바라는 양측의 지향과 중첩되어 나타난다. 그리고 이러한 문화가 교차되는 공간에서는 혼종화가 일어난다. 여기서 진행되는 혼종화는 더 이상 국가를 기반으로 한 거대서사가 만들어내는 문화적 통합이 아닌 '제3의 국가'나 경계문화를 만들어내게 된다. 네스토르 가르시아 칸클리니가 주장한 혼종화가 가리키고 있는 두 가지 대상 중 "미국과 국경을 맞대고 있는 멕시코의 티후아나 지역과 같은 경계지역에서 진행되고 있는 이른바 '탈영토화' 과정"[39]은 본 논문에서 다루고 있는 화인 디아스포라들과도 공통점을 지니고 있다. 혼종화가 초국가적 상황에서 진행되는 문화 간 접촉을 설명하고 새로운 문화의 조형을 추동해낼 수 있는 이론적 틀[40]이라는 말은 이러한 점에서 적절하다.

---

38) Mary Louise Pratt, *Imperial Eyes*, New York: Routledge, 1992, p.6.

39) 네스토르 가르시아 칸클리니, ≪혼종문화: 근대성 넘나들기 전략≫, (서울: 그린비, 2011), pp.460-461.

40) 네스토르 가르시아 칸클리니, ≪혼종문화: 근대성 넘나들기 전략≫, (서울: 그린비, 2011), p.462.

혼종화와 혼종을 문화의 혼합을 기술하는 역할에 한정할 필요는 없다. 혼종은 혼합 속에서 재형성되는 의미관계를 해석하는 데 있어서 유용하게 작용한다. 혼종화와 혼종성 논의는 복잡하고 혼란한 전쟁 상태 속에 존재할 것인지 혹은 융합과 조화로운 공존의 상태, 즉 상호문화성으로 나아가도록 할 것인지를 선택하도록 요구한다. 혼종화 정치는 문화들 간의 전쟁 대신 조화로운 공존을 가능하게 한다. 호미 바바는 혼종성이 지니는 양가적인 성격에 대해서 다음과 같이 말하고 있다.

> 저항은 정치적 의도에 대한 적대적 행위가 꼭 되어야 하는 것은 아니며, 차이로서 인식되었던 다른 문화의 '내용'을 단순하게 부정하거나 배제해야 하는 것도 아니다. 저항은 지배담론이 문화적 차이의 기호들을 분절하고 식민지 권력의 예속적 관계들(위계질서, 규범화, 주변화 등) 내부에 그 기호들을 다시 연관시킬 때, 지배담론의 인식의 규칙들 내부에서 생산되는 양가성의 효과이다.41)

바바의 위와 같은 논의에 따르자면 지배자/피지배자간의 관계에서 혼종성이 발생하는 공간이 항상 존재하며 그 공간은 저항성을 갖게 된다. 이를 포스트식민 시대에 적용하면 거주국의 지배담론 혹은 주

41) Resistance is not necessarily an oppositional act of political intention, nor is it the simple negation or exclusion of the 'content' of another culture, as a difference once perceived. It is the effect of an ambivalence produced within the rules of recognition of dominating discourses as they articulate the signs of cultural difference and reimplicate them within the deferential relations of colonial power — hierarchy, normalization, marginalization and so forth. Homi K. Bhabha, *The Location of Culture*, New York: Routledge, 1994(초판), 2004, pp.156-157. 호미 바바의 이 책은 국내에 번역 출판된 나병철 역의 ≪문화의 위치≫(서울: 소명출판, 2002)를 함께 참고하였다.

류사회와 디아스포라들이 만나는 접촉지대에서 필연적으로 혼종성이 발생하게 된다는 것으로 해석할 수 있다. 바바의 혼종성은 간극의 공간에서 지배담론에 균열을 가할 수 있는 힘을 가진 것으로 설명된다. 그러나 그것은 "반드시 정치적 의도를 지닌 적대적 행위는 아니며, 차이로서 지각되었던 다른 문화의 '내용'에 대한 단순한 부정이나 배제도 아니다."[42] 본 논문에서는 이처럼 디아스포라들이 지배담론에 대응하여 혼종성을 띠게 됨으로써 식민 대 피식민의 관계에서 벗어나는 관계를 보여준다는 호미 바바의 관점에 기초하여 진화하는 화인 디아스포라문학의 특징을 살펴보려는 것이다. 호미 바바의 혼종성이 무의식의 구조에서 작동한다는 전제의 한계를 보완하기 위해서 포스트식민주의 담론들은 미하일 바흐친(Mikhail Bakhtin)의 '유기적 혼종'과 '의도적 혼종' 개념을 가져오기도 한다. 미하일 바흐친의 유기적 혼종과 의도적 혼종은 다시 바바에게로 돌아가면 피지배자의 흉내내기가 저항의 힘을 얻게 되는 경우를 의도적인 혼종으로, 그렇지 못한 경우를 유기적인 혼종으로 볼 수 있게 된다. 여기서는 화인화문문학을 대상으로 '의도적 혼종'의 문제를 제기하고자 한다. 이러한 혼종이 지배 집단에 의해 전유될 수 있는 문제들을 해결할 수 있을 것으로 기대되기 때문이다. 일각에서는 혼종성 개념에 한계가 있다고 지적한다. 예컨대 성정혜는 다음과 같이 혼종성의 한계를 말하고 있다.

첫째로 디아스포라가 전지구적으로 발생하면서 디아스포라가 갖는 특수성과 의미가 사라지고 전 세계의 모든 양상들이 디아스포라가 될 수 있다는 점과 마찬가지로 혼종성 역시 세계화와 초국적 문화산업이

---

42) Homi K. Bhabha, *The Location of Culture*, New York: Routledge, 1994(초판), 2004, p.158.

만연하고 있는 시점에서 일상적이고 편재한 개념일 수 있다는 점이다. [……] 두 번째로 혼종성의 개념이 문제시되는 것은 혼종성이 신식민주의의 전략으로 이용될 수 있다는 점이다. 혼종성의 개념이 광범위해지면서 그 의미가 퇴색된 것도 문제이지만 오히려 이러한 광범위함과 의미의 모호함으로 인해 지배담론에서 혼종성의 저항적인 노력을 지배담론이 전유할 위험성이 존재한다는 것이다. 예를 들어, 다문화기업이 혼종성을 기업 다문화주의에 사용하게 되면 민족적 전통을 상품화/사물화하여 세계적 자본으로 포섭하는 양상을 모호하게 만들어버릴 위험이 존재한다. 바트 무어－길버트가 "탈식민적 혼종성에 대한 지나친 강조는 오히려 다양한 유형의 차이를 동질화시킬 뿐 아니라 문화다원주의라는 이름으로 새롭게 위장된 기존의 위계를 쉽게 간과해버릴 위험이 있다고 경고" 한 것도 같은 문제의식에서 출발한다.[43] 이와 같이 혼종성이 일상적인 개념이 될 가능성과 신식민주의 전략에 이용되면서 내재한 저항담론적 성격이 열어질 수 있다는 점에서 혼종성 개념의 한계는 드러난다. 그럼에도 불구하고 혼종성 혹은 혼종화 개념은 유효하다. 디아스포라에 대한 논의는 각각의 국가와 지역과 인종과 언어를 토대로 하는 것이 여전히 가장 효율적인 방법으로 보이기 때문이다. 따라서 여기서 다루고 있는 작가들은 북미 지역의 1960-70년대 화인화문문학에서 발현되는 초기 디아스포라의 주체와 혼종성 논의에 있어서 가장 효과적이고 적절한 대상이자 텍스트의 주체가 된다. 이들에게서 발견되는 혼종성은 지배담론의 구조인 지배와 피지배 관계의 전복이나 권력 장악을 위한 정치적 행위

43) 성정혜, ≪탈식민시대의 디아스포라와 혼종성: 살만 루시디의 『자정의 아이들』, 『수치』, 『악마의 시』≫, (서울: 이화여자대학교 박사학위논문, 2010. 2, pp.20-21.

가 아닌 새로운 수용 혹은 공존의 장을 열고 소통을 하고자 하는 욕구로부터 시작된 것이다. 이때 혼종성이 나타나며 기저에 저항담론이 깔려 있는 것이다.

이상에서 말했듯이, 수많은 북미 지역의 화인화문문학 작가들 중에서도 白先勇, 於梨華, 張系國, 聶華苓을 선정하게 된 이유는 다음과 같다. 이들은 공통적으로 중국대륙에서 태어나고 타이완으로 이주하여 교육을 받다가 다시 미국으로 이주하여 고등교육을 받고 경제활동을 하면서 작품 활동을 하였다. 디아스포라의 정체성을 규정한 요소들과 함께 혼종성이라는 측면에서 이들의 작품을 읽는다면 디아스포라가 중국으로 대표되는 동양의 문화와 미국으로 대표되는 서양의 문화에 각기 녹아 들어가는 양상을 볼 수 있다. 이들은 디아스포라로서 고국과 거주국에서 각기 그곳의 사람이자 동시에 그곳에 속하지 않는 존재로 규정된다. 이처럼 특별한 위치에서 바라보는 경험과 소통능력으로 인해서 화인 디아스포라문학으로서의 특수성이 나타나게 된다. 이들의 소설 속에서는 자신들만이 표현해 낼 수 있는 상상력과 문학적 지식을 바탕으로 한 뿌리와 정체성에 대한 갈등, 그리고 이산으로부터 비롯되는 두려움과 고통에 대한 통찰이 있을 뿐 아니라 이러한 것들을 어떻게 수용할 것인지에 대한 고민이 그대로 녹아 있다. 화인 디아스포라 작가들은 스스로를 중국인으로 인식하면서도 동시에 미국인으로 교육받고 살아온 경험으로 인해 디아스포라의 관점에서 서구를 바라볼 수도 있고 서구인의 시각에서 자신의 모국을 평가할 수도 있다.

이들의 문학이 디아스포라문학으로 명명되기까지 무척 오랜 시간이 걸렸다. 아직도 중국문학은 중국대륙의 문학 및 타이완, 홍콩의 문학을 의미하는 것이 일반적이다. 현 시점에서 디아스포라를 문학과 문화의 영역에서 연구하기 시작한 역사가 그리 길지 않음을 고려할 때 가장 적절하고 효과적인 명칭이 바로 '화인문학'과 '화인화문문학' 이다. 이에 본 논문은 '화인문학'과 '화인화문문학'의 개념 정의에서 출발한다. 특히 연구의 대상이 되는 네 명의 작가들이 모두 북미 지역을 중심으로 활동하고 있음을 근거로 하여 이들의 문학을 '북미 화인화문문학'으로 명명하고자 한다. 이런 점에서 지금까지 제1장에서는 화인화문문학에 대한 정의와 범주를 규정하는 것, 그리고 이러한 연구의 필요성에 대해서는 기본적인 토대를 어떠한 방향에서 설정할지에 관한 것들을 전제하였다. 이제 제2장에서는 먼저 북미 화인화문문학을 연구하기 위해서 북미 화인화문문학의 역사와 디아스포라에 대한 것을 개관하겠다. 그 다음으로 북미 화인화문문학을 바라보는 중국대륙과 타이완 출신 북미 학자들의 입장 차이와 그들의 전략적 의도에 관해 개진할 것이다. 그로써 현재 북미 화인화문문학이 어떻게 해석되고 있는지에 대한 현상과 한계를 진단하면서 중국대륙도 타이완도, 미국이나 캐나다도 아닌 한국의 중국문학 연구자의 한 사람으로서 필자의 견해를 밝히도록 하겠다.

제 2 장 세계문학과 디아스포라문학으로서의 화인화문문학

북미 화인화문문학에 대한 논의는 현재 크게 두 부류로 진행되고 있다. 하나는 중국대륙 출신의 해외화문문학 연구자들이고 다른 하나는 타이완 출신의 북미 거주 학자들이다.[1] 이를 위해서 우선 중국대륙과 타이완에서 서로 다르게 바라보는 북미 화인화문문학에 대한 연구와 평가를 중심으로 민족문화의 계승과 문화충돌의 현장을 살펴보는 것이 첫 번째 작업이 될 것이다.

중국대륙이 전반적으로 중국의 민족주의를 강조하면서 북미 화인화문문학을 바라보는 시각은 작가와 작품 속에 내재된 민족의식이다. 이는 중화주의의 중요성을 역설하는 한편 나아가 중국문학의 지역적 범위의 광대한 확장을 염두에 두고 있는 전략적인 움직임으로 볼 수 있다. 여기서 말하는 민족의식은 프란츠 파농의 말[2]처럼 오히려 큰

1) 북미 화인화문문학 즉 중국어로 창작된 작품들만은 주된 분석의 대상으로 하고 있기 때문에 미국이나 캐나다 내에서 이들을 일컬어 소수종족문학으로 분류하는 경우는 자연적으로 제외된다. 특히 미국 내 소수종족문학의 경우 미국문학으로 분류되고 있을 뿐만 아니라 최우선적으로 작품의 창작언어가 영어로 되어야 한다는 조건을 만족시켜야 하기 때문이다. 여기서는 중국현대문학의 새로운 문학형식으로의 화인화문문학을 논하는 것이므로—미국문학이라는 큰 테두리 안에서 언어와 인종을 나누어 분류하는 방식은 필요에 따라 언급하기로 하고— 기본적으로는 중국대륙과 북미지역의 타이완 출신 학자들의 주장을 대비하면서 고찰한다.

지향점을 향해 나아가는 데 방해가 되는 저해요소이자 허위적이고도 허구적인 어떤 것일 수 있다. 중국대륙에서 의도한 중화주의의 강조 전략이 효과적으로 작용할 것인지, 그리고 북미 화인화문문학이 적절한 곳에 위치할 수 있을 것인지에 대한 결론에 도달하기까지 막연해 보이던 이 두 가지의 긴장을 구분하는 것이 현 지점이며, 이는 논의의 출발점이면서 도달의 거리를 당기는 지점이 될 것이다. 하지만 이 지점에서 필자는 중화주의로의 무조건적인 회귀나 귀속을 주장하는 데 대해서 상이한 입장을 견지하고 있음을 분명히 해두고자 한다.

여기서 다루는 네 명의 작가들에 대한 타이완 학계의 평가는 주로 유학생 문학을 이룬 일단의 작가군이라는 것이 보편적이다. 이들은 공통적으로 중국대륙에서 태어나 타이완으로 1차적인 이주를 경험한 이후 미국으로 유학을 떠난 유학생 출신들이다. 타이완에서는 이 사람들의 문학작품들을 1940년대 일제강점기가 종료된 이후 본격적인 타이완문학이 나타나던 시기의 흐름 속에서 자연스럽게 탄생한 순수한 타이완 문학이자 그 속에서도 하위적인 시기구분에 따라 유학생 문학이라고 일컫고 있다. 하지만 이 작가들의 작품은 타이완 문학이

---

2) "민족의식은 모든 사람의 내적인 희망을 아우르는 결정체가 아니며, 대중 동원의 즉각적이고 명백한 결과도 아니다. 그것은 속이 빈껍데기일 뿐이고 원작의 치졸한 모작(模作)에 불과하다. 여기서 우리가 흔히 발견하는 문제점은 신생 독립국을 말할 때 흔히 국민을 종족으로, 국가를 부족으로 여기는 것이다. 이는 건물의 갈라진 틈과 같이 퇴행적인 과정을 보여주는, 민족적 노력과 민족 통합을 해치는 편견에 가득 찬 생각이다." 파농은 정당정치의 부조리함을 주장하기 위해서 민족의식의 허위를 파헤쳤으며 대립적 상황이 아닌 통합적이고 합치를 이루는 상황을 지향하는 측면에 서서 민족의식을 바라보고 있는 점은 본서가 중국대륙 중심으로 화인화문문학을 바라보는 것을 지양하면서 동시에 중화주의 속에 억지스럽게 강조되어온 민족주의의 실상을 직시하여야 한다고 주장하는 것과 유사한 맥락으로 연결되고 있다. 프란츠 파농, 남경태 역, ≪대지의 저주받은 사람들≫, (서울: 도서출판 그린비, 2004), p.175.

라고도 부를 수 있지만 작품이 내포하고 있는 몇 가지 특성을 통해 타이완 문학에서 더욱 확대되어 연구될 가능성을 잠재적으로 가지고 있다.

중국대륙과 타이완에서 네 작가를 해석하는 방식과 대조적으로 볼 수 있는 것은 王德威를 주축으로 하는 북미 지역의 타이완 출신 학자들의 주장이다. 이들의 주장이 중시되는 이유는 이들이 연구대상 작품의 네 명의 작가들에 대해 내리는 평가와 그것이 Sinophone Literature와 접점을 이루는 방식에 따라 이들의 방향성과 진정한 평가가 노정되기 때문이다. 중국대륙은 중화주의라는 구심점을 통해 중국(대륙)문학의 확대라는 측면에서 네 명의 작가들을 다루고 있다. 이에 반해 북미 지역 타이완 출신 학자들은 화인화문문학 작가들을 중국대륙이라는 거대한 중심에 대항하는 새로운 중심으로 역할하게 하는 전략적 의도를 가지고 접근한다.

그렇다면 같은 대상을 두고 이들이 서로 다른 해석을 내놓으며 긴장을 조성하는 의도는 무엇인지, 그들이 각자 의도하는 바는 효과적으로 작용할 것인지, 그리고 과연 화인화문문학 작가들은 그들 자신의 정체성이라는 것을 배제한 채 어떤 하나의 중심 속에 포섭되어야만 하는 것인지에 대한 의문들에 봉착하게 된다. 이에 중국대륙도, 타이완도, 북미도 아닌 한국에서 북미 화인화문문학을 연구하는 한국인 연구자로서의 연구자는 과거와 현재를 종합하여 지금까지의 연구방향과 관점에 대해서 어떻게 접근하고 사고할 것인지 하는 문제가 대두된다.

1. 북미 화인화문문학의 역사와 시기구분

(1) 북미 화인화문문학의 현황

북미 화인화문문학에서 20세기 초반의 가장 영향력이 있는 작가는 林語堂이다. 林語堂은 다양한 인물들과 교류했을 뿐만 아니라 도가, 불가적 정신의 계승자로도 연구되고 있으며 동시에 이로부터 전통적 문인의 정취가 농후한 문체적 특징도 갖고 있다고 평가된다. 이러한 그의 문학적 성향으로 인해, 1930년대 그의 수필은 한적함을 노래하였다는 이유로 그 이후 중국 사회와 문단에서 시대적 냉대를 받았다. 5·4이래로 계속해서 주변적인 문화 산물로 자리매김 되어오던 그의 문학은 1990년대에 들어와서는 광범위한 일반 독자층을 형성하게 되면서 다시금 주목받게 되었다. 좌익문학이 성행하던 시기에 그는 중국대륙의 문단에서 비판을 받곤 했는데, 이는 그의 사고와 문학이 당시의 중국대륙의 사회적인 요구를 벗어나 있었던 데에 기인한다. 작가들도 모두 혁명과 변혁의 실천적인 대열에 뛰어들기를 요구했던 시대적 사명과는 거리가 있었던 林語堂에게는 한때 실천력 있는 작가가 아니라는 굴레가 씌워지기도 했다. 이는 당시 중국대륙의 시대적, 사회적 특수성으로부터 기인한 것이며 林語堂은 1980, 90년대에 이르러서 재조명받았다. 林語堂은 작품의 수량이 많은 다작 작가이며, 그의 작품의 장르적인 특징상 '수필적 자아'가 거의 완벽하게 작가와 동일한 성향을 가지기 때문에 유사한 어구의 반복이나 주제의식상의 반복적 레퍼토리는 한계로 여겨지기도 한다. 그럼에도 불구하고 林語堂의 작품을 사랑하는 독자들의 수는 계속 증가하고 있으며 이는 중국과 같은 어느 한 문화권에만 한정된 현상은 아니다.

최근 들어 林語堂에 대한 연구는 그가 말년에 깊은 관계를 맺은 타이완 학계뿐만 아니라 중국대륙과 타이완 등지의 학계에서도 활발하게 진행되고 있다. 이에 '林語堂硏究會'가 閔南 瀧州에서 2006년 9월 24일에 설립되기도 했다. 이곳은 林語堂의 고향이기도 하며 오랫동안 林語堂 관련 학술 연구를 꾸준히 진행시켜 온 곳이기에 그 의미가 더욱 크다. 林語堂은 당시로서는 드물게 영어와 중국어를 자유자재로 구사하며 작품 활동을 했고, 일평생 중국과 서양 간의 문화 교류를 위해 힘썼다. 1933년부터 1966년까지 미국에 거주하면서 영어로 수필을 쓰고 영어로 중국 문화를 소개하였다. 이러한 일련의 그의 행위와 이력들은 林語堂이 북미 화인 디아스포라 작가의 한 사람임을 보여주는 자료들이다.

林語堂 이후로는 1945년 이후부터 폭발적으로 증가한 타이완 출신의 화인작가들의 활동이 주목을 받고 있다. 이들은 중국대륙과 미국의 관계악화와 중국대륙에 대한 전략으로, 미국이 타이완과 우호적인 관계를 유지하게 되면서 '유학 붐'의 흐름 속에서 더욱 왕성한 활동 기반과 창작열을 불태울 수 있는 환경을 갖추게 되었다. 그리고 북미 지역의 타이완 출신 화인작가들의 활동은 이후 1980년대까지 두드러지게 나타났다. 그러다가 1990년대에 이르러 '신이민(新移民)'에 의해서 북미 화인화문문학계는 다시금 활기를 띠게 된다.

1991년 5월 북미화문작가협회가 7백 명의 회원으로 출범했고 대부분의 북미지역 화인 작가들이 이곳에 소속되어 활동하기 시작했다. 이후 격년으로 학술대회를 개최하면서 북미 지역의 대표적인 작가협회로 인정받기 시작했으며 작가들의 활동에 든든한 기반이 되었다. 북미 화인화문문학의 기반이 된 학술단체는 '世界華文文學資料庫'

에 의하면 19개[3)]가 있다. 이들 학술단체들의 주요 거점은 미국이었으며 특히 유학생들이 많이 거주하고 있던 뉴욕과 워싱턴 등지를 중심으로 왕성한 활동적 시스템을 구축했던 것으로 보인다. 캐나다 쪽은 1987년 밴쿠버 지역에서 성립된 '加拿大華裔作家協會'가 대표적인 곳으로 성립 초기에는 '加拿大華裔寫作人協會'라는 이름으로 활동했다. 현재까지 알려진 바로는 회원이 60여 명에 달하여 대개 홍콩, 타이완, 중국대륙과 동남아로부터 이민 온 화인 작가들로 구성되어 있다.[4)] 19개의 학술단체들이 모두 학술지를 출판하였던 것은 아니다. 그리고 黃萬華의 글에서 볼 수 있다시피[5)] 북미 지역의 문학적 상황이나 문단의 출현이라고 일컬을 만한 움직임들이 초기에는 문학잡지와 학술지를 통해서 이루어졌다. 이와 같은 사실을 통해서 보더라도 북미 화인화문문학을 언급하는 데 있어서 핵심적이고도 중요한 역할을 학술지가 담당했다고 볼 수 있다. 이렇게 중요한 역할을 수행한 북미 지역의 화인화문문학의 중심축이자 활동무대가 된 관련 잡지의 출판현황을 살펴보면 다음과 같다.

---

3) 喬治亞州華文作家協會, 美國華文文藝界協會, 北美華文作家協會紐英倫分會, 文心社, 北德州達拉斯文友社, 亞利桑那作家協會, 華府書友會, 聖路易華人寫作協會, 海外華文女作家協會, 洛杉磯華文作家協會, 拉斯維加斯華文作家協會, 新澤西書友會, 華府華文作家協會, 紐約華文作家協會, 夏威夷華文作家協會, 芝加哥華文寫作協會, 美南華文作家協會, 北卡書友會, 北加州華文作家協會(hhttp://ocl.shu.edu.tw/org_news/html/explor.php 世界華文文學資料庫, 2011.7.24 검색)

4) 陳浩泉 主編, ≪楓華文集: 加拿大作家作品選≫, (Burnaby: 加拿大華裔作家協會出版, 1999), p.230 참고.

5) 黃萬華, ≪美國華文文學論≫, (濟南: 山東大學出版社, 2000), pp.5-6.

표 1. 미국의 화인화문문학 학술잡지 출판 현황[1)]

상세 / 잡지명	종류	주편	출간	창간	특징
≪一行≫	시 문예지	嚴力主 編	총11기	1990.5-	번역시, 영문시, 잡문, 산문, 삽화
≪廣場≫	문학 잡지	陳若曦 社長 戴厚英 主編	총2기	1989- 정간	-
≪文藝廣場≫	부 간행물	李藍 主編	-		≪北美日報≫
≪文藝≫	부 간행물	黃運基 主編 李永協 執編	-	1983- 1987	≪時代報≫
≪東西風≫	부 간행물	曹又方 主編	-		≪中報文藝≫
≪紐約世界日報≫	부 간행물	-	-	-	문예특집호 발간[6)]
≪知識分子≫	학술지	-	부정기	-	대형종합부정기 학술간행물
≪美華時報文藝副刊≫	부 간행물	-	-	-	-
≪新大陸≫	시 문예지	-	격월간	1990.12-	-

위 9개의 잡지들 외에도 해당 지역의 작가들의 창작활동에 밑거름이 된 북미 화인화문문학 문학협회로는 앞서 언급한 문학협회 및 학술단체 중에서도 대표적으로 두 곳을 들 수 있다. 우선 '北美華文作家協會'는 1991년 봄 夏志淸, 琦君, 陳裕濤, 馬克任, 劉晴, 龔選舞, 馬白水, 劉志同, 葉廣海 등이 제창하고 준비하여 여름에 설립했다. 회원으로는 로스앤젤레스의 周腓力, 紀剛, 陳漢平, 戴文采, 蓬丹, 王克難, 周愚, 林童魄, 蕭逸, 謝瑾瑜, 샌프란시스코의 紀弦, 謝冰瑩, 陳若曦, 莊因, 鄭繼宗, 陳伯家, 陳少聰, 夏烈, 應鳳凰, 石地夫, 袁則難, 曹又方,

6) 1988년에는 紀弦, 方思, 張錯, 黃國彬, 喩麗淸, 夏菁, 艾山, 杜國淸, 謝淸 등의 시인을 특집으로 다루었다.

蕭孟能, 楊秋生, 葉文可, 胡由美, 李芬蘭, 워싱턴 및 중부지역의 張天心, 張系國, 뉴욕의 王鼎鈞, 顧肇森, 劉墉, 謝青, 陳漱意, 龔弘, 보스턴의 鄭愁予, 史家元, 王尙勤, 캐나다의 莊稼, 東方白 등이 있다.

그리고 '海外華文女作家聯誼會'는 1989년 7월 설립하여 회장으로 陳若曦를, 부회장으로 於梨華를 선출했다. 회원으로는 중국대륙 및 홍콩과 타이완, 마카오 등을 제외한 유럽과 미주 지역 및 동남아시아 각국 70여 명의 여류작가들로 구성되어 있다. 회원으로는 陳若曦, 於梨華, 聶華苓, 叢甦, 王渝, 林冷, 喩麗淸, 淡瑩, 朵拉, 李梨, 歐陽子, 藍菱, 伊犁, 孫愛玲, 李渝, 翠園, 愛薇, 永樂, 青青草, 何潔, 楊秋卿, 尤琴, 郭逸, 梅筠, 石君, 孟淑卿, 孟紫, 張曦娜, 尤今, 陳少聰, 陳婉瑩, 羅珞珈, 間宛, 洪素麗, 藍玉, 白荷, 習鳴, 商晩筠, 詩朵, 君盈綠, 曹又方, 秋笛, 小四, 范零, 莎士, 黃梅, 謝馨, 趙淑俠, 龍應台, 戴小華가 있다.

캐나다에는 星島日報, 明報, 世界日報 등이 주요하며 토론토에 成報까지 해서 총 네 곳이 중국어로 발행되어 캐나다 지역의 화인화문문학 작가들에게 작품 활동의 기회뿐만 아니라 다른 곳의 화인들과도 소통할 수 있는 길을 제공하고 있다.[7] 1989년 9월 성립된 楓橋出版社는 초년도와 이듬해 2년에 걸쳐 여러 권의 책들[8]을 펴냈는데 이 책들에는 낯선 땅에서의 생활과 체험 및 이민자의 심리 상태 및 주류

7) 陳浩泉 主編, ≪楓華文集: 加拿大作家作品選≫, (Burnaby: 加拿大華裔作家協會出版, 1999), pp.11-12 참고.

8) 이 책들은 각기 明耀의 ≪三雜篇-溫哥華生活雜文≫, ≪逍遙法外集≫, 潘銘燊의 ≪加華心聲錄≫, ≪溫哥華雜碎≫, 梁錫華의 ≪懷鄉記-加拿大經驗≫, 陶永强의 ≪蜻蜓的複眼-一個海外華人疏落的夢≫, 圓圓의 ≪我見我寫溫哥華≫ 등이 있다. 陳浩泉 主編, ≪楓華文集: 加拿大作家作品選≫, (Burnaby: 加拿大華裔作家協會出版, 1999), p.12 참고.

사회에 녹아들기 위해 고군분투하는 모습, 중국문화전통에의 향수 등을 노래한 작품들이 주종을 이루었다.

1980년대 중후반을 기점으로 위 학술지와 문예잡지들이 앞 다투어 창간되었던 것으로 미루어 볼 때, 이 시기는 북미 지역의 화인화문문학에 있어서 시기구분상 하나의 전환점이자 분기점이 될 수 있다. 그리고 학술단체에 참여한 학자들이 중국대륙이나 타이완의 출신 구분이 없이 북미지역의 화인 디아스포라 출신 작가들로 구성되어 있다는 점도 주목할 만하다. '海外華文女作家聯誼會'와 같은 단체는 회원들이 철저히 중국대륙, 홍콩과 타이완, 마카오 등을 제외한 지역의 작가들로 구성되어 있다는 점도 이러한 학술잡지와 단체들의 현황을 통해서 알 수 있다.

(2) 북미 화인화문문학의 시기구분[9)]

林語堂 이후 북미 화인화문문학은 크게 몇 가지 정치적이고도 역사적인 사건들의 영향 아래 놓이게 된다. 우선 정책적으로는 미국 정부의 중국인에 대한 몇 차례의 이민법 개정과 관련이 있다. 그리고 세계대전으로 야기된 중국대륙과 미국의 정치적 파트너십 전략의 변화 및 타이완과 미국의 관계와도 연관되어 있다. 마지막으로 미국 내 화인들의 자구적인 생존전략 등의 요인도 있다. 이러한 요소들은 북미 화인화문문학사의 분기를 나누는 기준으로 작용하게 된다. 북미 화인화문문학의 역사는 크게 네 시기로 구분한 黃萬華[10)]의 주장이 현재

9) 북미 화인화문문학의 역사 부분은 고혜림의 <북미 화인화문문학의 역사와 시기구분>, ≪중국학논총≫, (서울: 고려대학교 중국학연구소, 2012.11, pp.323-339)을 이후 추가적으로 수정, 보완한 내용이다.

로서는 비교적 합리적이고 간명하기에 시간적 구분이라는 측면에서 참고할 만한 부분이 있다. 黃萬華의 시기 구분에 따르면, 북미 지역 내의 이민 2세·3세에 의한 문학 활동에 대해서 시기 구분에 적극적으로 반영하지 않고 있다는 점과 미국만을 중심으로 다루고 있다는 점에서 한계가 지적될 수 있다. 그럼에도 불구하고 이 시기구분은 앞으로의 논의를 진행하는 데 있어서 다음 두 가지 이유에서 편리할 것으로 판단된다. 첫째, 黃萬華의 시기 구분은 북미 지역의 이민의 역사와 중국대륙 및 타이완과 북미의 정치적 전략적 관계의 변화를 반영하고 있다. 둘째, 이 시기 구분법은 해당 시기별 문학창작 주체들의 성격에 따른 구분에 근거하고 있어 북미 화인화문문학사를 효과적으로 설명할 수 있도록 해준다. 추가적으로 캐나다 지역의 역사적 특징과 화인화문문학 작가들을 함께 살펴본다면 전체적인 북미 화인화문문학사의 개관이 가능해진다.

黃萬華의 주장 외에도 李亞萍의 ≪故國回望≫, 黃昆章과 吳金平의 ≪加拿大華僑華人史≫등의 책을 참고한다면 북미 화인화문문학사 자체에 관한한 더욱 깊이 있는 논의를 할 수 있을 것이다. ≪美國華人女作家評述≫에서는 화인화문문학의 시기구분이 네 세대로 나누어지긴 하지만 黃萬華의 구분과는 약간 차이를 보이고 있다. 즉, "시간상으로 볼 때, 미국 화인문학은 지금까지 4세대를 경험했다. 1세대는 20세기 초기의 화문문학이고 2세대는 1950-60년대 타이완에서 미국으로 온 작가들이며, 3세대는 1980년대 유학 열기에 힘입어 출현한 사람들과 중국대륙으로부터의 작가들을 포함한다. 4세대는 전지구화와 정보화의 조류로부터 출현하는데 2세대의 화예작가들도 포

---

10) 黃萬華, ≪美國華文文學論≫, (濟南: 山東大學出版社, 2000), pp.3-13.

함된다. 이로써 알 수 있듯이 북미 화문문학의 세대교체의 속도는 아주 빠르다."[11]고 규정하고 있다. 하지만 책의 서문 2에서 葉枝梅가 밝히고 있듯이 그녀의 시각은 화인화문문학을 중국대륙문학의 확대[12]에 한정하고 있다는 점에서 한계를 지닌다. 기본적으로 중국대륙 측의 학자들이 바라보는 '해외화인문학'이라는 용어를 사용한 것으로 판단하더라도, 이 책은 於梨華 뿐만 아니라 책에서 다루고 있는 木令耆, 裔錦聲, 에이미 탄(Amy Tan, 譚恩美), 陳若曦, 嚴歌苓, 맥신 홍 킹스턴(M. H. Kingston, 湯亭亭), 任璧蓮, 蓬丹, 曾寧을 일관되게 중국대륙 문학의 연장선상에 두고 있다는 점을 염두에 둔다면 단지 '확대'만으로 한정지을 수 없기 때문이다.

북미 지역의 화인화문문학사에 관한 상기 책들이 서로 중점을 두는 부분이 어디에 있는가에 따라서 약간씩 차이를 보이고는 있다. 다만 이 책에서는 黃萬華의 주장을 전제하더라도 북미 화인화문문학의 시기에 관한 구체적인 논의가 현재적 시점에서 가능할 것으로 본다. 특히 본서의 대상 작가들은－黃萬華의 시기구분법에 따르면－제3기에 속하는 작가들이다. 한국 국내에서 최초로 북미 화인화문문학을 논의

---

11) 從時間上看, 美國華人文學迄今已經歷四代:第一代是上個世紀初期的華文文學;第二代是上個世紀五六十年代從臺港進入美國的一批作家;第三代是上個世紀80年代出國潮推動下出現的, 包括一批大陸的作家;第四代則適應了全球化、信息化的大潮而出現, 包括第二代華裔作家。可以看出, 北美華文文學的更新換代的速度十分迅猛。海外華文文學研究專家黃萬華稱, 文學史展開其自身進程中, 往往二十年一個周期。葉枝梅 主編, ≪海外華人女作家評述: 美國卷≫, (北京: 中國文聯出版社, 2006), 서문.

12) 無疑, 本叢書僅是在世界華人女性文學研究方面做些微不足道的努力。從某種意義上來說, 海外華人文學應是中國文學的海外延伸, 又是對中國文學的超越。我們希望以自己的努力增進人們對海外華人作家及其作品的關注。葉枝梅 主編, ≪海外華人女作家評述: 美國卷≫, (北京: 中國文聯出版社, 2006), 서문 p.8.

하면서 가장 우선적으로 진행해야 할 기본적인 임무와 역할이 바로 이 시기구분이기 때문이다. 시기구분 자체에 대한 논의는 黃萬華의 주장이 상당히 유효하게 작용했으며 그의 주장은 더 나은 시기구분이 나오기 전까지는 상당히 유효하리라고 본다. 이에 이 책에서는 黃萬華의 시기구분법을 참고했지만 그의 구분이 중국대륙 중심주의 시각에서 완전히 분리된 것은 아니라는 점을 염두에 두고 있기 때문에 黃萬華의 중국대륙 중심적 주장이 돌출되는 부분만은 다소 이견이 있음을 미리 밝혀둔다. 이제는 구체적인 연도를 제시하면서 분기를 나누는 것이 연구대상 작가와 작품들을 선별하는 하나의 근거로 작용할 것이라는 기대를 바탕으로, 작품을 중심으로 역사적 흐름 속에서 화인 디아스포라를 논하게 될 것이다.

북미 화인화문문학의 역사와 시기구분은 북미 지역의 이민법 개정과 세계정세의 역사적 흐름과 깊은 관련을 맺고 있다.[13] 그러므로 시기구분에 대해서는 黃萬華와 李亞萍, 黃昆章과 吳金平의 구분을 참고하면서 역사적 사실들을 함께 기억하여 북미 화인화문문학사를 읽어가는 것이 효과적일 것이라 믿는다. 여기서는 문학의 형태와 문학성을 갖추었다는 충분한 공감대를 형성할 수 있는 문학 작품의 출현 이전인 제1기를 이후의 북미 화인화문문학의 바탕이 되어 싹을 틔울 준비를 했던 시기로 인식하는 데서 시작하여 그 시기구분을 차례로 규명해보고자 한다.

13) 미국에서 소수민족문학 혹은 에스닉 문학이라고 명명된 화인화문문학이 미국의 중국대륙이나 타이완과의 관계에 전혀 영향을 받지 않으리라는 순진한 가정을 배제하는 것이 현명할 것이다. 문학사회학적 관점이라고 치부될 수도 있지만 분명한 것은, 미국의 화인화문문학사 자체를 다룬다면, 미국의 이민법이라는 정치적 전략과 역사적 사실을 비교적 무게감 있게 다루어야 할 것이기 때문이다.

제1기: 18세기 후반-1945년

중국대륙으로부터의 이민의 역사는 1785년부터 1882년까지 북미 지역으로의 노동이주에서부터 시작된다. 1882년과 1888년 두 차례 미국에서 'The Chinese Exclusion Act(排華法案: 중국인 배척 법안)' 법안이 통과된 것을 계기로 노동이주민들에 대한 제재가 강화되었지만 이때부터 북미 화인 디아스포라문학은 탄생되고 있었던 것을 알 수 있다. 당시 두 차례 중국인을 사회적으로 배제시키는 이 법안의 통과는 북미 지역 내에서의 sinophobia 정서를 반영한 것이라 하겠다. 이민의 역사와 그 궤도에 있어서 많은 유사성을 가지고 있는 북미 화인화문문학의 역사는 중국의 근대문학의 기점이 되는 아편전쟁 전후가 출발점이다. 제1기는 18세기 후반부터 1945년 제2차 세계대전까지의 시기를 일컫는다. 초기 문학적 형태는 서간문, 일기의 형식으로 창작되었는데, 문학성을 띤 것으로 여겨지는 작품들은 주로 중국대륙에서 '5·4' 이후 유학생들이 미국을 오가며 창작했던 작품들이 주축이 되며 시기는 1910년부터 1930년 무렵이 된다. 앞서 언급한 林語堂을 포함하여 胡適, 陳衡哲, 冰心, 聞一多 등이 이 시기에 활동한 대표 작가들이다.

주로 중국대륙 출신의 북미 유학생들이었던 이들의 작품으로 胡適의 ≪嘗試集≫는 미국에서 완성되었고, 이어 聞一多의 ≪留美通信≫, ≪洗衣歌≫, 그리고 陳衡哲의 소설 ≪小雨点≫도 미국 유학시절 창작되었다. 이중 聞一多의 ≪洗衣歌≫는 미국 화인들의 지난한 삶과 그에 대하여 동정어린 시선을 담고 있는데, 이 작품을 제외하면 대부분이 중국대륙의 정치적 문화적 변화에 관한 내용을 다룬다.[14] 하

---

14) 李亞萍, ≪故國回望:20世紀中後期美國華文文學主題研究≫, (北京: 中國社會

지만 본격적으로 북미의 화인화문문학사를 언급하자면 연구대상의 질적 측면과 더불어 양적 측면도 반드시 고려되어야 할 것이다. 그런 점에서 제1기의 문학생산이 연구나 담론을 이끌어내기에 양적으로 부족하다는 점을 인정하지 않을 수 없다. 좀 더 활발하고 본격적인 문학 작품이 쏟아지는 제2기의 싹을 틔우기 위해서 20세기 초기에도 문학작품은 분명 존재했다. 드문드문하게 출현하긴 하지만 분명 문학의 형태가 존재했던 것은 확실하기에 여기서는 이에 해당하는 시기를 제1기로 규정하는 것이 합당할 것으로 본다. 林語堂을 위시한 작가들의 활동은 다음 시기를 준비하기 위한 초석으로의 역할을 충분히 하였다. 왜냐면 작가의 수와 작품량, 인지도와 독자에 의한 작품의 소비의 정도 등 전반적인 성과 측면을 이야기하자면 제2기를 거쳐 제3기에는 괄목할 만한 작가와 작품들이 나타났기 때문이다.

북미 지역의 두 국가인 미국과 캐나다에는 제1기 이후 각기 타이완 출신과 홍콩 출신의 이민자들이 증가하기 시작했다. 그 첫 번째 이유는 타이완과 홍콩의 특수한 지리적 특성에서 오는 항구와의 접근성 및 서양 문물과의 교역이 증대된 것이다. 두 번째 이유는 교역 증대로 야기된 타이완과 홍콩에 거주하는 이들의 시야가 확대됨과 동시에 그들이 세계를 대하는 인식이 보다 개방적으로 변하게 된 것이다. 그리고 세 번째 이유는 바로 개개인의 경제적인 요구와 맞물려 이주자의 신분으로 새로운 곳에 정착하도록 두 나라가 과거에 비해 보다 적극적인 지원했다는 점이다.

그러나 캐나다의 백인 종족주의자들은 중국계 이민자들이 캐나다에서 오직 돈이 되는 것만을 갈취하러 온 것처럼 치부했으며 심지어

科學院出版社, 2006), pp.7-8.

백인들의 일자리를 뺏기 위해서 자신들의 나라에 들어온 이방인이라는 인식이 팽배했는데 이는 캐나다 뿐 아니라 미국 역시 마찬가지였다. 초기 이민자들은 백인들도 하기 꺼려하는 힘든 막노동에 종사하면서 철도를 건설하고 탄광에서 일하는 등 거주국에 끼친 좋은 영향들이 적지 않았지만 그러한 긍정적인 부분은 간과되기 쉬웠다.[15] 초기 북미 지역의 화인 이주자들은 기본적 생계유지는 물론 낯선 땅에서의 적응과 융화가 절실한 문제였다. 그로 인해 문학적 성격을 띤 활동이 거의 전무하다시피 했는데 이 점이 이 시기의 한계이자 특징이 된다. 또한 '북미 지역에서 최초라고 여겨지는 화인에 의한 문학적 활동'이라는 긴 수식어를 붙여서라도 '최초'라는 단어에 의미를 둔다면, 가장 기본적인 형태로는 편지글 형태의 글들을 문학적인 형태에 가까운 글이라고 부를 수 있을 것이다. 이것이 문학적인 형태에 가깝다는 이유로 문학적인 활동이라고 부를 수 있을지는 모르나 독자층을 형성한 기록이 많지 않다. 따라서 문학작품의 핵심적인 요소인 독자가 빠져 있다는 점에서 이 시기의 화인화문문학사는 일정 부분 한계를 지니고 있다.

제2기: 1945년-1950년대 말

제2기에 있어서 역사적으로 핵심이 되는 사건은 1943년과 1945년 제2차 세계대전의 종전[16]과 화인들에 대한 이민법의 변화를 꼽을 수

---

15) 黃昆章, 吳金平 ≪加拿大華僑華人史≫, (廣州: 廣東高等教育出版社, 2001), pp.35-36 참고.

16) 제2차 세계대전은 아시아계 미국인들에게 또 다른 큰 영향을 끼쳤다. 중국은 미국의 동맹군이 되었고, 적군이 된 일본은 아시아 전선에서 미국의 아시아인 차별을 대대적으로 부각시키고 있었다. 이에 대응하기 위해 1943년 미국은 60여 년간

있다. 黃萬華는 미국 화인화문문학의 시기를 나누는 데 있어서 1940년대 중후반에 첫 번째 고조기가 있었음을 밝히고 있는데 그것은 1945년 제2차 세계대전의 종전과도 시기를 같이 한다. 게다가 중국대륙과 미국의 대치상황으로 야기된 반이민법과 반중 정서로 말미암아 중국계 이민자들의 이민을 제한하는 법령이 발효되었던 것과도 관련이 있다. 제2차 세계대전 종전의 의미는 현재 시점에서 다루어지는 것보다 화인화문문학과 연관이 더 많다는 점에서 좀 더 주목해야 할 것이다. 이는 미국 지역에만 국한된 것은 아니다. 黃萬華가 "제2차 세계대전의 종전은 동남아시아 각국의 화문문학에 있어서는 일대 중요한 전환점이 되었다. 전후 새로이 출발한 동남아 각국은 민족해방 쟁취와 독립주권국가의 수립이라는 임무를 20세기 1950년대 중후반에 이르러 대체적으로 완수하였다."[17]고 진단하였던 것처럼 전쟁의 종결은 새로운 시작을 알리는 신호탄이자 역사적인 상흔으로 얼룩진 각국의 억압된 문화 욕구에 불을 지폈던 하나의 동인이 되었던 것으로 여겨진다.

지속해오던 중국인 배제법을 철폐했다. 이로 말미암아 중국인의 이주와 가족상봉이 가능해진 데 반해, 그동안 중국계에 비해 혜택을 받아오던 일본계 미국인들은 잠재적 적군으로 간주되어 국가보안상의 이유로 철조망으로 둘러싸인 수용소에 갇히게 되었다. 국제정세가 아시아계 미국인들의 삶에 어떻게 작용하는지를 보여주는 또 하나의 좋은 예이다. 그러나 당시 유럽 전선에서 미국의 적이었던 독일이나 이탈리아 출신 미국인들은 수용소에 갇히지 않았다. 이러한 사실은 아시아계에 대한 미국의 뿌리 깊은 불신과 차별을 그대로 보여준다. 박정선, <아시아계 미국인에 대한 타자화와 그 문제점>, ≪역사비평≫, Vol.-No.58, (역사문제연구소: 2002), pp.284-285.

17) 二次大戰的結束, 對東南亞各國的華文文學都是一個重要的轉折點。戰後重新開始的東南亞各國爭取民族解放, 建立獨立主權國家的任務, 到20世紀50年代中後期都大致得到了完成。黃萬華, <民族性和公民性間的夏雜糾結>, 饒芃子, ≪流散與回望≫, (天津: 南開大學出版社, 2007), p.166.

1940년대 중후반은 미국의 화문문학의 첫 번째 고조기였다. 1945년 미국의 동서 양진영의 화교청년작가들은 미국 내에서 최초로 조지역적인 화교청년문학단체인 "華僑青年文藝組"를 만들고 ≪華僑日報≫ 副刊을 통해 ≪綠洲≫를 간행하여, 화교문학작품과 논문들을 주로 발간하였다. 1947년, 華僑文化社 등의 단체들도 뉴욕에서 ≪新苗≫ 월간을 창간하였고, ≪突圍≫와 같은 책들을 출판했다. 1948년, 샌프란시스코에서 '三藩市(샌프란시스코)華僑青年輕騎文藝社'도 ≪輕騎≫를 펴냈다. 이와 같은 미국 화교문학단체들의 성원으로 시, 소설, 산문, 논문을 막론하고 미국에 있는 화인화교들의 힘든 상황을 깊이 있게 반영하였다. 당시 華僑文化社의 회원이었던 溫泉은 현재까지 ≪新苗≫ 등의 간행물들을 보관하고 있으며 1940년대의 美華文學에 관한 글을 발표하여 소개하기도 했다. 안타까운 것은 현재 학술계는 이미 美華文學을 논하면서 이런 중요한 활동을 간과하고 있기 때문에 더욱 새로운 모습으로 진전되지 않는 것이다. 그로 인해 美華文學의 발생과 발전의 역사에 관한 서술이 항상 온전하지 않도록 만든다는 점이다. 1950년대 이후, 美華文學은 또 한 차례 복잡하고 혼란한 생존적 환경에 놓이게 된다. 중국과 미국의 대치로 인해 미국사회에서 반공 매카시즘(Macarthyism)과 고질병인 아시아 계통 인종의 배척 분위기가 결합하여 화교화인들의 생존은 또다시 어려운 지경이 되었다. 다른 한편으로는 1950년대 후반의 미국 국가정책이 분명하게 각각의 인종들의 평등을 주장하기 시작했던 것으로 소수인종들이 미국의 주류사회에 들어갈 수 있는 기회와 적극성이 크게 증대되었다. 화교 화인들은 '반드시 고국으로 돌아가려는 사람들(落葉歸根)'에서 '정착하고 새로운 삶을 시작하려는 사람들(落地生根)'로의 전환을 기본적으로 이룰 수 있도록 하였다.[18)]

제2기는 1945년부터 1950년대 말까지의 시기로 이 무렵 미국에서는 'The Chinese Exclusion Act'가 철폐되었다. 이로 인해 중국대륙에서부터의 유학생이 급증했고 중국대륙의 항전문학의 영향으로 북미지역에서도 항일문예운동이 꽃을 피웠다. 대략 20－30여개의 문예단체가 이 시기 미국에서 생겨났으며 이들은 주로 샌프란시스코, 뉴욕, 로스앤젤리스 등지를 중심으로 활동했다. 특히 이 시기에 다양한 문예단체[19]들의 활동이 활발해졌고 이에 힘입어 북미 지역에서 본격적으로 화문문학이라는 개념이 형성되었다. 내용적으로는 항일문예작품들이 주종을 이루면서도 부분적으로 디아스포라적 인물을 제재로 다루거나 디아스포라들의 삶을 다루는 작품들도 나타난 것이다. 이 시기는 괄목할 만한 작가군의 부재가 아쉽지만 그보다는 향후 제3기의 초석이 되는 문학 인프라가 구축되었다는 측면에서 큰 의미가 있다.

黃萬華와 李亞萍이 공통적으로 인정하는 것은 바로 1945년 제2차

18) 40年代中後期是美華文學的第一個高潮。1945年，美國東西兩岸的一批華僑青年作者組成了美國本土上第一個跨地區的華僑青年文學組織"華僑青年文藝組"，在≪華僑日報≫副刊推出≪綠洲≫，集中刊發關於華僑文藝的作品和論文。1947年，華僑文化社等又在紐約創辦≪新苗≫月刊，幷出版≪突圍≫等書。1948年，三藩市華僑青年輕騎文藝社也創辦社刊≪輕騎≫。這些美華文學團體此呼彼應，其創作無論是詩歌、小說，還是散文、論述，在反映在美華人華僑的苦難境遇上都有了一定深度。當年華僑文化社的成員溫泉至今還保存有≪新苗≫等刊物，幷曾撰文介紹40年代的美華文學。可惜目前學術界已有的美華文學論述中，都忽略了這一重要環節，而使得對美華文學發生發展的歷史描述變得殘損不全。50年代以後，美華文學又面臨着一個複雜紛亂的生存環境。一方面，由於中美對峙，美國社會反共的麥卡錫主義和故態復萌的種族排華情緒結合，使華僑華人的生存再次面臨困境。另一方面，50年代後的美國國家政策已明确主張各族裔的平等，少數民族進入美國主流社會的機會和積極性大爲增加，華僑華人基本上完成了由"落葉歸根"到"落地生根"的轉化。黃萬華, ≪美國華文文學論≫, (濟南: 山東大學出版社, 2000), p.5 참고.

19) 黃萬華, ≪美國華文文學論≫, (濟南: 山東大學出版社, 2000), pp.4-5 참고.

세계대전의 종전 이후 1950년부터 1970년대에 이르는 시기를 북미 화인화문문학이 꽃을 피운 첫 번째 시기라는 점이다. 그리고 이들은 그 이전 시기에 대해서 문학형태를 갖춘 문학 활동들이 드문드문 있었다는 점에서도 공통된 주장을 펼친다. 하지만 초기 화인 디아스포라들은 생존의 문제에 급급했고 본격적으로 문학성을 가늠할 수 있는 문학작품이 등장하기까지는 주류문화 속에서 수용과 숙성에 소요되는 일정 시간이 걸린 것으로 보인다. 북미 문학계도 이주자들을 수용할 만큼 의식이 성숙하게 되기까지 많은 시간이 소요된 것도 사실이다. 이후 타이완 출신 유학생들이 대거 이주하고 학술, 문학, 저술 활동에 적극 참여하게 되면서부터 비로소 이들은 자신의 '목소리'를 내게 된다.

제3기: 1960년대-1980년대 말

제3기는 1945년 제2차 세계대전을 전후하여 바뀐 미국과 중국대륙의 관계 속에서 타이완 지역이 미국의 우방으로 부상하게 된 것을 계기로 시작된다. 이 시기에는 타이완 출신 유학생들이 미국에서 본격적으로 작품 활동을 하면서 대량의 작품을 쏟아내었다.[20] 그들의 소설들은 중국대륙과 타이완에서 주로 출판되는 한편, 영어로 번역되고 다시금 중국대륙과 타이완으로 역수입되었다. 어느 때보다 활발했던 교유관계를 형성했던 이 시기를 문학의 한 차례 고조기로 상정할 수

20) 黃萬華는 여기서 대상으로 하고 있는 작가들 중 특히 白先勇, 於梨華, 張系國, 聶華苓 등에 대해서 제3시기의 '이정표가 되는 작가들(里程碑作家) (黃萬華, ≪美國華文文學論≫, p.8)'이었다고 말한다. 그리고 이들이 이 시기의 문학 활동의 흐름을 주도했다고 주장한다. 아울러 제2기와 제4기의 교량이 되는 역할을 이 작가들이 훌륭히 수행해냈다고 덧붙이고 있다. 이들은 분명 화인 디아스포라문학의 비교적 초기 형태이자 이후 지속적으로 이 영역을 발전시킬 수 있는 역량과 잠재력을 내포하였던 것으로 보인다.

있다. 이후 중국대륙과 미국의 관계가 급진전되면서 동시에 타이완 출신 유학생들의 문학적 생산력이 1980년 무렵 주춤하긴 했지만 1980년대 이후로는 이주민의 신분으로 미국으로 옮겨간 지식인과 작가들보다 이민 2세대와 3세대들이 문학적 생산력 측면에서 확연히 괄목할만한, 그리고 월등한 성적을 올렸다는 점에서 주목할 만하다. 이는 다음의 인용문에서 설명한 것처럼 1965년의 이민법 개정과 크게 관계가 있다.

> 1965년은 아시아인의 미국이민사에서 매우 중요한 해로 기록된다. 이 해에 미국은 이민법을 개정했는데, 이 획기적인 이민법은 지금까지 있어왔던 지역이나 국가들에 따른 차별을 없애고 모든 국가에 공평한 숫자의 이민자 쿼터를 분배했다. 즉 아시아 국가든 유럽 국가든 모든 나라는 한 해에 2만 명까지 신규 이민자를 보 낼 수 있게 되었다. 여기에는 가족상봉에 의한 이민자 숫자는 포함되지 않았기에 아시아계처럼 가족초청이 많은 그룹의 경우, 이보다 훨씬 많은 수의 이민자가 매년 이주할 수 있었다. [……] 개정 이민법에서 또 다른 특기 사항은 전문직업인에 대한 조항이 포함되어 있다는 사실이다. 즉 미국이 필요로 하는 지식이나 기술을 가진 사람들에게 이주 자격의 우선권을 줌으로써 고등교육을 받은 많은 아시아인들이 미국으로 이주하게 되는 계기를 마련했다. 21)

뒤에서 다룰 작가들은 이러한 이민법 개정 이후 이민 열기에 힘입어 미국으로 유학길을 떠난 이들이다. 타이완 문단에서 白先勇의 ≪紐約客≫, 張系國의 ≪昨日之怒≫와 함께 於梨華의 1960년대 초 대표작인 ≪又見棕櫚又見棕櫚≫, 그리고 聶華苓의 ≪桑靑與桃紅≫

---

21) 박정선, <아시아계 미국인에 대한 타자화와 그 문제점>, ≪역사비평≫, Vol.-No.58, (역사문제연구소: 2002), p.286.

등은 이른 바 유학생 문학의 시초가 되었다. 유학생 문학이라고 부를 수도 있고 '개척자 문학(拓荒者文學)'[22]으로 부를 수도 있는 이들은 대부분 개척자적 정신을 가지고 북미 화인화문문학에서 나름의 성과를 이루었다. 특히 白先勇과 於梨華는 유학생 신분으로 도미하여 작품 활동을 하고 디아스포라의 감수성과 심리상태 및 체험에 관한 서사를 풀어냈는데 이에 대한 독보적인 위치와 가치를 인정할 필요가 있다. 미국으로 이주한 후에도 계속해서 연구소 일을 하면서 학문에 몸담고 있었던 이력을 보더라도 타이완에서의 夏濟安의 지도를 받은 재원이었음을 짐작할 수 있으며 당시 스승인 夏濟安의 모더니즘에 대한 심취에 영향을 받아 이들 작가들도 모더니즘적 수법을 작품 속에서 빈번하게 사용하고 있다. 張系國는 다양한 시대적 모습을 소설에 담아내고 있는데 ≪皮牧師正傳≫에서는 1950년대를, ≪棋王≫에서는 1970년대를, 그리고 ≪衣錦榮歸≫는 최근의 모습을 그려내고 있다. 張系國의 고향 회귀에 관한 부분은 그의 작품에서도 나타나 있을 뿐 아니라 무엇보다도 그가 미국 유학 직후 타이완으로 돌아오고자 애썼던 이력을 통해서도 미루어 짐작할 수 있다.[23] 聶華

22) 李黎,≪傾城·附錄≫, (臺北：聯經, 1989), p.137.

23) 張系國가 타이완으로 돌아갈 수 있었던 것은 당시 블랙리스트에 올라 정부로부터 입국금지 조치를 당한 그에게 있어서는 결코 놓칠 수 없는 기회로 여겨졌음은 분명하다. 타이완으로 돌아가서 연구원으로 재직하면서 강의를 했지만 그 해 12월 타이완에서 발생한 '철학과 사건'으로 연루된 동료들이 체포되자 아내의 강력한 권고로 張系國는 타이완을 떠나게 된다. 이 일은 張系國 개인에게 있어서 매우 중요한 일대 사건이며 지식인에 대한 그의 인식에도 큰 변화와 나름의 시각을 정립해주는 계기가 되었던 것으로 보인다. 그는 학위를 받고 IBM 연구센터에서의 단조롭고 기계적인 무미건조한 학문과 연구를 계속하는 것에 지쳐있었으며 돈을 벌기 위해 일을 하는 것이 아니라 자신의 고향과 중국인들을 위해서 제 몫의 일을 하고자 하는 욕구가 있었다. 그리하여 교직에 몸담기로 결심했으며 언젠가는 타이완으로 다시 돌아가리라 희망했다. 후학들을 양성하면서 동시에 작품 활동을 해오

苓의 대표작인 ≪桑青與桃紅≫24)은 페미니즘적 시각에서도 연구될 수 있는 많은 이슈를 내포한 작품이다. 하지만 이 책에서 대상으로 하는 가장 큰 이유는 무엇보다도 당시 디아스포라의 생생한 삶의 모습을 그대로 담아내고 있는 현장 리포트와 같은 사실성에 근거하기 때문이다. 그녀의 소설 속 주인공은 그 자체로 중국대륙에서 타이완으로, 타이완에서 미국으로 떠나간 이민자로, 본 논문에서는 디아스포라적 주체로 정의하는 대표적 인물이다. 주인공이 디아스포라로서 겪게 되는 체험과 문화적으로 혼종화 되어가는 과정에서 자아를 잃게 되는 과정과 북미 화인화문문학의 특징적인 부분을 함께 읽어낼 수 있을 것이다.

초기 유학생 출신이었던 작가들의 정체성과 문화적 인식은 수많은 역사적 사건들과 연관을 맺으며 형성되었다. 그 이후 세대의 이민 작가들과 비교적 뚜렷한 차이를 보이는 점이 바로 이 부분이다. 이와 관련한 작품은 이후 구체적으로 고찰하기로 한다.

제4기: 1990년대-현재

북미의 화인화문문학은 지역의 작가들의 모임과 학술단체들을 기반으로 하여 점차 영역을 확대해 가다가, 또 한 차례의 '고조기'25)를

다가 1972년 중앙연구소의 錢思亮 원장의 초청으로 다시 타이완으로 돌아가게 되었다.

24) ≪桑青與桃紅≫은 1976년 발표된 이후, 1980년 중국대륙에서 출판되었고 뉴욕의 First Feminist Press에서 1998년 ≪Mulberry and Peach≫라는 제목으로 1986년 영역되었으며 독일과 한국에서도 각기 1988년과 1990년 번역 소개되었다. 독일에서는 1988년에 Amsterdam의 Uitgeverij An Dekker 출판으로 소개되었고 한국에서는 이등연 번역의 ≪바다메우기≫라는 제목으로 1990년 출판되었다.

25) 美華文學的第三個高潮釀成90年代。滙聚成這種高潮的有好幾種創作"潮

만나게 된다. 그리고 黃萬華가 말하는 '草根文群'[26] 작가들의 등장도 이 시기에 두드러진 특징 중의 하나로 볼 수 있는데 이로써 1990년대 초반을 제4기의 시작으로 구분할 수 있는 것이다. 이는 타이완 출신의 작가들은 물론, 중국대륙 및 홍콩 출신 작가들의 북미 지역에서의 활동이 점차 표면적으로 드러나기 시작한 시점과 일치한다. 북미 지역의 화인화문문학의 역사는 중국대륙보다는 오히려 북미 현지의 역사와 궤를 같이 할 가능성이 높다. 무엇보다도 제3기의 미국 화인화문문학은 타이완 출신 작가들이 중심이 되었으나 제4기 이후로는 이민 2세와 이민 3세들은 물론 후세대들의 등장과 타이완 이외의 중국어 문화권 출신 디아스포라 작가들이 동시다발적으로 활동했다는 점이다. 시간이 갈수록 이들의 창작 활동이나 문학작품은 초기의

流"。[……] 美華文學團體, 陳容最爲齊全的當推1991年5月成立于紐約, 現擁有十個分會, 近七百名會員的北美華文作家協會。[……] 近年來也有一些來自大陸的作家加如了該會。[……] 1987年成立于休斯頓的中國文化學社是個以大陸留美作家爲主要成員的團体, 現任會長馬克任。該會以來自臺灣的作家爲主體, 起依托的主要報刊≪世界報≫、≪中國時報≫、≪聯合報≫等也都爲臺灣報系所辦, 但該報宗旨在於"凝聚志同道合人士, 以文會友, 相互切磋, 交流創作經驗, 聯絡感情, 發揮力量在海外宣揚中華文化, 推行文藝活動", 所以近年來也有一些來自大陸的作家加入了該會。(黃萬華 主編, ≪美國華文文學論≫, (濟南: 山東大學出版社, 2000), pp.8-9.) 90年代以來, 除了"臺灣文群"及其延伸的移民作家群的創作仍在美華文壇産生重要影響外, "草根文群"和"新移民作家群"的崛起構成了美華文壇的重要潮流。黃萬華 主編, ≪美國華文文學論≫, (濟南: 山東大學出版社, 2000), p.11.

26) 그들 중에는 黃運基처럼 미국에서 수십 년을 산 사람들도 있어서 미국에서의 화인들의 역사적인 고난에 대해서 깊이 있는 이해를 바탕으로 하고 있는 반면 劉荒田이나 老南처럼, 미국에 거주한 지 얼마 되지 않지만 자신들이 직접 노동을 경험하였거나 미국 화인들의 '草根' 계층의 생활에 대해 익숙한 작가들도 있다. (他們中有在美國生活了半個世紀以上, 對華人在美國的歷史苦難有深切了解的, 如黃運基; 也有定居美國不久, 但因自己的底層打工生涯而熟悉美國華人"草根"階層生活的, 如劉荒田、老南等。) 黃萬華 主編, ≪美國華文文學論≫, (濟南: 山東大學出版社, 2000), p.11.

작가들이 강조했던 고향으로의 회귀나 상실의 문제, 정체성의 혼란과 같은 문제에서 보편적이고 근원적인 인성을 탐색하는 방향으로 나아가는 경향을 띤다. 이들의 활동이 이토록 활발해질 수 있었던 것은 이전 세대의 고민과 경험이 녹아든 문학적 활동이 바탕이 되었기에 가능했다. 북미 지역 화인 작가들은 이민 1세대 이후로는 영문으로 창작하는 사람들도 증가하게 되었다.

특히 화인영문문학 작가들의 경우, 1990년 이후인 제4기는 맥신 홍 킹스턴과 에이미 탄 처럼 화인 디아스포라 작가들이 제도적으로 미국문학의 테두리 속에 편입된 경우가 많은데다[27] 디아스포라의 신분적 정체성을 부인하고 자발적으로 미국인으로서의 신분적 정체성과 미국문화 속의 한 개체로서 인정받기 위해 목소리를 내는 작가들도 있다는 것이 특징이다. 1990년 이후의 북미 화인화문문학 작가들에 대한 평가는 아직 그 결과를 알 수 없는 현재진행형이다. 따라서 지금으로서는 현재진행형인 부분의 논의는 유보해두고 진단 가능한 부분까지 언급하는 것이다. 비록 다소간 단순화의 혐의가 있지만 지금까지 살펴본 바에 근거하여 북미 화인화문문학의 시기구분을 도표화하면 다음과 같다.

27) 이는 미국 내 소수민족/소수인종 문학으로 정전화에 편입시키려는 미국문학계의 전략과 화인 디아스포라 작가들의 주류문화로의 편입에 대한 욕망이 상호작용한 영향도 있다.

표 2. 북미 화인화문문학의 시기구분과 특징

	기간	역사적 특징	주요내용	대표작가군
제1기	18세기 후반-1945년	1882년, 1888년의 '排華法案'	중국대륙으로부터의 유학생들에 의한 문학 활동, '5·4' 이후 작가들에 의해 북미 화인화문문학의 기초를 다진 시기	林語堂, 胡適, 陳衡哲, 冰心, 許地山, 聞一多, 黃遵憲, 朱湘, 梁實秋, 洪深 등
제2기	1945년-1950년대 말	1943년 '排華法案' 철폐 제2차 세계대전 이후 중국대륙과 미국의 관계악화	항일 문예활동 중심 30여 개 남짓의 문예단체가 주로 미국 지역에서 생겨남 미국 내 소수종족 문학에 대한 관심 증대 다문화주의의 확산	黎錦揚, 黃運基, 董鼎山, 黃文湘, 木令耆 등
제3기	1960년대-1980년대 말	미국의 親타이완 정책 타이완으로부터의 유학 붐	타이완 출신 유학생 문학 활성화 문화적 혼종화를 주제로 한 창작활동 주로 타이완에서 발표, 출판되었으나 북미 화인사회의 전형을 보여주며 타이완 문단과도 영향을 주고받음	白先勇, 於梨華, 聶華苓, 張系國, 叢甦, 葉維廉, 杜國清, 鄭愁予, 非馬, 彭邦楨, 王鼎鈞, 琪君, 楊牧, 張秀亞 등
제4기	1990년대-현재	중국대륙과 미국의 관계 완화	타이완과 중국대륙으로부터의 이민자들이 지속적으로 증가 신이민과 구이민 구분 등장	嚴歌苓, 任璧蓮, 曾寧, 張翎, 少君, 夏小舟 등

앞서 설명해온 바와 같이, 제4기는 작가 수와 작품 수가 폭발적으로 증가하게 되는데 이는 화인화문문학 작품만 해당되는 것이 아니라 동시에 화인영문문학 쪽에서도 괄목할 만한 작가들과 작품들이 등장하여 양적으로 증가한 시기였다. 하지만 화인화문문학에서 디아스포라의 특징은 제3기에 이미 그 요소를 다 갖추고 있기에 제3기의 화인화문문학 연구는 그 중요도에서 가장 상위에 놓이게 된다. 따라서 앞

서 살펴보았던 몇 가지 이유뿐만 아니라 화인화문문학의 방향성을 견고하게 내재하고 있는 제3기의 작가와 작품에 대한 연구가 우선되어야 할 것이라 판단한다. 따라서 이 책에서의 논의는 주로 제3기의 작가와 작품을 중심으로 이루어진다.

2. 북미 화인화문문학의 성격에 대한 다양한 시각

(1) 중국대륙의 중화주의 시각과 북미 화인화문문학

중국대륙에서는 문학작품을 해석할 때 5·4신문학운동과 불가분의 연결고리를 찾아내고 그러한 전통을 물려받은 것만이 정통이라고 주장하는 경향이 강하다. 물론 5·4의 문학사적, 역사적 가치와 의의는 충분히 이해되며 중요성을 가지고 있음은 사실이다. 그럼에도 불구하고 중국대륙의 화문문학 학계측은 정통성과 전통을 주장하는 것을 넘어서서 이것을 일종의 민족문화와 민족주의의 강화 및 중화주의로 포섭하려는 전략을 내포하고 있으면서 이것을 5·4라는 전통으로 위장하고 있기 때문에 문제가 된다고 본다. 5·4의 본래의 의미와 취지도 퇴색시킬 수 있으리만치 강압적이고 공격적으로 변한 중국대륙의 민족주의와 중화주의 열기는 결국 북미 화인화문문학을 그 고유의 것으로 가치판단 내리기를 애써 외면하고 있다. 그리고 이러한 추세는 더 이상 거스를 수 없는 단계로 진행 중인 것으로 보인다. 이러한 시각들은 중국대륙의 화문문학 학회에서 발표되는 단편 논문에서나 화문문학이라는 주제로 연구되는 저술들에서도 가시적으로 드러나고 있다. 민족 혹은 민족주의라는 것을 정치적 전략의 한 방편으로 이용하게 될 때 충돌과 갈등이 발생하게 됨은 명백한 일이다. 특히 북미 화인화문문학의 경우는 더욱 독립적이고 순수하게 학술적으로 접근할 필요가 있다. 왜냐면 이제 살펴볼 것과 같이 "중국대륙에서 주장하는 바 '어종적 화문문학'은 중국대륙이 자국 민족주의 강화를 위해 내놓은 문화적 전략의 하나이기 때문"[28]이다.

중국대륙에서의 화인화문문학은 1980년대 전후부터 시작하여 꾸준히 연구되어 오고 있다. 화인화문문학 자체의 역사를 언급할 때 중국대륙에서는, 潘亞暾의 ≪海外華文文學現狀≫에서 明대에 朱舜水와 陳元贇 등의 일본 이주 이후의 시 창작과 일본문화계에 중국문화를 전한 것을 화문문학의 시작으로 보고 있다. 張頤武는 <포스트모더니즘과 1990년대 중국소설>에서 중국의 사회적 공간 재구성에 대해 말하고 있다. 더불어 세계화의 과정으로 야기된 사회적 변화로 사회제반구조와 각 부문 또한 그 경계를 넘어서는 단계에 있다고 말한다. 거대한 흐름 속에서 문학만이 순수영역 안에 머무를 수는 없다는 이들의 인식과 진단은 시의적절하다. 이들의 주장에서 공통적으로 드러나는 것은, 화문문학도 이처럼 단지 한 문화와 한 영역에만 머무르지 않고 기존의 형태에서 변화를 거듭하고 있다는 사실이다. 화문문학에 대한 관심과 연구 범위의 확장 및 연구자들의 등장은 단순히 새로운 영역 혹은 기존의 중심의 테두리 바깥에 있던 지역에 대한 관심에서 그치는 것은 아니다.

중국대륙에서 북미 화문문학을 바라보는 시각에 따르면, 무엇보다

28) 語種的華文文學并不是對對象的公正、客觀的描述，由于暗含了族群主義"文化策略"，它主要是對華文文學的强制性的、扭曲化的規定。在這種情況下，華文文學存在本身是被變形了的，研究視域裡的華文文學與其說是客觀存在的文學形態，還不如說是研究主體具有族群主義屬性的學術套路的環節。莊園 編, ≪文化的華文文學≫, (汕頭: 汕頭大學出版社, 2006), p.143.

도 중국대륙의 바깥에 있는 화인들의 신분이, 특히 북미 지역의 화인들의 경우, 명백하게 드러나는 바, 고국과 거주국, 주체와 객체의 이분법적 대립 속에 소외되고 갈등을 겪고 있는 것으로 인식하고 있다. 이로써 화문문학 주체인 작가들은 다른 문화 속에 타자로서 존재하게 되고 그리하여 그들의 문화적 정체성 문제와 직면하게 되며 나아가 민족적 정체성에 대한 고민까지 연결된다는 것이 이들의 일관된 주장이다. 이들은 화인화문문학 작가들이 그들이 속해 있는 주류 사회나 문화 속에 편입되지 못하고 제3자라는 '타자의식'을 항상 잠재의식 속에 내포하게 되고, 이는 이민 1세대와 2세대를 불문하고 모든 세대에서 공통적으로 표현되는 의식임을 강조한다. 史進은 <論東西方華文作家文化身分之異同>에서, 작가들이 '특정한 가치 관념으로서의 신분 출신의 낙인을 가지고 있다.'[29]고 하는데 이는 곧 문화적 정체성 문제와 연관된다. 즉 주류문화 속에 섞여 들어갔다 하더라도 항상 자신은 이방인이라는 생각을 떨쳐버릴 수 없도록 의미를 규정하고 있다. 물론 디아스포라 관점에서 보자면 이들은 영원한 이방인이고 완전히 다른 문화권 속에서 살아가야 하며 주류 사회와의 갈등의 씨앗을 항상 잠재하고 있는 특성이 있다. 하지만 이들 화인 디아스포라들을 '타자의식'이나 '영원한 떠돌이' 혹은 '영원한 이방인' 등으로 치부한다면 중국대륙의 시각이 화인 디아스포라 자체의 다문화적이고 발전적인 잠재력을 단편적인 시각에서만 다루고 있음을 드러낼 뿐이다.

중국대륙에서 보는 화문문학 혹은 해외화문문학에는 이종 문화 간의 교류가 나타나지만 이들 문화의 접합점과 지향점은 중국 전통문화

29) 史進, <論東西方華文作家文化身份之異同>, ≪中國現代、當代文學研究≫ 2004年第2期, (北京: 中國人民大學書報資料中心, 2004.2), pp.173-177.

로의 회귀라는 점에서 한목소리를 내고 있다는 점에서도 중국대륙 학자들이 민족주의를 강조하려는 의도가 드러난다. 화인화문문학 작가들의 작품 속에서는 직간접적으로 이질적인 둘 혹은 그 이상의 문화들이 만남, 충돌, 상호 영향주기, 스며듦의 형태로 작품 속에 체현되고 있다. 중국대륙 학자들은 창작주체의 출신이 제1의 문화로 작용하고 그가 이주해서 살아가고 있는 거주국의 환경이 제2의 문화로 작용한다고 보고 있으며 혹은 제3, 제4의 문화도 가능한데, 중국문화와 다른 문화와의 차이는 그 창작주체에게 갈등요소를 제공하면서 그에 대한 작품 내적인 반응도 상이하게 나타나고 있다고 분석하는 점에는 이견이 없다. 하지만 중국대륙 학자들은 화인화문문학 작가들이 주류문화 속에서 바깥에 서 있는 이방인이자 타자의 형태이거나 혹은 작품 속에서는 이질적인 문화 속에서도 낭만적으로 조화를 이루는 형태이거나 계속해서 주류세계로의 편입을 시도하지만 합치점을 찾지 못하는 형태로 다루면서 이들이 어떠한 귀결점을 계속해서 갈구하지만 여전히 갈 곳을 찾지 못하고 떠돌고 있다고 분석해내고 있다. 이 점에 대해서는 뒤에서도 다루겠지만, 특히 중국대륙에서 나오는 박사학위 논문[30]에 그러한 경향은 더욱 분명히 드러난다. 화인화문문학 작가들

30) 除了饒芃子、張子淸等資深學者,一批年輕的學者在撰寫他們關於美國華人文學的博士論文的過程中, 逐漸成長爲國內美國華人文學研究的主力。大部分雜誌上發表的相關優秀論文, 都出自這批年輕學者之手。相關博士論文主要從美國華人文學與母國文化的關係以及女性視覺而展開,前者如衛景宜的≪西方語境的中國故事—論美國華裔英語文學的中國文化書寫≫(2001)、高小剛的≪北美華人寫作中的故國想像≫(2003)、胡勇的≪文化的鄕愁: 美國華裔文學的文化認同≫(中國戲劇出版社, 2003)、蒲若茜的≪族裔經驗與文化想像—華裔美國小說典型母題研究≫(2005)等; 後者如肖薇的≪異質文化語境下的女性書寫—海外華人女性寫作比較研究≫(2002)、關合鳳的≪東西方文化撞撞中的身份尋求—美國華裔女性文學研究≫(2002)、陳曉暉的≪當代美國華人文學中的“她”寫作:對湯亭亭、譚恩美、嚴歌苓等華人女作家的多面分

의 심리상태나 작품의 가치 및 창작의도를 단순히 이주민의 자전적 고백 혹은 고향을 그리워하는 이민자들의 삶이라는 수준 정도로 소략하게 다루는 경향이 있다.

또 중국대륙 쪽에서는, 해외화문문학에는 '중국의식(中國意識)'이 직간접적으로 나타난다고 주장한다. 여기서 중국 의식이라 함은 중국대륙 자체는 물론, 중국인의 사상과 정서와 문화를 모두 포함하는 것을 말한다. 소설의 서두에 주인공이 중국대륙 출신임을 밝힌다거나 혹은 그의 윗세대가 중국대륙출신이라든가, 또는 작품의 배경이 중국대륙에서 바깥으로 옮겨진다거나 하는 경우가 대표적이다. 또는 고향에 대한 향수를 작품 저변에 놓고서 고향으로 돌아가고 싶다고 직접 밝히거나 암시하는 경우도 있다는 것이다. 모든 해외화문문학에는 필연적으로 중국적 민족의식이나 중국 문화에 대한 내용, 혹은 최소한 중국적 분위기가 작품 속에 나타난다는 것을 기본적인 가설로 상정하고 있다. 肖薇는 <文化身分與邊緣書寫>에서 '이민자문학 혹은 화인문학에서 본토에 대한 향수, 고향에 대한 그리움이 종종 나타남'[31]을 언급하면서 이것이 곧 '중국의식'이 분명히 표현되는 예라고 주장한다. 그래서 '중국의식'이라는 단어에서 오는 거부감보다는 오히려 중국의식을 설명하고 공감대를 형성하려는 중국대륙 학자들의 주장에 더 강한 의문을 제기할 수밖에 없다. 여기서 '중국의식'이라는 것

析≫(2003)等。當然, 批評視野在不斷地拓展,如李亞萍的≪20世紀中後期美國華文文學的主題比較研究≫(2004)、陳涵平的≪詩學視野野中的北美新華文文學的文化進程≫(2004)、陸薇的滲透中的解構與重構: 後殖民理論視野中的華裔美國文學≫(2005)分別從主題學、文化研究、後殖民理論等主要角度進行探討。皺濤, <商文學:美國華人文學研究的新視角>, ≪電子科技大學學報(社科版)≫第10卷第2期, (成都: 電子科技大學, 2008.2), pp.96-97.

31) 肖薇, <文化身份與邊緣書寫>, ≪中國現代、當代文學研究≫2004年第1期, (北京: 中國人民大學書報資料中心, 2004.1), pp.164-167.

은 다음과 같은 내용이라고 풀이할 수 있다. 즉, '中國이 세계화 속에서 한족으로 대표되던 중국 혹은 중화라는 영역의 새로운 지형도를 상정하고, 이를 위해서 세계 각 지역의 화인 작가들의 문학 및 중국어로 창작된 문학을 모두 포괄하는 것. 동시에 효과적으로 세계화 논리 속에서 자연스럽게 상상된 공동체로서의 중국의 이미지를 전파하기 위한 의식'을 드러내는 것이다. 레이 초우가 주장한 바와 같이 '전통과 유산이라는 언어를 계속 사용하고자 한다면, 우리는 반드시 '어느 전통과 어느 유산'을 언급하고 있는지 자문해야 함'[32]을 상기할 필요가 있다.

중국대륙에서는 그 이후 제4기에 들어서서 중국대륙으로부터 화인 작가들의 북미지역으로의 이주가 활발해지자 해당 작가들을 가리켜 '신이민'이라는 용어를 즐겨 사용하고 있다. 그리고 1990년대 이전의 북미 지역의 화인 작가들을 통칭 '구이민'이라고 명명하여 '신이민'과 구분하고 있다. 倪立秋는 ≪新移民小說研究≫에서 '신이민문학'이라는 용어를 쓰면서 다음과 같이 정의를 내린다.

> 신이민문학은 20세기 1970년대 말부터 1980년대 초 이후, (타이완, 홍콩과 마카오에서 외국으로 나간 사람들을 포함한) 중국의 신이민자들이 해외에서 창작활동을 한 문학작품으로, 창작 언어는 중국어일 수도 있고 영어나 기타 외국어일 수도 있다. 작품의 소재로는 이 작가들의 외국에서의 생활경험이나 보고 듣고 생각한 바, 또는 이주 이후 본국에서의 경험 및 작품 속에서 고향에서의 개인적인 경험을 담거나 고국이나 조국에서의 생활과 문화, 인문역사, 정치경제 등 다양한 각도와 시각에서의 생각과 경험들을 담고 있다.[33]

---

32) 레이 초우, 장수현·김우영 옮김, ≪디아스포라의 지식인: 현대 문화연구에 있어서 개입의 전술≫, (서울: 이산, 2005), p.199 참고.

倪立秋는 신이민문학에 대해서 타이완과 홍콩, 마카오와 같은 소위 '하나의 중국'에서 서양으로 이주한 사람들을 그 대상으로 하고 있으며 내용 면에서도 중국적인 것만을 고집하는 것에서 벗어나 있고 작품의 창작 언어에 있어서 중국어 외에도 이민자들이 거주하고 있는 대상국가의 언어로 창작한 작품들까지 포괄한다고 정의내리고 있다. 얼핏 보면 중국대륙 학계에서 이들의 주장은 미미하나마 일종의 발전적 단계로 나아가려는 움직임으로 보인다. 그러나 倪立秋는 여전히 중국대륙의 입장에 서서 해외, 혹은－그들이 지칭하는 통일된, 그리고 중국이라는 공동체로 효과적으로 묶여 들어갈 수 있는－세계 중국인 문학의 한 범주로 세계의 중국인 작가들을 통합시키고자 하는 점에서는 중국대륙의 기존 시각에서 크게 나아가지는 못한 중국대륙 중심의 시각을 더욱 확고히 견지한 결함을 보였을 뿐이다. 중국대륙의 그러한 이데올로기에 대한 차별된 시각의 필요성은 더욱 두드러지는 것이다.

그들이 말하는 소위 구이민은 주로 타이완 출신의 작가들로 구성되어 있으며 신이민 작가들은 이들을 타이완 출신 유학생 작품을 대표하는 유학생 작가로 규정하고 있다. 이들은 북미에서 1960-1980년대까지 활발한 활동을 하면서도 정체성의 혼란을 겪고 있으며 '뿌리 잃음'과 '뿌리 찾기'에 관련하여 해석할 수 있는 많은 여지를 제공하는 작품들을 창작해냈다. 신이민에 비해 상대적으로 작품을 소비할 것으

33) 新移民文學應該是指自20世紀70年代末80年代初以後，由中國新移民(包括臺灣、香港和澳門移居國外的人士)在海外創作的文學作品，其創作媒介可以是中文，也可以是英文或其他語言文字。其作品的題材可以是這些作家在國外的生活經歷或所見所聞、所思所想，也可以是其出國後回首原有的國內經歷而創作的作品，通過這些作品對其出國前的個体經驗、對母國或祖籍國的生活文化、人文歷史、政治經濟等從不同的角度和距離進行思考或反思。倪立秋，≪新移民小說研究≫，(上海：上海交通大學出版社，2009)，p.4.

로 예상되는 독자층이 한정적이어서 주로 타이완의 문학 소비계층을 목표로 하고 있으나 드물게 미국에서도 영역되어 읽히고 있는 대표적인 작품들이 있다. 중국대륙을 떠나고 다시 타이완을 떠나 미국으로 이주한 이들은 '떠나온 사람들'이며 정체성이 복잡하게 구성되어 있어 명확하게 하나의 정체성을 형성한다고 보기 어렵다. 그리하여 이들은 중국대륙을 떠나온 신분적 정체성을 지속적으로 의식하고 있을 뿐만 아니라 타이완 정체성으로부터의 영향으로 인해 표면적으로 (신이민에 비해서) 중국대륙의 후광을 이용하기 어렵다. 반면 신이민은 중국대륙 출신의 작가들로 구성되어 있으며 중국대륙의 독자들을 의식하여 창작하는 것이 특징적이다. 타이완 출신 작가들에 이어 북미지역에서 1980년대 이후에 그 수가 점차 증가했다. 이들은 작품에 있어서 구체적인 독자를 예상하고 있어서 서양인의 오리엔탈리즘을 그려내면서 동시에 중국대륙 독자들의 옥시덴탈리즘, 즉 이국적 호기심을 만족시킬 수 있는 작품을 생산해낸다. ('이중적 오리엔탈리즘') 바꾸어 말하자면 신이민 작가들은 창작의 기본 전제로 인해 오히려 중국대륙중심주의를 새롭게 만들어내는 역할을 하게 된다. 그리고 이들은 북미 지역으로 이주하였고 미국의 시민이 되어서도 중국대륙이라는 정체성을 그대로 유지하고 있는 것이 특징이다. 정체성이 뚜렷하게 중국대륙이라는 하나의 접점을 향하고 있기 때문에 구이민 작가들과는 달리 중국대륙이라는 후광을 이용하면서 효과적으로 활동을 할 수 있다는 점에서 차이를 보인다. 이들의 차이에도 불구하고 공통적인 특징은 있다. 구이민 작가들은 자신들의 고향으로 상정한 중국대륙을 그리워하고 돌아가고 싶은 어떤 시점으로 상상하고 있어서 그 고향은 지금 시점에서는 존재하지 않는 상상된 공간일 가능성이 많다. 반면 신이민 작가들에게 있어서 중국대륙이라는 문화적 정체성은 작품 창작의 원동력이고 동시에 작품 소비의 견인차 역할을 하는 필수적인 요소이다. 구이민과 신이민이 각기 다른 의미로 중국대륙이라는 소재를 사용하고 있지만 이들이 작품 속에서 재현해내는 중국대륙이 신비화되어 나타난다는 측면에서는 공통적이다.

이 책에서는 앞에서 상정한 것과 같이 이 모두를 가리켜 화인이라 부르고, 이들의 문학 중에서도 중국어로 된 문학을 중국대륙학자의 시각에서 정의된 해외화문문학이나 세계화문문학이 아닌 독자적이고도 중립적인 시각의 화인화문문학으로 부르게 된다. 그리고 이들의 문학을 중심의 주변에서 맴도는 것이 아닌 독립적이고도 신생적인 것으로 간주한다. 물론 이런 주의 깊은 노력에도 불구하고 화인화문문학은 중국대륙의 5·4와 민족주의를 앞세운 중화주의 강화의 전략에 따라 왜곡되고 오독될 가능성이 있다. 그러나 이와 같은 화인화문문학의 보다 명확한 개념 정의와 범주 정립을 통해서 중국대륙이 화인화문문학을 바라보는 중화주의적 시각에 변화를 유도할 수 있을 것으로 본다. 나아가 화인화문문학 작가들은 물론 작품 속에 내재한 정서가 단순하게 중국대륙 문학으로 귀속되고자 하는 회귀성을 가지고 있다는 중국대륙 쪽의 주장에 대해서도 탈중화주의적 시각으로의 전환을 제시할 것으로 믿는다.

북미 화인화문문학을 연구함에 있어서 의미 있는 작품들과 작가들의 출현이 많지만 그중에서도 白先勇, 於梨華, 張系國, 聶華苓과 Amy Tan, Maxine Hong Kingston 등의 작품이 중심이 된다. 무엇보다 여기서 강조하고자 하는 점은, 그들의 작품이 타이완과 미국을 오가며 창작되었고 주로 양국에서 소비가 되어오다가 마침내는 중국대륙에도 소개되어 넓은 독자층을 확보하고 있다는 것이다. 이들은 각종 문학상을 수상하여 검증된 작품을 보유하고 있다는 점, 그리고 그 다음 세대에게 문학적 원동력을 제공하고 스스로도 발화주체가 되어 화인 디아스포라문학으로서 충실히 역할수행을 하고 있다는 점에서 공통분모를 가진다. 작가들의 이력을 살펴보면, 이들의 공통된 가장 큰 특징은 표면적으로 이들이 모두 고향으로서의 중국대륙에 대한 기억을 가지고 타이완으로 이주해 유년기를 보내고 정규교육을 받았다는 점과 이후 타이완에서의 삶을 뒤로하고 다시금 북미 지역으로 이주하여 디아스포라의 삶을 살아가고 있다는 것이다. 이들 중 聶華苓을 제외한 세 작가는 모두 타이완대학 외국어문학과 출신이라는 공통점을 가지고 있다. 작가들이 북미 지역으로 이주를 하고서도 계속해서 문학창작을 할 수 있었던 것은 타이완대학이 가지고 있는 인문학적 기반과 풍토의 영향이라고 추정된다.

타이완대학 외국어문학과[34]의 전신은 1928년 일본타이베이제국대학 문정학부로 1947년 정식으로 국립타이완대학 외국어문학과라는 이름으로 설립되었다. 1955년 다시 이름을 외국어문학과[35]로 바꾸었

34) 本系自黃、英、朱、顏四位主任之後，有侯健、胡耀恆、王秋桂、林耀福、宋美華、彭鏡禧、高天恩、張漢良、廖咸浩、邱錦榮、劉亮雅等數位教授先後出掌本系系務。諸位主任任內亦均多有建樹，如持續進行課程改革，推動教師評鑑制度，設立系務、課程、及教師評審等委員會，出版英文學術期刊及英文學生系訊等。在系際與校際交流合作方面，本系曾支援文學院先後成立語言學研究所、日本語文學系、以及戲劇研究所，並曾主辦多次國際、國內學術會議，廣受各方矚目與好評。目前系主任爲梁欣榮副教授。本系教學之宗旨，在培養深具人文素養之高級外語及學術研究人才，訓練學生獨立思考，並推動外國語文學研究，藉深入了解外國文學與文化，提升語言訓練之層次，並爲中華文化開拓更寬廣的視野，激盪學術與創作之發展。本系課程安排一向講求文學與語言訓練並重。除原有之文學、語言學課程及英語聽說讀寫訓練課程外，近年更增開多種實用選修課程，以因應時代及社會之需求。(臺灣大學 外文系 홈페이지: http://www.forex.ntu.edu.tw/about/super_pages.php?ID=about1, 2010.10.30.검색)

35) 타이완대학 외국어문학과는 한국식으로 말하자면 영어영문학과에 가깝다.

다가 1966년 외국어문학 대학원 석사과정을 신설, 1967년 야간학부 개설, 1970년 박사과정을 증설했다. 학과의 연구소 소장은 학과장을 겸임하는데 黃仲圖 교수는 초대 연구소 소장이자 학과장이었고 英千里 교수가 2대 학과장이었다. 이후 미국에서 유학 후 귀국한 朱立民 교수가 3대 학과장을 이어받았고 1969년 문학원 원장까지 맡게 되었다. 다음으로 顏元叔 교수가 학과장에 취임하고 동시에 ≪英文報章雜誌助讀月刊≫과 ≪中外文學≫월간을 창간하였다. 이 학과가 발간한 ≪英文報章雜誌助讀月刊≫ 잡지 역시 영미문학에 관한 내용이 주를 이루었고 외국어문학과의 학생들의 습작과 교수들의 창작물이 영어로 실리곤 했다. 이처럼 타이완대학 출신의 학생들은 미국으로 유학을 떠나기 이전에 어느 정도 영어에 대한 기본적인 배경지식과 소양 및 미국과 유럽이라는 새로운 문화에 대한 바탕을 갖추고 문학적 역량을 키워온 사람들이다. 중국의 초기 이민자들의 신분이 노동자였으며 대부분이 영어에 대해서 전혀 모르는 상태로 미국으로 가는 배에 올랐던 때와는 큰 차이를 보인다. 이주 전 거주국의 언어를 알고 떠나는 것은 훗날 거주국에서의 적응과 그 사회에서의 더 나은 지위나 신분 확보에 있어서 결정적인 요인이 된다는 것은 미루어 짐작할 수 있다. 노동자였던 초기이민자들과는 달리 이들은 유학생의 신분으로 이주를 하게 되고 거주국에서도 학생의 신분으로 출발하여 대학원생, 연구원, 정년 교수의 수순을 밟게 되는데 이것이 작가들의 공통점이기도 하다.

타이완문학사에서 모더니즘 문학사조가 본격적으로 작품으로 창작되어 나오는 데에는 ≪文學雜誌≫와 ≪現代文學≫가 결정적인 역할을 했다. 1956년 9월 타이완대학의 외국어문학과 夏濟安 교수는 ≪文學雜誌≫를 창간하고 서양의 모더니즘 이론들을 소개하기 시작했는데 이때 그는 서양은 물론이고 타이완의 모더니즘 계열 작품들도 잡지에 실어서 당시 문학계에 적지 않은 영향을 주었다. 1959년 7월 夏濟安 교수는 미국으로 가게 되고 1960년 8월 이 잡지는 정간되었다. 하지만 夏濟安 교수와 동료였거나 제자였던 혹은 ≪文學雜誌≫를 통해 교류하던 작가들은 그에 멈추지 않고 '南北社'를 설립하고 1년 후 '現代文學社'로 단체의 이름을 바꾸고는 白先勇을 대표로 앉혔다. 1960년 3월 ≪現代文學≫잡지가 발간되는데 이는 타이완문학사에 있어서 중요한 한 획을 긋는 문학사적 사건으로 기록되고 있다. 1973년 9월 경제적인 문제로 정간되었다가 1977년 7월 복간되었고 이후 다시 정간될 때까지 총 51기가 발간되는데 이를 통해 발표된 소설은 206편, 작가 수는 70명에 이른다. 타이완문학사에서 말하는 '現代文學社'와 ≪現代文學≫잡지는 서양이론에 대한 다소 설익은 비판의식으로 여러 가지 문학사조들을 소개했고 지금의 시각에서 보자면 당시의 서양의 문학사조와 이념들을 단순히 모방하는 듯한 차원의 작품들을 게재하기도 했다. 하지만 이러한 한계에도 불구하고 잡지는 타이완문학사에서 크게 다음과 같은 두 가지 의미를 가진다. "첫째, 비교적 체계적인 방식으로 서양의 모더니즘 사조와 작품을 소개했다는 점(카프카, 토마스 만, 조이스, 로렌스, 울프, 사르트르, 보들리아르, 포크너 등의 작품을 타이완에 최초로 소개), 둘째, 신진 작가들을 독려하여 영향력 있고 문학성 있는 작품들을 발표하게 하여 문학 창작의 길을 열어주었다는 점"36)이다.

타이완대학이 주축이 된 문학잡지의 창간과 외국어문학과의 활발한 창작활동, 더불어 이들의 순조로운 유학길에는 당시 미국과 중국

36) 古繼堂主編,≪簡明臺灣文學史≫, (北京: 時事出版社, 2002), pp.315-319.

대륙 간에 흐르던 냉랭한 정치적 노선의 영향이 있었다. 미국 정부의 대중국 노선이 냉각되면서 오히려 자유중국으로 불리는 타이완과의 관계노선은 순기류를 타고 발전 중이었기에 더더욱 가능했던 것이다.

白先勇을 필두로 하여 於梨華, 張系國, 聶華苓, 陳若曦, 歐陽子, 王文興, 七等生, 從甦, 趙淑俠 등의 작가들이 언급되는 시기는 타이완문학사에 있어서 모더니즘 계열 소설이 꽃을 피웠던 시기와 일치하는데, 이들은 당시 타이완의 모더니즘(現代派) 소설 창작에 주축이 되어 열정적으로 참여하여 활동했다. 특히 여기서 다루는 白先勇, 於梨華, 張系國, 聶華苓은 후일 '유학생 문학'의 대표주자[37]가 된다. 앞서도 잠시 언급했지만, 이들은 상당히 유사한 이력을 가지고 있다. 부모 세대가 대륙 출신이며 아주 어릴 때의 중국대륙생활로 인해 중국대륙에 대한 아득한 고향의 이미지를 간직한 채 유년기에 타이완으로 이주하여 학창시절을 타이완에서 보내고 대학 무렵 미국으로 유학을 떠난다. 유학 시점을 전후하여 타이완에서 혹은 북미에서 작품을 창작하였고 유학 후 점차 북미 지역 내에서 학술적인 지위를 얻게 되어 종신교수의 신분으로 완전히 이주하여 정착하게 된다. 이런 일련의 경험들은 그들의 작품, 즉 디아스포라문학에도 영향을 주었다.

---

37) 對廣袤的台灣土地和廣大的台灣人民這個大現實, 反而視若無睹或無動於衷, 他們的文學不能也不想在臺灣生根, 自我放逐的結果, 他們只能寫≪桑靑與桃紅≫、≪紐約客≫、≪又見棕櫚又見棕櫚≫之類的流浪者的悲歌或孤兒哀鳴。彭瑞金, ≪台灣新文學運動四十年≫, (臺北: 自立晚報, 1991), p.142. 유학생 문학의 일군의 작가들이 타이완에 대한 의식이 부족하다고 하는 것은 그들의 디아스포라로서의 특수한 신분적 의미를 무시한 채 단편적으로만 비난하는 오류를 내포하고 있다. 타이완에서 이른바 유학생 문학에 속하는 이들은 미국 국적을 가진 화인의 신분임은 분명하지만 유학생에서, 나아가 이민자－이들을 포괄하는 의미에서 디아스포라인 사람들의 정서와 심리상태, 삶의 방식 등은 시대를 초월하여 공감대를 형성하는 보편성을 띠고 있다.

타이완문학의 문단과 학술계에서는 白先勇, 於梨華, 張系國, 聶華苓을 묶어서 유학생 문학의 시초이자 대표자들이라고 부르고 있다. 타이완의 '유학생 소설'이라는 각도에서 평가할 때 비교적 뚜렷하게 드러나는 특징은 다음과 같다. 첫 번째는 중국과 서양의 문화 충돌로 인한 정신적 갈등과 경제적 어려움으로부터 야기된 곤경 등이 이방인이라는 신분적 정체성과 혼합되어 나타난다는 점이다. 두 번째는 유학생 소설의 대표적인 작가들의 작품을 통해서 뿌리상실의 경험을 제공하고 있으며 이것은 타이완 문학사에서 중요한 하나의 분기점이자 흐름을 형성하고 있다는 점이다. 특히 於梨華와 聶華苓 두 작가가 주로 활동한 1950-60년대를 통틀어 타이완 문학에서는 '無根'에서 '尋根'으로의 경험과 방향성 설정이라는 공통된 인식을 갖게 된 것으로 여겨진다. 1953년 유학을 위해 미국으로 간 於梨華와 1964년 잡지 ≪自由中國≫의 휴간 이후 미국행을 결심하고 이주한 聶華苓은 타이완을 떠나오기 전보다 그 후에 더욱 활발한 창작활동을 하였다. 於梨華의 소설에서는 타이완 출신의 사람들의 '無根'한 상태와 외롭고 고독한 지식인의 심리상태 및 고향으로 돌아와도 그곳에 속하지 못하는 이방인이 되어버린 모습을 잘 표현하고 있다. 직접적으로 드러내는 '無根一代'의 전형적인 이미지 속에는 어느 곳에도 속하지 못하는 인물의 내면을 표현하기 위해 스토리의 흐름이 시간순서를 거스르기도 하면서 주인공의 심리를 따라 움직이는 구조로 설정해 두었다. 聶華苓은 해외를 떠도는 이방인의 심리를 진지하게 드러내면서 인물의 성격과 내면세계를 섬세하게 그려내는 데 뛰어나다. 於梨華와 마찬가지로 인물의 내면심리의 시공간을 작품의 틀로 구성해내어 사회적, 역사적 상황과 복잡미묘한 인물의 내면세계를 서로 융합시켰다.

이 작가들은 스스로 유학생 문학을 자처했다고 보기는 어려우나 그렇게 불리는 것을 거부하거나 반대하는 입장은 아니다. 하지만 이들의 작품이 단순히 타이완이라는 지역적인 한계와 문화적인 단일화에만 기대어 분석하고 연구되기에는 좀 더 풍부한 함의가 있다는 것은 분명한 사실이다. 그러므로 단순히 타이완 문학이라는 틀 속에서 유학을 경험한 세대들의 자전적인 기록으로 이들의 작품을 규정하게 되면 그 문학적 성취나 문화적 가치를 간과하는 오류를 범할 수 있다. 이들은 근본적으로 자신들의 정체성에 관한 의문을 갖고 있다. 부모로부터 물려받은 중국대륙에 대한 인식과 타이완에 대한 추억, 그리고 미국에 대한 경험이 어우러져 이들의 정체성과 문화의식, 그리고 인식의 체계를 만들어냈으며 최소 두 종류 이상의 이종의 문화들이 혼종적으로 내재된 가운데 사상체계를 형성하게 되었다. 작가 자신들이 의도했든 의도하지 않았든 간에 이들의 작품은 이미 '의도된 혼종성'[38]을 띠고 있다. 정치 사상적인 비자발적 노마드에서 경제적인 자발적 노마드가 되기까지 이들이 체험한 것들은 문학 비평의 잣대로 연구가 가능하다. 이들은 타이완이라는 문화적 특징화에 선뜻 동조하지 않을 것이다. 다만 이들의 작품 속에서 느껴지는 타이완에 대한 향수와 타이완 사람들의 모습마저 부정하고자 하는 것은 아니다. 우려되는 점은 역시 중국대륙, 타이완, 홍콩, 동남아, 북미, 유럽이라는 단순한 지역적인 경계와 국적으로만 문학을 구분함으로써 발생하는 작품 속의 문화학적 해석의 여지와 가치를 묵살하게 되는 경우이다. 그러므로 계속해서 그러한 오류 속에 빠지지 않으면서 화인화문문학을 정위하도록 해야 할 것이다. 따라서 화인화문문학이라는 이름으로 지

38) 김혜준, <화인화문문학 연구를 위한 시론>, ≪중국어문논총≫제50집, (서울: 중국어문연구회, 2011.9), p.92 참고.

금까지도 진행 중에 있는 디아스포라라는 새로운 집단의 출현과 이들의 문학 활동이 포스트식민주의시대인 현재의 시점에서 바라볼 때 어떠한 연관과 시사점이 있을 것은 명료해진다.

이들과 같이 '디아스포라를 살아내고 있는 존재들'[39]은 가라타니 고진이 말하는 어떤 실체로서 존재하는 것이라기보다는 '지향성'으로 존재하는 것이다. 그리고 그들은 진정한 코스모폴리탄을 지향하는 선구자적 역할을 하는 사람들로 이해될 수 있다. 그러므로 타이완문학계에서 화인화문문학을 타이완문학의 연장선상에서 다루는 것은 앞서 살펴본 것처럼 중국대륙과 마찬가지로 그 뿌리를 어디에 두느냐는 관점에서 근거가 없는 것은 아니다. 게다가 화인화문문학의 독자성 측면에서 중국대륙보다 좀 더 자율성을 띠고 있다는 시각은 더욱 진보적이긴 하다. 하지만 전적으로 화인화문문학을 새로운 어떠한 집단의 출현과 그들의 문학이라는 시각에 입각하여 평가하는 것은 아니다. 타이완 쪽도 중국대륙 쪽과 마찬가지로 여전히 화인 작가들의 뿌리는 어딘가 그대로 존재하고 있으며 그들은 그러한 뿌리로 돌아가기 위해 노력하고 있는 사람들이고, 그들이 상상하는 민족주의와 고향이라는 특정한 이미지 역시 중국대륙 혹은 타이완이라는 지역적인 틀 안에 머물러 있다고 본다는 점에서 양자는 기본 전제에서 큰 차이가 없다.

(2) 타이완 출신 북미 학자들의 화어계 문학 주장과 북미 화인화문문학

중국대륙에서 해외문학이나 비교문학에 대한 유행의 바람을 일으

39) 정은경, ≪디아스포라문학≫, (서울: 이룸, 2007), p.17.

킨 주축은 바로 타이완 출신의 미국 학자들이다. 특히 葉維廉[40), 王德威[41), 史書美[42)에 이르기까지 타이완 출신의 화인학자들의 학술적 성취와 성과 및 그들의 역할은 괄목할 만큼 왕성하다. 중국대륙의 입장에서 보면 역으로 이들이 중국대륙에 끼치는 영향력도 점차 커져가고 있음을 부인할 수 없는 것이다. 이쯤 되면 타이완 출신 학자들의 괄목할만한 성장 및 역할의 바탕이 되는 밑거름은 어디에서부터 생성되었는가 하는 문제가 부각된다. 葉維廉은 시인으로 활동하고 있으며 그는 중국시학을 다루는 쪽에서 비교적 성취를 이루어내고 있다. 더불어 王德威는 작가와 문학작품에 대한 날카로운 비평을 통해서 기존의 중국문학에 대한 새로운 해석을 선도하고 있다. 史書美와 같은 학자는 Sinophone literature를 주장하고 있어 주목할 만한데 특히 다음의 글은 중국대륙 중심의 시각에서 보는 '중국문학'에 대한 그녀의 의문을 잘 드러내고 있다.

---

40) 葉維廉(Wai-lim, Yip: 1937~)은 타이완 시단에서 1960년대 모더니즘 시 운동의 중심인물로 활동했으며 1967년 미국 프린스턴 대학에서 비교문학 학위를 받았다. 미국 UC SanDiego에서 교수로 재직하다가 이제는 은퇴하였다. 葉維廉은 모더니즘 시의 재해석과 더불어 중심과 주변의 이분법에 대한 그의 사고과정 및 다종문화 간의 인식과 연구의 과정에 대한 이해를 통해 문화연구의 창조적 틀과 접근법을 효과적으로 제시하였다.

41) 王德威(David Wang: 1954~)는 타이완대학 영문학과를 졸업하고 미국 위스콘신 매디슨 대학에서 비교문학 박사를 받았다. 현재 하버드 대학에서 동아시아 언어문화학과의 교수로 재직 중이다. 長江학자이며 중앙연구원의 연구원이기도 하다.

42) 史書美(Shumei, Shih: 1961~)는 한국, 타이완을 거쳐서 현재 미국 UCLA의 아시아 언어 문화학과의 교수로 재직 중이다. 2005년 Geremie Barmé과 함께 2005년부터 Sinophone Literature(화어계 문학)을 주장했다. 주요 저작으로는 ≪The Lure of the Modern: Writing Modernism in Semicolonial China, 1917-1937(現代的誘惑：書寫半殖民地中國的現代主義（1917-1937））≫, ≪Visuality and Identity: Sinophone Articulations across the Pacific(視覺与認同：跨太平洋的華語表達)≫ 등이 있다.

과거에 중국의 안팎에서 중국어로 창작된 문학들 간의 구분은 상당히 모호했고, 이러한 모호함은 중국 밖에서 중국어(Sinitic)나 표준 중국어 혹은 다른 것들로 쓰인 문학작품들을 망각시킨 것은 아니라고 하더라도 무시하도록 만드는 결과를 가져왔다. 일반적으로 영어로 '중국문학(Chinese literature)'과 '중국어로 된 문학(literature in Chinese)'으로 범주화되었던 것이 혼란을 가중시켰다. 두 범주 속에 들어있는 Chinese라는 단어의 특이성은 Zhongwen(Chinese)와 Huawen(Sinophone) 사이의 구별을 지워버렸으며 너무 쉽게 중화주의로 미끄러져 들어갔다.[43)]

Sinophone(화문)의 개념에 대해서 史書美가 다루는 것은 지금의 타이완에 관한 것과 나아가 홍콩, 그리고 북미 지역으로 한정되어 있다. 그녀는 Sinophone 연구의 최종 종착지가 화인 디아스포라나 '문화적 중국'을 중국대륙과 연계시키는 방면에 한정할 것이 아니라고 말한다.[44)] 그녀는 세계 속의 중국문학을 보는 새로운 시각으로 화어

43) In the past, the distinction between literature written in Chinese languages from inside and outside China has been rather blurry, and this blurriness has had the effect of throwing literature written in Sinitic languages outside China, standard Hanyu or otherwise, into neglect, if not oblivion. What used to be categorized in English as "Chinese literature" and "literature in Chinese" added confusion. The singularity of the word Chinese in both terms in English erases the distinction between Zhongwen (Chinese) and Huawen (Sinophone) and easily slips into China-centrism. Shih, Shu-mei, *Visuality and Identities: Sinophone articulation across Pacific*, Berkeley: University of California Press, 2007, pp.32-33.

44) The purpose of Sinophone studies is not to construct yet another universal category such as the Chinese diaspora and "Cultural China" with obligatory relationship to China, but rather to examine how the relationship becomes more and more various and problematic and how it becomes but one of the many relationships that define the Sinophone in the multiangulated and multiaxiological contexts of the local, the global, the national, the transnational,

계 문학(Sinophone literature)을 주장하고 있다.

Sinophone literature를 주장하는 또 한 사람의 학자인 王德威는 대표적인 비평서들 중에서도 특히 ≪衆聲喧嘩≫(1988)와 ≪衆聲喧嘩以後≫(2001)[45]라는 제목으로 미하일 바흐친의 '헤테로글로시아'를 전면에 내세웠다. 미국의 동아시아 문학 학자들은 화인 여부와 상관없이 대체로 문화학이나 인류학적인 이론과 철학적인 사조들에 정통하며 특히 비교문학을 전공한 학자들은 학문적 특성상 문화비교와 사회학적인 이론과의 접목을 적극적으로 수용하는 분위기에 익숙하다. 북미 화인화문문학 작가들도 유학생 출신이 대부분이므로 이러한 영향을 받았을 수 있다. 王德威가 말하는 '衆聲喧嘩'를 언급하기 전에 우선 이러한 개념들을 앞서 주장한 미하일 바흐친의 헤테로글로시아와 대화주의의 개념들을 짚어볼 필요가 있다.

미하일 바흐친의 주장들이 대체로 러시아 형식주의와 마르크스주의에 대한 반발을 그 이론의 출발점으로 하고 있다는 점에서 화인화문문학의 발생 및 그에 대한 연구와는 다소 거리가 있는 부분은 있다. 그러므로 화인화문문학에 대한 발전적 논의를 위해 효과적으로 설명 가능한 부분 중에서 미하일 바흐친의 주장의 일부분과, 王德威의 책

---

and above all, the place of settlement and everyday practice. As such, the Sinophone can only be a notion in the process of disappearance as soon as it undergoes the process of becoming, when local concerns voiced in local languages gradually supersede preimmigration concerns for immigrants and their descendents through generations, with the Sinophone eventually losing its raison d'être. The Sinophone as an analytical and cognitive category is therefore both spatially and temporally specific. Shih, Shu-mei, *Visuality and Identities: Sinophone articulation across Pacific*, Berkeley: University of California Press, 2007, pp.31-32.

45) 王德威, ≪衆聲喧嘩以後≫, (麥田出版, 2001)

제목과 마찬가지로 이질언어성 개념의 일정 부분이 화인화문문학을 말하는 데 적합한 주장을 펼친 부분을 참고하기로 한다.[46)]

미하일 바흐친이 말하는 대화의 의미는 기존의 사상가들이 독백적이고 단성적(單聲的)이었던 것과는 달리 다성적(多聲的)인 특징을 가지고 있다. 미하일 바흐친의 대화주의는 형식주의와 마르크스주의를 뛰어넘는 새로운 문학이론으로 볼 수 있으며 넓은 의미로는 새로운 인식론적 사고의 유형으로 받아들일 수 있다. 이는 절대성과 독단주의를 배격하고 상대성과 다원성의 관점에서 삶의 다양한 현상과 문학을 분석하는 틀로 이해될 수 있다. 그는 문학 텍스트의 의미와 내용 혹은 형식 등 모든 것이 고정된 상태로 남아있지 않으며 끊임없이 변화 발전해나간다고 주장한다. 미하일 바흐친은 언어에 있어서도 대화적 특징을 강조하면서 언어 자체도 사회적인 상황 속에서 이루어지는 역동적인 상호교류의 한 형태이자 의사소통의 행위로 파악하고 있다. 따라서 그가 말하는 이어성과 다어성이 가장 잘 드러나는 문학 장르는 소설이라는 귀결점에 이르게 된다. 곧 소설의 언어는 다중의 목소리로 된 언어임을 강조한다. 나아가 미하일 바흐친에 관해서 한 가지 더 주목할 점은 다성적 문학인데, 이는 독립적이며 서로 병합되지 않는 다양한 목소리와 의식에 의해 특징지어지는 문학을 말한다. 작가에 의해 통제받지 않는 다양한 의식이나 목소리가 작품 속에 존재하고 있다는 것이다. 진정한 의미에서 다성적 문학의 존재여부는 작가

46) 미하일 바흐친에 대한 오독과 전유에 대한 위험성은 바흐친 관련한 연구서적들에서 드러나는 바, 모호함과 시기적으로 뒤섞인 연구 자료들을 그대로 번역한 학술출판계의 책임도 일부 작용했을 것이다. 그러므로 바흐친의 주장 중에서도 화인화문문학과 직접적으로 관련지을 수 있는 주요 개념들에 대한 의미 확정을 전제로 하였으며 이를 통하여 좀 더 방법론적, 해석학적 측면에서 화인화문문학에 수월하게 접근할 수 있을 것이라 생각한다.

를 작품에서 완전히 배제시키는 것이 불가능하다는 점에서 그 한계가 드러나지만 문학 자체를 작가 혹은 작가를 둘러싼 정치적 사회적 현상에서 해방된 좀 더 자율적인 측면에서 조망한다는 점에서는 의의를 가진다.

미하일 바흐친과 王德威는 대화의 개념과 대화적 존재론이라는 측면에서 연결고리를 찾을 수 있다. 레이 초우와 王德威는 현재 그들에게 필요한 전술이 담론을 개입의 수단으로 활용하는 데서 찾을 수 있다는 인식에 공통적인 인식을 하고 있으며 '바흐친이 구조화 이전에 외부 타자를 개입시키는 존재론적인 차이와 복수성에 주목한다는 점은 '중국대륙' 밖에 있는 중국 지식인이 담론에 교섭할 수 있는 개입경로를 제시'[47]할 수 있도록 해준다는 것이다. 레이 초우는 미하일 바흐친의 문화경계론적 사유와 개방형의 총체 개념이 유용하다고 판단하였고 王德威는 미하일 바흐친을 문학담론 내부로 한정시키면서 해체론적인 접근이 유효하도록 하고 있다.

史書美는 ≪Visuality and Identity≫에서 중국학을 일컬어 Sinophone literature(화어계문학)쪽으로 이행하는 것이 더욱 새로운 가능성이 있다고 주장한다. 특히 중국대륙 중심주의(Chinese-centralism)를 반대하면서 Sinophone에 대한 정의와 더불어 제국과 코스모폴리탄, 그리고 종족에 대한 의문을 제기하고 있다. 책에서 史書美가 정의하는 Sinophone을 살펴보면 다음과 같다.

> 중국 바깥이나 중국이나 중국성의 주변에서 이루어지는 문화적 생산물의 장소들 간의 네트워크가 있는데 이 속에서 중국 대륙 문

47) 노정은, <왕더웨이 「유정의 역사」에 대한 짧은 독해>, ≪중국현대문학≫ 제54호, (한국중국현대문학학회, 2010), p.201.

화를 이질화하고 지역화하는 역사적 과정이 몇 세기 동안 일어나고 있다.[48)]

이와 더불어 세계 속의 중국문학의 방향을 대립항들의 정의로부터 시작하여 설명하는데 그것은 '중심'과 '주변', '중국대륙'과 '해외', '중국어(Chinese)'와 '화문(Sinophone)' 혹은 '화어(Sinitic)'이며[49)] 나아가 '중국문화'는 '화문화(Sino-culture)' 혹은 '화어계 문화(Sinophone culture)'[50)]를 통한 다가치적인 전제로부터 정의 내리기를 시작하여 '반헤게모니적 화어화문'을 지향점으로 상정하고 있다. 화어계라는 개념은 더불어 좀 더 다각적인 비평의 문을 열 수 있는 열쇠를 가지고 있음을 강조한다.

王德威는 중국대륙, 타이완, 홍콩, 그리고 기타 지역에 거주하는 화인 작가들에 대한 비평서를 묶어서 책으로 펴내고 있다. 기존에 중국대륙으로부터 정통의 계승이라는 연결고리를 유지하던 북미 지역의 화인화문문학이 최근 들어서 중화주의의 강조를 위한 첨병이자 동서양의 완충지대로 지위가 격하되고 있다. 게다가 오히려 중국대륙 중심주의로 흘러가자 그들의 입지는 위태로워지기 시작했다. 王德威와 같은 학자는 줄곧 자신들이 중국대륙의 정통이자 일부였다고 믿었

48) A network of places of cultural production outside China and on the margins of China and Chineseness, where a historical process of heterogenizing and localizing of continental Chinese culture has been taking place for several centuries. Shi, Shumei, *Visuality and Identity: Sinophone articulation across Pacific*, Berkeley: University of California Press, 2007, p.4.

49) Shi, Shumei, *Visuality and Identity: Sinophone articulation across Pacific*, Berkeley: University of California Press, 2007, p.33.

50) Shi, Shumei, *Visuality and Identity: Sinophone articulation across Pacific*, Berkeley: University of California Press, 2007, p.122.

으나 점차 다가오는 위기를 감지하고는 북미라는 힘을 기반으로 화인화문문학의 위치를 다시 정의 내리게 되었다. 이는 곧 중국대륙과 파워게임이 가능한 서양을 등에 업고서 자신을 강화하여 중심부를 포위하고 해체하는 방식으로 접근하도록 한다.

타이완과 홍콩은 중국대륙이 중심이 되는 문학 속에 당연히 존재하는 것이라고 주장하는 중국대륙의 정치적인 전술에 대해 타이완이나 홍콩 모두 그리 탐탁지 않게 여기는 것이 사실이다. 나아가 중국대륙의 문학영역 확장은 앞서도 잠시 언급했지만, 단순히 문학의 통합적 공동체를 구성코자 하는 순수한 의도만 작용한 것이 아니기에 더욱 조심스럽게 대응해야 할 필요는 있다. 만약 중국대륙에서 순수하게 문학적인 공동체를 구성하기 위한 전단계로서 타이완과 홍콩을 하나로 묶어 중국문학이라고 명명하겠다면 그 다음은 동남아시아의 화인문학들도 중국문학으로 포섭할 것은 자명하다. 나아가 유럽과 미주지역의 화인작가들의 화문문학도 세계 속의 중국문학이라는 미명아래 통합되는 수순으로 진행될 것이다. 저들이 범세계적으로 여전히 중국대륙이 중심이 되고 그 외의 문학들이 주변화 된 상태의 문학을 논의하는 것은, 현재의 상황으로 볼 때, 각 지역의 독특한 문화적 결합이나 작가의 의식상태의 구성요건들에 대해서는 간과한 채 '중국의식', '대륙으로의 회귀'들을 중심으로 논의할 것이기 때문이다. 이럴 경우 각 지역의 독특한 문화적 특성과 작품의 경향을 간과한 채 진행되는 논의들에 있어서 더욱 중심과 주변의 대립논쟁이 심화될 우려가 있다. 왜냐면 문학을 한데 놓고 통합적으로 논의할 수 있는 측면은 효과적이겠지만 그렇다 하더라도 대립 논쟁을 막지는 못할 것이기 때문이다.

그렇다면 이것이 순수한 문학 공동체를 이루어내기 위한 목적이 아니라, 의도적인 정치적, 전략적 문학 영역의 확장이라는 가설 하에서 본다면 몇 가지 우려되는 점이 나타난다. 확장된 범위에서 각 지역의 화인화문문학이 논의될 것이라는 사실은 앞서의 순수한 문학적 공동체로의 지향의 결과와 다르지 않을 것이라는 근거는 다음과 같다. 첫째, 중화주의의 강조와 주변화 된 문학의 일시적 편입, 그리고 영원한 주변화가 심화되면서 주변으로 상정된 곳들에 대한 잠재적이고도 점진적인 억압이 행해짐은 물론, 학문적 권력구도가 분명해질 것이다. 둘째, 중화주의의 확장이라는 의도가 전면적으로 드러나는 순간 오리엔트에 반하는 옥시덴트에서의 견제가 강화될 것이다. 셋째, 중화주의의 강조와 세계문학으로의 통합 단계를 지나게 되면 중국인에 의한 것이 아닌 문학들도 중국문학으로 편입될 심각한 결과를 낳을 수 있다. 예컨대 중국대륙의 화문문학 학회에서도 종종 언급되다시피, 중국대륙 측의 학자들 중 일부는 한국의 허세욱을 화문문학 작가로 분류하고 있는데 이러한 사실을 근거로 하더라도 상당히 우려되는 점이 있음을 알 수 있다.

중국대륙의 주장대로라면 중국대륙이 중심이 되는 중국문학에 북미 화인화문문학이 강제로 통합될 수 있다는 위험성이 드러난다. 이러한 중국대륙 측의 숨겨진 정치적 전략과 은폐된 이데올로기적 의도를 감안한다면 중국대륙의 주변부로 상정되어 있는 작가들은 저항적인 성격의 문학으로써 중국대륙에 반발할 것임은 자명한 일이다. 이러한 정치문화적인 책략을 간파할 수 있다면 화인화문문학을 앞으로 어떠한 시각에서 바라볼 것인지 그리고 화인화문문학을 문화적인 맥락에서 어떻게 읽어낼 것인지에 대한 연구자의 의무가 좀 더 뚜렷하게 드러날 것이다. 이에 필자는 중국대륙이 의도하는 중화주의의 강조나 王德威가 주장하는 중심부의 포위나 해체 전략 양쪽 모두에 문제적 요인이 있다고 본다. 따라서 북미 화인화문문학을 다루는 데 있어서 이 책에서는 화인화문문학이 내포하고 있는 다양성을 인정하면서 그것을 넘어서는 문화학적인 시각에서의 접근에 무게를 두고 있다.

王德威가 그의 저작물들에서 지속적으로 수행중인 작업은 역사의 역술적 서술이다. 그는 중국대륙의 작가들뿐만 아니라 타이완과 홍콩의 작가들을 아울러 새롭게 재평가하고 있으며 이러한 작업은 그가 주장하는 중국대륙을 포괄하여 논의될 화어계 문학의 변증법적 실례들이 되고 있다.[51)] 王德威가 비교적 젊은 작가들, 말하자면 중국대륙에서는 '당대' 작가들[52)]로 불리는 작가들을 위주로 다루고 있는데 그러한 이유에 대해서 王德威는 "'당대'라는 공간은 오픈되어 있으며, 때마침 당대라는 시간은 다원적이기 때문"[53)] 이라고 밝힌 바 있다. 이처럼 '당대'를 대하는 王德威의 시각을 통해 나는 그가 중국대륙이

51) 냉전시기 미국에 정착한 타이완 출신 중국문학연구자, 체코로부터 미국 중국 담론에 개입하는 좌파 문학사가, 대중의 함성에 스스로를 동일시할 수 없는 대륙의 문인, 그들 발화의 의미는 왕더웨이의 서정담론의 문화정치학적 의미망 속에서 '하나의 층위'로 재정위되고 있으며, 세 발화 지점의 정치성은 왕더웨이 담론의 정치성으로 재수렴되고 있다. 저자는 세 꼭지점을 통해서 1950년대라는 냉전의 '시간서사'를 공간적으로 분화하여 기술하는 동시에, 이를 기점으로 1950년대에서 이전의 대륙문학사를 소급하여 서술하는 '역술의 방식'을 취하고 있다. 노정은, <왕더웨이「유정의 역사」에 대한 짧은 독해>, ≪중국현대문학≫제54호, (한국중국현대문학학회, 2010), p.183.

52) 王德威의 책 ≪當代小說二十家≫, (北京: 生活讀書新知三聯書店, 2006) 서문 4쪽에서 밝힌 바에 따르면, 중국대륙 작가로는 王安憶, 蘇童, 余華、李銳, 叶兆言, 莫言, 阿城을 다루고 있으며 그 외에 타이완과 홍콩 및 북미화인화문문학 작가들 13명이 포함되어 있다. 이 작가들은 1980년대 이후 각 지역에서 비교적 중요도가 높은 작가들로 부각되어 온 이들로 각기 그 지역적인 특색을 작품 속에서 잘 표현하고 있는 것으로 성과가 높다. Sinophone literature라는 새로운 시스템의 구축을 위해서 이렇듯 대표성이 있는 작가들에 대한 재평가가 이루어지는 것은 바람직하나 그 대표성이라는 부분에 대한 의문제기는 지속적으로 나타날 것이 예견된다.

53) 當代的空間是開放的, 恰如當代的時間是多元的。王德威, ≪當代小說二十家≫, (北京: 生活讀書新知三聯書店, 2006), 序 부분 참고.

주장하는 중국대륙 입장에서의 중심부를 포위하는 방식을 발견하게 되고, 잠재적으로는 중국대륙 중심주의에 반대 의사를 내포하고 있다고 보는 것이다.

문학외재적 시각의 야로슬라브 프루섹(Jaroslav Průšek)과 문학내재적 관점의 夏志淸의 양자구도는 중국대륙의 시각을 배제하던 20세기 북미 지역의 학계에서 적극 수용되었듯이 그러한 추세는 지금까지 유효하며 계보를 이어받은 王德威의 주장도 큰 맥락에서는 이 흐름 속에서 이해되어야 한다. 夏志淸에서 李歐梵, 그리고 王德威와 史書美까지 이어져 내려오는 계보는 북미 지역의 중국인들의 문학, 즉 북미 화인화문문학의 문학사적 뒷받침이 되는 기본으로 줄곧 인식되어 왔다. 이것은 ≪The Monster That is History≫[54]의 앞부분에서 王德威가 환기시킨 야로슬라브 프루섹의 유의미성과 夏志淸으로부터의 학문적 계보의 전통의 강조에서도 드러난다. 이에 디아스포라적 관점에 입각하여 王德威가 말하는 중국대륙을 배제하지 않고 오히려 중국대륙마저도 탈중심적인 시각에서 다루게 되고, 나아가 '중화주의적인 중국대륙 중심의 중국문학' 대 '그 외의 문학'으로 경계 지워진 담론에 지속적으로 의문을 던질 수 있는 것으로 화어계 문학을 주장하는 것은 王德威의 의도와 같이 중심부를 포위하고 해체하는 한 가지 방법이자 쟁점적인 사안이 될 것임은 분명하다. 하지만 王德威의 화어계 문학의 표면에 드러나지 않는 의도는 중화주의의 해체와 다원주의로의 이행에서 마무리되지 않는다. 王德威의 견해는 중심부를 포위하고 해체해서 주변부에도 또 다른 중심이 있음을 주장하고 있다

54) David Der-wei Wang, *The Monster That Is History: History, Violence, and Fictional Writing in Twentieth-Century China*, Berkeley and Los Angeles: University of California Press, 2004, pp.1-15 참고.

는 점에서 중국대륙의 시각에 반대하면서도 중국 바깥에서 궁극적으로 중국을 중심에 두고 있다는 점에서 또 하나의 변종 중화주의로 보아야 할 것이다.

미하일 바흐친은 "모든 문화적인 것들은, 그것이 심리적인 것이든 사회적인 것이든 모두 이러한 방식으로 움직인다. 사회 구성체는 결코 완벽하게 설계되지 못한다. 사회 구성체는 가까이에 지니고 있는 자원들을 가지고 융통성 있게 변통해간다. 그것이 어떠한 형식을 발전시키든지 그 형식은 예기치 못한 부산물을 산출하는데, 이 부산물은 뜻밖의 방식으로 미래의 발전에 영향을 미치는 잠재력을 지니고 있다."55)고 했다. 화인 디아스포라문학, 그리고 화인화문문학의 실체 역시 미하일 바흐친의 말처럼 문화권 간의 상호교류를 통해 생산된 것이지만 사실 이들이 내포하고 있는 잠재력은 단순히 문학적인 것 그 이상의 것이 있음을 상기할 필요가 있다.

(3) 한국의 화인화문문학에 대한 시각과 북미 화인화문문학 연구

이욱연은 2000년 高行健의 노벨문학상 수상과 더불어 화인 디아스포라 문제를 이미 피할 수 없는 가시화된 쟁점이자 현안인 것으로 지적하며 화인 디아스포라문학의 영역에 高行健의 작품들을 포함시킨 바 있다. 이욱연은 高行健의 노벨문학상 수상에 즈음한 동남아시아 각국 화교권의 상이한 반응들은 바로 이러한 추세를 반영한 것이며 이는 곧 '중국이라는 기표를 전유하기 위한 투쟁'이라고 언급하며

55) 게리 솔 모슨, 캐릴 에머슨 지음, 오문석 등 옮김, ≪바흐친의 산문학≫, (서울: 책세상, 2006), p.100.

심지어 중국대륙의 문학도 통합적인 범주에서의 '중국문학' 속에 포함되는 한 지역의 문학이라는 점을 이야기하고 있다.[56] 이와 같은 주장은 현 시대의 중국문학 연구에서 피할 수 없는 쟁점을 분명하게 부각시키고 있다. 高行健의 문학이 디아스포라문학을 표방한 것도 아니고 작가 자신이 스스로를 이산자나 디아스포라로 규정하고 있지 않지만 이미 그와 그의 소설은 논란의 중심에 서있고 비평가들은 갑론을박하며 논의를 진행하고 있다. 이러한 사실을 통해 보더라도 중국대륙 중심의 중국문학 내지는 중화주의적 중국문학이라는 개념이 뿌리부터 흔들리고 있으며 이제 더 이상 고집스럽게 중국대륙의 것만이 정전이 되는 상황이 아닌 시대가 되었다.

黃萬華는 ≪美國華文文學論≫에서 북미 지역 중에서도 특히 북미 화인화문문학의 대표적인 작가들을 예로 들면서 소설로는 白先勇, 於梨華, 聶華苓, 張系國, 叢甦을, 시에서는 杜國淸, 鄭愁予, 非馬, 彭邦楨, 葉維廉을, 산문에서는 王鼎鈞, 琦君, 楊牧, 張秀亞 등이 성과가 많으며 가히 대표 격으로 인정받을 만하다고 평했다. 白先勇, 於梨華, 張系國, 聶華苓은 다음 장에서 본격적으로 살펴보겠지만 고향회귀와 상실, 혼종성, 정체성혼란, 이민자의 문제, 문화갈등, 이종언어를 통한 창작 등과 같은 특징들을 발견할 수 있다. 이러한 다

56) 까오싱젠의 문학은 '중국' 문학인가? 해외 중국인들의 문학은 중화권의 개별 국민국가에 어떤 의미를 지니는가? 중국 문학이란 중화인민공화국 내에서 산출된 문학만을 지칭하는가, 아니면 홍콩, 타이완, 그리고 해외 중국인 디아스포라문학까지를 모두 포함하는가? 만일 중국 문학의 경계를 후자의 경우처럼 확장할 경우, 해외 중국인 디아스포라문학은 중국대륙이나 타이완 등 중화권의 개별 국민국가 안에서 산출되는 문학과 어떤 차이를 지니는가? 중화 문화권을 둘러싼 민감한 문제들이 까오싱젠의 노벨상 수상을 계기로 일시에 돌출된 것이다. 이욱연, <중국인 디아스포라와 高行建의 문학>, ≪中國語文學誌≫, Vol.14., (중국어문학회, 2003.), pp.384-385.

양한 특징들은 북미 지역 화인화문문학의 타이완 출신 이민 1세대 화인들의 특징이자 전체 북미 화인화문문학 작가들의 중요한 성격이다.

21세기는 인구이동, 이산, 노동이동, 세계적 자본과 미디어 운동, 문화적 순환과 혼종의 과정으로 인해 지역 정체성과 지역 구성을 좀 더 섬세하고 민감하게 읽어낼 수 있는 감각적인 능력이 필요한 시대가 되었다. 소수자들의 디아스포라문학 작품들이 오히려 주류문학의 아류와 같은 역할만을 하지 않을까하는 우려를 하는 이들도 있다. 즉, '주류문학의 장식품 또는 형식적 추가 항목으로 귀결될 가능성이 다분하다. [……] 학문적 소비를 위한 유희로 전락할 수밖에 없다'[57]고 보는 견해도 있다. 이렇게 본다면, 북미 지역의 문학 내에서 '정전'의 위치를 얻게 되는 것은 서구중심주의 주체 속으로의 편입만이 그 문학이 새롭게 주체성과 당위성을 인정받을 수 있는 유일한 방법인가 하는 의문을 갖게 한다. '세계문학이란 무엇인가'에 대한 정의내림 역시 하나의 과제로 남게 된다. 하지만 모든 '소수적인 문학'은 거대한 문학 안에 존재하는 혁명적 요소로 보아야 한다. 그리고 이 '소수적인 문학'은 그 문학적 형식이나 체재와 소재 측면에서 뿐만 아니라 미래의 문학을 예측할 수 있는 방향성을 제시해 준다는 측면에서 고려되어야 한다.

화인 디아스포라문학은 그 자체로 읽을 수 있는 방향에서 접근해야 한다. 이러한 시도를 위해서 화인화문문학은 세계중국문학의 한 지역 혹은 미국에서 형성된 중국대륙의 상대적 개념의 화어계 문학이 아닌 화인 디아스포라문학이라는 큰 틀 속에서 논의되어야 한다. 언어의 문제가 화인 디아스포라문학을 분류하는 중대한 기준점이 되지는 않

57) 정진농 편저, ≪미국소수민족문학≫, (서울: 동인, 2010), p.99.

는다. 그러나 화인 디아스포라문학이라는 틀 안에서 사용 언어에 따라 화인화문문학, 화인영문문학, 화인 한국어문학, 화인 일문문학 등의 분류가 가능할 것이다. 기존에는 중국어로 된 것을 주로 중국대륙문학의 연장선상에서 세계중국문학이라는 틀 속에 분류하고 영어로 된 것은 미국의 소수민족문학으로 분류하곤 했는데, 이것은 한국문학이 재외 동포문학이라고 부르면서 영어로 된 것은 한국계 미국문학으로 한국어로 된 것은 재외 한국인 문학으로 분류하는 것과 동일한 분류방식이다. 북미 화인화문문학의 특징들은 해당 지역에만 국한되는 것은 아니다. 화인화문문학의 정위를 다원적인 세계 속에서 새로운 하나의 중심으로 본다면, 화인 디아스포라문학은 장차 북미 화인 디아스포라문학, 동남아의 화인 디아스포라문학, 유럽의 화인 디아스포라문학, 아시아의 화인 디아스포라문학 연구에 있어서도 시사하는 바가 있을 것으로 기대한다.

3. 북미 화인화문문학의 디아스포라문학적 성격

가야트리 스피박은 다음과 같이 말한다. 지역학이 냉전시대 미국의 힘을 확보하기 위해 생겨났다면, 비교문학은 유럽 지식인들이 '전체주의' 정권에서 망명해 왔기 때문에 생겨났다. 문화 및 탈식민주의 연구는 1965년 린든 존슨(Lyndon Johnson)의 이민법 개혁 이후 아시아 이민이 500% 증가된 것과 관련되어 있다. 우리가 자신의 일에 대해 어떻게 생각하든 간에 우리는 세계적으로 펴져있는 이주민들에 의해 형성된다.[58)]

국경을 넘나드는 사람들의 엄청난 양적 규모를 볼 때 현대인들의 삶 속에 디아스포라들이 산재해 있으며 이것이 곧 미국과 같은 곳에서는 오래전부터 존재해오던 것임을 다시금 실감하게 된다. 미국지역학에서 종종 사용하던 'melting pot'이라는 말은 이제는 'melting pot'에서도 한 차원 더 진전된 단계로 나아간 '다문화주의' 즉, 다원적이고 다자적인 문화구조를 지칭하는 것으로 이행하고 있다. 이 말은 곧, 디아스포라에 대해서 뿐만 아니라 디아스포라문학에 대해서도 더 이상 주변부에 두고 지류 혹은 아류인양 취급할 수 없는 상황에 이르렀음을 의미한다.

다원주의와 다문화주의로의 이행이라는 세계적 현상을 진단하고 혼종 문화의 교집합에 자리하고 있는 이들 화인화문문학 작가들의 실제적 위치를 정립해야 한다. 또 한편 텍스트 비평을 넘어서는 문화학적 접근의 실마리와 가능성을 설명한 다음 중화주의를 넘어서는 화인화문문학의 기준을 새롭게 정립하여야 한다.

북미지역은 중국인 노동자들의 이주 초기에는 문학적 성과라는 것이 미미해서 언급할 수 있는 작품들이 거의 없지만 1930년대 이후부터 이주자들의 문학 활동은 괄목할 만한 성장을 거듭하여 1970년대 무렵부터는 미국 사회에서도 이들의 문학에 본격적으로 관심을 보이게 된다. 그 중에서도 白先勇, 於梨華, 張系國, 聶華苓은 굉장히 유사한 이주 경력을 가지고 있으며 미국에서 안정적으로 정착해 학술적 지위를 가짐과 동시에 왕성한 문학창작활동으로 끊임없이 문단에 이름을 등장시키고 있다. 특히 상실에 대한 감성을 풍부한 문학적 언어

58) 가야트리 차크라보르티 스피박 지음, 문학이론연구회 옮김, ≪경계선 넘기－새로운 문학연구의 모색≫, (경기: 인간사랑, 2008), p.34.

로 표현하고 있는 白先勇과 공상과학소설로도 유명한 張系國, 유학생 문단의 거봉인 두 여류작가 於梨華와 聶華苓 등은 북미지역 뿐만 아니라 타이완과 홍콩, 그리고 중국대륙에서까지 유명한 작가들이다.

안토니 이스트호프(A. Easthope)가 지적한 바에 의하면, 문학연구자들은 모더니즘적 읽기를 벗어나야 하며 이를 문화연구라는 패러다임으로 나아가는 기초로 삼음과 동시에 올바른 이데올로기적 역할로 작용할 수 있도록 지침을 마련하는 입장에서 연구를 해야 할 것이라고 했다. 안토니 이스트호프가 말하는 모더니즘적 읽기는 문화적 접근과 문화학적인 해석을 접목시키자는 의미이며, 중심/주변의 정위에 대한 담론이 활발하게 진행되는 이즈음의 상황은 이를 방증하는 예가 된다. 한국의 중국문학 석·박사 학위논문 목록을 살펴보더라도 최근 발표되는 논문들은 지역적으로 차츰 중국대륙을 벗어나는 경향을 띠고 있으며 이데올로기적인 요소들이 중심이 되었던 기존의 연구법을 탈피하여 소수의 문학, 피지배계층의 문학, 제3세계 작가들의 문학으로 시각을 넓히고 있다. 게다가 "소설의 줄거리를 논하고 작중인물의 성격을 분석하고 분류하는 연구방법은 물론 여전히 유효하지만, 전위적이며 개척적인 시도를 하는 연구자들로부터는 다소 멀어졌으며 소설의 이데올로기적 요소를 찾아내고 시대적인 역할 등을 분석하려는 시도가 점차 활기를 띠게 되었다."[59]고 볼 때, 연구의 다양성이라는 점에서 가능성은 커진다.

문학에 대해 역사적으로 혹은 정책적으로 부여된 지위는 해체 혹은 재해석되었으며 기존에 있어왔던 '문화'의 개념을 통해서 다시금 바

59) 고혜림, <21세기 중국문학연구의 전환과 고민>, ≪중국학논총≫제21집, (고려대학교 중국학연구소, 2007.3), pp.124-125 참조.

라보게 된 시점에 이르렀다. 포스트모던한 시대의 도래와 함께 기존의 이데올로기 주도 세력권과 비주도 세력권을 '중심'과 '주변'으로 이분하던 시대도 위기를 맞게 되었다. 중심이 중심으로서 역할하고 작용하는 것과 주변이 주변으로서 중심과 균형을 맞추면서 존재하는 데 대해서, 그 지형도를 다시 그려야 할 필요성과 더불어 학계의 다양한 관심과 연구를 촉발한 것도 사실이다. 문학의 정전화와 고급문화/대중문화의 이분법도 이러한 '중심'과 '주변'으로 대표되는 탈이데올로기적 논법에 의해서 재해석되고 재논의되고 있다.60)

문학에 있어서 중심과 주변이 해체되고 중심이라는 경계가 허물어지고 재편성되는 현재의 만연한 현상은 문학 연구의 경계도 허물고서 문화학과 사회학, 인류학, 정치학, 경제학과 같은 기존에는 경계가 분명했던 학문들과의 교류로 다층적인 차원에서 연구할 수 있는 새로운 단계로 접어들었음을 의미한다. 그리하여 앞서 살펴보았듯이 중국대륙이 중심이 되고 기타 지역은 모두 주변화되는 설정을 벗어날 필요에 대해서는 이미 숙지하고 있으므로 중심/주변의 이항대립에서 벗어나는 것이 제1의 목표가 되는 것이다. 편견과 차별의 현실적인 교정을 의미하는 것이 아니라 좀 더 보편적인 차원에서의 문화적이고도 의식적인 교정을 지향하자는 것이다.

세계 곳곳에서 다문화주의에 반해서 전략적 민족주의가 성행하고 있는 동시에 전통적으로 받아들여지던 민족이라는 용어 대신 '에스닉'을 더욱 활발하고 적극적으로 사용하고 있다. 한국 학계 특히 한국 인류학계에서는 이를 보통 '종족', '족군' 등으로 번역해서 사용한다.

---

60) 고혜림, <21세기 중국문학연구의 전환과 고민>, ≪중국학논총≫제21집, (고려대학교 중국학연구소, 2007.3), p.124.

민족이라는 경계를 정확하게 규정짓는 것이 이제는 곤란하고 불분명해졌다. 민족이라는 상상의 공동체에 관해 베네딕트 앤더슨은 민족주의의 역사적 형성과정과 담론에 대해 중요한 시각들을 언급했는데 그는 민족이라는 것이 상상된 어떤 것이며 모든 합리화의 명분이자 국가 정책 발휘의 효과적 도구로 작용하는 것으로 보고 있다. 에릭 홉스봄의 경우는 실재하는 공동체로서의 민족이라는 시각을 견지하고 있는데 앤더슨의 논의를 다른 각도에서 더욱 발전시킨 예로 여겨진다.

베네딕트 앤더슨의 상상의 공동체에 대한 다양한 비판이 있음에도 불구하고 상상의 공동체에 대한 원 저자의 주장과 논의에서 수긍이 가는 부분은 있다. 신용하는 이러한 6가지 점을 예로 들어서 베네딕트 앤더슨의 상상의 공동체론을 비판하고 있다. 6가지는 다음과 같다. (1) 객관적 실재로서의 민족을 인식하지 못해 부정하는 편견에 빠져있는 점 (2) 상상의 공동체로서의 민족의 정의와 개념은 상상을 허위의식, 허구의 의미로 전달하여 민족과 민족의식의 실재성을 정면으로 부인하는 점 (3) 민족은 역사적 사회적으로 실증되는 인간공동체이고 인간집단인데 반해 앤더슨의 경우 상상에서 기인한 것으로 보기 때문에 공동체가 아닌 것이 근본적 문제임 (4) 상상의 공동체 형성 동인으로서의 인쇄자본주의는 과장된 것 (5) 다수의 사람들이 민족을 위해 기꺼이 생명을 바친 사실에 대한 설명 부족 (6) 세계 민족주의들의 3유형 분류와 크리올 민족주의가 세계 최초의 민족주의로서 다른 유형들은 모두 그것을 모방 표절해서 형성된 것이라는 주장을 하고 있다.[61]

이러한 주장이 역사적 사실과 맞지 않은 점, 비판의 내용 중에서

---

61) 신용하, <'민족'의 사회학적 설명과 '상상의 공동체론' 비판>, ≪한국사회학≫제40집1호, (서울: 한국사회학, 2006), pp.32-58.

인쇄자본주의가 상상의 공동체 형성 동인으로서 과장되었다는 점과 크레올 민족주의가 민족주의의 시초가 된다는 관점에 있어서는 동의한다. 하지만 (1), (2), (3), (5)의 비판 내용에 있어서는 그다지 동의하지 않는다. 우선 베네딕트 앤더슨의 민족주의 정의가 단순히 객관적 실재로서의 민족을 인식하지 못한 데서 오류가 생긴 것이 아니라 객관적 실재로서의 민족도 인정하는 한편 근대로 접어들면서 정치적으로 새롭게 정의된 민족주의의 탄생이라는 측면에 더욱 무게를 두었던 것으로 보인다. 그리고 민족과 민족의식의 전면적 부정이라는 부분에서도 베네딕트 앤더슨의 의미는 전면적으로 민족과 민족의식을 부정한다기보다는 차라리 근대로 들어서면서 새롭게 편성된 민족과 민족주의의 전략적이고도 정치적인 측면에 의문을 제기한 것이 아닌가 한다. 마찬가지로 상상의 공동체가 순전히 허구라고 비난하는 것은 오히려 베네딕트 앤더슨의 글을 문자 그대로 해석한 것으로 여겨지며 이는 순전한 허구나 상상된 그 무엇으로 받아들여지는 단계를 넘어서서 은유적 차원에서 이해할 수 있는 여지도 있다고 본다. 그리고 다문화주의 사회로 접어든 현시점에서 민족과 민족주의는 베네딕트 앤더슨이 주장하는 바와 같이, 전략적이고도 교묘한 정치적 의도가 녹아있는 것으로 보는 데 필자는 동의하며 그런 점에서 베네딕트 앤더슨의 이론은 어느 정도는 시대를 초월해 있다고 생각한다.

세계 각지에 만연한 디아스포라들은 스스로 각각의 집단들이 자연스럽게 형성하고 공감을 이루는 다양한 상상된 어떤 것들을 공유하게 된다. 그것은 상상된 고향이 될 수도 있고 상상된 민족 또는 상상된 공동체 등 그 무엇으로 불려도 좋다. 이들은 그 무엇을 공유하게 되고 간혹 공유하는 그 무언가를 추구하기도 하며 실제적으로 그 무언가를 찾아 헤매거나 찾았다고 착각하기도 하지만 실상은 그것들은 현실과 상상의 경계에 머물며 서로에게 이질감을 느끼도록 만드는 그 무엇이다.

화인화문문학의 중요성은 그 잠재력으로부터 기인하는 것으로 판단된다. 이들은 여러 가지 이종문화의 상황 속에 노출되어 '접촉 지대' 속에 자리하고 있으며 자칫 그 어느 것에도 속하지 않을 위험성을 안고 있으나 동시에 다양한 모든 것들을 포용하여 새로운 어떤 것으로 태어날 수 있는 가능성도 가지고 있다. 이들은 앞으로도 계속해서 디아스포라로 불릴 것이며, 이들의 문학은 디아스포라문학으로 명명되어 읽힐 것이다. 따라서 디아스포라들이 어느 것에도 속하지 않을 가능성보다 그들이 새롭게 이루어낼 수 있는 다양한 잠재력에 중점을 두고 논의를 진행시켜야 할 것이다. 좀 더 발전적인 논의를 위해서 질 들뢰즈, 펠릭스 가타리의 이론을 살펴볼 필요가 있다.

> 소수적인 문학에서는 각각의 작가가 말한 것이 이미 하나의 공동 행동이고, 그가 말하거나 행한 것은 필연적으로 정치적이다−그가 동의를 하든 말든 간에. 정치적 자장(磁場)이 모든 언표(énoncé)를 감염시키고 있다. 더구나 집합적 내지 민족적 의식이 "외적인 생활에서는 종종 소극적이며 언제나 쇠퇴하고 있다."고 하는 바로 그 이유로 인해, 문학이 이러한 집합적 내지 심지어 혁명적인 역할과 기능을 적극적으로 떠맡고 있는 것이다. 회의주의에도 불구하고 적극적인 연대를 생산하는 것이 바로 문학이다. 비록 작가는 주변에, 혹은 그의 취약한 공동체로부터 멀찍이 떨어져 있지만, 바로 이러한 상황이 그런 만큼 다른 잠재적 공동체를 표현케 하며, 다른 의식과 다른 감수성의 수단을 벼리게 한다.[62]

62) 질 들뢰즈, 펠릭스 가타리 공저, 이진경 옮김, ≪카프카: 소수적인 문학을 위하여≫, (서울: 동문선, 2001), p.46.

들뢰즈-가타리는 소수적인 문학의 세 가지 특징으로 '언어의 탈영토화, 개인적인 것과 정치적인 직접성의 연결, 언표행위의 집합적 배치'를 설정하고 있다. 그리고 '소수적이라는 말은 특정 문학을 특징짓는 것이 아니라 오히려 거대한 문학이라고 불리는 것 안에서 만들어지는 모든 문학의 혁명적 조건을 뜻하는 것이라고 말해도 좋을 것'이라고 하면서 '민중 문학이나 주변적 문학 등을 정의하도록 해주는 것은 오직 다수적인 언어 그 자체의 소수적인 이용을 그것의 내부에서 수립할 가능성 뿐'이라고 했다. 그리하여 들뢰즈-가타리는 '소수적이지 않은 위대한 문학이나 혁명적 문학은 없다'고 말한다.[63] 들뢰즈-가타리의 글을 참고하자면, 디아스포라문학의 기본 틀에 입각해서 화인화문문학을 분석하고 연구하는 데 있어서 언어라는 것은 결정적인 요인이 되지는 않는다는 점을 알 수 있다.[64] 앞서도 밝혔듯이 사용 언어가 삶에 미치는 영향, 또는 문학과 문화에 미치는 영향을 경시하는 것은 아니지만 후자가 더 핵심이라는 차원에서 화인 디아스포라들이 그들의 삶을 중국어, 즉 화문으로 표현한 작품은 화인화문문학이 되며, 이들이 영문으로 표현한 작품은 화인영문문학으로 구분할 수 있는 것이다.

화인 디아스포라 연구가 직면하고 있는 또 한 가지 문제는 이들을 줄곧 '타자화' 시켜서 바라보는 비평이론의 시각이다. 하지만 '타자'의 등장은 탈근대, 포스트식민의 세계적 추세와 어울려 더 이상 배제

63) 질 들뢰즈, 펠릭스 가타리 공저, 이진경 옮김, ≪카프카: 소수적인 문학을 위하여≫, (서울: 동문선, 2001), p.48과 p.67을 참고.

64) 화인화문문학은 단순히 언어상의 차원에서 그치는 것이 아니라 일정한 집단에 공통의 역사적 기억과 공통의 정서적 표현을 만들어낼 가능성을 가지고 있다. 김혜준, <화인화문문학 연구를 위한 시론>, ≪중국어문논총≫제50집, (서울: 중국어문연구회, 2011.9), p.105.

혹은 소외라는 지위가 아닌 새로운 시대의 새로운 중심의 재구성에 필수적인 요소로 분석되고 이해될 가능성이 충분히 있다.

> 20세기 후반부터 펼쳐진 탈근대(post-modern)의 세계 상황은 모든 것을 뒤바꾸어 놓았다. 과거에는 주체성의 바깥에 놓임으로써 단지 무의미와 우연의 산물로 배척되었던 타자의 의미와 가치, 지위에 대한 전면적인 반성이 이루어졌고, 그럼으로써 오히려 타자야말로 나-주체가 등장할 수 있는 근본적 토대임이 지적된 까닭이다. '타자의 철학'이 대개 도덕 철학과 윤리학의 영역에서 먼저 논의되었던 까닭도 이런 맥락에서 이해할 수 있다. 우리의 시선으로부터 배제되고 억압되었던 타자에게 주의를 기울이자는 것, 타자에게 공감하고 그의 고통을 함께 나누는 공동체적 삶을 구축하자는 주장이 그것이다.[65)]

이처럼 타자가 주변에 머물던 시대도 변했다. '타자의 철학'은 이미 철학과 윤리학의 학문적 경계는 넘어서 문학의 영역으로 자연스럽게 전이되어오고 있다. 질 들뢰즈와 펠릭스 가타리의 '소수적인 문학'에서 이해되는 바도 마찬가지로 이는 하나의 고리로 연결되는데, 그것은 곧, 화인화문문학이 이제는 중국대륙 중심의 문학의 지류로서의 타자 혹은 귀속되어야 할 객체의 지위를 벗어나 좀 더 새롭고도 주체적인 새로운 중심을 이루는 구성체로 자리잡아가고 있음을 인식해야

---

65) 최진석, <타자 윤리학의 두 가지 길: 바흐친과 레비나스>, ≪노어노문학≫Vol.21, No.3, (한국노어노문학회, 2009), p.175.
최진석의 논문에서는 철저히 레비나스와 바흐친의 철학과 윤리학적 과점에서의 '타자'를 주체와 대비시켜 분석하고 있으므로 온전히 바흐친을 연구하는 것이 목적이 아닌 본 논문에서는 바흐친이 설명하는 타자의 개념을 일부 받아들여서 실제로 시급한 화두인 화인화문문학의 중심/주변 이항대립 구조 속에서의 위치 문제 및 문학 자체로의 가치평가를 위한 문제제기 측면에 좀 더 집중하고 있다.

하는 중요한 시점에 이르렀다는 점이다. 우리는 오히려 이러한 소위 '타자'들의 문학 속에서 새로운 패러다임을 모색할 수 있다.

문학비평이 텍스트를 심미적인 관점에서 비평하는 것으로 인식되던 단계는 이제 이미 넘어섰으며 심지어는 이와 같은 경향은 이미 보편화되었다. 다양한 학제의 경계를 허물고 문학을 문학 자체로만 평가하지 않으며 인접학문, 혹은 전혀 새로운 학문적인 분석틀과도 교류하며 상호 새로운 단계로의 발전을 모색하고 있다. 문학비평이 비교적 접목하기 수월하며 그리고 유효한 비평의 결과를 양산해내는 데 있어서는 사회학, 인류학, 문화학과의 연계를 떠올릴 수 있는데 이는 서구 인문학계에서는 통합적으로 수용하여 비교문학, 비교문화학, 지역학의 이름으로 연구되어오고 있다.

텍스트 비평에 치중하여 화인화문문학의 본질적인 논의의 방향성을 왜곡해서는 안 된다. 김혜준은 다음과 같이 말한다. "화인화문문학과 같은 디아스포라문학이 문화 문제에 대해 시사하는 것은, 그것이 처음 출발한 곳의 연장선상에 있는 것이라기보다는 이질적 문화의 혼합 과정으로서의 존재 즉 상대적으로 안정적인 새로운 문화가 탄생해 가는 과정으로서 이해하여야 한다는 것이다. 또한 이와 동시에 그러한 과정에 있는 문화 역시도 문화인 것은 분명한 만큼 그 자체로 불안정한 상태에 있는 새로운 문화라고 간주해야 할 것이다." 텍스트 비평을 넘어서는 문화학적 연구의 방법론에 대한 가능성 혹은 전망을 함께 논의해야 할 것이다.

白先勇, 於梨華, 張系國, 聶華苓의 작품에 대해서도 이런 차원에서 논의되어야 한다. 그러므로 이들의 신분을 타이완 출신 작가라는 꼬리표를 달아서 어떠한 지역으로 국한시키지 말고 오히려 지금껏 줄곧 진행시켜온 화인 디아스포라문학의 시각에서 화인화문문학 작가들이라는 범주로 논해야 한다. 물론 그렇다고 해서 이 말이 텍스트 비평을 소홀히 해도 좋다는 뜻은 아니다. 오히려 그보다는 기본적으로는 텍스트 비평에서 출발해야 한다. 하지만 이들의 소설에서 나타나는 인물의 형상이나 소설 속 시대배경, 플롯과 스토리 그 자체보다는 화인화문문학의 특징에 대한 검토가 더 중요하다는 의미이다. 따라서 다음 장에서는 그들의 작품에 대해 화인화문문학에서 핵심적으로 다룰 수 있는 디아스포라문학에서의 몇 가지 특징에 관한 것과 혼종성에 관한 것으로 각각 분류하여 살펴보게 될 것이다. 나아가 텍스트의 문화학적인 해석과 역사성을 밝히고 이들의 문학이 존재함으로써 화인 디아스포라들의 입지가 어떻게 달라질 것인지 또한 화인 디아스포라문학을 보는 시각이 앞으로 어떻게 새로운 국면을 맞이할 것인지에 대해 살펴보도록 하겠다.

다음 장에서 다루는 白先勇, 於梨華, 張系國, 聶華苓과 같은 작가들은 특히 북미 지역에서 중국어를 이용하여 작품 활동을 하고 공통적으로 중국대륙과 타이완 및 미국을 오가며 디아스포라로서의 인생역정을 몸소 체험하고 있는 사람들로서 다양한 측면의 정체성에 관한 문제의 중심에 있다. 그리하여 이러한 집단의 연구와 열린 담론 생성은 향후 더욱 적극적으로 논의될 여지가 충분하며 문학 연구의 새로운 기틀을 마련할 수 있는 잠재력을 가지고 있다.

북미 화인화문문학의 대표적인 네 작가의 소설은 각기 한국어로 번역되어 있다.[66] 이들이 작품 활동을 한 시기는 지금으로부터 50년도 훨씬 이전이지만 지금도 읽힌다는 것은 여전히 현재를 살아가는 사람

66) 바이셴융, 허세욱, ≪반하류사회, 대북사람들≫, (서울: 중앙일보사, 1989), 장시궈, 고혜림, ≪장기왕≫, (서울: 지만지, 2011), 네화링, 이등연, ≪바다메우기≫, (서울: 동지, 1990), 우리화, 고혜림, ≪다시 종려나무를 보다≫로 번역되었다.

들에게도 전달되는 감성이 작품에 녹아있다는 의미로 해석된다. 디아스포라문학이 지금 우리들의 문학의 현재형 혹은 미래형이 된다면 문학비평도 이들과 발맞추어 나아가야 할 것은 자명하다. 학계는 몰려오는 세계화의 물결 속에서 문학이 나아갈 방향에 대해서 고심하고 방황하고 있다. 이에 대해서는 다양한 출로가 있을 것이며 체계화되어 완성된 형태의 새로운 문학들이 등장할 것을 의심치 않는다. 다만, 화인화문문학에 대한 인식이 중국대륙 뿐만 아니라 한국 내의 중국문학계에서도 조금씩 높아지고 있는 현상을 보면서 이것은 단순히 주변화된, 즉 중국대륙 문학의 변방에 위치한 하나의 곁가지 정도로 치부할 것이 아니라 좀 더 신중하고 깊이 있게 다루어야 할 주제이며 어쩌면 앞으로의 문학, 앞으로의 문학비평이 나아가야 할 수많은－다원화된 사회 속에서 단일한 문학, 단일한 문학비평만을 고집한다는 것 자체가 어불성설이다－길 중에서 가장 무게 있는 어떤 문학이자 동시에 문학비평이 될 것은 확실하다. 그들의 작품 속에서 읽어낼 수 있는 것들이 곧 화인화문문학의 특징이 될 것이며 이를 기반으로 하여 그 자체의 문학적 가치들이 넓은 무대에서 제 각각의 빛을 발하도록 하는 것이 앞으로의 방향이 될 것이다.

제 3 장 고향의 노래와 디아스포라의 상실

레이 초우는 디아스포라 집단의 출현과 이들의 현재 상태 및 미래의 모습을 예견하면서 이들을 이민자라고 부른다. 레이 초우의 디아스포라에 대한 담론은 북미 화인화문문학의 문화적 특성 속에 들어올 때도 충분히 설득력을 갖는다. 다만 레이 초우의 이민자는 자신의 의지와는 상관없이 이동을 하게 된 사람들인데, 현대의 디아스포라들은 과거와는 달리 스스로의 선택에 의한 자발적인 성격을 띠게 된다는 점이다. 따라서 디아스포라 집단에는 자발적인 이주에 의한 디아스포라가 구성원으로 추가된다. 이민 1세대의 화인 디아스포라들은 선택에 의해 디아스포라가 된 것이 아니라 국제적인 정치적·사회적 사정으로 촉발된 타의에 의한 디아스포라 신분으로의 전환이 일반적이었다. 그러던 것이 1943년 미국의 이민법 개정, 1945년 제2차 세계대전을 기점으로 자발적이고도 선택적인 디아스포라가 생겨나기 시작한다. '문화와 문화 사이를 여행하는 통과여객'으로 규정되는 북미 화인화문문학 작가들도 국경을 넘어 다니면서 문화 사이를 여행하고 있었다.

화인화문문학 작가들의 소설이 대체로 자전적 글쓰기의 경향[1)]을

---

1) 자전적 소설의 특징에 관하여 필립 르죈(Philippe Lejeune)은 "작가, 서술자, 주인

보이는 점은 이들의 문학 활동이 디아스포라로서의 자신들의 신분적 정체성에 대한 끊임없는 사색으로부터 출발한 것임을 의미한다. 이들의 소설에서 인물들은 화인화문문학 작가들에 대한 삶의 태도로까지 이어질 수 있는 경로를 보여주기 때문이다. 화인화문문학에서는 작가 자신의 이민의 역사, 동포애, 중국에 대한 애국심 등이 직접적으로 작품에 나타나기도 하며, 자아의 정체성에 대한 의문 던지기, 혹은 확인하기 등의 문제의식이 드러나 있기도 한다.

화인 디아스포라들은 높은 교육 수준에도 불구하고 사회적, 문화적 영향력을 제대로 발휘하지 못하고 이주국에서 주변인으로 머물러 있다. 그것은 서양사회 속에 뿌리 깊게 자리한 오리엔탈리즘과 무관하지 않을 것이다. 오리엔탈리즘은 아시아계 이민자들을 주변인 혹은 타자로 규정짓는 잣대로 기능하여 왔다. 아울러 이는 오랜 시간 동안 주류 집단에서 바라보는 이미지와 상식 속에 자리해왔는데 그것은 정부의 정책과 대중매체의 선전을 통해서 과거보다 더욱 효과적으로 실체화되고 있는 듯하다. 따라서 이민자들은 소외를 피할 수 없게 된다. 주류 문화와 사회로부터의 소외는 상실로부터 기인한 여러 요소들과 결합해 화인 디아스포라들이 방향을 잃고 부유하도록 만든다. 거주국

공의 유사성이 지켜지며, 자서전보다 작가의 개인적인 진실, 내면의 개별적 진실을 내포할 수 있는 장르이며, 소설의 복합성과 모호성을 갖춘 장으로 자서전과 소설을 접합시킨 이중적 장르"라고 정의한 바 있다. 또한 Lejeune은 자서전, 자전적 소설의 구분에서 자서전은 언술 행위의 층위에서 작가와 화자, 그리고 주인공의 동일성이 성립해야 하는 장르라고 말했다. 반면, 언술 내용의 층위에서 작가와 주인공이 유사성을 가지는 텍스트는 '자전적 소설'의 범주로 분류된다고 하였다. (Philippe Lejeune, 윤진 역, ≪자서전의 규약≫, (서울: 문학과 지성사, 1998), p.35) 그러므로 여기서는 작가들의 이주경험과 디아스포라적 심리상태를 소설 속에 표현하여 소설 속에 장치한 화인화문문학 작가들의 소설이 자전적 글쓰기의 경향을 띠고 있다고 진단한다.

에도 속하지 않고 고국으로 돌아가서도 속할 곳이 없는 존재가 되어 그들 스스로 정체성을 찾을 수 없는 것이다.

화인화문문학에 나타나는 디아스포라들에게서 가장 보편적인 특징은 여러 형태의 상실과 소외이다. 이들에게서 발견되는 상실 가운데 중요하게 다루어져야 할 부분은 고향의 상실이다. 고향 상실은 디아스포라들에게 자신의 뿌리와 문화를 잃고 정체성마저 상실한 듯한 아픔을 갖게 한다. 이주를 경험하고 새로운 문화 속에서 이들이 겪게 되는 소외는 타이완으로의 1차 이주에서보다 북미 지역으로의 2차 이주를 통해서 더욱 뚜렷하게 느껴진다. 북미 지역으로 이주한 이들은 자신의 이름을 바꾸고 삶의 양식은 물론 언어까지 완벽하게 바꾸어야 거주국에서 적응할 수 있었다. 하지만 이민 1세대로 화인 디아스포라가 된 이들이 거주국의 주류사회에서 제대로 적응하거나 동화되기는 쉽지 않았다. 이로 인해 이들은 좀 더 나은 이상향을 찾아 또 다시 떠날 수밖에 없는 것이다. 이들이 새로운 이상향을 찾아 떠나는 모습은 이민 1세대에게서와 유사한 형태로 이민 2세대 작가들의 작품에서도 드러나고 있다.

白先勇, 於梨華, 張系國, 聶華苓의 작품 속에서 주인공들은 이주를 통해서 결국 더 나은 삶을 찾고자 했던 것이다. 화인 디아스포라들이 찾아나서는 이상적인 삶의 양식과 사고방식이 더욱 자유롭게 존재할 수 있는 곳은 이상향으로 추구하고 있다는 측면에서 종착지가 드러날 것이다. 네 편의 소설들은 상실, 소외, 이상향 추구에 관련되어 있다. 그 중 白先勇의 ≪臺北人≫은 주로 상실의 문제가 부각되고, 於梨華와 聶華苓의 소설에서는 소외에 관한 문제가 두드러진다. 이상향 추구는 白先勇, 於梨華, 張系國, 聶華苓의 네 작품에서 공통적으로 발견된다.

이민 1세대 화인 작가들의 작품에 표현된 상실, 소외, 이상향 추구를 보다 더 구체적으로 들여다보기 위해서, 이민 2세대 작가들로서 화인영문문학의 대표적인 소설가인 맥신 홍 킹스턴의 ≪여인 무사(Woman Warrior)≫와 에이미 탄의 ≪조이 럭 클럽(The Joy Luck Club)≫의 상실, 소외, 이상향에 관한 부분까지 대상으로 할 것이며 이로써 그들이 추구하는 진정한 정체성이 무엇인지를 고찰하고자 한다.

1. 북미 화인화문문학에 나타난 상실

白先勇(1937-)은 廣西 南寧에서 출생하였고 구이린이 고향이다. 부친은 국민당 고위 장교인 白崇禧이다. 유년 시절 부친을 따라 충칭으로 갔다가 1948년 홍콩으로 첫 이주의 경험을 하게 되고 1952년 타이완으로 두 번째 이주를 경험하였다. 고교시절 서양의 번역 작품들을 점차 많이 읽기 시작하였고 1956년 고등학교를 졸업한 후 타이난성공대학 수학과에 입학하였으나 흥미를 느끼지 못하던 중, 타이완대학의 夏濟安 교수의 ≪文學雜誌≫에 경도되어 1957년 다시금 타이완대학의 외국어문학과에 입학하게 된다. 그때부터 서양문학을 접하면서 도스토예프스키의 영향을 많이 받았고 ≪紅樓夢≫의 영향도 동시에 받았다. 1958년 처녀작 ≪金大奶奶≫를 ≪文學雜誌≫에 기고하면서 작품 활동을 시작하게 되었는데 이 작품에는 ≪紅樓夢≫의 영향이 여실히 드러난다. 1960년 ≪現代文學≫창간호를 출판하고 ≪月夢≫, ≪玉卿嫂≫두 편의 작품을 발표했다. 1976년에 발표된 ≪寂寞的十七歲≫는 주관 환상 색채가 짙으며 인물들도 기형적

병태를 보이는데 성적충동과 동성애에 대한 묘사도 있다. 1963년 미국으로 유학을 떠나 아이오와 대학의 작가연구실에서 연구와 일을 병행했는데 이때 그는 Percy Lubbock의 ≪소설기교≫에 영향을 받아 소설기법 및 소설 서사관점의 중요성을 인식하게 되고 자아의 발견과 탐색을 시작하게 된다. 1964년 ≪芝加哥之死≫를 발표하고 계속해서 ≪上摩天樓去≫, ≪謫仙記≫등 ≪紐約客≫를 이루게 되는 작품들을 발표했다. 이 작품들에는 주로 미국으로 이주한 각기 다양한 중국 지식인들을 주인공으로 하여 타국에서의 외로움과 고민 등의 복잡한 심리상태를 표현했다. 1965년 아이오와 대학에서 석사학위를 받고 미국에 정착하게 되면서 Santa Barbara University의 교수직을 맡아 중국어문학 과정을 강의하였다. 1965년 ≪永遠的尹雪艷≫을 발표하였고 이후 ≪歲除≫, ≪金大班的最后一夜≫, ≪思舊賦≫, ≪花橋榮記≫, ≪游園惊夢≫, ≪冬夜≫등의 14편을 모아 ≪臺北人≫을 출판하였다. ≪臺北人≫(1973)은 1965년부터 1971년까지의 단편들을 모은 단편소설집으로 치밀한 작품의 구조와 세련된 어휘선택이 특징이다. 그의 작품들은 비극적 분위기를 띠며 동시에 시대상은 물론, 작가가 추구하는 예술경지를 담고 있다. 그가 가장 좋아하는 작품은 ≪游園惊夢≫이며 가장 좋아하는 인물은 ≪金大班的最后一夜≫의 金大班이라고 밝힌 바 있다. 1971년 이후 한동안 작품 활동을 하지 않다가 1977년 잡지 ≪現代文學≫에 장편소설 ≪孽子≫를 연재하여 1984년 단행본으로 출판했다. 수필 ≪第六只手指≫(1995)를 마지막으로 崑曲으로 전향하여 공연예술에 관심을 가지고 미국과 중국대륙, 타이완을 오가며 여전히 왕성한 활동을 펼치고 있다.[2] 하지만 한 때 白先勇이 그의 대표작인 ≪臺北人≫을 집필할 무렵만 하더라도 그에게 있어서 중국대륙은 돌아갈 수 없는 곳이었다.

이상에서 보다시피 白先勇은 부모를 통해 '이산의 경험'을 물려받게 되었고 이후 자신도 적극적으로 이산의 삶 속에 뛰어들었다. 작품집 ≪紐約客≫와 ≪臺北人≫은 白先勇의 이름을 문단에 더욱 알렸는데 그 중 '뉴요커 계열의 작품들'로 불리는 소설에는 미국 유학생의 고난과 역경이 직접적으로 묘사되고 있다.[3)]

이보경은 "1960-70년대 타이베이의 모더니즘을 이끈 白先勇은 근대 중국의 디아스포라의 한 전형을 보여준다"고 하면서 "≪臺北人≫에는 중국인 디아스포라의 군상들이 잘 묘사되어 있다"고 언급한 바 있다. 그리고 "타이베이의 사람들이 디아스포라적 운명 속에서 살아갈 수밖에 없는 것은 시간 때문"이라고 밝히면서, 육체화된 상하이의 전형을 대변하는 尹雪艷을 제외한다면 다른 모든 인물들이 시간 속에서 무력하게 남게 되는 존재들이라고 밝힌다. "타이베이 사람들의 尹雪艷에 대한 매혹은 이산의 역사를 망각하고자 하는 욕망에서 비롯된 과거 상하이에 대한 강박증적인 향수를 반영한다"고 설명한다. 그리고 소설 속에서 인물들이 비감한 운명 속에 처해질 수밖에 없는

---

2) 고혜림, ≪白先勇의 ≪臺北人≫연구≫, (부산대학교 중어중문학과, 2005)과 王景山 編, ≪臺港澳暨海外華文作家辭典≫, (北京: 人民文學出版社, 2003), pp.16-18의 내용을 함께 참고.

3) 在美國, 作者首先開始≪紐約客≫的創作, 但接着又轉而進行≪臺北人≫的創作, 何以如此呢? 這是因爲≪紐約客≫的創作喚醒了他新的創作意圖, 他可能突然感到對臺北社會"臺北人"有了新的體會, 新的感受, 因此, ≪臺北人≫的成就和特色與作者在美國的生活是分不開的。他自己也曾談到過美國生活對他創作的影響: 我覺得在美國有缺點也有優點。中國作者在美國寫文章的困難, 便是有些細節因時間久了, 常會忘掉, 但也有一個優點, 可以對臺北社會, 對中國文化, 對中國的一切有一段距離, 有一段距離以後, 你對它的看法比較透徹, 比較客觀, 因爲自己沒有卷在里頭, 你對任務的了解, 沒有那麽主觀, 我覺得這是比較方便的地方。臺灣≪幼獅文藝≫1974年第4期), 陳賢茂 主編, ≪海外華文文學史≫第四卷, (厦門: 鷺江出版社, 1999), p.15.

이유를 "디아스포라로서 살아가는 작가의 신세"4)로부터 비롯된 것이라고 풀어내고 있다. 작가의 디아스포라적 신분이 작품 속에 그대로 재현되었지만 그러한 새로운 신분을 적극적으로 받아들이지 못하고 비통한 감정으로 상실을 노래했다고 보는 것이다. 이보경의 이러한 분석은 비슷한 상황을 체험한 작가들과의 비교를 통해 보다 전면적인 고찰에 도달할 수 있을 것이다.

한편 ≪臺北人≫의 한역판인 ≪대북 사람들≫의 역자 후기에서 허세욱은 白先勇을 이렇게 평가하고 있다.

> 白先勇은 시공의식과 사회의식이 강렬한 작가다. 1949년 국부철수를 중심으로 전후 20여 년의 시공이 여기에 머물러 있고, 중국대륙의 일부와 타이완이 연결되었다. 그 안에는 타이베이라는 도시사회의 각계각층이 그것도 지위나 빈부가 현저한 차이를 둔 채 집합되었다. 사교계의 꽃 尹雪艷에서 댄스걸, 마담, 제대한 머슴 王雄, 현역군인 賴鳴升, 쌀가루 국수집의 여주인, 우국원로 樸公, 정년한 女僕, 順恩嫂, 상류사회의 竇 부인, 하류사회의 總司令, 쓸쓸한 교수 余嶔磊 등이 있는가 하면, 그들의 출신 도시도 상하이, 난징, 쓰촨, 후난, 구이린, 베이징 등 중요 도시를 망라했다. 국가적이거나 민족적인 행위도 다양했다. 신해혁명으로부터 5·4운동, 북벌, 항일, 국공내전, 반공수복에 이르기까지 줄기찬 시련들을 빼놓지 않았다.5)

≪臺北人≫의 문학적 성과는 위에서 언급된 내용 외에도 총 다섯

---

4) 이보경, <≪대북 사람들≫속의 상해인 디아스포라>, ≪중국현대문학≫Vol.43, (서울: 한국중국현대문학학회, 2007), p.217, p.222, p.223, p.236.

5) 허세욱, ≪대북 사람들≫, (서울: 중앙일보사, 1989), p.392. 인용문과 이하 白先勇에 대한 다섯 가지 평가는 허세욱의 후기에 근거한 것이다.

가지로 요약하여 평가되고 있다. 첫째는 매 편의 구성이 현실과 환상을, 흥성과 쇠란을 공존시켰다는 점이고 둘째는 묘사의 세밀성, 셋째는 이상과 현실 사이의 갈등과 분쟁을 강렬하게 대조시켜 중국인의 가치관을 제시, 넷째는 인생에 대한 애조적인 관조, 다섯째는 구제도와 구사회, 그리고 아직도 타성에 젖은 현실에 대한 비평의식들이다. 소설의 문체와 서술기법은 白先勇이 소설 창작 당시 타이완 문단에 새롭게 불기 시작했던 서구의 모더니즘의 영향을 받은 것으로 보인다. 그의 소설에서 허세욱이 언급한 '이상과 현실'은 사실 '상상된 고향과 적응하지 못하는 현실'로 바꾸어 표현할 수 있다. 그렇다면 인생에 대한 애조어린 관조라든가 현실에 대한 비판의식은 화인 디아스포라로서 느끼게 되는 심리상태를 반영한 것이라고 볼 수 있다.

白先勇은 다양한 인물들의 삶의 모습을 특유의 화려하고 섬세한 필치로 담아낸다. 그는 자신의 정체성에서 출발하여 민족적·문화적 정체성에 이르기까지 깊이 탐색한 결과 이를 작품에 고스란히 반영시켰다. 白先勇의 자전적 경향이 짙은 소설작품들이 북미의 화인화문문학이라는 카테고리 안에서 가지는 지위와 영향력은 해당 지역의 화인 디아스포라문학의 특징적 일면을 풍부한 근거와 자료를 통해 제공하는 점에서 분명히 드러난다.

白先勇의 ≪臺北人≫에는 중국대륙을 떠나온 사람들이 타이베이에 머물게 되면서 느끼는 출발지에 대한 상실감이 잘 나타나 있다. 소설 속 인물들은 상하이를 떠나와서 타이베이에서의 삶에 적응하지 못하고 자신의 지위와 사랑하는 사람, 그리고 자기의 정체성마저 잃게 되는 일련의 과정 속에 놓여 있다. 이 상실은 결코 과거 시점의 고향으로 돌아갈 수 없다는 불가역성으로부터 기인한다.

≪臺北人≫에 나타난 고향으로 회귀하고자 하는 욕구와 영원한

그리움, 노스탤지어와 같은 정서들은 거주국에서 영원히 굴레 지워진 이방인이라는 표식과 더불어 디아스포라로 살아가는 사람들의 삶 자체에서 발견되는 상실에 근거한 특징들이다. 고향 상실은 디아스포라들의 정체성을 규정짓는 중대한 요소이다. 이는 이 시기의 북미 화인화문문학에서만 드러나는 특징이 아니라 대부분의 디아스포라문학에서 공통적으로 발견되는 특징 중의 하나이다. 상실에 관한 문제는 중국대륙에서 화인화문문학을 논의하거나 연구할 때 문학 텍스트의 방향성과 지향점, 혹은 근원적인 목적성의 측면에서 가장 의미 있게 다루어진다. 북미 화인화문문학의 상실감과 고향으로의 회귀에 대한 부분은 화인화문문학의 다양한 특징 중에서도 같은 무게와 중요도를 지니는 특징으로 규정을 지을 수 있다. 이것은 기본적으로 중국대륙 중심의 중화주의 전략의 해체를 전제로 하고 있을 때 더욱 의미를 갖게 된다. 이는 또 북미 화인화문문학의 진정한 본질에 좀 더 가까이 다가가게 되는 계기가 될 수 있다.

白先勇은 미국 이주 이후 더욱 활발한 창작을 해왔다. 그의 작품 속에서는 중국대륙의 이국적인 풍경과 중국인이라는 이방인의 모습을 아름답게 묘사하여 거주국인 미국 내에서도 큰 호응을 얻었을 뿐만 아니라 중국대륙에서도 큰 인기를 얻었다. 사상과 정치적인 검열이 문학에서도 당연시되는 중국대륙에서 수용되고 소비되는 白先勇의 작품들은 크게 다음의 두 가지 중 어느 한 쪽의 특징을 지니고 있다. 하나는 반공과 같은 사상적 정치적 색채의 배제이며 다른 하나는 중국대륙의 구미에 맞는 사상적 정치적 색채의 내포이다. 白先勇의 경우는 전자에 가깝다. 白先勇은 於梨華, 張系國, 聶華苓 뿐만 아니라 동시대 북미 화인화문문학 작가들에 비해서도 고향에 대한 그리움과 향수의 정서를 많이 담아냈으며 돌아가고자 하는 고향으로 중국대륙을 그려내고 있다. <永遠的尹雪艷>에서 몽환적이리만치 아름답도록 묘사된 상하이의 모습에서 그러한 특징이 확연히 드러나고 있다.

과거의 영화로움과 현재의 초라함은 서로 대비를 이루면서 상실된 것들을 드러낸다. 예를 들면 尹雪艷의 公館은 그가 그리워하는 상하이의 모습을 생생하게 담아내고 있다. <永遠的尹雪艷>에 등장하는 인물들은 모두 이 公館에 가서 그리운 중국대륙의 모습을 회상하고 있다.

> 尹雪艷의 公館은 금방 옛 친구나 새 친구들이 모이는 사랑방이 되었다. 옛 친구끼리 만나면 옛 이야기로 모두 회포를 풀면서 그리던 옛날로 돌아가곤 했다. 더러 尹雪艷의 앞에서 불평을 털어놓기도 했다. 마치 尹雪艷은 상하이의 百樂門 시대를 상징하는 영원한 상징이자 베이징과 상하이의 번화했음을 증언하는 것처럼 말이다.6)

그리하여 사람들은 尹雪艷의 公館에서 과거를 추억하고 자신들의 영화로웠던 삶도 추억하게 된다. 그리운 고향의 모습을 그대로 재현해놓은 公館에 가면 마치 자신들도 그 때로 돌아가는 것과 같은 착각도 일으킨다. 公館의 주인인 尹雪艷이 영원히 늙지 않고 똑같은 모습 그대로 그곳에 존재하기를 바라게 되기까지 한다. 현재를 받아들이거나 적응하려는 노력보다 公館에서 과거를 추억하는 것이 더 의미가 있고 이렇게 하는 것이 지금의 삶에 도움이 되지 않는다고 하더라도 그들은 계속해서 公館을 찾아갈 수밖에 없는 것이다. <歲除>에서 劉 대대장은 이렇게 말한다.

---

6) 尹雪艷的公館很快的便成爲她舊友新知的聚會所。老朋友來到時，談談老話，大家都有一腔懷古的幽情，想一會兒當年，在尹雪艷面前發發牢騷，好像尹雪艷便是上海百樂門時代永恒的象徵，京滬繁華的佐證一般。白先勇，≪臺北人≫，(臺北: 爾雅, 2001), p.6.

> "형님! 형님도 저의 왕년의 부대장이었소. 내 먼저 술잔을 올리지요." 劉 대대장이 기립해서 고량주를 한 잔 가득히 부어 賴鳴升 앞으로 다가서서 두 손으로 술잔을 권했다.[7]

劉 대대장은 賴鳴升의 집을 찾아와 중국대륙에서 자신들이 경험했던 화려한 과거와 젊은 날들을 추억하고 있다. 작품 속에서는 중국대륙에서 타이완으로의 이주이지만, 사실상 이는 중국에서 미국으로의 국경을 넘어선 이주와 같은 차원이다. 이처럼 이주를 겪으면서 상실된 지위와 과거의 기억들을 떠올리는 인물들은 그리움에 사로잡혀 있다. 그리고 자신들이 겪은 큰 상실감을 지닌 채 현재를 살아간다. <那片血一般紅的杜鵑花>의 王雄은 이렇게 말한다.

> 그때 그는 겨우 열여덟 살밖에 안 되었는데, 어느 날 곡식을 짊어지고 문안으로 가서 팔려고 집을 나선 길에 붙잡혔다고 했다.
>
> "난 며칠 지나면 돌아갈 수 있을 거라고만 생각했죠."
>
> 그는 씩 웃으며 말했다. "한번 끌려 나와서 이때까지 돌아가지 못할 거라고 생각이나 했겠습니까?"
>
> "도련님, 金門島에서는 중국대륙을 볼 수 있겠죠?" 한번은 王雄이 무슨 생각에 잠긴 듯 나에게 이렇게 물었다. 나는 망원경으로 그쪽 사람들의 동정까지 볼 수 있다고 말해주었다.
>
> "그렇게 가까운가요?" 그는 놀라서 나를 바라보았다. 믿기지 않는다는 표정이다.[8]

---

7) "大哥，你也是我的老長官，我先敬你一杯。" 劉營長站了起來，端著一杯滿滿的高粱酒，走到賴鳴升跟前，雙手擧起酒杯向賴鳴升敬酒。白先勇，≪臺北人≫，(臺北: 爾雅，2001)，p.56.

8) 他說他那時才十八歲，有一天挑了兩擔穀子上城去賣，一出村子，便讓人截走了。"我以爲過幾天仍舊回去的呢，" 他笑了一笑說道，"那曉得出來一混便是這麽些年，總也沒能回過家。" "表小爺，你在金門島上看得到大陸嗎?" 有

王雄은 중국대륙에서 징병당해 떠돌다가 타이완에 정착한 인물이다. 고향과 그곳에 남기고 온 것들에 대한 그리움은 타이완에서 이미 새로운 삶을 꾸려나가고 있어도 영원히 묻어버릴 수 없는 아픔과 상실감을 그에게 가져다준다. 그는 자신의 의지와는 무관하게 정치적인 동란으로 이주할 수밖에 없었던 것이다. 고향에 두고 온 자신의 과거와 이주로 인해 잃어버리게 된 지위에 대한 그리움은 현재적 삶에 안주하지 못하게 한다. <遊園驚夢>의 錢 부인은 이 불가역적 신분에 노출된 대표적 인물이다.

> 옛날 남편이 살았을 때야 말할 필요가 없었다. 항상 상석에 앉곤 했다. 錢鵬志의 부인이 상석에 앉는 것에 별로 양보할 필요가 없었다. 난징에서 그 많은 부인들 중에서도 錢 부인의 지위보다 나은 여자들은 그리 많지 않았다. 하긴 높은 사람이 부인 중엔 소실이 많기도 했다. 하지만 錢 부인은 당당한 정실 부인이었기에 그녀들과 비교가 되지 않았다. 그때만 해도 桂枝香에겐 그런 기회가 없었다. 桂枝香의 생일잔치마저도 전 부인이 차려 주어야만 했다.[9)]

錢 부인은 남편의 죽음과 이주로 영화롭던 과거의 지위를 잃었다. 더구나 그녀는 이주를 통해 신분이 상승한 주변 사람들에 의해서 더 큰 상실감을 느끼게 된다. 그리고 모임에서 桂枝香이 자신과 동등한

一次王雄若有所思的問我道。我告訴他，從望遠鏡裏可以看得到那邊的人在走動。“隔得那樣近嗎?” 他吃驚的望著我，不肯置信的樣子。白先勇，≪臺北人≫，(臺北: 爾雅，2001)，p.98.

9) 從前錢鵬志在的時候，筵席之間，十有八九的住位，倒是她占先的。錢鵬志的夫人當然上座，她從來也不必推讓。南京那起夫人太太們，能僭過她輩分的，還數不出幾個來。她可不能跟那些官兒的姨太太們去比，她可是錢鵬志明公正道迎回去做塡房夫人的。可憐桂枝香那時出面請客都沒分兒，連生日酒還是她替桂枝香做的呢。白先勇，≪臺北人≫，(臺北: 爾雅，2001)，p.220.

위치에 설 수 없었던 지난날의 자기의 신분을 애써 기억해보는 것이다. 그래서 더더욱 이들은 자신들의 과거를 기억하게 해줄 물건들에 집착한다. <冬夜>의 吳柱國 교수에게는 미국으로 이주해서도 버리지 못했던 물건이 있다.

> 언젠가 한 번은 아내가 자기 대신 책을 말리는데 그의 옥스퍼드판 바이런 시집 안에 끼워놓은 메모 한 묶음을 잃어버렸다. 그 노트는 그가 20여년 전 베이징대학에서 강의할 때 깨달은 것들을 메모해두었던 것이었다.[10)]

吳柱國 교수는 미국으로 이주한 후 자신이 전공한 영문학을 가르치지는 않는다. 그곳 학생들은 중국인이 영미시를 가르치길 원하지 않기 때문이다. 그래서 그가 소중히 간직하던 중국대륙에서의 추억과 기억들은 먼지 쌓인 채 저장되어 갔다. 고향을 그리워하고 잃어버린 것들을 추억하는 그의 형상은 이주를 경험한 화인 디아스포라의 전형적인 모습이다.

이처럼 상실된 것에 대한 집착은 문화 정체성을 요구하였고 그에 대한 탐구가 白先勇 소설의 중심된 주제이다. 이 상실과 정체성에 대한 탐구는 마침내 고향을 상실하고 뿌리 없는 존재가 되었다는 자가 확인에 기초하고 있다. 이러한 일련의 상황들은 북미 화인 디아스포라로서 그가 거쳤던 과정이며, 문화적 사회적 배경으로 내재되어 갔다.

---

10) 有一次，他太太替他曬書，把他夾在一本牛津版的拜崙詩集中，一疊筆記弄去了——那些筆記，是他二十多年前，在北京大學教書時候，記下來的心得。白先勇, ≪臺北人≫, (臺北: 爾雅, 2001), p.242.

白先勇은 ≪芝加哥之死≫에서 吳漢魂[11]을 통해 고국으로의 회귀에 대한 희망과 그리움을 말하고 있다. 작품 속에서 지속적으로 吳漢魂은 자신이 '중국인'임을 밝히고 있다. 중국대륙이라는 지정학적 국가 단위가 가져다주는 심상은 해외에 거주하는 화인 디아스포라들에게는 더욱 복합적이고도 특별한 것으로 상상된다. 단순히 '고향'이라는 기표가 환기시킬 수 있는 의미 이상의 것들이 화인 디아스포라들에게 재현되기 때문이다. 하지만 그들이 '상상'한 고향은 말 그대로 '상상 속의 어떤 것'이 되어버린다.

이민 1세대 화인들에게서 종종 등장하는 강한 민족적 정체성이 등장하는 것은 민족주의와는 그 방향이 서로 다르다. 민족주의는 중국대륙에서 화인 디아스포라들에게 요구하는 것이지만 민족 정체성은 화인 디아스포라들이 스스로가 자신들에게 요구하는 것이기 때문이다. 빈센트 파릴로는 "미국 이민 제1세대 중에서 민족성은 모든 사람들이 당연하게 여기는 매일 일상의 현실이다. 대부분의 이민자들이 민족공동체 혹은 네트워크 안에 살고 있기 때문에, 공유된 공동 사회의 상호작용들은 매일의 삶에 있어서 중요한 요인으로 민족 정체성을 생성한다. 아직까지 구조적으로 동화가 된 것은 아니지만, 이들 이민자들을 그들의 민족성이 그들이 말하거나 행동하는 것, 그들이 함께 하는 것, 그리고 그들이 친구가 되는 사람 혹은 결혼하는 사람과 같은 실질적인 모든 것에 대한 연결을 제공한다는 것을 발견한다."[12]고 말

11) 주인공의 이름은 無漢魂과 중국어 발음이 유사하다. 漢은 중국대륙을 상징하고 있으며 여기서 無漢은 고향을 잃었다는 의미로 해석할 수 있다. 그리하여 주인공의 이름은 고향을 잃은 영혼으로 볼 수 있게 된다.

12) Vincent N. Parrillo 저, 부산대학교 사회과학연구소 역, ≪인종과 민족 관계의 이해≫, (서울: 박영사, 2010), p.235.

한다. 그가 말하는 민족 정체성은 화인 디아스포라들에게 와서는 이처럼 다른 각도에서 적용될 수 있을 것이다.

상실이라는 정서적인 결과물이 부각되기 위해서는 주체 속에 자리한 확고한 무언가가 같이 존재해야 한다. 이에 해당하는 부분은 각인되고 교육되어온 민족의식이다. 무엇보다도 정체성에 대한 탐색은 한 인간이 자기 자신으로 존재하게 하는 것이 어떤 것인지에 대한 탐색이며 이는 함께 살아가는 주변인물과 더불어 현실에 개입함으로써만이 가능하다. 이러한 핵심내용이 소설을 통해 전달되는데 이 정체성은 화인화문문학이라는 그릇이 담아낼 수 있는 가장 근원적이면서도 목적지향적인 문제가 되는 것이다. 나아가 화인들에 의해 창작된 화문문학이 화인 디아스포라들의 경험을 담아낸다는 것은 일견 당연해 보인다. 하지만 모국의 문화권 영역이 아니라 그들이 이주해간 새로운 문화권 속에서 자아를 탐색한다는 것은 무척이나 난해한 일이다. 더구나 화인들은 거주국에서 자신들의 신분을 감추거나 혹은 잊은 채 살아가게 될 가능성이 크다. <一把青>의 秦 부인의 말에 그런 점이 드러나 있다.

> 옛날 피난 시절엔 단지 목숨만을 위해 급급해서 아무것도 돌볼 겨를이 없었다. 심지어 해가 뜨고 지는 줄도 몰랐다. [……] 타이완으로 온 뒤 나는 일부러 바쁘게 살았다. 중국대륙에서의 모든 과거는 조금씩 잊혀져 갔다. 솔직히 新生社에서 朱青을 만나지 않았더라면 그녀마저 완전히 잊을 뻔 했다.13)

---

13) 從前逃難的時候, 只顧逃命, 什麼事都懵懵懂懂的, 也不知黑天白日。[……] 來到臺灣, 天天忙著過活, 大陸上的事情, 竟逐漸淡忘了。老實話, 要不是在新生社又碰見朱青, 我是不會想起她來了的。白先勇, ≪臺北人≫, (臺北: 爾雅, 2001), pp.41-42.

현재적 삶에 적응하기 위해서는 과거나 고향에 대한 기억을 잊어버려야 할 때도 있다. 피난시절 남편을 잃은 秦 부인은 살기 위해 과거의 고통으로부터 벗어나고자 했다. 하지만 이주 이후 많은 것을 잃어버리고 살아나가는 것에만 집중하고 있던 秦 부인에게 朱靑의 등장은 그녀가 잃었던 것들에 대한 그리움을 환기시키고 자신이 과거에 얼마나 화려한 삶을 살고 있었던가를 기억하게 해주었다.

거주국에서 자신의 기존의 것을 버리려고 애쓰는 일 또한 상실의 일종이다. 이들은 사회 혹은 공동체 내에서 '이름 없이 살아가기'를 스스로 선택했다고 해도 과언이 아니다. 이는 물론 의도된 상실로서 고향을 떠나온 상실과 다른 듯 보이나 궁극적으로는 과거를 들추지 않는 점에서 매우 유사하거나 동일하다. 이것은 곧 개인의 자아와 정체성이 약화에 대응하여 나타나는 자연스러운 반응이다. 개인이 약화되고 소외되기 때문에 그들은 주체적으로 삶의 방향을 선택하거나 어떠한 결정을 내리지 못한다. 그들은 소외되었기 때문에 공동체에서 돌출되지 않도록 주의한다. 그리하여 조용하고도 평범한 그리고 너무나 평범해서 이름마저 잊을 정도가 되어버린 소시민으로서의 삶을 선택하게 되었다.14)

기존의 삶의 양식을 상실하는 것은 이주 이후 이름을 바꾸는 일을 통해서도 나타난다. 이것은 Amy Tan의 소설 ≪조이 럭 클럽≫15)에서 좀 더 적극적인 방식으로 표현되고 있다.

---

14) 고혜림, ≪白先勇의 『臺北人』연구≫, (부산대 중어중문학과 석사학위논문, 2005), p.60.

15) 맥신 홍 킹스턴과 에이미 탄의 소설은 원문을 인용하는 데 있어서 각기 한국에 번역된 서숙의 ≪여인무사≫와 박봉희의 ≪조이 럭 클럽≫을 참고하여 번역하거나 분석에 활용하였다.

> 어머니는 중국에서의 자신의 생활에 관해서는 결코 말씀하지 않으셨다. 하지만 나의 아버지는 어머니를 그곳에서, 어머니가 결코 말할 수 없었던 어떤 비극으로부터 구출했다고 말하셨다. 아버지는 아주 자랑스럽게 어머니의 이민 서류에 Gu Ying-ying이라는 어머니의 원래 이름을 그어 버리고 Betty St. Clair라는 새 이름을 써넣으셨다. 그리고 출생 연도도 1914년 대신에 1916년이라고 잘못된 생일을 써넣으셨다. 그 한 번의 펜을 통해 어머니는 이름도 잃고 호랑이띠에서 용띠가 되어버렸다.[16)]

Ying-ying St. Clair(Gu Ying-ying의 미국식 이름)와 같이 자신의 중국 이름을 바꾸는 것은 미국으로 이주를 하면서 불가피한 선택이었고 자의에 의한 것도 아니었다. 미국에서의 삶에 적응하기 위해서 혹은 과거의 삶을 잊어버린다는 의미로 Ying-ying St. Clair의 남편은 그녀의 이름을 바꾸었다. 이처럼 기존의 삶의 양식과 이름을 잃음으로 해서 그녀는 지울 수 없는 상실감을 느낀다. 과거의 이름을 잃어버리거나 혹은 이름 없이 살아간다는 것은 화인 디아스포라들이 거주국에서 받게 되는 여러 요구들 중 한 가지에 해당한다. 공동체 속에서 마치 유령과도 같이 살아가는 일은 이민 1세대의 화인 디아스포라들이 겪어야 했던 현실이었다.

이주 후 1년이 지났을 무렵 白先勇이 발표한 소설 ≪紐約客≫에서는, 이주 초기 작가의 모습이 자전적인 형태로 반영되어 있다. 당시

16) My mother never talked about her life in China, but my father said he saved her from a terrible life there, some tragedy she could not speak about. My father proudly named her in her immigration papers: Betty St. Clair, crossing out her given name of Gu Ying-ying. And then he put down the wrong birthyear, 1916 instead of 1914. So, with the weep of a pen, my mother lost her name and became a Dragon instead of a Tiger. Tan, Amy, *The Joy Luck Club*, New York: Penguin Books, 2006, p.104.

白先勇은 미국 사회에서 적응하기 위해 자신이 뉴요커인양 느끼려고 노력하지만 시간이 갈수록 그는 미국 사회에서 점점 유리되어가는 자신의 모습을 발견한다. 노란머리 파란 눈으로 대표되는 코카서스 인종 속에서 까만 머리 까만 눈의 동양인은 어디에서도 눈에 띄는 낯선 존재로 남을 수밖에 없었다. 아무리 노력해도 현지인이 될 수 없고 국적이 바뀐다한들 민족적 특징과 출신국의 꼬리표를 떼어낼 수 없는 디아스포라로서의 삶이 시작된 것을 알 수 있다. 그는 10년 전 자신이 떠나 온 마음속의 고향을 그리워하게 되었다. 그곳으로 돌아갈 수만 있다면 모든 것이 용서될 것만 같고, 무엇을 해도 용인될 것 같은 안도감마저 얻을 수 있을 것 같았다.

이에 대해 尹曉煌은 이렇게 말한다. "초기 중국어 작품들에서 나타나는 향수와 중국 문화에 대한 강조는 이민자들이 그들과 함께 가져온 고향에 대한 지각들에 의해서 뿐만 아니라 미국에서의 쓰라린 경험에 의해 형성되었다. 그들이 직면했던 시련과 인종 차별은 그들로 하여금 중국의 문화적 유산으로부터 위안을 구하도록 했으며, 미국 생활의 고통을 해피엔딩으로 끝내고 귀향하는 것을 꿈꾸도록 만들었다."[17] 尹曉煌의 말처럼 白先勇의 정서적 상태는 북미 지역으로 이주한 화인화문문학 작가들이 겪게 되는 공통적인 심리상태 중의 하나이다. 인간의 마음 속 고향의 모습이란 이처럼 단순하게 과거지향

17) Nostalgia and an emphasis on Chinese culture in early Chinese-language writing were not only shaped by the perceptual baggage the immigrants carried with them but also by their bitter experiences in America. The hardships and racial discrimination they encountered forced them to seek comfort from their Chinese cultural legacy and dream of returning home as a happy ending to their suffering in America. Xiao-huang Yin, *Chinese American Literature since the 1850s*, Chicago: University of Illinois Press, 2000, p.159.

적인 정서일 수도 있다.

白先勇은 글쓰기를 통해 고향을 그리워하는 자신의 모습을 솔직하게 고백했으며 마침내는 그곳으로 돌아가고자 욕망했다. 그곳은 정통임을 강요받거나 주류가 되기를 강요받는 사회 속의 白先勇이 아니라 있는 그대로의 한 자연인으로 살아가면서 인정받을 수 있는 삶이 자유롭게 펼쳐질 것 같은 곳이다. 白先勇은 과거 중국대륙에서의 부유한 삶과 그와 관련된 화려한 기억들, 그리고 타이베이에서의 학창시절과 미국 이주 전까지의 추억들에 대한 사무치는 그리움을 작품 속에 그려내었다.

하지만 그는 자신이 그려낸 고향이 허구의 고향이며 상상된 고향이었다는 사실을 깨닫게 된다. 그는 점점 더 정체성 탐색과 존재에 관한 문제, 그리고 언어의 뿌리에 대한 탐색에 천착한다. 나아가 부모와 모국의 역사적인 문제들에 관심을 가지게 되고 이중 언어와 다문화 구조 속에서 침윤된 '나'의 현재 상태와 이에 대비되는 과거의 성격에 대한 탐색을 계속한다. 그리하여 작품 속에 모티프가 된 상실과 그로부터 파생된 고향에 대한 노스탤지어를 두 가지 큰 줄기로 유지하게 된다. 중국대륙과 연결된 끈을 놓지 않으면서 모국에 대한 심취 등에서도 보이듯이 중국대륙의 전통으로 회귀하고자 한 그의 태도는 그가 미국 주류사회 속에 완전하게 진입하지 못한 타자였음을 의미한다. 하지만 돌아간 고국에서 그는 다시 소외되고 표류하게 되어 스스로가 영원한 디아스포라가 되었음을 받아들여야 했다.

陳浩泉은 캐나다 화인화문문학 작가 가운데 홍콩출신으로, 그는 자신의 소설 ≪天涯何處是吾家≫에서 디아스포라의 처지를 다음과 같이 묘사한다.

> 싱가폴－말레이시아－태국－캄보디아, 그리고 다시금 중국의 윈난－베이징－상하이, 그리고 방금 나는 홍콩의 땅을 밟았다. 떠돈다는 것은 나에게 있어서 결코 두려운 일은 아니다. 두려운 것은 지금 나의 무거운 짐일 뿐, 두 다리도 젊을 때처럼 경쾌하고 재빠르지도 않다. 홍콩과 중국대륙의 경계선인 뤄후교(羅湖橋)의 이쪽에는 또 다른 제복을 입을 홍콩의 경찰들이 서있다. 잔잔히 흐르는 선전(深圳)의 강이 완전히 다른 두 세계를 갈라놓고 있다.[18)]

주인공은 끊임없이 이곳저곳을 떠돌고 있다. 그 어떠한 곳에도 자신의 집이나 고향이나 안착할 곳이 없다는 것을 잘 알고 자신이 떠돌아다니는 것을 두려워하지 않는다고 말한다. 그의 두려움은 바로 자신의 신분이 디아스포라임을 확인하는 데서 비롯된다. 陳浩泉의 ≪白雲紅楓≫에서는 외국으로 이주한 주인공이 달을 향해 자신의 상실감을 다음과 같이 묘사하고 있다.

> 머리를 들어 바라보니, 큰 거울 같기도 하고 은쟁반 같기도 한 휘영청 밝은 달에서 수은과 서늘한 기운이 대지로 남김없이 쏟아져 내려오고 있었다. 사람들이 말하길, '외국의 달이 특히 더 둥글다.' 고 했다. 楊慧는 외국에서 보는 달이 모두들 이렇게나 둥근지는 알지 못했다. 하지만 북미 지역의 달은 홍콩에서 보는 것보다는 크고, 둥근 건 분명했다. 어쩌면 여기가 달에서 조금 더 가깝기 때문인지도 모르겠지만! 매번 보름날 저녁, 달이 하늘가에서 떠오를 때면 계란 노른자 정도가 아니라 말 그대로 홍샤오빙(紅燒餅)을 보는 것

18) 新加坡-馬來西亞-泰國-柬埔寨, 再到中國的雲南-北京-上海, 如今, 我剛踏上的是香港的土地。流浪, 對我來說不是什麽可怕的事, 怕的是今天我的包袱重了, 雙脚也沒有年輕的時候輕快靈活了。羅湖橋的這一邊, 站着穿另一種制服的香港警察。淺淺的一條深圳河, 把兩個截然不同的世界分開。陳浩泉, ≪天涯何處是吾家≫, (北京: 中國友誼出版公司, 1999), p.244.

> 같아서 사람들이 보기에도 아직 태양이 산으로 넘어가지 않은 것처럼 느껴지게 했다![19)]

楊慧의 마음상태는 디아스포라로서의 신분과 정체성의 확인에서 비롯된 것이다. 그녀가 잃은 것은 고향과 집, 자신의 언어인데 그녀는 이방인으로서 느낄 수밖에 없는 심리적 상태와 불안감에 빠져 있다. 陳浩泉의 작품은 白先勇, 於梨華와 비교해 볼 때 시기적으로 조금 뒤이다. 하지만 그가 디아스포라로서 느끼는 심리적 상태와 정체성에 대한 인식은 白先勇, 於梨華처럼 소설 속에 투영시켜 반영한다는 점에서 유사하게 나타난다.

북미 지역의 화인 디아스포라들은 기본적으로 이민자의 신분으로 그 사회 속에 자리하고 있다. 이민법이 강력한 효력을 발휘할 뿐만 아니라 중국대륙과의 정치적 관계에 따라서 변화를 거듭했기 때문에 이민자들의 삶은 이에 영향을 받지 않을 수 없었다. 무엇보다도 이민자라는 신분적 정체성의 불확실성은 화인 디아스포라들에게 큰 문제로 다가왔음은 분명하다.

白先勇이 ≪臺北人≫과 ≪紐約客≫를 집필할 당시는 중국대륙의 문화대혁명 시기였다. 고향땅에서 발생하고 있는 급격한 변화의 조류와 전통을 깨부수는 홍위병들의 모습은 전에 보지 못하던 것들이었다. 매체를 통해 고국의 소식을 전해들은 白先勇은 자신의 고향으

19) 翹首仰望, 皎潔的月亮像一面大明鏡, 一個大銀盆, 把水銀和涼意都傾倒到大地上,來。人家說, “外國的月亮特別圓”, 楊慧不知道, 是否所有外國的月亮都特別圓, 但北美洲的月亮肯定比香港見到的大、圓, 也許這裏距離月亮更近吧! 每當十五前夕, 月亮從天邊升起時, 不是一個蛋黃, 而簡直是一個大紅燒餠, 令人幾乎以爲是還未下山的太陽吧! 陳浩泉 主編, ≪白雲紅楓≫, (香港: 加拿大華裔作家協會出版, 2003), p.133.

로부터도 문화적 충격을 느끼게 되었다. <永遠的尹雪艷>의 公館이라는 공간을 그리워하는 데에는 이러한 낯설음에 대한 반작용이 숨어 있다. 尹雪艷의 公館은 현실과 격리된 공간이자 그 자체로 과거를 대표하는 상징적 공간이 된다.

> 尹雪艷의 공관은 늘 그곳만의 분위기를 가지고 있었다. 尹雪艷은 한 번도 공관이 상하이 霞飛路의 위세에 눌려본 적이 없다. 그곳에 출입하는 사람들은 모두 구식이기는 했지만 나름의 신분과 위세를 갖고 있었다. 그래서 일단 尹 공관에 들어오게 되면 모두들 자신이 중요인사인 것처럼 느꼈다. 비록 십 년 전에 불리다 말던 직함이라 하더라도 尹雪艷가 애교스럽고 다정하게 부를라치면 이제 막 임용이라도 된 것인 양 내심 적잖은 우월감이 다시 생겨나곤 했다.[20)]

그 공간으로 들어가면 과거가 회복되고 나아가 자신의 잃어버린 정체성도 회복할 수 있을 것만 같은 착각을 일으키도록 만드는 곳이 바로 尹雪艷의 公館이다. 화인 디아스포라들이 경험하고 있는 상실감은 고향을 떠나와 타국에서 자신의 과거를 그리워하는 모습으로 그려지곤 하는데 그것이 ≪臺北人≫에서는 尹雪艷의 公館을 드나드는 사람들의 모습으로 대체되었다고 볼 수 있다.

<一把靑>에서는 특히 과거 속에 살고 있는 사람들의 모습을 보여주고 있다. 그들은 과거와 현재의 서로 다른 문화적 충격과 갈등을 그

---

20) 尹雪艷公館一向維持它的氣派。尹雪艷從來不肯把它降低於上海霞飛路的排場。出入的人士， 縱然有些是過了時的，但是他們有他們的身份，有他們的派頭，因此一進到尹公館，大家多覺得自己重要，卽使是十年前作廢了的頭銜，經過尹雪艷嬌聲親切的稱呼起來，也如同受了誥封一般，心理恢復了不少優越感。白先勇，≪臺北人≫，(臺北: 爾雅, 2003), p.57.

대로 체험하는 인물들로 형상화되어 있다.

> 원래 朱青은 겨우 열여덟 남짓의 아직 어리고 깡마른 처녀였다. 손님으로 초대되어 오면서도 소매가 좁고 조금 낡은 쪽빛 두루마기를 입고, 옷깃엔 하얀 비단 손수건을 달고 있었다. 머리는 파마 없이 있는 대로 단정하게 귀 뒤로 넘겼다. 발은 끈을 매는 까만 구두에 하얗고 짧은 양말로 말쑥했다.[21)]

朱青의 첫 이미지는 이처럼 소박하고 앳되며 수수한 모습으로 그려지고 있다. 하지만 남편인 郭軫이 徐州에서 비행기를 조종하다가 사망해 시체마저 찾을 수 없게 되었다는 전사통보를 받은 뒤부터 그녀는 달라지게 된다. 모든 기억과 추억을 중국대륙에 묻어두고 타이완으로 떠나온 뒤로 달라진 朱青은 전혀 다른 사람이 되어 다시 秦부인과 조우하게 된다.

> "사모님!"
>
> 고개를 돌려 부른 사람을 쳐다보았다. 아까 무대 위에서 '東山一把青'을 불렀던 여가수였다. 타이베이로 온 뒤 나를 '사모님'이라 부를 사람이 없었고 누구나 나를 秦씨 할머니라 불렀기에 낯설게 들렸다.
>
> "사모님! 제가 朱青이에요." 그녀는 웃으며 말했다.
>
> 물끄러미 보다가 미처 대답하기도 전에 한 무리의 젊은 공군들이 몰려와서 같이 춤을 추자고 아우성이었다. 그녀는 그들을 밀어

21) 原來朱青却是一個十八九歲頗爲單瘦的黃花閨女，來做客還穿着一身半新旧直統子的藍布長衫，襟上掖了一塊百綢子手絹兒。頭髮也沒有燙，抿得整整齊齊地垂在耳後。脚上穿了一雙帶袢的黑皮鞋，一雙白色的段統袜子倒是幹幹淨淨的。白先勇，≪臺北人≫，(北京: 作家出版社, 2000), p.17.

내며 내 귀에 대고 속삭였다.

"사모님 주소를 적어주세요. 며칠 있다가 사모님을 모실게요. 저희 집에서 베푸는 마작에 초대할게요. 저도 이젠 제법 하거든요."22)

朱青이 과거와 전혀 다른 사람이 되었음을 알 수 있다. 그녀는 남편을 잃고 중국대륙을 떠나 타이완으로 오면서 상실을 경험하게 되고 전혀 다른 사람으로 변했다. 그녀는 중국대륙의 불안한 정세로 타이완으로 이주하였고 타이완에서는 자의든 타의든 이주해온 자의 신분으로서 디아스포라의 한 유형이 된다. <花橋榮記>에서도 과거와 현재가 뚜렷이 대비된다.

내가 연 '花橋榮記'는 그리 잘 되지 않았다. 내가 타이베이에 와서 음식점을 열거라곤 꿈에도 생각지 못했다. 하지만 물론 옛날 대륙의 桂林에 있을 때의 풍경은 아니었다. [……] 여자의 몸으로 타이완이라는 타관에 유랑하다가 결국 최후의 방책으로 長春路 종점 부근에 작은 밥집을 내기로 했다. 주인 아줌마로 벌써 10년이나 불리었으니, 같은 마을 주민에 대해서는 눈을 감고도 척척 그 이름을 댈 수 있게 되었다.23)

---

22) "師娘!" / 我一回頭, 看見叫我的人, 赫然是剛才在臺上唱"東山一把靑"的那個女人。來到臺北後, 沒有人再叫我師娘"了, 個個都叫我秦老太, 許久沒有聽到這個称呼, 驀然間, 異常耳生。/ "師娘, 我是朱靑。"那個女人笑吟吟地望着我說道。 / 我朝她上下打量了半天, 還沒來得及回話, 一群小空軍便跑來, 吵嚷著要把她挾去跳舞。她把他們捽開, 湊到我耳根下說道: / "你把地址給我, 師娘, 過兩天我接你到我家去打牌, 現在我的牌張也練高了。" 白先勇, ≪臺北人≫, (北京: 作家出版社, 2000), p.26.

23) 我自己開的這家花橋榮記可沒有那些風光了。我是做夢也沒想到, 跑到臺北又開起飯館來。[……] 我一個女人家, 流落在臺北, 總得有點打算, 七拼八湊, 終究在長春路底開起了這家小食店來。老板娘一當, 便當了十來年, 長春路這一帶的住戶, 我閉起眼睛都叫得出他們的名字來了。白先勇, ≪臺北

> 솔직히 말해서 내가 우리 桂林 사람을 변호하는 게 아니라 산명수려한 桂林 지방에서 나온 인물을 대단했다. 容县이나 武寧 같은 두메 산골에서 뛰쳐나온 인물들을 보면 입을 벌릴 만했다. 텁텁한 시골 사투리에 苗族들 티가 나는 이들이 어떻게 桂林 사람들에 감히 비길 수 있단 말인가? 남자고 여자고 나타나면, 그 산수의 영기가 모두 보이지 않는가?[24)]

인물들은 타이완에 살면서도 하나같이 과거를 떠올리고 고향을 그리워하는 공통적인 모습을 보인다. 이들은 어떠한 이유에서든 원래 살던 고향에서 떠나온 사람들이다. 그러나 이들이 기억하는 고향은 다시 돌아갈 수 없는 곳이다. 그 고향은 과거 속에서 생생하게 재현되고 기억 속에서 존재하는 것으로 다시 살아나고 있다. 현재는 모두 과거의 영화를 재현하기 위한 처절한 몸부림인 듯이 그려지는데 이렇게 상상 속의 공간을 재현하는 것이 白先勇이 그려낸 ≪臺北人≫의 가장 큰 특징이다.

이민 후세대인 맥신 홍 킹스턴의 경우, 소설 ≪Woman Warrior≫에서 이민 1세대가 느끼는 상실감에 대한 묘사 부분은 이민 2세대는 잘 느끼지 못하는 부모 세대의 것으로 설명된다.

> 중국에서 나는 내 옷마저 걸어본 적이 없었는데 말이야. 나는 이곳에 오지 말았어야 했어. 하지만 나 없이는 너희 아버지가 너희들을 부양할 수가 없었겠지.[25)]

人≫, (北京: 作家出版社, 2000), p.102.

24) 講句老實話, 不是我衛護我們桂林人, 我們桂林那個地方山明水秀, 出的人物也到地不同些。容縣、武宁, 那些角落頭跑出來的, 一個個龇牙咧嘴。滿口夾七夾八的土話, 我看總帶著些苗子種。哪里拼得上我們桂林人? 一站出來, 男男女女, 誰個不沾着幾分山水的靈氣? (白先勇, ≪臺北人≫, (北京: 作家出版社, 2000), p.104)

> "이제 정말이다. 어제 고향 사람들로부터 편지를 받았다. 그들은 땅을 인계받아도 괜찮으냐고 우리에게 물었다. 남은 아저씨들조차 죽음을 당했으니 괜찮다고 말할 수 있는 사람은 이제 너희 아버지뿐이다. 알겠니? 아버지는 그들에게 땅을 가져도 좋다는 편지를 썼다. 우리는 이제 돌아갈 고향조차 없다." [……]
>
> "우린 이제 혹성에 속해요, 엄마. 우리가 더 이상 한 조각 땅에 집착하지 않으면 혹성에 속하게 된다는 게 이해되세요? 우리가 어디에 서 있건, 서 있는 그 지점이 다른 지점과 마찬가지로 우리에게 속하는 거라고요."26)

고향으로 돌아가도 그들이 속할 공간은 더 이상 없다. 그리고 새로운 삶의 터전을 꾸렸기 때문에 거주국에서의 현재의 삶을 포기할 수도 없다. 소설에서 묘사되는 이민 1세대의 상실감은 이민 2세대보다 확연히 크고 더욱 직접적이다. 이상을 찾아 떠나와 거주국에 있으면서도 고향에 대한 그리움은 수그러들지 않는다. 때로는 출발지인 고향으로 귀환하려는 의식이 커져간다. 하지만 그것은 이들이 처한 현실의 주어진 여건들을 포기하지 않는 한 비현실적인 꿈일 될 뿐이다.

---

25) In China I never even had to hang up my own clothes. I shouldn't have left, but your father couldn't have supported you without me. M. H. Kingston, *The Woman Warrior*, New York: Vintage International Books, 1989, p.104.

26) "Now it's final. We got a letter from the villagers yesterday. They asked if it was all right with us that they took over the land. The last uncles have been killed so your father is the only person left to say it is all right, you see. So, We have no more China to go home to." [……] "We belong to the planet now, Mama. Does it make sense to you that if we're no longer attached to one piece of land, we belong to the planet? Wherever we happen to be standing, why, that spot belongs to us as much as any other spot.", M. H. Kingston, *The Woman Warrior*, New York: Vintage International Books, 1989, pp.106-107.

白先勇의 ≪臺北人≫은 고향의 상실과 고향에 대한 그리움을 그린다. 白先勇의 이주 체험은 주인공들을 통해서 재구성되고 재해석된 것으로 보인다. 특히 白先勇은 가장 뚜렷하게 이주를 통해 상실을 경험한 다양한 인물들을 그리고 있다. 이들의 이야기는 옴니버스 형식으로 연결된다. 그 주인공들은 무언가를 해결하거나 해소하려는 노력을 하기보다는 현실과 인생의 무게 속에 잠식되어 버리는 모습을 보인다. 이런 특징들은 이민 1세대 화인 디아스포라들이 경험한 불안, 두려움, 부적응과 같은 심리상태들을 대변하고 있다. 尹雪艶의 公館을 그리워하는 사람들이 이주 이후 자신의 삶과 과거 자신의 삶 속에서 괴리를 느끼는 것, 朱青의 모습에서 느끼게 되는 차이, 錢 부인이 桂枝香을 만나게 되면서 실감하는 자신의 신분의 변화, 余嶔磊 교수와 吳柱國 교수가 느끼는 인생의 무상함 등에는 공통적으로 상실감이 그 핵심을 이루고 있다. 화인 디아스포라들이 경험하는 그리움들에는 자신들의 정체성을 구성하는 데 영향을 주는 상실감을 놓치지 않고 공존시켜 놓았다.

14편의 단편에서 각각의 주인공은 고향을 그리워하고 심지어 죽어서라도 자신의 고국으로 돌아가고 싶은 인물들이 등장하고 있다. 살아 있으면서도 과거의 영화 속에 박제된 것처럼 살아가는 尹雪艶은 세월이 흘러도 여전한 미모를 유지하면서 언젠가를 고향으로 돌아갈 수 있을 것이라는 희망의 끈을 놓지 않는다. 하지만 결국 상하이에서 타이완으로 이주하고 나서는 더 이상 주류사회에 융합되지 못한다. <冬夜>에 등장하는 吳柱國 교수와 같은 인물은 미국에 이주하여 대학교수 자리를 잃지 않기 위해 알맹이 없는 저작물들을 겨우 써내고 있다고 자조적인 목소리로 외치며 항상 돌아오고 싶은 곳은 고향이었음을 강조한다. <花橋榮記>의 주인공은 고향을 떠나오면서 자신의 기존의 삶과 완전히 달라진 삶의 방식에 적응해야 하는 갈등을 겪는데 사무치는 과거에 대한 그리움과 막연하지만 화려했던 그 시절로 다시 돌아가고 싶어서 끝내 자살에 이르게 되는 현실 부적응적 인물이다. <思舊賦>는 가세가 기울고 삶의 의지를 잃고 현실의 삶 속에서 소외된 것은 모두 고향을 떠나와 뿌리를 잃었기 때문으로 귀결시키고 있다.

<金大班的最後一夜>와 <孤戀花>에는 화류계에 몸담은 중국 여성들의 불행한 삶의 모습을 통해 과거에 묶인 채 괴로운 현실을 살아내기 위해서는 미쳐버릴 수밖에 없는 인물들이 등장한다. <一把靑>에는 공군조종사인 남편의 전사 소식을 듣고 이후 타이완에서도 계속 공군부대 주위를 맴돌며 노래를 하는 朱靑이 秦 부인을 만남으로써 서로를 통해 더욱 큰 상실감과 비통한 감정을 공유하게 된다. 그들은 자신들이 속해있는 현실로부터 타자화되고 부적응자가 되어 떠돈다. <遊園驚夢>에서 梅蘭芳이라는 별명이 붙을 정도로 崑曲을 잘하는 錢 부인은 타이완 이주 후 자신이 알던 사람들을 자신보다 훨씬 나은 지위와 재력을 가진 모습으로 다시 조우하게 되는 고통과 함께 노래 실력과 상관없이 모임 자리에서 소외감을 느끼게 된다. <歲除>는 퇴역 장교들의 사교모임에서 과거에 대한 향수에 젖어 사는 사람들이 현실 속에 주체가 되지 못하고 객체화/타자화 되어버린 모습을 드러내고 있다. <梁父吟>에서는 미국과 대비시켜 중국의 전통문화를 강조하고 있으며 죽어서라도 고향에 돌아갈 것을 바라면서 고향과 과거 그 시절을 그리워하면서 타이완에 살고 있는 이들을 그려냈다. <滿天裏亮晶晶的星星>에서는 한때 영화배우로 활동했다가 타이완으로 이주한 뒤로 사람들로부터 잊혀지고 몰락해버린 남자가 등장한다. 그가 사라졌다가 다시 장애를 안고 나타났을 때는 악다구니를 쓰며 외

쳐대던 자신의 목소리마저 잃고 난 뒤이다.

<那片血一般的杜鵑花>에서는 타이완에 살면서도 눈과 마음은 중국대륙을 향해있으며 죽어서 혼이라도 고향에 돌아갈 수 있길 바라는 王雄이 나온다. 王雄은 사회로부터 소외되고 희생당했으며 안식처를 찾지 못하고 한을 품게 되고 마침내 반쯤 실성한 상태에서 자살이라는 결말에 이르게 된다. <秋思>에서 남편의 죽음과 타이완 이주로 삶이 완전히 달라진 華 부인의 이야기다. <國葬>에서 과거 명예롭게 전장을 떠돌던 한 장군의 죽음이 나온다. 끊임없이 과거를 그리워하면서 현실에 적응하지 못하는 인물들이 함께 등장한다. 白先勇의 소설 속에서 나타나는 사람들은 고향을 그리워하면서도 그곳으로 돌아갈 수 없는 전형적인 디아스포라의 모습을 상실이라는 측면에 집중하여 등장시키고 있다. 과거의 영화 속에 살며 현실부적응자가 되어버리고 자신이 속해 있는 곳에서도 스스로의 목소리를 낼 수 없는 이들의 모습인 것이다.

白先勇의 소설을 앞서 화인 디아스포라의 상실이라는 문제와 긴밀하게 관련되어 있었다. 소설에서 방황하는 인물들의 모습은 세계 도처에 있는 화인 디아스포라들의 하나의 모습을 대변하는 것으로 여겨진다. 그리하여 정체성 문제와 이민자 문제의 사회적 문제로의 도치를 통해 다시금 고찰될 수 있는 것이다. 화인 디아스포라들의 모습이 전제된 디아스포라들의 모습을 담아냄으로써 이민자 문제의 담론화에 동기가 부여되는 것이다. 이 점은 張系國 역시 마찬가지인데, 그의 ≪香蕉船≫을 보면 이런 부분이 나온다.

> 내가 나고 자란 이 땅을 자주 접할 수 없었고 내 나라의 공기로 숨 쉴 수 없었다면, 창작의 힘이 되는 유일한 원천을 상실했을 것

> 이며 내 존재 역시 의미를 찾을 수 없게 되었을 것이다. 그토록 오랫동안 내가 잠들면서 생각했던 것이 바로 그 땅이었다.27)

張系國도 화인 디아스포라들에게서 나타나는 출발지에 대한 그리움과 문화에 대한 향수를 드러내기도 한다. 그는 ≪香蕉船≫후기에서 이렇게 말하고 있다.

> 나는 예술을 위해 창작을 하지 않고 사람을 위해 글을 쓴다. 내가 만약 내가 성장해 온 나의 땅을 밟을 수 없고 내 고향의 공기를 숨 쉴 수 없다면 그것은 곧 내 창작의 원천이 되는 큰 원동력을 잃게 된다는 의미이며 나의 존재는 아무런 의미도 없어질 것이다.28)

디아스포라로 북미 지역에서 지식인으로 살아가는 그의 작품은 화인화문문학의 또 다른 특징을 보여준다. 張系國(1944-)는 四川 重慶에서 출생하였고 어릴 때 부친을 따라 타이완으로 이주하여 부모에 의한 일차적 이주를 경험하였다. 고교시절 SF소설에 심취하여 1962년 新竹고교를 졸업하자마자 타이완대학의 전자기계공학과에 입학하면서 습작을 시작했다. 張系國는 사르트르의 ≪벽≫, ≪출구 없음≫, ≪변신≫ 등의 글들을 읽고서 실존주의에 관한 새로운 삶의 방식에 자극을 받아 19세에 ≪皮牧師正傳≫(1963)을 써서 자비로 출판하게 된다. 1966년 미국으로 이주하였고 대학 3, 4학년 때 소설, 평론

27) 如果我不能經常接觸我成長的這一片土地, 呼吸到自己國家的空氣, 我知道我便喪失了我寫作力量的唯一源泉, 我的存在亦完全沒有意義。多少年來, 我夢床所思的, 便是那片土地。張系國, ≪香蕉船≫, (臺北: 洪範, 1976), p.14.

28) 張系國, ≪香蕉船·後記≫, (臺灣: 洪範, 1976)에서 인용된 내용, 王景山 編, ≪台港澳暨海外華文作家辭典≫, (北京: 人民文學出版社, 2003), p.810.

등을 ≪聯合報≫, ≪大學論壇≫, ≪大學新聞≫에 기고했는데 당시의 소설, 평론 등의 원고들은 ≪亞當的肚臍眼≫으로 묶어 1971년 출판했다가 ≪孔子之死≫로 제목을 바꾸어 다시 출판했다. 현대 지식인의 고뇌하는 모습을 담은 장편소설 ≪棋王≫(1975), 중국유학생의 '保釣: 釣魚島'를 배경으로 한 장편소설 ≪昨日之怒≫(1978), 조국으로부터 멀리 떨어진 중국인들을 소재로 한 단편소설 ≪游子魂組曲≫(1989) 등을 발표하였는데 그의 소설은 현실을 반영하고 인생에 관심을 가지며 이상적인 주장을 표현하고 있다. 張系國는 과학자이자 소설가로, 컴퓨터 및 물리학 등에 관한 연구와 후진 양성에 매진하면서 동시에 활발한 작품 활동을 하고 있다. 특히 역사학자나 역사의식을 가진 웨일즈와 아이작 아시모프와 같은 작가들의 SF소설류에 관심을 가졌으며 그 자신도 전공을 살려 SF소설을 쓰게 된다. 유학초기 소설집 ≪地≫(1970)의 ≪超人列傳≫이 그의 SF소설 중 최초의 작품이다. 1976년부터 SF소설 창작에 더욱 집중하게 되면서 ≪星云組曲≫(1980)을 ≪城≫시리즈 세 권으로 출판했는데 '성 삼부작'[29]으로 유명하다. 이후 ≪中國時報≫와 함께 '중국어 SF 소설상'을 만들고 ≪幻象≫이라는 잡지를 창간했다. 張系國는 SF소설을 '인류가 처한 상황을 더욱 깊이 있게 돌아보게 하는 장르', '다른 각도에서는 지식인들의 미래에 대한 탐색'이라고 평가한다. 그는 중국문화가 원래 'SF소설과 관련한 소설적 전통이 풍부하다'고 하면서 거슬러 올라가면 陶淵明의 ≪桃花源記≫도 이러한 장르에 속한다고 말한 바 있다. 1965년 타이완대학에서 이공학 학사 학위를 취득하고

29) ≪五玉碟≫(1983), ≪龍城飛將≫(1986), ≪一羽毛≫(1991) 등을 묶어서 ≪City Trilogy≫로 미국에서 발표하였다.

이듬해 미국으로 유학 가서 캘리포니아 버클리 대학 전자기계공학과에 입학해 1969년 박사학위를 받게 된다. 코넬 대학 부교수, 일리노이 대학 이공학원 전자공학과 교수 및 학과장을 역임하고, 피츠버그 대학 기계공학과 학과장 및 타이완 중앙연구소의 컴퓨터공학 연구원으로 재직 중이다.

張系國는 白先勇과 마찬가지로 부모의 의한 이주, 유학에 의한 이주를 경험하면서 이중 언어와 다중 문화의 갈등을 겪게 되는 디아스포라의 삶 속에 뛰어들었다. 그의 작품 ≪棋王≫에서 묘사하는 것은 타이완에서의 한 텔레비전 프로그램 제작에 관련된 이야기인데 그 속에 언뜻언뜻 드러나는 화인 디아스포라 신분인 작가의 모습을 발견하는 것은 어렵지 않다.

이들은 고향을 그리워하면서도 다시 돌아갈 수 없다. 중국대륙은 화인 디아스포라들에게 있어서는 출발지이다. 그들은 출발지를 떠나 타이완이라는 새로운 거주지에 정착했다. 이민자들의 정체성, 즉 디아스포라의 정체성은 자신들이 고국을 떠나올 때 더욱 의식의 영역으로 전환되어 문제가 된다. 그리고 그들은 기본적으로 태생적으로 습득된 여러 가지 요소들을 자신의 정체성으로 인식하게 된다. 이것은 때로는 '문화적 짐'이라고 불릴만한 힘을 발휘하게 되기도 한다. 이와 관련해서 빈센트 파릴로는 다음과 같이 말한다.

> 이민자들은 당연시하던 그들의 모국을 떠나면서 — 낯선 땅의 이방인으로서 — 집단정체성을 더욱 의식하게 된다. 문화적응과정(acculturation process)과 민족 생성(ethnogenesis)이 이루어질 때, 이러한 집단 구성원들은 주류 사회가 그러하듯이 스스로를 자신의 민족성 때문에 특수성을 지니는 것으로 여기는 "문화적 짐"(cultural baggage)을 계속 간직한다.[30)]

빈센트 파릴로의 말과 같이 거주국으로의 이동은 이방인으로서의 자신의 신분을 새롭게 인식하고 자신의 신분적, 문화적 정체성을 의식하게 만드는 계기가 된다. 문화적응과정과 민족 생성을 통해서 이들은 미국과 중국의 문화를 겪은 디아스포라로서 새로운 정체성을 형성해가게 되고 이것은 하나의 문화권에서만 거주하게 되는 사람들과는 다른 특성을 가지고 발전의 과정을 거치게 된다. 즉 정체성이 가변적으로 형성되는 것이 가능하다는 것을 보여준다.

30) Vincent N. Parrillo 저, 부산대학교 사회과학연구소 역, ≪인종과 민족 관계의 이해≫, (서울: 박영사, 2010), p.177.

제 4 장 디아스포라의 현실과 소외의 문제

於梨華의 소설은 白先勇과는 다른 화인화문문학의 특징을 보여주고 있다. 미국과 타이완을 오가면서도 전체를 아우르는 서사 구조가 흥미진진하면서도 탄탄한 스토리를 바탕으로 하고 있다. 그녀의 작품에서는 고국으로 귀환한 화인 디아스포라의 괴리감과 자신의 타자성의 확인이라는 부분이 주된 정서로 나타난다. 이로써 경험하게 되는 이중적인 소외와 다시금 표류하게 되는 정체성을 통해 자신이 영원히 디아스포라일 수밖에 없음을 확인하게 되는 과정이 나타나고 있다.

於梨華는 중국대륙에서 ≪又見棕櫚又見棕櫚≫가 출판이 결정되자 1980년에 신판 서문으로 '寫在前面'이라는 글을 추가했는데 그 내용의 일부를 살펴보면 다음과 같다.

> 고국의 젊은 친구들에게 이 책을 바친다. 과거 오랫동안 이 책은 타이완에서 미국으로 간 유학생들에게 유용한 역할을 했다. 스토리가 좋아서라기보다는 이야기의 이면에 있는 사실들이 생각할 거리를 주어서였던 것 같다. 미국으로 가서 홀로 공부하고 학업을 지속하며 연구를 하는 것들은 힘들고도 외로우며 괴로운 일이다. [……] 책에서 牟天磊의 경험은 곧 나의 경험인 것처럼 되고 또다른 많은 젊은이들의 것이 된다. 그가 경험하는 뿌리를 잃어버린 것과 같은

> 정서는 당시 젊은이들이 공통적으로 느끼던 하나의 감성이다. [……] 1967년의 牟天磊는 돌아갈 곳이 없는 곤경에 처해있었지만 1980년의 젊은이들은 이와 다르다. 그들은 집이 있고 공부를 마치면 돌아갈 수 있다. 그들은 나라가 있고 학위를 받으면 귀국할 수 있다. 만일 현실에 만족하지 못하고 외국으로 나갔다 하더라도 나가서 그 현실을 더 나은 것으로 바꿀 수 있는 능력이 생길 수도 있을 것이고, 미국에서 살고 싶어한다고 하더라도 牟天磊의 이야기처럼 젊은이들은 어떻게 된 일인지 충분히 이해할 수 있으리라고 나는 생각한다. 이 책은 외국으로 떠나는 이들 뿐만 아니라 유학을 떠나보지 않은 사람들을 통틀어 당시의 현실과 지금의 현실이 어떠한지를 보여주기 위해서 썼다. 상상력이 있는 사람들이라면 분명 牟天磊가 마지막에 어떤 선택을 했을지 알 수 있을 것이라 믿는다."[1)]

於梨華의 소설이 뿌리가 없다거나(無根) 뿌리를 잃었다(失根)고 주로 연구되는 것은 이처럼 중국대륙에서 신판을 출판할 때 그녀가 언급했다시피 당시 젊은이들의 공감대를 이루는 정서가 이러한 뿌리에 집중되어 있었다고 말한 부분에서 근거를 찾을 수 있다. 葉枝梅는 ≪美國華人女作家評述≫에서 그동안 중국대륙과 타이완에서 관례

1) 獻給祖國的年輕朋友們, 這許多年來它(≪又見棕櫚, 又見棕櫚≫)對由臺去美的留學生起了一定的作用, 不是故事好, 而是故事後面的寫實令人思索:到美國去讀書、講修、做硏究, 是艱難的、寂寞的, 甚至是苦惱的。[……] 其中牟天磊的經驗, 也是我的, 也是其他許許多多年輕人的。他的'無根'的感覺, 更是他那個時代的年輕人共同感受的。[……] 1967年的牟天磊有他無家可歸的困難, 但1980年的年輕人是不會有的, 他們有家, 學成了回家, 他們有國, 學成了歸國。如果是因爲不滿現實而出國, 出國後更應該有能力回去改善那個現實;如果是向往美國的生活, 牟天磊的故事, 我相信, 足够年輕人了解它到底是怎麽回事;這本書, 是寫給出國的, 更是沒有出國的朋友們看的, 當時是如此, 現在更是如此。會思考的年輕朋友們, 一定知道牟天磊最後選擇的道路是什麽。於梨華, ≪又見棕櫚又見棕櫚≫, (北京: 中國友誼出版公司, 1984), 序文pp.1-2.

화 된 '無根的一代'와 유학생 문학이라는 두 가지 점에서 於梨華를 평가한다. 이 점은 於梨華가 중국대륙에 소개되면서 그녀가 서문에 쓴 위 내용과도 무관하지 않을 것이다.

於梨華(1931-)는 浙江 鎭海가 고향이다. 항일전쟁 시기 福建, 湖南, 四川 등지로 옮겨다녔고 1946년 浙江 寧波로 돌아갔다. 1947년 말 타이완으로 이주해 臺中 여중 시절부터 문학에 심취해 沈從文의 ≪邊城≫에 대한 평론을 쓰기도 했다. 1949년 고등학교를 졸업하고 타이완대학의 外文系에 입학하였다가 이듬해 歷史系로 전과했다. 夏濟安 주편의 ≪文學雜誌≫에 글을 발표하기 시작했다. 1953년 대학 졸업 후 미국으로 유학을 떠나 UCLA의 신문방송학과에 입학한다. 1956년 석사 학위를 받고 같은 해 영어로 단편소설 ≪揚子江頭几多愁≫를 발표하여 MGM 영화사가 대학에 설립한 문예상에서 1위로 뽑혔다. 1961년부터는 중국어로 작품을 창작하기 시작했는데 이듬해 장편소설 ≪夢回青河≫(1963)의 완성 직후 타이완의 부모를 만나러 가서 ≪皇冠≫잡지에 연재하게 되고 텔레비전의 '小說選播'에서 방송되어 마침내 1963년 출판되었다. 1967년에 발표한 ≪又見棕櫚又見棕櫚≫는 그녀의 대표작이며 이 작품으로 臺灣嘉新文藝獎 소설상을 수상했다. 타이완에서 미국으로 유학을 떠난 주인공의 모습은 생생한 현장 리포트와도 같이 당시 이주민의 신분으로서 미국사회에서 살아가는 것이 어떠한지 그대로 보여준다. 이 외에도 그녀의 작품은 ≪夢回青河≫, ≪歸≫(963), ≪也是秋天≫(1964), ≪變≫(1965), ≪雪地上的星星≫(1966), ≪又見棕櫚有見棕櫚≫, ≪焰≫(1969), ≪白駒集≫(1969)와 ≪帶淚的百合≫(1971), ≪會場現形記(1972), ≪考驗≫(1974), ≪傅家的兒女們≫(1975), ≪愛情像水一樣≫, ≪相見歡≫, ≪三人行≫(1979) 등이 있다. 25년간의 교직생활을 마치고 1993년 은퇴한 이후 더욱 작품 활동에 많은 시간을 투자할 수 있었고 작품 창작에 있어서 작품의 질을 중요시하게 되었다.

於梨華의 소설은 1960년대부터 붐을 이룬 타이완으로부터의 미국 유학에 대해서 일찍이 경험하고 잘 훈련된 문학적 역량을 통해 표현해낸 유학생 문학 분야를 선구적으로 일구어낸 대표적인 작품이다. 당시의 북미 지역으로의 유학붐을 소재로 하여 주인공 天磊가 유학 이후 타이완으로 다시 돌아와서 겪게 되는 이중적 소외에 집중하여 소설을 전개하고 있다. 소설은 주인공 天磊가 미국에서 학비를 마련하기 위해 힘들게 여학생 화장실 청소와 접시닦이 일을 하며 버텨냈는지에 대한 과거를 알게 된다면 타이완에 있는 그의 집에서 부리는 하녀가 과연 자신을 '도련님'으로 부를 수 있을까 하는 그의 스스로에 대한 질문에서부터 미국과 타이완을 오가는 서술이 시작된다.

부모와 그 주변의 공동체로 인해 모국어와 모국의 문화에서 완전히 떠날 수 없어서 다시 타이완으로 돌아온 天磊는 돌아간 곳에서도 자신이 이방인임을 확인하게 된다. 생동적인 인물의 묘사와 자신의 미국 사회에서의 경험을 자전적으로 풀어내어 소설에 반영하였기에 그녀의 소설은 마치 청운의 꿈을 품고 미국 유학길에 오르는 많은 타이완과 중국대륙의 유학생들에게 필독서처럼 읽혔다. 하지만 앞서도 살펴보았듯이 이 소설은 유학생 문학으로서의 특징들만이 아니라 화인 디아스포라의 심리상태를 잘 표현하고 있다는 점에서, 특히 화인 디아스포라 소외를 효과적으로 드러내고 있다는 점에 주목해야 한다.

에드워드 사이드(Edward Said)의 말처럼, 서양에서 보자면 항상 동양은 신비롭고 영감을 주는 존재이면서 동시에 지배하고 교육시키며 연구해야 하는 열등한 존재이기도 하다. 그리고 무엇보다도 동양은 서양이라는 주체에 대비되는 궁극적인 타자이다. 유럽에서부터 넘어온 오리엔탈리즘은 미국으로 가면서 주로 동아시아 지역에 초점을 두게 된다. 그리고 이러한 시각들에 기초하여 미국 사회에서의 화인 디아스포라들은 주류집단의 정책적 전략에 의해 하나의 집단으로 분류되어 운명공동체로서 경험을 겪어왔다. 이들은 자연스럽게 미국 사회 내에서 소수자집단으로 자리하게 되었고 주류집단은 소수자집단의 효율적인 통제와 흡수를 위해 오랜 시간 동안 다양한 방식으로 이미지를 고정화시키는 작업을 해왔다. 하지만 於梨華의 소설에서도 묘사된 바와 같이 미국 사회 내에서 이미 하나의 공동체를 이루고 살아가는, 그리고 때로는 자신의 정체성에 스스로 의구심을 느끼게 되는, 결정적인 상황에서 타자로 분류되어 버리는 이들을 어떻게 볼 것인가 하는 문제는 다원화된 사회를 마주하고 있는 현 시점에서 중요한 문제가 된다. 이 점은 다음과 같은 언급에서도 잘 알 수 있다.

> 1960년대 이후 최근까지 아시아계 미국인들 특히 사회운동가나 일부 학자들이 선택한 타자화에 대응하는 방법이, 자신들이 미국인임을 강조하고 정치·사회·문화적으로 '완전한 미국인'이 되기 위해 노력하는 것이었다는 점을 고려해 보면 그다지 놀라운 일이 아니다. 이런 시각에서 보면 아시아인의 증가는 아시아계 미국인들의 정체성 정치(identity politics)에 걸림돌이 될 가능성이 큰 것이다.[2)]

하지만 於梨華는 화인의 정체성을 버리고 미국의 문화적 정체성을 얻고자 애쓰지 않았다. 대다수의 사람들이 주류사회에서 차별받지 않고 그들 속에서 대등한 지위와 평등한 권리를 보장받는 길을 택했음에도 불구하고 於梨華는 華文으로 소설을 창작하길 포기하지 않았

2) 박정선, <아시아계 미국인에 대한 타자화와 그 문제점>, ≪역사비평≫, Vol. -No.58, (역사문제연구소: 2002), p.296.

다. 於梨華의 이런 행동은 무엇으로부터 기인한 것일까. 다음과 같이 빈센트 파릴로의 말에 따르면 이주자가 정착민 혹은 토착민과 유사해지기까지는 일정한 과정이 필요하다.

> 이방인들은 "역사성의 결여"－그들과 함께 기억이 없다－를 경험한다. 일정 시간 동안 함께 상호작용한 인간들은 "함께 늙어간다". 그러나 이방인은 뉴커머여서 적어도 유년기 때의 신선함 같은 것을 느끼기 때문에 이방인들은 "젊은" 것이다. 그들은 토박이들의 관습, 사회적 제도, 용모, 그리고 생활양식과 같이 토박이들이 알려주지 않은 것들을 알아채고 있다.[3)]

미국 사회 속에서 이방인으로 살아가는 이들은 토착민보다 훨씬 더 분명하게 자신들이 그들과 다름을 인식하고 있으며 주변 환경을 배워나가는 자세로 거주국에서 서서히 정착하게 된다. 이주한 이들은 위기를 느끼고 그것을 인식하여 점차 닮아가는 일련의 과정을 거쳐서 이주한 곳의 사회와 문화 속에 자리 잡게 되는 것이다.

빈센트 파릴로가 요약한 바에 따르면, 인류학자인 찰스 웨글리(Charles Wagley)와 마빈 해리스(Marvin Harris)는 전 세계의 소수자들이 공유하는 5개의 특징[4)]을 다음과 같이 파악했다. 첫째, 소수자 집단은 집단으로서 불평등한 대우를 받는다. 둘째, 소수자 집단은 낮게 평가받고 있는 구별되는 신체적 또는 문화적 특성 때문에 쉽게 확인된다. 셋째, 소수자 집단은 민족의식(peoplehood) 같은 것을 느끼

3) Vincent N. Parrillo 저, 부산대학교 사회과학연구소 역, ≪인종과 민족 관계의 이해≫, (서울: 박영사, 2010), p.12.

4) Vincent N. Parrillo 저, 부산대학교 사회과학연구소 역, ≪인종과 민족 관계의 이해≫, (서울: 박영사, 2010), p.23.

고 각 구성원들은 다른 구성원들과 같이 무엇인가를 공유한다. 넷째, 소수자 집단의 멤버십/회원자격은 생득지위(ascribed status)를 가진다. 다섯째, 집단 구성원들은 동족결혼(endogamy)을 한다. 그들은 선택에 의해서나 그들의 사회적 고립 때문에 필연적으로 그들 집단 내에서 결혼하는 경향이 빈번하게 나타나고 있다.

웨글리와 해리스가 말한 소수집단이 공유하는 5가지 특징은 최소 이민 1세대는 강하게 드러나는 특징임에 분명하다. 그러나 5번째 특징의 경우 2세대와 3세대로 갈수록 비교적 완화되는 경향을 보인다. 하지만 예외적인 이런 경우를 배제시키고 본다면 이들이 밝힌 5가지 특징은 보편적으로 주류집단 속의 소수집단의 특징을 구분하는데 있어서 이론적으로 적용하기에 충분한 근거를 가지고 있다. 주류집단이라는 용어를 사용함에 있어서 주류집단을 '주류'로 만들고자 하는 특별한 의도는 없다고 보아도 무방하다. 그러므로 주류집단이라는 표현을 사용하는 것은 그 규모와 양적인 측면에서만 그들을 지칭하는 효과적인 명명법으로 여겨진다. 중국대륙과 미국이 대립했던 이 시기에 타이완 출신의 화인화문문학 작가들은 대부분 자신들의 작품을 타이완에서 발표하고 출판했다.

북미 지역에서도 특히 미국의 이민법은 유제분의 말처럼 "미국의 국가장치와 미국 내 화인들이 부닥치는 역사의 접합 부분"이다.[5] 화인화문문학 연구는 미국에서의 화인 이민의 역사에 관한 사실들로부터 분리될 수 없다. 레이 초우도 말했지만, 특히 '북아메리카에서, 아시아적 정체성은 먼 옛날의 위대함과 근래의 빈곤이라는 패러다임 사

5) 유제분, <미국의 시민 신화와 시민 주체－맥신 홍 킹스톤의 소설에 나타난 시민권과 이민법의 문제>, ≪영어영문학≫제47권3호, (한국영어영문학회, 2001), p.700.

이에서 요동치고 있다.'[6] 그리고 기원 추적보다 탈영토화된 양상으로 인해 간섭의 한 형태가 되는 이민성의 개념이 더욱 긴급하고 생산적인 것은 틀림없다. 에드워드 사이드의 말로는 '경계와 장애를 뛰어넘는 것'으로 '일반화가 불가능해 보이는 바로 그 지점에서 일반화를 시도하려는 결의'인 것이다.

≪又見棕櫚又見棕櫚≫에서 天磊는 미국 유학 이후 타이완 사회로 돌아와서 급격한 지위의 상승을 경험하게 된다. 그가 미국에서 경험한 고된 삶과 철저히 자본주의의 은총 바깥에 위치한 경제적으로 쪼들리는 힘든 유학생 신분으로의 경험은 가려지거나 무시된 채 타이완 사회 속에서 그는 소위 '미국 물을 먹은' 세계적으로 훌륭한 학자의 반열에 근접한 인물로 존경을 받게 되고, 가족들과 주변 사람들에 의해서 미국 문화를 경험하였다는 설명을 통해 인정을 받게 된다.

> '朝風'은 더 이상 없고 그 자리에 짙은 붉은색 등이 걸린 술집이 있었다. 天磊는 우두커니 서서 예전에 그가 자주 앉던 자리를 바라보았다. 2층의 창가 쪽 자리는 낡았지만 아주 편안한 소파 의자가 있다. 작은 화분들, 레모네이드 한 잔, 그리고 사랑하는 사람, 眉立. 수없이 많은 일요일의 오후와 수없이 많은 토요일 저녁들. 가끔은 그가 직접 레코드를 고르기도 했는데 매번 똑같이 차이코프스키의 비창(Pathetique)이었다. 어떤 때는 그냥 眉立와 함께 앉아서 서로 무릎을 대고 있기도 했다. 때로는 張平天 등의 여러 사람들과 와서 카드게임을 했다. 또 어떤 때는 邱尙峰 선생과 두 사람만 와서 그냥 이야기를 나누기도 했다. 가장 한가롭던 날들이었다. 당시에는 얼마나 소중한지 몰랐고 지금에 와서 아무리 소중하게 여긴다 한들 그것들은 모두 사라져버렸다.[7]

---

6) 레이 초우, 장수현·김우영 옮김, ≪디아스포라의 지식인: 현대 문화연구에 있어서 개입의 전술≫, (서울: 이산, 2005), pp.198-199 참고.

天磊는 미국 유학 당시에는 역사가 길지 않고 자본주의를 철저히 숭배하는 미국의 문화를 우습게 여겼으면서[8] 타이완에 돌아온 후 동시에 意珊과의 대화에서는 미국으로 '돌아간다(回去)'는 말을 한다. 이처럼 天磊는 이곳과 저곳 그 어느 곳에도 속하지 못하고 있는 디아스포라의 심리상태를 잘 표현해내고 있다. 이 외에도 유학생의 모습을 한 디아스포라의 지난한 삶과, 타자로서 철저히 배제된 신분으로 타국에서 살아가는 것, 고향으로 왔지만 이미 어디에도 속하지 못하게 되어버린 디아스포라의 소외된 모습은 ≪又見棕櫚又見棕櫚≫에서 드러나고 있다.

미국에서의 고된 삶과 과거 역사의 무게에 짓눌린 지식인의 한 사람으로 그려진 화인의 모습은 於梨華의 ≪又見棕櫚又見棕櫚≫에서 미국에서의 삶을 회고하는 모습을 통해 다음과 같이 묘사되고 있다.

> 미국에 있을 때는 미국 사람들의 파티에 참석하거나 몇몇 미국인 친구들과 어울리게 될 때, 그는 항상 그 자신이 낯선 사람이고 이방인이며 그들의 나라, 단체, 그리고 그들의 즐거움에 속하지 않는 외부인이라고 느꼈다. 하지만 그는 그것이 슬프지 않았다. 자신

7) 朝風已經不存在了，代替它的是個亮著暗紅燈光的酒吧。天磊佇立在街頭，望著以前他常來坐的地方，二樓靠窗的一個座位，很陳舊但却十分舒適的沙發椅，小小的盆景，一杯檸檬冰，一個自己愛着的人，眉立；多少星期日的下午，多少星期六的晚上。有時他自己去挑唱片，每次都是同樣的柴可夫斯基的PATHETIQUE。有時就和眉立對坐著，膝蓋輕輕接觸著對方。有時候和張平天等一帮人來，打橋牌。有時和邱尙峰先生兩人來，光是聊天。最逍遙的日子。當時不覺得是如何的値得寶貴，如今要怎麽樣寶貴它都是已逝去了的。於梨華，≪又見棕櫚又見棕櫚≫，(臺北：皇冠，1967)，p.143.

8) 他還是把那分恨那分怨揉成細細的一團塞在口袋裡，而在臉上堆著笑，在餐室裡侍候那批沒有古老文化，把錢看得比天還大的美國佬。於梨華，≪又見棕櫚又見棕櫚≫，(臺北：皇冠，1967)，p.162.

> 을 위안할 수 있는 생각이 있었기 때문이다. '나는 여기에 잠시 와 있는 것이고 잠시 동안의 외부인이다. 언젠가는 내 땅으로 돌아가 우리나라 사람들과 함께 할 테니 다시는 이런 외로운 감정을 느끼지 않아도 된다. 왜냐하면 나는 곧 그 속에 들어갈 것이고 그들과 어울릴 테니 말이다.'[9]

天磊는 미국 사회에서 자신이 그곳에 속하지 못한다는 생각을 줄곧 했다. 하지만 그러한 상황 속에서 느끼게 되는 비애와 외로움에 대해서 그것이 영원하지 않을 것이라 믿었다. 자신은 결국 학위를 받게 되면 타이완으로 다시 돌아갈 것이고 그렇게 되면 미국에 오기 전의 과거 한 때와 같이 자신의 민족과 자신의 국가와 공동체 안에서 평화롭고도 행복하게 살 수 있을 것이라 믿었기 때문이다. 심지어 '외부인'이라고까지 느낄 수밖에 없었던 미국에서의 삶은 그에게 고국으로 돌아가리라는 확실한 방어책이 있었기에 그토록 힘들고 괴롭진 않았을지도 모른다. 하지만 다른 각도에서 본다면, 다시 돌아갈 것이고 언제든 그곳을 떠나올 것이라 믿었기에 그는 마지막까지 미국 사회 속에서 자신을 소외시킬 수밖에 없었는지도 모른다. 天磊는 좀 더 적극적으로 그 사회 속에 융화되고자 노력하지 않고 타이완으로 돌아올 때까지 자신의 정체성은 타이완 사람이라고 생각했다. 그는 타이완 사람, 미국 사람이라는 모 아니면 도라는 식의 구분법을 가지고 있었기 때문에 자신이 미국에 거주하는 화인 디아스포라라는 점을 좀 더

9) 在美國時, 參加美國人的宴會, 或是和幾個美國朋友在一起玩, 他總覺得他自己是陌生人、局外人、不屬于他們的國家、他們的團體、以及他們的歡笑的圈外人。但是他并不覺得悲哀, 因爲他有個安慰自己的念頭: 我在這裡不過是暫時的, 暫時的圈外人, 有一天我會回到自己的地方, 和自己的人在一起, 我就不會再有這個孤獨的感覺了, 因爲我將是他們的一分子, 和他們打成一片。於梨華, ≪又見棕櫚又見棕櫚≫, (臺北: 皇冠, 1967), p.68.

빨리 인식하지 못한 것이다.

> 미국인들과 함께 있으면 당신이 그들 중의 하나가 아니라는 것을 곧 알 수 있게 된다. 그들이 열심히 정치며 풋볼이며, 복싱에 대해서 이야기할 때 나와는 아무런 상관없다고 느끼게 되는 것이다. 그 사람들이 국가의 미래니, 학교의 미래니 하는 이야기들을 할 때면 그건 그 사람들의 일이고 당신은 전혀 낯선 사람이 된다. 당신의 성취와 상관없이, 또 영어가 얼마나 유창한지에 상관없이 당신은 여전히 외국인인 것이다.[10]

미국인들 사이에서도 자신은 항상 이방인일 수밖에 없는 그러한 상태에 대한 심리적인 묘사가 가장 잘 표현되어 있는 위 부분은 화인 디아스포라들이 공통적으로 겪게 되는 이주민으로서의 타자성에 대한 한 가지 실례가 된다. 앞서도 말했지만 天磊는 돌아올 곳이 정해져 있었다. 미국 유학 십 년 동안 그는 줄곧 한 가지 탈출구만을 바라보고 있었다. 그것은 바로 타이완으로의 귀국이다. 그것이 그 자신을 이방인으로 혹은 영원한 외국인으로 느끼더라도 그를 버티게 해주던 힘이었다. 비록 그 힘이라는 것이 철저히 상상된 것이며 타이완으로 귀국한 뒤 공항에서 순식간에 그에게 다가오던 공기로부터 전달되어 더 이상 진실이 아닌 것으로 판명될 때까지는 말이다. 이것이 바로 작가 於梨華가 소설을 통해 보여주고자 하는 화인 디아스포라들이 겪고 있는 현실과 상상의 괴리가 맞물리게 되는 지점이다.

---

10) 和美國人在一起, 你就感覺到你不是他們中的一個, 他們起勁的談政治、足球、拳擊, 你覺得那與你無關。他們談他們的國家前途、學校前途, 你覺得那是他們的是, 而你完全是個陌生人。不管你個人的成就怎麼樣, 不管你的英文講得多流利, 你還是外國人。於梨華, ≪又見棕櫚又見棕櫚≫, (臺北: 皇冠, 1967), p.131.

白先勇의 ≪臺北人≫에서도 吳柱國 교수와 같은 사람은 거주국에서의 소외를 표현하는 인물의 하나로 여겨지는데 그는 이렇게 말한다.

> "이 몇 년간, 나는 이루어놓은 일이 하나도 없어. 신문에서 자네가 해외에서 이름을 떨치는 기사를 볼 때마다, 감개무량하기도 하고 위안도 되었지. 적어도 자네 하나만은 학술계에서 우리를 대신해 본을 보였으니까." 余 교수는 손을 내밀어 吳柱國의 어깨를 잡았다.11)

> "이 몇 년간 나는 세계 각지에서 강연회를 가졌어. 대단한 성황이었지. 지난해 동방역사학회가 샌프란시스코에서 열렸는데 내가 참가했던 분과에는 하버드 대학을 갓 졸업한 미국인 학생이 한 명 있었어. 그는 논문을 낭독했는데, 제목이 '5·4 운동의 새로운 평가'였어. 그 녀석은 단에 오르자마자 '5·4운동'이 우상파괴의 운동과정에서 2천여년간 중국에서 실현되어온 유교제도를 철저히 뒤엎었다고 비판했지. [……] 그가 낭독을 마치자 청중들은 모두 술렁였고 특히 몇몇 중국 교수와 학생들은 일제히 나에게 눈을 돌리더군. 반박할 줄 알았지만, 나는 한 마디도 남기지 않은 채 묵묵히 회장을 빠져나왔지."12)

---

11) "這些年，我一事無成。每次在報紙上看見你揚名國外的消息，我就不禁又感慨、又欣慰，至少還有你一個人在學術界替我們爭一口氣——" 余教授說著禁不住伸過手去，捏了以下吳柱國的膀子。白先勇, ≪臺北人≫, (臺北: 爾雅, 2001), p.251.

12) "這些年，我都是在世界各地演講開會度過去的，看起來熱鬧得很。上年東方歷史學會在舊金山開會，我參加的那一組，有一個哈佛大學剛畢業的美國學生，宣讀他一篇論文，題目是:『五四運動的重新估價』。那個小夥子一上來便把『五四』批評得到偶像的運動中，將在中國實行了二千多年的孔制徹底推翻。[……] 他一念完，大家都很激動，尤其是幾個中國教授和學生，目光一起投向我，以爲我起來發言。可是我一句話也沒有說，默默的離開了會場——" 白先勇, ≪臺北人≫, (臺北: 爾雅, 2001), p.252.

吳柱國 교수는 余嶔磊 교수에게 이주 이후 세계적으로 위상을 떨치는 가장 성공한 학자의 한 사람이 되었다고 격려를 받는다. 하지만 실상 그는 거주지에서 자신이 주장을 용기 내어 말하지 않고 오히려 거주국 사람들이 원하는 자신의 모습을 그대로 재현해내는 것과 같이 소극적이면서도 철저히 소외된 삶을 살고 있다.

聶華苓의 ≪桑青與桃紅≫에서도 거주국에서 소외되는 화인들의 모습이 나타난다. 聶華苓(1925-)은 湖北應山縣에서 태어나 無漢에서 성장했으며 1940년 重慶으로 옮겼고 1948년 中央大學 外文系를 졸업했다. 1949년 타이완으로 이주했으며 1952년 雷震 주편의 잡지 '自由中國'에서 편집부에서 원고 관리를 맡았다. 그리고 '遠思'라는 필명으로 작품을 써냈다. 1953년 정식으로 '自由中國'의 편집위원이 되면서 문예편집을 담당하게 되었다. 1960년 雷震이 구속되면서 잡지도 정간되었고 그 해 첫 장편소설 ≪失去的金鈴子≫를 '聯合報' 副刊에 연재했고 이후 臺北學生出版社를 통해 정식 출판되었다. 1962년 臺灣大學 중문학과에서 강의를 하다가 1964년 미국으로 이주하여 아이오와 대학에서 '國際寫作計劃'를 만들었다. ≪桑青與桃紅≫(1976), ≪千山外, 水長流≫와 중편소설 ≪葛藤≫, 단편소설집 ≪翡翠猫≫, ≪一朵小白花≫, ≪聶華苓短篇小說集≫, ≪王大年的幾件喜事≫, ≪臺灣軼事≫와 산문평론집 ≪夢谷集≫, ≪黑色, 黑色, 最美麗的顔色≫, ≪三十年後－歸人札記≫와 ≪沈從文評傳≫등을 썼다. 이 중에서도 그녀의 대표작을 꼽자면 장편소설 ≪桑青與桃紅≫이 가장 유명하다. 이 소설에서 '桑靑'과 '桃紅'은 사실은 동일인물이다. 이민국으로 보내는 네 통의 편지들은 모두 桃紅이 보낸 것이고, 중국대륙과 타이완에서의 일기는 桑靑의 것으로 나온다.

주인공인 桃紅이 이민국에 보낸 네 번째 편지를 살펴보자.

> 주민들이 몰려와서 깨진 물통 속에 들어있는 한 쌍의 '괴물'을 발견한 뒤 경찰에 신고했던 것이오. 우리는 신분이나 내력도 불분명한 떠돌이였고, 그렇게 깨진 물통 속에서 사는 데는 필히 무슨 이유가 있을 것이라고. 어쩌면 탈주범이거나 아니면 정신병원을 탈출한 미친 사람일 수도 있으므로 자신들의 생활에 위협을 느낀다고 말이오.[13)]

桃紅은 미국을 떠돌면서 계속해서 이민국으로부터 조사를 받고 추적을 당하게 된다. 그러다가 이처럼 신분도 내력도 불분명하고 주민들의 삶에 위협이 된다는 이유로 신고를 당한다. 桑青에게 주어지는 자유는 완전한 자유는 아니며 그것은 통제받는 자유이자 통제받을 수밖에 없는 자유이다. 이주한 이들의 신분은 숫자로 매겨진다. 이민자의 삶은 통제하고자 하는 사람들이 관리하기 편한 방식으로 처리되고 허락되는 것이다.

> 선글라스를 낀 사람이 공문서 서류함에서 큰 파일을 하나 꺼내 든다. 파일의 모서리에 나의 외국인 등록 번호가 쓰여 있다. (외국인) 제89-785-462.[14)]
>
> 경찰이 날 방 안까지 데려다 준 뒤 문을 걸어 잠그고 가버린다

---

13) 許多人來看破水桶裡一對「怪物」。附近的居民報告警察局, 說我們來歷不明, 身份不明, 在那麼一個破水桶裡住下來, 其中必有蹊蹺; 也許是從監獄逃出的犯人; 也許是從精神病院逃出的瘋子; 他們的生活受到很大的威脅。聶華苓, ≪桑青與桃紅≫, (臺北: 時報文化出版, 1997), p.198.

14) 戴黑鏡的人從公文櫃裡抽出一個大卷宗。卷宗角上有我外籍登記號碼: (外)字八九一七八五一四六二。聶華苓, ≪桑青與桃紅≫, (臺北: 時報文化出版, 1997), p.200.

> 방 안은 형광등이 눈부시다 검은 선글라스의 사내가 이민국에 있던 것과 똑같은 회색 철제책상 너머에 앉아있다 책상 위에 서류철이 놓여있고 내 서류가 보인다(외국인) 제89-785-462 전동타자기도 보인다 그 남자가 자리에서 일어나 나에게 악수를 청한 다음 자리에 앉으라고 권한다 이곳에 와서 영주권을 신청한 수많은 외국인에 대해 조사를 하고 있는 중이라고 그가 말문을 열었다 이번 기회에 당신에게 몇 가지 중요한 문제를 묻고자 하오 우린 모든 신청 건에 대해 이처럼 신중하게 처리하지 않으면 안 되기 때문이오.[15]

미국으로의 이주 이후 제대로 정착하지 못하고 떠돌이 생활을 하는 동안 그 어느 시점에서 桑靑은 桃紅의 인격을 나타내기 시작한 것으로 보인다. 그리고 그녀가 미국의 어딘가에 정착하게 되고 또다시 남자에 의지해 생활을 이어가기 시작하면서 분열된 인격은 서로 다른 시간에 나타나 한 육체 속에서 공존하게 된다. 桑靑은 그저 유유자적하게 유랑하는 외국인이자 자연인으로 살고자 했을 뿐 타인에게 위협이 되고자 한 것이 아니었지만 대다수가 추구하는 삶의 목표나 행위와 다르다고 차별을 받았던 것이다. 주류 사회의 이방인이자 소수자인 화인들은 거주국에서 소외를 경험하는 것이다. 이러한 소외 문제를 小鄧은 이렇게 말한다.

> 나는 내 자신에게 화를 내고 있을 뿐이야. 난 지금 중국대륙에서 죽을 힘을 다해서 타이완으로 건너가고 다시 또 죽을 힘을 다해서

---

15) 警察把我帶進一間房子裡就關上門走了。房裡日光燈通亮戴墨鏡的人坐在和移民局一樣的灰色鋼卓子後面。卓上放著卷宗上面有我的外籍號碼(外)字八九一七八五一四六二和一架電動打字機。他站起來和我握手請我坐下他說他到本地來調查好幾個申請永久居留的外國人趁此機會再問我幾個中重要的問題。他們對於每件案子都是如此慎重。聶華苓, ≪桑靑與桃紅≫, (臺北: 時報文化出版, 1997), pp.235-236.

> 미국까지 왔던 일을 생각하고 있는 중이야. 미국에 온 뒤 변소청소부터 웨이터 노릇까지 정말 고생이란 고생은 다 해서 오늘까지 버텼거든. 이제 몇 달만 지나면 박사학위를 따지만, 학위를 따면 또 뭘 해? 타이완으로 돌아가는 거? 거긴 정말 견딜 수가 없어. 그럼 중국대륙? 그곳도 안 돼. 이곳에 눌러 앉는다면? 나 같은 게 여기 있어봤자 뭘 해? 오늘 학교 도서관 아르바이트 일에 오 분인가 늦었어. John Zhang 그 개자식이 위세를 떨면서 나에게 영어로 명령하듯 큰소리를 질러대잖아. 늦거나 조퇴하지 말라고 명령하는 거야. 중국인이 미국에 온 것은 뭐 금이나 얻어내러 온 게 아니란 말이야. 누구를 막론하고 고생할 각오를 해야 한다고 말이야. 그래서 내가 그 자식한테 말해 줬지. 이봐, Zhang, 당신도 중국인 아냐? 우리말로 좀 말씀하시지. 그러자 그 자식이 나에게 삿대질을 하며 고함치더군. “뭐 이런 놈이 다 있어. You are fired!” 내가 당당하게 도서관을 나오는데 Zhang은 몸을 돌리고는 새로 도착한『아름다운 중국』책을 역사학과 어느 교수에게 보여주면서 이러더군. “It's a wonderful country, isn't it?”[16)]

小鄧의 눈에 결코 ‘wonderful'하게 보이지 않았을 미국에서의 삶은 桑靑이 겪은 미국에서의 삶과도 유사할 것이다. 小鄧은 먼저 이주하

---

16) 我在和我自己賭氣。我想, 我從大陸費了九牛二虎之力跑到臺灣, 又從臺灣費了九牛二虎之力跑到美國。到了美國, 洗過厠所, 當過跑堂, 好不容易熬到今天, 只差幾個月就可以拿到Ph.D.了。拿到Ph.D.又如何? 回臺灣吧, 受不了! 回大陸吧, 也受不了! 留下來嗎? 我在這兒又算個什麽? 今天我到學校圖書館去打工, 遲到了五分鐘。約翰·張那王八蛋用英文和我打官腔, 大聲命令我不能遲到, 不能早退, 中國人到美國來不是淘金的, 無論什麽人都得苦幹的。我對他說:『姓張的, 你是中國人嗎? 請用國語發音!』他指著我大叫: “你是什麽東西? You are fired!” 我堂堂正正走出圖書館, 只見他轉身把一本新到的≪錦繡中華≫畫冊拿給歷史系一個美國教授看: “It's a wonderful country, isn't it?” 聶華苓, ≪桑靑與桃紅≫, (臺北: 時報文化出版, 1997), p.219.

여 정착한 Zhang과 같은 화인에게서도 자신이 차별적인 대우를 받는 일에 대해서 한탄한다. 오히려 Zhang이 자신을 더욱 호되게 나무라고 엄격하게 통제하려고 하면서도 거주국의 사람인 역사학과의 교수에게는 친절하게 대하는 이중적인 면에 대해서 분개하고 있다. 영어와 중국어를 섞어서 쓰는 John에게 小鄧이 해준 말은 桑青과 桃紅이 미국인들과 그들과 동화되어 살아가고 있는 화인들을 향해 내지르고 싶은 외침이다. 이처럼 聶華苓의 소설에서는 화인이 바라보는 다른 화인들의 모습이 나타나고 있는데 여기서 나아가 그들 사이에서도 소외는 발생하고 있다.

화인들이 출발지를 떠나 이주를 하면서 경유지 내지 거주지에서 겪게 되는 언어적 장애는 그들이 소외를 느끼게 하는 주된 요인으로 종종 등장한다. ≪桑青與桃紅≫에서 桑青이 미국인 친구와 대화하는 부분을 보게 되면 다음과 같다.

> "헬로우!"
> "헬로우! 안녕, 페티?"
> "아, 헬렌!"
> "내가 헬렌인지 어떻게 알았어?"
> "너는 외국인 말투가 있잖아."
> "헬렌이라는 이름은 이제 안 쓰기로 했어."
> "미안해. 하지만 난 외국어 이름은 발음할 수가 없어. 남편의 이름 이보(一波)조차도 잘 안 나오는 걸. 그래서 그냥 빌이라고 부르는 거야. 상칭(桑青)은 중국어로 무슨 뜻이 있는 거야?"[17]

17) "哈嘍!" "哈嘍! 貝蒂! 你好嗎?" "海倫!" "你如何知道是海倫?" "你有外國人口音。" "海倫那名字早已不要了。" "對不起, 外國名字我叫不來。我連自己丈夫的名字一波我都叫不來, 我要他叫Bill。桑青在中文裡是什麼意思?" 聶華苓,

화인들은 북미 지역으로 이주를 하고 나서 자신의 이름을 바꿀 수밖에 없었다. 그 사회에서 제대로 이름불리기 위해서, 그리고 이방인으로 소외받지 않기 위해서인 것이다. 하지만 이름을 넘어서서 모든 일상 속에서의 대화에는 영어로 자신을 표현해야 했고, 화인들은 일상에서 발생하는 이러한 언어적 장애를 겪으면서 수시로 그들 자신이 거주국의 사람들과 다르다는 것을 인식하게 되거나 인식을 강요받게 된다. 그리고 거주국 문화에 동화되길 요구받는다.

맥신 홍 킹스턴의 ≪Woman Warrior≫에서는 미국인들은 귀신으로 묘사하면서 화인들이 경험하는 소외를 아이러니하게 묘사하는 부분이 있다.

> 그러나 미국은 기계들과 귀신들로 꽉 차있다── 택시 귀신들, 버스 귀신들, 경찰 귀신, 화재 귀신, 계량기 읽는 귀신, 나무 다듬는 귀신들, 일전짜리 구멍가게 귀신들로 들끓는다. 한때는 세상이 귀신들로 빽빽이 차서 나는 거의 숨을 쉴 수도 없었다. 나는 백인 귀신들과 그들의 자동차 주위를 절룩거리면서 거의 걷지도 못할 지경이었다. 흑인 귀신들도 있었다. 그러나 그들의 눈은 커다랬고 늘 웃고 있었으며, 백인 귀신들보다 더 뚜렷하게 보였다.[18)]

거주국에서 소외를 경험한 화인들은 백인들을 귀신이라고 부르지

≪桑青與桃紅≫, (臺北: 時報文化出版, 1997), p.228.

18) But America has been full of machines and ghosts—Taxi Ghosts, Bus Ghosts, Fire Ghosts, Meter Reader Ghosts, Tree Trimming Ghosts, Five-and-Dime Ghosts. Once upon a time the world was so thick with ghosts, I could hardly breathe; I could hardly walk, limping my way around the White Ghosts and their cars. There were Black Ghosts too, but they were open eyed and full of laughter, more distinct than White Ghosts. M. H. Kingston, *The Woman Warrior*, New York: Vintage International Books, 1989, pp.96-97.

만 그 귀신은 거주국에서 소외당하고 있는 자기 자신의 모습일 수도 있다. 유령처럼 옆에 있지만 보이지 않는 존재가 되어가는 것이다. 미국은 인간은 존재하지 않고 기계와 귀신들만 있는 곳이며 그 속에서 숨 쉴 수 없을 만큼 갑갑함을 느끼게 되는 것이다. ≪조이 럭 클럽≫에서 Suyuan Woo는 이렇게 말한다.

> "지난 주에는 말이지." 어머니는 걸음을 옮길 때마다 더욱 흥분해서 말씀하셨다.
> "그 'waigoren'이 나에게 뒤집어씌우지 뭐야."
> 어머니는 백인들을 모두 'waigoren', 즉 외국인이라고 부르셨다.[19)]

자신이 외국인이라고 칭하는 그 사람들이 사실은 오히려 Suyuan Woo를 외국인으로 보고 있는 것이다. 그런데 Suyuan Woo가 거주국 사람들을 외국인이라고 부르는 것은 그녀가 여전히 거주국 내의 작은 중국 속에 살고 있는 것을 의미한다.

'귀신'들은 '귀신'들의 언어인 영어를 쓰고, 이주한 1세대 화인들은 주로 화어를 쓰게 되는데 언어로 인해 화인들은 자신이 거주국에서 소외당하게 된다는 것을 인지하고 있다. 이런 언어적 장애로부터 발생하는 소외는 여러 부분에서 나타난다.

> 이민온 사람들은 또 통조림 공장에서도 일해. 거기는 너무 시끄러워서 중국말을 하든 무슨 말을 하든 상관이 없어. 그래도 제일

---

19) "Last week," she said, growing angrier at each step, "the waigoren accuse me." She referred to all Caucasians as waigoren, foreigners. Tan, Amy, *The Joy Luck Club*, New York: Penguin Books, 2006, p.199.

> 수월한 방법은 차이나타운에서 일하는 거야. 거기 있는 식당에서 일하면 한 시간에 25센트 받고, 밥은 공짜로 먹을 수 있지.[20]

그래서 이주를 경험한 화인 디아스포라들은 주류 사회와 상관없이 그들만의 언어로 일할 수 있는 곳을 찾고 그들만의 공동체를 구성하게 될 가능성이 높아지는 것이다. 자신들만의 공동체를 조직하고 그 속에서 주류 사회로 완벽하게 진입할 수 없으면서 소외되고 있는 자신들의 현재적 삶을 공유한다. 이민 1세대들이 겪는 이런 소외가 자신들만의 공동체 조직 구성을 통해 거주지에서의 삶을 이겨내려고 하는 것이다.

> 어머니는 그 댁 여인들도 고향 중국에 말 못할 사연을 남기고 왔고, 짧은 영어로는 도저히 표현할 수 없는 소망을 간직하고 있음을 알아차리셨다. 아니, 적어도 어머니는 그들의 얼굴에 무력감이 감돌고 있다는 것을 아셨다. 그리고 당신이 그들에게 조이럭 클럽 얘기를 꺼내자마자 그들의 눈이 생기 있게 움직이는 것을 보셨던 것이다.[21]

거주국의 문화에 적응하지 못하는 이민 1세대의 고통과 무력감은

---

20) Immigrants also work in the canneries, where it's so noisy it doesn't matter if they speak Chinese or what. The easiest way to find a job, though, is to work in Chinatown. You get twenty-five cents an hour and all your meals if you're working in a restaurant. M. H. Kingston, *The Woman Warrior*, New York: Vintage International Books, 1989, p.127.

21) My mother could sense that the women of these families also had unspeakable tragedies they had left behind in China and hopes they couldn't begin to express in their fragile English. Or at least, my mother recognized the numbness in these women's faces. And she saw how quickly their eyes moved when she told them her idea for the Joy Luck Club. Tan, Amy, *The Joy Luck Club*, New York: Penguin Books, 2006, pp.19-20.

이처럼 자신들만의 공동체조직을 통해 일정부분이 해소되기도 한다. Amy Tan의 ≪조이 럭 클럽≫의 조직은 이런 과정에서 생겨난 것이다. 그들이 정기적으로 만나서 마작을 하고 음식을 만들어 와서 함께 나누는 것이 그들의 고향에 대한 그리움을 어느 정도 해소시켜줄 뿐만 아니라 거주국에서의 소외도 극복해낼 수 있는 힘을 주는 것이다.

> "이 놈의 미국 규칙들."
> 마침내 어머니는 결론을 내리셨다.
> "다른 나라에서 오는 사람은 미국 규칙을 꼭 알아야 해. 규칙을 모르면 미안하지만 돌아가라는 소리를 듣지. 왜 그런지 이유를 말해주지 않으니까 여기 방식대로 할 수밖에 없어. 이유는 모른다. 스스로 직접 알아보라는 말만 듣는 거야. 자기가 스스로 직접 알아볼 수밖에 없어."[22)]

이민 1세대의 고민은 이처럼 거주국에서 그들에게 주어지는 새로운 규칙들에 얼마나 잘 적응할 수 있는가 하는 문제에서부터 시작되었다. 적응하지 못하면 왔던 곳으로 돌아가라는 것이 거주국에서 그들에게 해줄 수 있는 유일한 말이다. 이민 2세대로 이러한 소외를 ≪조이 럭 클럽≫에서 Rose Hsu Jordan의 입을 통해 들을 수 있게 된다.

> 자기는 눈곱만큼도 소수민족에 대한 편견이 없고, 또 사무용품 체인을 소유하고 있는 자기 남편이나 자기는 개인적으로 훌륭한 동

22) "This American rules," she concluded at last. "Every tie people come out from foreign country, must know ruled. You not know, judge say, Too bad, go back. They not telling you why so you can use their way go forward. They say, Dont' know why, you find out yourself. But they knowing all the time. Better you take it, find out why yourself." Tan, Amy, *The Joy Luck Club*, New York: Penguin Books, 2006, p.94.

> 양인이나 스페인 계통의 사람, 심지어 흑인까지도 많이 알고 있다고 말씀하셨다. 그러나 테드는 자기들과 다른 기준에 의해, 즉 자기들만큼 소수 민족에 대한 이해가 깊지 않을 수도 있는 환자들이나 다른 의사들에 의해 평가를 받을 그런 직업을 가질 거라는 것과, 세상 사람들의 사고방식이 얼마나 유감스러운가, 베트남 전쟁이 얼마나 인기가 없었던지 등등을 말씀하셨다.23)

이민 1세대가 언어적인 것으로부터 주로 구분되었다면 이민 2세대가 경험하는 소외는 주로 신체적 차이로부터 기인한다. Rose Hsu Jordan이 사귀던 Ted의 부모로부터 이렇게 말을 듣게 되자 그들은 오히려 더욱 자극받아 결혼까지 결심한다. 화인들이 경험하는 것은 위에서 살펴본 것과 같이 거주국에서만 소외를 경험하는 것은 아니다. 그들은 출발지인 고향으로 돌아가서도 또다시 소외를 경험하게 된다.

≪又見棕櫚又見棕櫚≫에서 타이완에 잔류하기로 선뜻 결정하지 못하는 天磊는 자신의 출발지로 다시 귀환해서 경험하는 소외를 잘 나타내주고 있다. 비록 그의 스승이자 벗으로 존경하는 邱尙峰의 충고와 타이완에서 강의할 수 있는 자리를 주겠다는 제안에도 불구하고, 떠나온 고향에 다시 돌아가더라도 그곳에서 역시 또다시 이방인이 되어버리는 자신의 모습을 발견한 뒤에 더욱 구체화되어 표현된다.

---

23) She assured me she had nothing whatsoever against minorities; she and her husband, who owned a chain of office-supply stores, personally knew many fine people who were Oriental, Spanish, and even black. But Ted was going to be in one of those professions where he would be judged by a different standard, by patients and other doctors who might not be as understanding as the Jordans were. She said it was so unfortunate the way the rest of the world was, how unpopular the Vietnam War wan. Tan, Amy, *The Joy Luck Club*, New York: Penguin Books, 2006, p.118.

"그곳에 있을 때는 오고 싶었죠. 가족들과 함께 있고 싶고, 내가 나고 자란 곳으로 돌아오고 싶어서 미국에서 10년 동안 노력하고 고생하여 얻은 모든 걸 포기할 수 있다고 생각했어요. 하지만 막상 돌아와 보니 꼭 그렇지만도 않더군요. 생각했던 것처럼 그렇게 쉽게 포기하고 돌아갈 수 있는 것도 아니더라구요. 제일 힘든 건, 돌아왔는데 오히려 나 자신이 손님처럼 느껴진다는 겁니다. 이곳에도 전 속하지 않더군요."

"자네가 그런 낯선 기분을 느끼는 것도 당연해. 십년을 떠나있으면 누구라도 낯설어지지. 하지만 일단 남아있겠다고 마음을 먹었으면 그런 기분은 변할 수도 있어. 사람은 늘 그렇게 마음 상태에 따라 좌우되는 거니까. 혹시라도 남아 있기로 결정을 내리게 된다면 내 생각엔 자네가 우리 학과로 와서 강의를 하면 좋을 것 같아. 어쩌면 잡지 같은 것도 같이 만들어 볼 수 있겠지. 구미 지역 현대문학이나 작가들을 소개해줄 수도 있으니. 이런 생각을 한 지 꽤 오래되었어. 딱 어울리는 사람을 찾기가 어려웠지."[24)]

'돌아왔는데 오히려 나 자신이 손님처럼 느껴진다'고 말하는 부분은 이 소설에서 핵심적인 부분이다. 天磊의 복잡한 심정을 묘사한 이 부분은 어느 곳에도 속하지 못하는 영원한 떠돌이이자 이방인의 신분이 되어버린 디아스포라의 고향 방문기를 보는 것과 같다. 상상된 고

---

24) "在那邊的時候我想回來，覺得爲了和親人在一起，爲了回到自己成長起來的地方，可以放弃在美國十年勞力痛苦換來的一切。可是回來之後，又覺得不是那麽回事，不是我想象的那麽樣叫我不捨得走，最苦的，回來之後，覺得自己仍是一個客人，并不屬於這個地方。" "你當然會有這種陌生的感覺，離開十年，誰都會覺得陌生的，但一旦你決定要留下來，這種感覺就會變。人都是這樣，受心理作用而左右。如果你決定留下來，我希望你能到我們系裡開門課，也許我們還可以好好辦個雜誌，把歐美現代文學及作家介紹過來，這件事我想做已經很久了，苦於找不到合適的人。" 於梨華，≪又見棕櫚又見棕櫚≫，(臺北: 皇冠，1967)，p.197.

향으로의 회귀는 그토록 바라왔던 유학생활의 마지막 희망이었지만 고향인 출발지로부터도 소외된 자신을 재발견하도록 만드는 계기가 될 뿐이다. Amy Tan의 ≪조이 럭 클럽≫의 거의 마지막 부분을 보면 고향에서도 이방인이 되는 화인의 모습이 나온다.

> 화장을 하지 않아도 나는 진짜 중국 사람으로는 절대 통하지 않을 것이다. 내 키는 165cm나 되어서 다른 사람들 위로 머리가 솟아 있고, 다른 관광객들의 머리는 내 눈 있는 데까지만 온다. 어머니는 언젠가 내가 외할아버지를 닮아 키가 크다며, 외할아버지께서는 북쪽 출신이라 어쩌면 몽고인의 피가 섞였을지도 모른다고 하셨다.[25]

혼종된 이민 2세대는 중국대륙에서도 그 내면 뿐만 아니라 이미 외형과 언어 면에서마저 그들을 외국인으로 보이게 만든다. 이들은 돌아간 출발지에서도 다시 이방인이 된다. 어느 곳에도 속하지 못하는 낯선 이가 되어버린 이러한 상황은 디아스포라로 살아가는 화인 작가들이 처한 상황과도 서로 오버랩 되어 나타나는데 이런 혼종 된 상태 그 자체가 자기의 정체성이 된다. 이들에게 이러한 소외가 디아스포라의 정체성의 일부임을 인지하지 못함으로써 갈등을 일으키는 요소로 작용한다. 고향은 지나온 시간만큼 달라졌고 이질적인 시간과 공간 속에 자리하게 되는 화인 디아스포라들의 현 상태를 재확인시켜주는 것 이상의 기능은 없어 보이지만 고향에 대해서 자연스럽게 생겨나는 그리움을 억누르는 것으로는 해결할 수 없는 그 무엇이 있다. 고

25) Even without makeup, I could never pass for true Chinese. I stand five-foot-six, and my head pokes above the crowd so that I am eye level only with other tourists. My mother once told me my height came from my grandfather, who was a northerner, and may have even had some Mogol blood. Tan, Amy, *The Joy Luck Club*, New York: Penguin Books, 2006, p.272.

향에는 화인 디아스포라들이 하루하루를 살아갈 수 있는 원동력이자 힘의 원천이 잠재되어 있는 것이다.

≪又見棕櫚又見棕櫚≫의 주인공 天磊의 유학경력과 고국 귀환, 그리고 심리상태들은 마치 작가 於梨華 자신의 유학경력과 고국귀환의 모습을 그대로 반영하고 있는 것 같다. 게다가 미국으로 유학하기 전과는 확연히 달라진 주인공의 모습에 자신의 모습을 겹쳐서 표현해냈다. 상상된 고향으로 돌아가서 잃어버린 고향을 확인하는 것은 화인 디아스포라가 겪게 되는 필연적인 하나의 결과이며 이로써 야기되는 정체성의 혼란은 화인 디아스포라들에게 지속적으로 의문을 던지고 있다. '자신'으로 존재하는 것이 어떤 것인지에 대한 탐색을 해야 하고 그것은 함께 살아가는 주변인물과 현실에 개입함으로써만이 가능하다는 것이다. 미국에서 10년 남짓 유학생활을 하고서 타이완으로 돌아오지만 오로지 박사학위와 돈으로만 평가되던 미국에서의 삶이나 학문적인 성과를 떠나서 미국에서 유학했다는 사실과 학위가 있다는 사실만으로도 우대받는 타이완의 현실 속에서 여전히 이상과 현실의 간극이 발생한다는 사실에 좌절한다. 그는 그가 존재할 수 있는 현실 속의 공간인 거주국과 출발지 양쪽에서 소외된다.

天磊는 이렇게 말한다. "나는 하나의 섬이다. 섬은 온통 모래뿐이고 이 모래는 알알이 외로움이다."[26] 유학하던 10여년의 세월 동안도 그는 섬이었고 타이완으로 돌아온 순간에도 그는 섬이다. 외로움이라는 모래로만 이루어진 섬은 풍랑에도 쉽게 흩어질 것이고 그것이 형체를 갖추어 섬으로 자리하고는 있지만 언제 산산이 부서져 사라질지

---

26) "我是一個島, 島上都是沙, 每顆沙都是寂寞。" 於梨華, ≪又見棕櫚又見棕櫚≫, (臺北: 皇冠, 1989), p.132.

알 수없는 불안함 속에 항상 처해 있다. 天磊가 경험한 화인 디아스포라 신분의 불안감은 그가 미국에서 겪은 철저한 소외로부터 기인했다. 게다가 다시 돌아온 고향에서도 그는 미국 유학을 경험한 고향 사람들과는 다른 인간으로 분류되었다. 부모와 형제를 만나고 약혼자를 만나고 친구들을 만나 보아도 그 어느 누구도 자신의 입장을 이해하지 못하고 있다는 것을 느낀다.

과거 화인들이 북미 지역으로 이주하였던 것은 물론 경제적인 이유가 컸다. ≪又見棕櫚又見棕櫚≫속에서 인력거꾼은 이렇게 말한다.

> 유학 갔던 사람들이 엄청 많이들 돌아와서 가족들을 만나러 오지 않겠어. 그 巫씨 아줌마는 큰아들이 막 귀국했는데 엄마한테 눈깔만한 보석이 박힌 반지를 사줬다더구만. 이야! 巫씨 아줌마 말이 아들이 미국에서 일 년 번 돈을 가지고 타이완에 와서 쓰려고 하니까 평생을 살 수 있겠더라는 거야! 대단하지! 우리 아들도 내 두 다리가 부러지는 한이 있어도 미국에 보내서 돈을 많이 벌게 할 방도를 찾을 거라구![27]

자신은 인력거를 끌면서도 자식만은 미국으로 유학시켜서 돈을 많이 벌도록 하겠다는 인력거꾼의 말을 들으면서 天磊는 허무함을 느낀다. 십 년의 세월동안 박사학위를 무사히 받기 위해서 미국에서 온갖 고생을 해 온 그에게는 미국이라는 곳은 넌덜머리나는 곳이다. 게다가 학위를 받고 와서도 또다시 미국으로 돌아가도록 내몰리는 상황에 처하게 되고 미국으로 가지 않으면 파혼할지도 모른다는 걱정이

27) 好多留洋的人都回來探親來了, 她大兒子也剛回來, 給她帶來一個鑽戒有眼珠子那麼大, 啊! 巫太太說她兒子在美國一年賺的錢到臺灣來用, 可以過一輩子呢! 嘖嘖嘖! 我的兒子, 那怕我把這雙腿蹬斷, 也要想法把他送到美國去賺大錢。於梨華, ≪又見棕櫚又見棕櫚≫, (臺北: 皇冠, 1989), p.90.

그를 짓누른다. 인력거꾼에게는 아메리칸 드림이지만 미국을 경험한 이에게 주어지는 것은 아니다. 미국에서 학비를 벌기 위해서 여자 기숙사의 화장실 청소에서부터, 접시닦이까지 안 해본 일이 없을 정도로 고생을 했던 天磊는 모두들 미국을 아름답게 묘사하는 타이완의 삶의 현장 속에서 더더욱 괴리감을 느끼게 된다.

거주국에서 소수자이자 이방인으로서 소외되는 존재인 화인 디아스포라들은 서로를 만나서 위로를 얻고 서로의 모습에서 정서의 공감을 이룬다. 낯선 땅에서 만난 같은 피부를 가진 사람에게 공감대를 확인하는 ≪조이 럭 클럽≫의 Jing-mei “June” Woo의 목소리는 공감적 정서만이 유일한 삶의 공간으로 느끼게 하는 것이다.

> “그거 어디서 났어요?”
> “어머니가 주신 거예요.”
> 나는 그에게 당신 어머니께서 그걸 왜 주셨느냐고 물었는데 그것은 오직 중국 사람만이 다른 중국 사람의 일을 참견해서 물을 수 있는 질문이었다. 수많은 백인들 속에 끼어 있는 두 명의 중국 사람은 이미 가족 같았다.
> “내가 이혼하고 나니까 주셨어요. 내 생각에는 어머니가 그래도 내가 소중한 존재라는 것을 알려주고 싶으셨던 게 아닌가 싶어요.”
> 나는 그가 확실치 않은 목소리로 말했기 때문에, 그도 펜던트가 정말 무얼 의미하는지 전혀 모른다는 걸 알 수 있었다.[28]

---

28) “Where'd you get yours?” “My mother gave it to me,” he said. I asked him why, which is a nosy question that only one Chinese person can ask another; in a crowd of Caucasians, two Chinese people are already like family. “She gave it to me after I got divorce. I guess my mother's telling me I'm still worth something.” And I knew by the wonder in his voice that he had no idea what the pendant really meant. Tan, Amy, *The Joy Luck Club*, New York: Penguin Books, 2006, p.198.

거주국에서 소외된 느낌, 외모로 구별된 이 두 사람은 서로에게 각자가 화인 디아스포라로서 공유하는 무언가로 정서의 공감대를 이룬다. 기존 삶의 양식은 간접적으로 체험한 중국에 대한 상상이며 문화에 대한 그리움이 된다. 실상 그들이 거주국에서 경험하는 것은 기대했던 것과는 달리 더욱 초라한 모습으로 자신을 바라보게 되는 것일 수도 있다. 그리고 때로는 이방인으로, 또 때로는 눈에도 보이지 않는 유령처럼 취급받을 수도 있는 것이다.

작가 於梨華는 그녀의 자서전에서 이런 말을 했다.

> 20년 남짓 미국에서 살았던 경험에 비추어볼 때, 나는 떠나오려는 사람들에게 말해주고 싶다. 절대 그러지 마시길! 미국을 천당으로 상상하지 말 것이며 여기저기 전해들은 말만을 믿지도 말 것이며, 미국이 모든 문제를 해결해줄 수 있는 땅이라고 여기지도 말아야 한다. 일시적으로 떠나지 않는 사람들에게도 한 마디 하고 싶다. 절대로 정확하지 않게, 혹은 과장해서 보도된 서양, 특히 미국에 대해서 숭배하는 마음이 생기지 않도록 해야 한다. 미국이 공업은 발달했고 물질은 풍부하지만 대도시에서는 빈민굴이 널려있고 굶어 죽고 얼어 죽는 이들도 숱하게 있고 감자를 식량으로 하여 살아가는 사람들이 부지기수다.[29]

미국 유학에의 환상에 대해 於梨華가 자서전에서 밝힌 것은 미국의

29) 憑我二十多年住在美國的經驗, 我要向出來的朋友們說, 千萬啊! 不要把美國幻想成天堂, 更不要相信聽來的傳說, 以爲美國是可以解決一切問題的地方。對於一時不出來的朋友, 我要說, 千萬不要因爲不正确及誇張的報導, 對西方, 尤其是美國, 產生一種崇拜的心理。美國雖然工業先進, 物質豊富, 但在他們的大城市里, 貧民窟有的是, 餓死凍死的也時常聽到, 靠洋山芋過日子的也大有人在。於梨華, ≪人在旅途-於梨華自傳≫, (江蘇: 江蘇文藝出版社, 2000), p.19.

부정적인 면모이다. 인력거꾼의 입을 빌어 말한 꿈과 희망은 당시로서는 현실이며 많은 이들이 꿈꾼 기회로 여겨졌지만 그것은 거품경제가 거품이 빠지고 더욱 초라한 모습으로 사그러들듯이 실제 미국을 경험하고 온 사람들에게는 과도하게 과장되고 부풀려진 것이었다. 그들은 단순히 자신이 처한 현재보다는 좀 더 나을 것이라는 막연한 기대에 부풀어 이주를 하게 되고 그 사회에서 접하거나 부닥치게 될 수많은 갈등과 충격에 대해서는 들은 바조차 없었다. 미국의 실상을 보여주는 於梨華의 목소리에는 미국을 부인함으로써 타이완의 고향의 상실을 보상받고 싶은 심리가 내재되어 있다. 이와 동시에 타이완에서 소외되는 불편한 삶까지 동시에 부정하고 있는 것으로 보인다. 이러한 소외야말로 이들의 정체성을 규정하게 되는 가장 큰 요소인 것이다.

위에서 살펴본 바와 같이 북미에 거주하고 있는 대개의 디아스포라들은 당시 일반적으로 자신이 이방인이라고 느꼈을 가능성이 크다. 경제적 이유에서든, 학업을 위해서든, 혹은 그러한 목적으로 이주를 한 가족을 따라온 이유에서든 화인 디아스포라들은 언젠가는 고국으로 돌아갈 수 있을 것이라는 막연한 희망을 품고 있었을 것이다. 물론 당시 중국대륙의 상황은 국공내전으로 혼란스러운 상황이었고, 수많은 이민자들이 내전을 피해서 타이완으로, 타이완에서 다시 북미 지역으로 이주하였기에 일정 부분 정치적 상황이 불가항력으로 작용했을 수도 있다.

於梨華의 ≪又見棕櫚又見棕櫚≫30)의 경우는 생동적인 인물의

30) 초기의 소설인 ≪夢回青河≫, ≪也是秋天≫과 ≪爲≫에서는 미국으로 이주한 이주민으로서의 문화적 충격과 갈등을 담아내었고, 대표작인≪又見棕櫚、又見棕櫚≫에서는 디아스포라로서의 삶이 고독하며 미국유학이라는 환상을 쫓던 한 젊은이의 실망감을 표현했다. 이후 ≪傅家的兒女們≫, ≪三人行≫, ≪考驗≫, ≪會場現形記≫등의 작품에서는 화인 디아스포라로서의 고난과 역경, 다문화적

묘사와 자신의 미국 사회에서의 경험을 자전적으로 풀어내어 소설에 반영한 대표적인 작품이다. 그녀의 소설은 청운의 꿈을 품고 미국 유학길에 오르는 타이완과 중국대륙의 유학생들에게 필독서처럼 읽혔지만 앞서도 살펴보았듯이 거주국인 미국에도 출발지인 타이완 또는 심지어 중국대륙에도 속하지 못하고 있다는 신분적 불안감을 드러내고 있다. 於梨華의 소설에서 상실감에 관한 것도 나타나지만 디아스포라의 소외라는 측면이 더욱 분명하게 드러나고 있다.

聶華苓은 미국으로 이주한 桃紅의 이야기를 중심으로 '거주국에서의 소외'를 桑青이 경험한 중국대륙과 베이징, 타이베이의 기록보다 핵심적으로 표현하고 있다. 맥신 홍 킹스턴과 에이미 탄에게서도 문화갈등으로부터 야기된 화인화문문학에서 기대되는 디아스포라 신분에 대한 고민이 잘 드러나고 있다. 자전적 문체를 활용하여 주인공의 심리를 묘사하고, 다양한 각도에서 심리적 갈등을 표현하고 있으면서도 한편 함축적인 표현과 유머감각을 잘 활용했으며, 중국문화에 대한 기억과 현대적인 감성을 조화롭게 아울렀지만 그럼에도 불구하고 소외라는 고통스러운 현실은 그 정체성에 영향을 미쳤음을 알 수 있다.

白先勇과 於梨華는 그 이전에 미국에서 유학하던 사람들과는 다른 심리적 상태를 가지고 있다. 이들은 미국을 떠나오기보다는 그곳에 계속 남아있기를 선택했고 화인 디아스포라의 정체성에 대해서 깊이 있는 통찰과 사고를 통해 이상향을 추구하면서 정체성의 가변성에 천착하는 모습을 보인 것이다. 그리고 이들이 최종적으로 선택한 것은 거주국에서의 삶과 그곳에서 쌓아가게 될 이력과 앞으로 향유하게 될 미래였다는 점을 기억해야 한다.

경험으로부터 오는 충격과 갈등을 한층 넘어섰다.

제 5 장 이상향을 찾아가는 끝없는 여정

현대 작가들은 단순히 문제를 바라보게 하는 것으로 이야기를 마무리하는 경우가 종종 있다. 이렇듯 결말을 독자에게 제시하지 않는 경우가 빈번히 목격되는데 이러한 글쓰기를 모더니즘 적으로는 '열린 결말'로 볼 수 있겠지만 다른 시각에서는 결말을 따로 제시하지 않는 것 자체를 하나의 결말로 보는 것이 적절하다. 주어진 문제 상황을 반드시 해결해야 하는 것이 아니라 단순히 그러한 현상을 관찰함으로써 사회적 현상상황에 심리적 상호작용이 결합하여 인생의 편린을 보여주는 것이다. 혼돈 속에서 방향 지침을 잃고 떠도는 영혼들에게 인생이란 원래 깔끔한 해결책을 보여주고 결론을 내리는 것이 아니라는 것을 반영한다. 그러므로 소설을 읽고 분석할 때 이처럼 압축된 상황 속에서 인간이 어떻게 움직이고 문제적 상황 속에서 어떠한 결정을 내리는지를 살펴보는 것은 중요한 작업이 된다.

聶華苓의 ≪桑靑與桃紅≫에서 桑靑은 자신 속에 자리하고 있는 桃紅의 존재를 부정하고 두려워한다. 하지만 점차 桑靑의 존재보다 桃紅의 존재가 커지게 된다. 桃紅이 써서 이민국으로 보낸 네 통의 편지는 모두 桑靑을 자신보다 소극적이고 자신의 삶을 적극적으로 개척하려는 의지가 桃紅보다 약한 존재로 전제하거나 규정하고 있다.

桑靑이 더 나은 곳을 찾아 마침내 미국까지 온 과정은 모두 이상향을 찾아 나선 여정이었다.

> '그러한 나'는 누구란 말인가? 난 '그러한 나'를 모른다. 그건 분명 내 몸에 붙은 귀신이다. '그녀'가 날 두려워하도록 얼굴 빨개지도록 만드는 것이다. 뭐라고 사람들에게 변명한단 말인가. 그때의 나는 결코 내가 아니었다고 어떻게 설명해 준단 말인가. 나는 마침내 이보(一波)가 있는 방 안으로 들어갔고 결국 페티와 함께 그를 욕했다. 난 더 이상 그를 만날 면목이 없게 되었다. 우리가 얼마나 좋은 사이였는지는 그렇다 하더라도 난 여전히 망명하며 떠돌고 있으니 내겐 그가 필요하다.[1)]

그녀가 지극히 일반적이고 전형적이고 미국에 동화되어 정부로부터의 관리받는 삶을 순순히 선택하지 않는 한은 계속해서 이민국의 감시와 추적을 받아야 하는 것은 분명하다. 그녀는 자신이 거주국에서의 최종적인 삶을 선택했다고 말하지 않는다. 그녀가 여전히 스스로를 '망명객처럼 떠돌고 있다'[2)]고 한 것은 화인 디아스포라의 또 한 가지 특징적인 면모이다. 출발지를 그리워할 수도 있고 향수를 느낄 수도 있다. 하지만 그들은 다시 출발지로 돌아가는 것이 최종 목적은 아니다. 애초 이주할 때부터 또는 일단 이주를 경험하게 되면 이상적인 거주지를 추구하게 되고, 따라서 현재의 거주지는 단순히 거주지에 불과할지도 모른다. 즉 더운 나은 거주지를 찾아서 새로운 국경을

---

1) 那個我是誰我不認識那個我。那必定是陰魂附體她叫我害怕叫我臉紅我如何向人解釋呢。如何叫人了解那不是我自己呢。我竟然撞到一波家里去了竟然和貝蒂批評他我再也沒臉見一波了。無論如何我們好過我仍然亡命需要他。聶華苓, ≪桑靑與桃紅≫, (臺北: 時報文化出版, 1997), p.243.

2) 聶華苓, ≪桑靑與桃紅≫, (臺北: 時報文化出版, 1997), p.243.

넘게 될 수도 있다. 그 행동이 물리적으로 실천되지 않을지도 모르지만 적어도 상상 속에서는 충분히 가능한 일이다.

화인들은 고향인 출발지를 떠나와서 겪은 상실감과 거주국에서 이방인으로서 경험한 소외를 통해 자신들의 디아스포라적 정체성을 형성해나가고 있다. 애초에 이들이 고향에 머물러 있었다면 상실도 소외도 경험하지 않았을 수 있다. 그들은 자의에 의해서 혹은 타의에 의해서 자신의 고향을 떠나게 되었고 그것은 더 살기 좋고 행복하게 지낼 수 있는 곳을 찾아 또 다른 곳으로 떠나는 여정으로 이어졌다. 소설에서 표현된 화인 디아스포라들이 찾아 떠나는 이상향은 어떠한 형태로 표현되고 있으며 그리고 이들이 찾아 떠나는 여정의 종착지는 과연 어디까지인가. 이상향을 찾아 떠나는 화인들의 동기는 다양하다.

白先勇의 ≪臺北人≫에서는 항일전쟁과 국공내전으로 인해 타이완으로 이주한 사람들이 있다. 그들 중 일부는 한차례 이주를 경험한 뒤 타이완에서의 삶 속에서 정주하면서 자신들이 원하는 탈출구를 찾기도 하고, 고향을 그리면서 사업을 하고 다시 그곳에서 자신의 새로운 정체성을 받아들여 현재의 삶에서 의미를 찾기도 한다. <花橋榮記>의 주인공 ‘나’가 바로 그런 사람이다.

> 남편은 장사치가 아니었다. 중국대륙에서는 대대장까지 지냈던 군인 출신이었다. 나는 물론 대대장 사모님이었다. 어느 날 蘇北 지구의 전투에서 실종당하고 우리 식구는 이렇게 이리 밀리고 저리 밀리다 타이완까지 오게 될지 정말 몰랐다. 처음 몇 해 동안은 나도 사방으로 남편의 행방을 묻고 다녔다. 나중에는 꿈에서 항상 남편을 보곤 했는데 온 몸에 피가 낭자하였다. 나는 이미 그가 먼저 죽었다는 것을 알게 되었다. 여자의 몸으로 타이완이라는 타관에 떠돌다가 결국 최후의 방책으로 長春路 끝자락에 작은 밥집을 내

> 기로 했다. 주인아줌마로 벌써 10년이 되다보니 같은 마을 사람들에 대해서는 눈감고도 그 이름을 댈 수 있게 되었다.[3)]

'나'는 국공내전으로 타이완으로 이주하여 더 나은 삶을 찾아 떠나왔지만 타이완의 삶은 자신의 기존의 삶과는 다르다. 군의 대대장으로 있던 남편으로 인해 사모님으로 불리며 지냈던 삶과 식당 주인으로 불리는 지금의 삶은 큰 차이가 있다. 하지만 상실한 그 모든 것에 연연하지 않고, 생존의 기본권인 목숨을 구하기 위해 이주했던 것처럼 다시 결연하게 자신의 삶을 꾸려나가는 모습을 보여준다. 그녀가 식당으로 운영하는 '花橋榮記'는 자신이 꿈꾸는 이상향의 다른 형태이다.

<永遠的尹雪艷>에서는 尹雪艷의 公館이 이러한 상징적 공간이 된다.

> 확실히 尹雪艷에게는 시름이란 없었다. 그녀의 집 앞에 차가 끊이지 않았다. 옛 친구들은 尹雪艷의 公館을 속세 밖의 도화원으로 여겼고, 새 친구들 또한 다른 곳에는 없는 매력을 느꼈다. 그만큼 그녀의 저택은 품위를 지키기에 애를 썼다. 결코 상하이 霞飛路의 분위기에 뒤지지 않았다.[4)]

---

3) 我先生並不是生意人，他在大陸上是行伍出身的，我還做過幾年營長太太呢。那曉得蘇北那一仗，把我先生打得下落不明，慌慌張張我們眷屬便撤到了臺灣。頭幾年，我還四處打聽，後來夜裏常常夢見我先生，總是一身血淋淋的，我就知道，他已經先走了。我一個女人家，流落在臺北，總得有點打算，七拼八湊，終究在長春路底開起了這家小食店來。老闆娘一當，便當了十年來，長春路這一帶的住戶，我閉起眼睛都叫得出他們的名字來了。白先勇，≪臺北人≫，(臺北: 爾雅, 2001), p.164.

4) 尹雪艷確實不必發愁，尹公館門前的車馬從來也未曾斷過。老朋友固然把尹公館當做世外桃源，一般新知也在尹公館找到別處稀有的吸引力。尹雪艷公

尹雪艷의 집은 이들이 타이베이에서 찾을 수 있는 고향을 떠올리는 유일한 장소이자, 그들의 갑갑한 현실 속에서 일종의 이상향적인 공간으로 자리하게 된다. 이상향을 찾아 나서고자 하는 인간의 근본적인 속성은 디아스포라들을 계속해서 이동하게 만든다. 추구하는 이상향, 마음 속 '도원'에의 꿈을 이곳에 오면 이룰 수 있을 것 같은 믿음을 갖는다. Amy Tan의 소설에서 나오는 모임인 '조이 럭 클럽'도 과거를 추억하면서도 그들만의 이상향을 꿈꿀 수 있는 대리적인 공간을 만들어내고 있다.

> 그래서 우리는 파티를 열기도 했어. 매주 설날이 돌아온 것처럼 말이야. 그렇게 하니까 매주 과거의 불행한 일들을 약간은 잊을 수 있더구나. 나쁜 생각을 하고 있도록 우리 자신을 가만히 내버려두지 않았던 거야. 그저 먹고, 웃고, 마작을 해서 잃고 따고, 또 재미있는 이야기도 하면서 시간을 보냈던 거지. 그러다보니 우리 한 주 한 주 요행을 바랄 수 있게 되더구나. 그게 우리의 유일한 낙이었어. 그렇게 해서 우리는 그 작은 모임을 '조이럭 클럽'이라고 부르게 된 거야.5)

자신들만의 이상 세계를 찾고자 떠났던 1세대들은 결국 거주국에

館一向維持它的氣派。尹雪艷從來不肯把它降低於上海霞飛路的排場。白先勇, ≪臺北人≫, (臺北: 爾雅, 2001), p.9.

5) So we decided to hold parties and pretend each week had become the new year. Each week we could forget past wrongs done to us. We weren't allowed to think a bad thought. We feasted, we laughed, we played games, lost and won, we told the best stories. And each week, we could hope to be lucky. That hope was our only joy. And that's how we came to call out little parties Joy Luck. Tan, Amy, *The Joy Luck Club*, New York: Penguin Books, 2006, p.25.

서의 정주라는 선택 내에서도 더 나은 답을 찾아내려는 의지를 보이는 것으로 묘사된다. 그들이 다른 사람을 의식하지 않고 자신들의 언어로 실컷 소통할 수 있고 각자의 입에 맞는 음식을 먹을 수 있는 자신들만의 작은 모임을 통해 그들만의 희망을 키우는 것이다.

화인들이 북미로 이주하는 것도 자신들이 바라는 좀 더 나은 삶과 꿈을 위해서이다. 白先勇의 <冬夜>에서 俊彦이 미국으로 가고자 하는 이유도 이와 다르지 않다.

> "캘리포니아 대학 물리학과에서는 실험 하나 하는데도 수십만 달러나 쓴다고 들었어요!" 俊彦의 젊은 얼굴에 선망의 표정이 나타났다.
>
> "미국은 참으로 부강한 나라거든." 吳柱國 교수가 말했다. 俊彦은 잠깐 서 있다가 돌아갔다. 余嶔磊 교수는 아들의 뒷모습을 바라보면서 작은 소리로 말했다.
>
> "요즘은 남자애들은 모두 외국에 가서 이공학을 공부하고 싶어 한다네."
>
> "이것도 대세의 흐름이지." 吳柱國이 대답했다.[6]

이 무렵 유학을 떠난 타이완 출신의 화인들은 당시 俊彦처럼 생각했을 것이다. 그들이 이상향으로 추구하는 것이 미국에 있을 것이라는 기대를 품었을 것이다. 그리고 이처럼 더 나은 삶을 찾아 떠나려는 의지는 俊彦의 부친인 余嶔磊 교수도 함께 가지고 있는 것이다.

6) "我聽說加大物理系做一個實驗, 常常要花上幾十萬美金呢!" 俊彦年輕的臉上, 現出一副驚慕的神情。"美國實在是個富强的國家。" 吳柱國嘆道。俊彦立了一會兒, 便告退了。余教授望著他兒子的背影, 悄聲說道: "現在男孩子, 都想到國外去學理工。" "這也是大勢所趨。" 吳柱國應道。白先勇, ≪臺北人≫, (臺北: 爾雅, 2001), pp.259-260.

"자네 나를 좀 추천해 줄 수 없겠나? 미국에 있는 아무 대학이나 교수를 초청한다면 말일세. 내가 가서 1, 2년 가르쳐 봤으면 싶네."

"그렇지만 아마 그쪽에서는 중국 사람을 초청해서 영문학을 가르치려고 하지는 않을 텐데."

"물론이지." 余 교수는 기침을 하더니 헛웃음을 웃으며 말했다. "내가 미국에 가서 바이런을 가르칠 수는 없겠지. 내가 말하는 건 중국어를 가르칠 사람이 필요한 학교가 있다면 하는 말이야."

"음." 吳柱國는 주저하다가 말했다. "알았어, 내 찾아보겠네."[7]

余嶔磊 교수는 자신의 전공과 아무런 관계없이 중국어를 가르칠 수밖에 없다고 하더라도 미국으로 이주하여 살 수 있는 기회가 생기기를 알아봐달라고 吳柱國 교수에게 부탁한다. 하지만 吳柱國 교수도 자신의 삶이 미국이라는 거주국에서 역시 이방인으로 분류되고 소외를 겪고 있기 때문에 余嶔磊 교수에게 선뜻 이주를 권하지 않는다.

Amy Tan의 ≪조이 럭 클럽≫에서는 출발지에서 경험한 생명에 위협이 되는 상황 속에서 미국이라는 거주국으로의 이주를 확실하게 성사시키기 위해서 화인들은 자신의 참모습을 감추고 그곳으로 가는 방법을 찾는다.

사방에서 전쟁이 터지는 바람에 나중에는 바다 건너 미국으로 오게 되었다. [……] 어떻게 내 눈이 미국 방식을 쫓기 시작했는지. 어머니는 내가 샌프란시스코에서 복잡한 버스를 탔다가 앞으로 넘

---

7) "你可不可以替我推薦一下, 美國有什麼大學要請人教書, 我還是想出去教一兩年。" "可是—— 恐怕他們不會請中國人教英國文學哩。" "當然, 當然。" 余教授咳了一下, 乾笑道, "我不會到美國去教拜崙了—— 我是說有學校需要人教教中文什麽的。" "哦——。" 吳柱國遲疑了, 說道, "好的, 我替你去試試吧。" 白先勇, ≪臺北人≫, (臺北: 爾雅, 2001), pp.262-263.

> 어지는 바람에 코가 이렇게 비뚤어지게 된 것도 보지 못하셨다. [……] 미국에서 중국인의 얼굴을 계속 갖고 있기는 어렵다. 우선 나는 여기 도착하기 전부터 나의 참모습을 감추어야만 했다. 베이징에 있던 미국 태생의 중국 아가씨에게 돈을 주고 그 방법을 배웠던 것이다. 그 아가씨는 내게 이렇게 말했다.
>
> "미국에서는 영원히 거기서 살고 싶다고 말해서는 안돼요. 중국 사람이면 그들 학교와 사고방식을 동경하고 있다고 말해야만 해요. 장차 학자가 되어 그곳에서 배운 것을 중국 사람들에게 가르쳐 주고 싶다고 해요."[8)]

사람들은 생명의 안위를 위해 더 안전한 곳인 이상향을 찾아 떠나게 되고 그곳은 ≪조이 럭 클럽≫의 주인공인 어머니와 딸들에게는 미국이었던 것으로 나온다. 그들에게 미국은 자신의 모습을 감추고 뜻을 감추고 기존의 것을 잃게 되긴 하지만 더 나은 새 것을 가질 수 있는 그런 이상향이다.

聶華苓의 ≪桑靑與桃紅≫에서 桑靑은 恩施를 떠나와서 수없이 많은 경유지를 거치면서도 출발지인 고향으로 다시 돌아가는 것을 목표로 하지 않는다. 좀 더 나은 곳을 찾아 계속해서 떠난다. 타이베이의 다락방에 숨어사는 동안에도 桑靑은 결코 더 나은 것을 포기하지 않는다.

---

8) A war from all sides, and later, an ocean that took me to a new country. [……] How my eyes began to follow the American way. She did not see that I twisted my nose bouncing forward on a crowded bus in San Francisco. [……] It's hard to keep your Chinese face in America. At the beginning, before I even arrived, I had to hide my true self. I paid an American-raised Chinese girl in Peking to show me how. "In America," she said, "you cannot say you want to live there forever. If you are Chinese, you must say you admire their schools, their ways of thinking. You must say you want to be a scholar and come back to teach Chinese people what you have learned." Tan, Amy, *The Joy Luck Club*, New York: Penguin Books, 2006, pp.257-258.

> 우리는 햇살을 맞으며 이틀 동안 누워 있다. 삼일 만 더 지나면 홍콩에 도착하게 된다. 홍콩에 도착하기만 하면 자유의 몸이 되는 것이다! [……]
> 다락 다다미 위에서 나는 이런 탈출기들을 하나씩 하나씩 써내려가고 있다. 산 위로 도망치고 바다로 탈출하고…… 그 다음엔 도대체 어디로 도망친단 말인가?[9)]

'탈출'이라는 표현을 통해 桑青이 겪어온 주변 환경이 결코 녹록치 않았으며 그녀는 줄곧 그러한 현실을 벗어나기 위해서 발버둥 쳐 왔음을 알 수 있다. 게다가 허리도 제대로 펴기 힘들만큼 좁은 다락방에 갇혀 지내게 되면서 더더욱 그곳을 벗어나고자 하는 욕구가 커졌다. 그녀의 이상향을 찾기 위한 탈출기는 長江에서 배에 갇혀 지냈던 며칠, 내전 중인 베이징을 겨우 빠져나왔던 일, 다락방에 숨어 지냈던 일, 미국에서 이민국의 조사를 피해 다니던 일까지 계속해서 이어진다. 이상향을 찾는 과정이 순탄치 않을 수도 있고 찾아간 그곳에 그 어떤 것도 보장되어 있지 않다 하더라도 떠나게 되는 것이다.

> 가족들로부터 자유로워져서 우리 어머니는 예속됨이 없이 2년 동안을 살 것이었다. 그녀는 전족한 무서운 시어머니 심부름을 다니지 않아도 되고 할머니들을 위해 바늘에 실을 꿰어 줄 필요도 없을 것이다. 동시에 그녀의 시중을 들어 줄 조카나 종도 없을 것이다. 이제 그녀는 수위를 매수하여야만 더운 물을 얻을 수 있게 되었다.[10)]

---

9) 我們躺在太陽裡兩天了。還有三天就到香港了。到了香港就自由了。[……] 我在閣樓裡寫一則一則逃亡的故事;逃亡山上, 逃亡海上……再如何逃法呢? 聶華苓, ≪桑青與桃紅≫, (臺北: 時報文化出版, 1997), pp.171-172.

10) Free from families, my mother would live for two years without servitude.

이처럼 더 나은 삶의 수준을 얻을 수 있으리라는 확실한 보장이 없어도 소설에서의 화인들은 더 인간답게 살 수 있고 자신이 중심이 되는 삶을 살 수 있는 곳으로 떠난 것이다.

출발지를 떠날 때 기존의 문화와 삶의 양식에 진저리를 느껴서 새로운 곳으로의 이주와 정착을 꿈꾸는 모습은 Amy Tan의 소설에서도 나타난다.

> 미국에 가면 나는 나를 꼭 닮은 딸을 낳을 거야. 거기서는 여자의 값어치를 남편의 트림 소리 크기로 따질 만큼 하찮게 볼 사람은 없겠지. 미국에서는 아무도 그 애를 얕보지 않을 거야. 그 애가 완벽한 영어만을 말하게 만들 테니까. 그리고 그 애를 항상 배부르게 해주고 어떤 슬픔도 맛보지 않게 해주겠어. 그 애는 내 뜻을 알겠지. 내가 이 백조를, 제가 바라던 그 이상으로 소원을 성취한 이 백조를 그 애한테 줄 테니까. [……] 그녀는 아주 오랫동안 딸에게 백조의 깃털을 주면서 '하찮게 보일지 모르지만 아주 멀리서부터 내 소중한 꿈을 담아 가지고 온 것이란다.'라고 말해주고 싶었다. 이 말을 딸에게 완벽한 영어로 말해 줄 수 있는 날이 오기를 그녀는 꾹 참고 기다렸다.[11)]

She would not have to run errands for my father's tyrant mother with the bound feet or thread needles for the old ladies, but neither would there be slaves and nieces to wait on her. Now she would get hot water only if she bribed the concierge. M. H. Kingston, The Woman Warrior, New York: Vintage International Books, 1989, p.62.

11) In America I will have a daughter just like me. But over there nobody will say her worth is measured by the loudness of her husband's belch. Over there nobody will look down on her, because I will make her speak only perfect American English. And over there she will always be too full to swallow any sorrow! She will know my meaning, because I will give her this swan — a creature that became more than what was hoped for.[……] For a long time now the woman had wanted to give her daughter the single swan feather and

자식들에게 더 나은 삶과 문화를 물려주고자 이주를 결심한 이민 1세대들은 미국 문화에 대해서 깊이 있는 인식이 바탕이 된 것은 아닐 수도 있다. 그저 완벽한 영어를 구사한다면 그들이 어떻게 힘들게 이민을 결심하고 자식들인 이민 2세대들에게 더 나은 생존환경을 제공할 수 있도록 했는지에 대해서 말하고 싶은 것이다. 또한 출발지를 그리워하는 것과 출발지로의 귀환은 다른 문제라는 것을 자식들에게 인식시키고 싶어 한다. 이민 1세대는 자식들에게 '가능성의 나라'로서 미국에서의 비전을 가르쳐주고 싶었다. 그래서 '희망의 나라'이기도 한 곳으로 이주하게 되었다.

> 어머니는 미국에서는 무엇이든지 되고 싶은 것은 다 될 수 있다고 믿으셨다. 식당도 열 수 있고, 공무원으로 일하다 은퇴하면 유유히 노후 생활을 즐길 수도 있다. 수중에 별로 돈이 없어도 집을 살 수 있고, 부자도 될 수 있으며, 단번에 유명해질 수도 있다. [……] 미국은 어머니의 모든 희망이 걸려 있는 나라였다. 어머니는 중국에서 모든 걸 다 잃고 1949년 이곳으로 건너오셨다. 어머니, 아버지, 집, 첫째 남편, 그리고 쌍둥이 딸을 모두 잃으셨다. 그러나 어머니는 절대로 후회하지 않으셨다. 더 잘 살아가는 방법이 수없이 많이 있었기 때문이다.12)

---

tell her, "This feather may look worthless, but it comes from afar and carries with it all my good intentions." And she waited, year after year, for the day she could tell her daughter this in perfect American English., Tan, Amy, *The Joy Luck Club*, New York: Penguin Books, 2006, p.17.

12) My mother believed you could be anything you wanted to be in America. You could open a restaurant. You could work for the government and get good retirement. You could buy a house with almost no money down. You could become rich. You could become instantly famous. [……] America was where all my mother's hopes lay. She had come here in 1949 after losing everything in China: her mother and father, her family home, her first husband,

이처럼 이민 1세대는 자신들이 상상한 이상향을 미국에서 찾을 수 있으리라는 믿음을 가지고 이주하기도 했다. 중국대륙에서 경험한 여러 가지 아픔과 다시 돌이킬 수 없는 과거의 고통으로부터 벗어나기 위해 다른 지역에서 새로운 삶을 시작하기를 원하고 있었던 것이다.

이는 이민 1세대에만 한정되지 않는다. 이민 2세대도 더 나은 이상향을 꿈꾼다.

> "아무렴, 넌 떠나야지. 작은 강아지야."
>
> 답답함이 내게서 사라졌다. 이불들이 바람으로 가득 찼음에 틀림없다. 세상이 무언가 좀 더 가뿐해졌다. [……] 나는 사실은 용이다. 그녀 또한 용이다. 우리 둘 다 용띠로 태어났으니까. 나는 사실상 맏딸에게서 태어난 맏딸이다. [……] 그녀는 내가 나의 길을 가도록 해줬다. 이제 늙은 나는 언제나 일을 하며 오그라드는 갓난아이들과 비행기로 뒤덮인 하늘과 이곳에 있는 것보다 더 큰 차이나타운에 대한 꿈을 꾼다.13)

하지만 이처럼 이민 2세대가 꿈꾸는 더 나은 이상향은 상대적으로 보아 거주국에 정주하려는 의식이 강하다. 이민 1세대가 고향으로의

---

and two daughters, twin baby girls. But she never looked back with regret. There were so many ways for things to get better., Tan, Amy, *The Joy Luck Club*, New York: Penguin Books, 2006, p.132.

13) "Of course, you must go, Little Dog." A weight lifted from me. The quilts must be filling with air. The world is somehow lighter. [……] I am really a Dragon, as she is a Dragon, both of us born in dragon years. I am practically a first daughter of a first daughter. [……] She sends me on my way, working always and now old, dreaming the dreams about shrinking babies and the sky covered with airplanes and a Chinatown bigger than the ones here. M. H. Kingston, *The Woman Warrior*, New York: Vintage International Books, 1989, pp.108-109.

귀환을 꿈꾼다고 볼 때, 거주국은 목적지가 아닌 경유지가 될 것이다. 이민 1세대든 2세대든 간에 현실적으로는 다 같이 출발지로 돌아갈 수 없거나 돌아가지 않겠지만, 이민 2세대의 태도는 다소 다르다. 이 작품에서 이민 2세대인 딸들은 거주국 안에서 더 나은 삶을 찾으려고 했다. 그리고 그 안에서도 계속해서 한 곳에만 머무르는 것이 아니라 이동할 수 있는 여지가 있음을 말한다. 간혹 그들이 다시 출발지를 방문한다고 해도 그곳은 종착지가 아니다.

> 그리고 나는 어머니 말이 정말은 무슨 뜻인지 알고 있다. 어머니는 우리와 같이 중국에 가신다면 무척 좋아하실 것이다. 그리고 난 싫어할 것이다. 더러운 젓가락과 식은 수프에 대해 하루 세 번씩 불평하시는 걸 겪어야만 하다니, 그건 고역일 것이다. 그러나 한편으로 생각해보면 그것도 아주 괜찮겠다는 생각이 든다. 우리 셋이 우리의 차이점을 뒤로 하고 비행기를 같이 타고 나란히 앉아 서양을 떠나 동양으로 날아간다는 건 얼마나 근사하겠는가.[14)]

이상향을 찾아 떠나려는 것은 고향으로 다시 돌아가는 것을 의미하지 않는다. 어디에서든 행복할 수 있고 행복을 찾아낼 수 있는 것이 그들이 추구하는 이상인 것이다. 게다가 이민 2세대들은 이민 1세대와는 다르게 자신들이 원할 때 비교적 자유롭게 다시 부모들의 고향

---

14) And I know what she really means. She would love to go to China with us. And I would hate it. Three weeks' worth of her complaining about dirty chopsticks and cold soup, three meals a day — well, it would be a disaster. Yet part of me also thinks the whole idea makes perfect sense. The three of us, leaving our differences behind, stepping on the plane together, sitting side by side, lifting off, moving West to reach the East. Tan, Amy, *The Joy Luck Club*, New York: Penguin Books, 2006, p.184.

이었던 출발지로 돌아갈 수 있다. 그렇기 때문에 더욱 익숙한 문화 속에서 정주하면서도 혹 그보다 더 나은 곳이 있다면 떠날 준비가 되어 있다. 또 때로는 출발지로 다시 돌아가서 그곳이 더 낫다고 생각하면 물론 다시 돌아가 출발지에 정주하는 것도 선택할 수 있다.

≪又見棕櫚又見棕櫚≫에서 天磊는 타이완에 잔류하기로 결정을 내렸는데 이것은 화인 디아스포라가 출발지를 떠나 미국에서 유학하면서 그곳이 자신의 종착지인 줄 알았지만 다시 출발지로 돌아오게 된 모습을 보여주었다. 天磊의 스승인 邱尙峰은 天磊가 미국에서 돌아와 갈피를 잡지 못하고 거취도 정하지 못한 채 갈등할 때 타이완에 남는 것을 제안했다.

> 사람들이 많이들 자네에게 같은 질문들을 했겠지만, 자네는 왜 돌아오지 않으려는 건가? 여기에도 훌륭한 방송학교가 있는데 자네가 가서 한 두 과목 열고 강의하는 건 큰 문제가 없을 걸세. 이공계열을 공부한 사람들이 귀국하지 않는 건 이해가 가지만 문법을 공부한 학생들이 일단 가면 돌아오지 않고서 차라리 별 쓸모없는 일이나 하더라도 거기 남겠다는 이유는 당최 모르겠더군?15)

天磊는 이때만 해도 그가 미국으로 돌아갈 가능성에 더 무게를 두고 있었다. 스승의 진심어린 충고에도 불구하고 그는 결혼을 하고 고국에서 신부를 얻어 다시 미국으로 돌아가고자 했다. 그토록 떠나오고자 했고 이방인 취급을 받았다고 느꼈던 미국으로 다시 가고자 했

15) 一定有很多人問過你同樣的問題, 你爲什麼不回來呢? 在我們有很好的新聞學校, 你去開一兩門課絶對沒有問題。學理工的人不回來我還能瞭解, 但我就不懂爲什麼學文法的同學們也一去不返, 而寧願留在那裏做沒有意義的工作? 於梨華, ≪又見棕櫚又見棕櫚≫, (臺北: 皇冠, 1989), p.195.

던 것이다. 하지만 스승의 죽음은 天磊의 결심을 흔들어 놓았고 이로 인해 연쇄적으로 意珊 집안에서도 파혼 소식을 전해오게 된다. 天磊는 미국에서는 타이완 사람으로서의 정체성에 집착했고 언젠가 자신이 다시 타이완으로 돌아가게 되면 자신의 정체성을 제대로 확인받을 수 있으리라 믿어왔다. 그런 그의 믿음이 흔들린다는 것은, 타이완에 도착한 직후부터 계속해서 미국에서의 일상과 경험과 기억들을 떠올리는 소설의 구성방식을 통해서도 잘 드러나고 있다. 그는 타이완 사람들 속으로도 완전히 어울려 들어가지 못한다. 환영받으리라 생각하고 믿었던 이들로부터는 미국에서 유학한 선진 지식인이자 경외의 대상으로 인식되고 순수한 타이완 사람이라기보다는 절반은 서양 사람인 것처럼 받아들여진다. 天磊는 순수하다고 믿었던 자신의 타이완 사람으로서의 정체성이 이미 고유의 것이 아니라는 점을 깨닫게 된다. 그의 디아스포라적 정체성은 타이완에 존재한다고 타이완 사람의 정체성으로만 존재하는 것도 아니며 미국에 거주한다고 해서 미국인의 정체성으로 존재하는 것도 아니었다. 그가 이곳저곳을 다니면서 축적한 다양한 문화적 경험들이 서로 영향을 주고받아서 가변적인 정체성을 형성하게 된 것이다.

이런 모습들은 張系國의 ≪棋王≫에서 묘사된 '비눗방울'처럼 각기 다양한 비눗방울 속에 존재하는 또 다른 형태의 '나'를 설명하는 해석은 여기저기 떠돌아다니는 디아스포라들의 모습과도 닮았다. 좀 더 낫다고 생각하는 그 비눗방울 속으로 옮겨가는 것, 그리고 대부분의 사람들이 공감대를 이루는 특정한 비눗방울 속에서 세상을 이루어 살아가는 것이 현실 속에서의 이주민들의 모습을 비추어 볼 수 있게 한다.

白先勇은 소설에서 화인 디아스포라의 가변적 정체성이 받아들여지지 못하고 비극적 결론으로 치닫는 양상을 보여주었다. 반면 於梨華는 화인 디아스포라의 가변적 정체성이 어떠한 형식으로 존재하고 있는지 天磊의 심리적 갈등을 보여주면서 결국 자신의 그러한 모습을 있는 그대로 인정하는 방향으로 나아갔다. 그리고 인정의 다음 단계에서 자신의 새로운 인생을 찾아나갔다.

소설 속 인물들은 막연히 중국대륙으로의 귀환만을 꿈꾸는 사람들이 아니다. 인물들을 통해 작가가 전달하고자 하는 의식상태도 결코 단순히 중국대륙으로 돌아가는 것만을 목표로 하는 것은 아니다. 그러므로 白先勇, 於梨華, 張系國, 聶華苓을 뿌리 뽑혀 떠도는 방랑자나 떠돌이의 이미지로만 한정해서 정의내리기보다는 이들과 이들의 소설이 새로운 인간집단인 화인 디아스포라들의 새로운 모습이자 시작이라는 측면에서 보는 것이 바람직할 것이다. 이주 초기 언어적 장벽이 1차적으로 가로막고 있는 주류사회 속에 섞이지 못해서 이들이 겪었던 고난과 역경의 감정들은 작품으로 승화되었고 각기 나름의 방식으로 새로운 사회 속에서 적응하기 위해 고군분투하는 모습은 현재를 살아가는 디아스포라들의 모습과도 유사하다.

대개 화인 디아스포라들에게서 관찰되는 가장 분명한 특징은 그들의 정체성이 한 가지 문화적 성향으로 나타나지는 않는다는 것이다. 이는 부모로부터 물려받거나 자신이 유년기에 겪은 고국인 출발지의 기억과 문화에, 이주 후 거주국에서의 경험과 문화적 체험이 더해진 것으로 단선적이지 않다는 측면에서 이중적 정체성, 혹은 가변적 정체성으로 정의내릴 수 있다. 소설에서 가변적 정체성은 출발지인 모국에 대한 강한 회귀의식, 목적지인 이주국에 대한 동경이나, 거주지인 이주국에서의 지난한 삶에 대한 갈등의 표출 혹은 이주국의 주류집단에 편입하여 모국의 문화를 오리엔탈리즘적 시각에서 재생산하는 방식 등으로 표현된다. 그러므로 "에드워드 사이드가 오리엔탈리즘이라고 부르는 그러한 지식의 생산은 지금까지 연구자가 자신의 목적을 숨기고 '대상'을 주어진 것으로 본질화함으로써 존속되어 왔다"[16]고 하는 레이 초우의 말은 의미가 있다. 레이 초우가 말하는 제3세계 지식인의 제1세계에서의 삶과 그들의 더욱 민감하게 감지할 수 있는 역사의 무게, 그리고 대상화된 역사의 하중을 짊어지면서 동시에 개인의 상황과 무관하게 '타자'로 간주되는 사실은 디아스포라 신분에 위치한 화인들이 공통적으로 인식하게 되는 문제인 것이다. 레이 초우는 또 다음과 같이 말한다.

> 미디어화된 문화의 최신 아이러니는 이민 자체의 전자화이다. 지금은 국경을 넘지 않고도 남아도는 인력을 속도 테크놀로지를 위해 일하도록 만들 수 있다. [……] 이 사실이 의미하는 바는 19세기에 마르크스에 의해 은유로 사용되던 인간노동의 소외가 지금은 문자 그대로 진실이라는 것이다.[17]

국적을 선택할 수 없다는 것은 옛말이 되었다. 현대는 자신의 선택으로 어느 정도 국적을 선택할 수 있는 시대이며 과거 정치적 난민의 형태나 고된 노동을 약간 더 나은 임금으로 보상받길 바라는 '苦力'의 예와는 기본적인 전제부터 바뀌었다. 과거에는 막연하게 더 나은 삶을 찾아서 이주를 했지만 현대 시대의 이민과 이주는 좀 더 자유로운 형태로 더 나은 환경에서 경제 활동을 할 수 있는 국가로의 이동

16) 레이 초우, 장수현·김우영 옮김, ≪디아스포라의 지식인: 현대 문화연구에 있어서 개입의 전술≫, (서울: 이산, 2005), p.167.

17) 레이 초우, 장수현·김우영 옮김, ≪디아스포라의 지식인: 현대 문화연구에 있어서 개입의 전술≫, (서울: 이산, 2005), pp.252-253.

이 보장되는 형태로 이루어지고 있다. 이에 따라 1900년대 초기 이주자들에 비해서 조금은 나아진 이민법에 따라 대우를 받으면서 디아스포라가 되길 자처하는 자발적 디아스포라들도 생기는 것이다.

지금은 어느 정도까지는 자신이 살고 싶은 곳과 일하고 싶은 곳을 선택할 수 있다. 그리고 그것은 과거와 같이 하나의 국가경계선 속에서만 가능한 일은 아니다. 이제는 국경도 민족도 넘어서는 전지구화 상황에 놓여있으며 이러한 환경 속에서 노동자와 이민자들은 급격한 속도로 증가되고 양산되며 심지어 둘 이상의 문화권을 넘어 다니면서 생활하는 사람들이 생겨나게 되는 것이다. 이 폭발적 숫자로 인해 레이 초우가 책에서 언급한 마르크스의 말처럼 인간노동의 소외가 급격히 발생하고 있는지도 모른다.

이상으로 白先勇, 於梨華, 張系國, 聶華苓의 소설을 통해서 1960-70년대 화인 디아스포라의 특징 중의 하나인 이상향 추구 및 이와 관련한 가변적 정체성이 소설 속에 어떠한 형태로 나타나는지 살펴보았다. 더불어 맥신 홍 킹스턴과 에이미 탄의 소설에서도 화인 디아스포라의 모습을 찾아볼 수 있었다. 그들은 화인 디아스포라로서의 삶을 살아가면서 고유한 것 혹은 순수한 것으로 규정될 만한 정체성을 지니고 있지 않았다. 오히려 그들은 디아스포라라는 새로운 인간집단의 탄생을 예고하면서 자신들이 경험하는 상실과 소외에 영향을 받아 디아스포라의 정체성을 가변적으로 형성하고 있었고 그들이 추구하고자 하는 이상향을 찾아 끊임없이 움직이고 있었다.

디아스포라라는 새로운 인간집단의 탄생을 비교적 일찍 체험한 이들은 혼란스러움에 대한 고민을 가장 많이 하였을 것이다. 白先勇, 於梨華, 張系國, 聶華苓의 소설은 이러한 고민의 결과 화인 디아스포라의 가변적 정체성의 요소를 소설에 다양하게 담아내고 있다. 특히 화인 디아스포라들의 정체성을 규정한 요인으로 白先勇의 소설은 상실에 집중해 있으며 於梨華와 聶華苓의 소설은 소외에 집중하고 있어 이들의 특징적인 면들이 각기 디아스포라의 정체성을 형성해가는 데 있어서 구성 요소들이 되었다. 그들이 디아스포라가 되었던 것은 白先勇, 於梨華, 張系國, 聶華苓의 소설에서 나타났듯이 더 나은 삶, 즉 이상향을 찾아 나섰기 때문이다. 자신들에게 주어진 삶 속에 안주하지 않고 움직였던 것들이 현실에서는 이주로 나타났다. 소설 속 인물들은 작가들이 자신들의 모습을 투영시켜 작품 속에서 재창조해낸 화인 디아스포라들의 심리상태의 구체적인 편린들이며, 동시에 이들이 이주를 통해 경험하고 겪어낸 다양한 문화적 체험들이 이상향을 찾아가는 여정에서 나타난 상실과 소외의 단계를 거쳐 이들의 정체성이 변화하는 모습, 즉 가변적 정체성으로 나타났던 것이다.

제 6 장 문화 간 틈새에 위치한 혼종적 존재

북미 화인 디아스포라 작가들은 이종(異種) 문화의 습득과 경험으로부터 비롯된 혼종성을 작품에 투영시킨다. 혼종성 문제는 북미 화인화문문학에서 디아스포라를 이야기 할 때 상실과 소외와 이상향 추구의 문제와는 또 다른 차원의 의미를 띠게 된다. 혼종성은 단순히 문화적 뒤섞임을 의미하는 혼종의 차원에 그쳐서는 안 되며 전지구화라는 환경과 새로운 인간집단인 디아스포라의 출현이라는 상황과 결합하여 어떠한 의미를 가지는지에 주목한다. 화인화문문학은 다른 소수문학과 동맹해서 미국 사회에 문화적으로 개입하고, 그로써 스스로에 대한 의문에 해답을 찾는 방향으로 나아갈 가능성을 내포하고 있다.

데이비드 허다트(David Huddart)가 호미 바바의 혼종성을 설명한 다음의 부분은 현대문화 속에서 발견되는 혼종성을 어떻게 대할 것인지에 대해 한 방향을 제시한 것이다.

> 현대의 문화는 식민 문화와 똑같이 혼종적이다. 혼종성 개념은 식민지배의 심리적 경제가 지닌 메커니즘의 특징을 잘 보여준다. 식민지배의 정체성 구조가 현대의 문맥에서 발견되는 것과 똑같은 방식으로 혼종성의 구조도 현대의 문화 속에서 발견된다. 문화는 언제나 소급적 구성물이다. 이는 문화가 역사적 과정의 결과임을

의미한다. 따라서 혼종성을 연구할 때에는 적절히 비판적인 형태를 갖춰야 한다.[1]

현대문화 속에서 발견되는 몇 가지 해석하기 힘든 현상들, 예를 들면, 국경을 넘어선 문화의 교류, 특정한 국가나 인종으로 분류할 수 없는 디아스포라 인간집단들의 출현은 혼종성이라는 용어와 개념을 통해서 이해할 수 있다. 데이비드 허다트의 말처럼 우리가 혼종성이라는 개념을 구현함에 있어서 비판적 견해를 유지해야 한다. 하지만 그는 혼종성을 통해서 여러 가지 쟁점이 되는 부분들에 대한 논리적 근거가 마련된다는 점에 대해서는 언급하지 않았다.

북미 지역 화인화문문학에서 혼종성은 여러 가지 문화들이 뒤섞인 출처를 알 수 없는 단순한 복잡함의 상태라기보다는 다재다능한 상태를 표현하는 것에 오히려 더 가깝다. 여러 세기를 다민족 다인종 국가체제를 유지해온 미국과 캐나다 사회는 이러한 혼종적인 특성을 장점으로 부각시킬 수 있는 바탕이 마련된다. 북미 화인화문문학 작가들은 그들에게 자연적으로 부여된 혼종성을 적극적으로 활용할 수도 있고, 이를 완전히 배제한 채 문학적 활동을 지속할 수도 있고 또 이들이 영원히 이상향을 찾아 떠나는 디아스포라로 살아가면서 혼종성을 의도적으로 이용하는 경우도 있다. 이민 2세대 작가들의 경우 그들이 체험한 서구 문화의 영향은 작품 속에서 의미 있게 배치되어 있을 수도 있다. 따라서 소설 속 화인들이 경험하는 혼종성의 측면을 언어적, 문화적 측면에서 접근해 보려는 것이다. 이를 위해서 이민 1세대인 白先勇, 於梨華, 張系國, 聶華苓의 소설들을 통합적으로 다루면서

---

1) 데이비드 허다트, 조만성 옮김, ≪호미 바바의 탈식민적 정체성≫, (서울: 앨피, 2011), p.225.

더불어 이민 2세대인 맥신 홍 킹스턴과 에이미 탄의 소설에서 각기 드러나는 혼종성을 비교해서 살펴보도록 한다.

혼종성을 바탕으로 활동하는 화인 디아스포라 작가들은 거주국으로 이동한 후에도 지속적으로 자신들의 언어를 통해 발화하려는 노력을 하고 있다. 양국의 문화를 모두 접한 화인 디아스포라 작가들은 각각의 문화권이 소비하길 원하는 것에 대해 작가의 시선으로 세밀하게 파악할 수 있다. 그들은 자신들이 추구하는 바와 상충되지 않는 한 적절히 대중의 욕구를 만족시키면서 동시에 창작 주체로서의 욕망도 만족시킬 수 있는 방향으로 그들의 삶을 진행해왔다. 白先勇, 於梨華, 張系國, 聶華苓의 '華文'으로 된 작품만을 두고 보더라도 영어 문장이나 단어들이 자주 출현하고 있다. 특히 於梨華의 ≪又見棕櫚又見棕櫚≫에서 天磊가 유학생활을 회상하면서 영어의 특정한 표현을 즐겨 사용한 것이나 張系國의 ≪棋王≫에서 劉 교수를 비롯한 王若芬, 丁玉梅 등이 영어단어들을 쉽게 쓰는 것에서 드러난다. 이들이 직접적으로 영어를 사용해 작품 활동을 하거나 혹은 작품 속에서 부분적이지만 영어단어를 통해 특정한 표현들을 나타내는 것은 영어문화권에서 대중들에게 적지 않은 소비효과를 기대했기 때문이다. 이들은 작품을 창작하는 단계에서부터 번역의 가능성을 염두에 두고 창작을 했을 것이기 때문에 순수하게 번역의 가능성을 배제하고 모국어로만 작품을 창작할 때와는 또 다른 기법이 요구되는 것이다. 모국어로만 창작을 할 때는 출판을 할 수 있는 곳이 한정되어 있으며 독자도 그 언어를 사용하는 사람들로 한정된다. 여기서는 화어로만 창작될 경우, 화어 독자들에게 상당한 반향을 얻었다 하더라도 사실상 영어판으로 출판될 가능성은 높지 않다. 중국대륙의 독자들까지 고려한다면, 소설의 내용상 중국대륙에서 수용하지 못하는 것이 있는지, 있다면 그것이 그쪽 출판계의 사정에 부합하는 것인지 고려해야 하는 것이다. ≪桑青與桃紅≫은 실제로 처음 중국대륙에 출판될 때 미국 이주 이후의 이야기가 통째로 삭제되어 있었다. 다만 제3기에 해당하는 네 작가 白先勇, 於梨華, 張系國, 聶華苓은 이민 1세대 화인 작가들로 주로 타이완에서 소설을 발표했다. 하지만 만일 영어로 창작을 하게 될 경우 이런 몇 가지 문제들로부터 자유로울 수 있다.

화인영문문학에서 비교적 미국의 주류사회에 잘 녹아든 맥신 홍 킹스턴이나 에이미 탄과 같은 작가들은 白先勇, 於梨華, 張系國, 聶華苓과 차이를 보인다. 맥신 홍 킹스턴과 에이미 탄은 그들이 원하는 이국적인 중국의 모습을 적극 작품에 반영했는데, 자신들이 미국문학의 일부임을 자처하고 나섰지만 애당초 저작물을 영어로 썼다. 그들은 자신들이 미국 주류 문화와 문학에서 주변적인 위치에 머무르는 에스닉 문학으로 구분되는 것이 반갑지 않았다. 이와는 대조적으로 이 책의 네 작가들은 자신들의 문학적 원천과 뿌리는 여전히 중국문화 속에 있다는 것이 이들의 인식의 합치점이다. 그러므로 굳이 애써서 미국문학 속으로 편입되려하지 않고 독자적으로 문학 자체에 집중하였고 그것이 먼저 타이완에서, 그리고 중국대륙에서 호응을 얻은 다음 미국에서도 영어로 번역되기에 이르렀다.

이런 점에서 또 다른 문제를 고려할 수 있다. 작가들이 미국의 문학 소비계층의 오리엔탈리즘적 욕구를 만족시켜줄 수 있는가 하는 점에서 심각하게 자신의 미래를 결정짓고 행동하도록 요구받았을 가능성이 있다는 것이다.[2] 맥신 홍 킹스턴과 에이미 탄은 적극적으로 미국

2) 에드워드 사이드는 서양에 의해 구성된 동양이라는 현상을 '오리엔탈리즘'으로 명명하는 동시에 중국인들에게 있어서조차 '중국적' 혹은 '순수하게 중국적인 것'은 이미 역사적으로 오염되었거나 문화적, 비교문화적으로 전유에 의해 구성된

의 주류 문화 속에 영입되고 심지어 대학 교재에 실려서 정전화되어 자신들의 의사와 상관없이 미국에서의 Chinese American을 대표하는 작품들로 인정받게 되었다.

미국 출판업계가 이국적이면서도 미국문화보다 하위 층차의 인식들을 담고 있고 그리하여 한편으로는 미국 정부가 미국 국민들에게 요구하는 선민주의 혹은 동화주의에 크게 도움이 되는 작품들을 요구한다는 사실은 화인 작가들에게는 중요한 현실이었다. 미국 내에서 에스닉 문학으로 분류되는 것을 자처하면서 주류사회에 편입을 끝없이 갈망하는 것에 넌더리를 느낀 화인 작가들은 이러한 상황 속에서 더욱 소외되었다.

白先勇, 於梨華, 張系國, 聶華苓과 같은 작가가 전혀 영어로 작품 활동을 하지 않았던 것은 아니다. 특히 於梨華의 경우는 미국에서 석사학위를 취득한 후 곧 영어로 단편소설 창작을 시작하여 6편정도 작품을 발표하고자 했으나 당시 출판업계의 사정으로 이 작품들을 출판하지 못했다. 초기 출판이 순조롭지 않았던 관계로, 於梨華의 영어로 된 작품들은 그대로 묻혀버리게 되었고 이 사건 이후 그녀는 영어로 더 이상 작품 활동을 하지 않았다. 於梨華는 그 뒤로는 중국어로 작품 활동을 하였으며 이후 1963년 皇冠에 ≪夢回靑河≫를 연재하면

것으로 규정했다. 그리고 샤오메이 천은 '옥시덴탈리즘'을 통해 동양에 대한 서양의 오독과 날조에 대한 기본적인 방식을 공유하면서 동시에 동양에서 서양을 오독한 사례들을 통해 상호간에 오해와 오독과 오용, 오염, 오역이 있었음을 인정했는데, 옥시덴탈리즘이 주로 중국 국내 정치에서 여러 가지 다양한 목적들을 달성하기 위해 중국 사회 내의 다양하고 경쟁적인 집단들에 의해 환기된 담론, 즉 억압 담론이며 해방 담론이라고 설명하면서 서양이라는 타자는 중국의 상상력에 의해서 연역되었고 서양이론의 렌즈를 통해 비서양적 현실을 재해석, 비서양적 현상이 서양적 용어와 서양적 관점에 의해서만 유의미하게 설명될 수 있다는 새로운 중심을 만들어낼지도 모를 상황을 염려했다.

서부터는 오로지 중국어로만 작품을 써냈다. ≪夢回靑河≫는 2002년 드라마로 제작되면서 '현대판 홍루몽'이라는 찬사를 얻었고 그 뒤로도 ≪母與子≫가 드라마와 영화로 각색되었다. 이어 ≪母親三十歲≫도 영화화되었으며, ≪柳家莊上≫, ≪母女情≫, ≪變≫ 등이 각기 홍콩, 중국대륙, 타이완에서 드라마로 제작되기도 했지만 그녀의 언어에 대한 생각은 달라지지 않았다.[3)]

聶華苓의 소설에서 桑靑이 말하는 '낯선 세계(陌生的世界)[4)]'는 桑靑이 다락방에 몇 년이나 갇혀 지내다가 나와서 접하게 된 새로운 세상이면서 동시에 고국을 떠나온 디아스포라들이 거주국에 대해 첫 번째로 받게 되는 이미지이다. ≪桑靑與桃紅≫에서는 노인의 입을 빌어 디아스포라의 운명과 이곳저곳을 떠돌아다닐 수밖에 없는 그들의 불안한 정서를 말하는데, 이것은 여전히 어딘가 존재하는 뿌리를 찾아서 돌아가는 것이 낫다고 생각하는, 고향을 떠나온 또 다른 사람의 말이다. 하지만 그가 말하는 뿌리도 자신의 기존의 문화와 역사에 대한 인식의 필요성을 강조한 것이지 다시 뿌리를 찾아 출발지로 되돌아가는 것만이 최선이라는 의미는 아니다.

> "내게도 자네만한 딸 하나가 있었지. 내가 베이징을 떠난 뒤 마누라가 죽었어. 그 딸애는 죽었는지 살았는지도 모르게 되었고, 사람이란 모두 뿌리가 있는 법이야. 과거가 뿌리이고, 집이 뿌리이고, 부모가 모두 뿌리야. 이번 전쟁 통에 우리 집의 뿌리는 죄다 뽑혀 버렸어. 자넨 다행히 아직 뿌리가 있군. 그래. 돌아가! 아버지한테 알려서 묶어서라도 데려가게 해야겠군."[5)]

---

3) ≪又見棕櫚又見棕櫚, 於梨華專訪≫, 文訊, 286期8月號, 2009.8월호 중.

4) 聶華苓, ≪桑靑與桃紅≫, (臺北: 時報文化出版, 1997), p.176.

그가 말하는 뿌리는 중국대륙이나 중국민족이 아니다. 과거이자 집이자 부모가 될 수도 있는 상징적인 그 무엇이며, 그것을 찾을 수 있을 때 얼른 찾아서 뿌리가 있는 곳으로 돌아가라는 것이며, 또 뿌리를 찾아가는 것이야말로 사람들이 해야 할 일이라는 것이다. 桑靑은 노인이 말하는 뿌리로부터 자발적으로 분리되어 나왔고 이후 계속해서 떠돌게 되지만, 오히려 뿌리 밖에 나와서야 비로소 진정으로 자신을 바라볼 수 있는 눈을 뜨게 된다. 그리고 이 일을 계기로 이후 좀 더 적극적으로 자신의 인생길을 개척해나가려는 의지를 보인다. 봉건적인 가정 속에 이름 없는 여성으로 묻히는 것을 뒤로하고 스스로 자신의 이름을 찾아가는 여행을 떠난다. 桑靑은 그 뒤로 항일전쟁 시기 중국대륙에서 이곳저곳을 떠돌다가 이후 국공내전으로 복잡한 정세 속에 타이완으로 이주하였으며, 마지막으로 미국으로 이주하여 살게 된다. 중국대륙이나 타이완의 聶華苓 연구자들과 같이, 聶華苓과 그녀의 작품 속 인물들이 뿌리 뽑혀서 결국 정신분열증으로 결말을 맺게 된다는 식의 결론은 타당하지 않다. 물론 인생에 있어서 정신적으로 충격적인 사건들은 그 사람을 정신분열로 내몰 수 있는 가능성이 있다. 주인공은 뿌리뽑힌 것에서 나아가 정신적 트라우마를 남기는 사건들을 수차례 겪고 나서 桑靑과 桃紅으로 분열된다. 그녀는 자기 자신 속에서도 자리를 잡지 못하고 문화적으로 혼종화 과정을 겪는데 이는 화인 디아스포라들의 공통적인 경험인 것이다.

북미 지역으로 이주한 화인들이 가장 먼저 겪게 되는 것은 화어와

5) "我有個女兒和你差不多大。我離開北平以後我老婆死了。現在我女兒生死如何還不知道呢! 人都有個根呀! 過去是你的根, 家是你的根, 父母是你的根! 這次打仗咱家的根都給拔了! 你幸虧還有個根! 你非回去不可! 我要通知你爸爸, 叫他把你押回去!" 聶華苓, ≪桑青與桃紅≫, (臺北: 時報文化出版, 1997), p.46.

영어의 차이와 만남으로부터 발생하는 언어적인 혼종이다. 이 언어적인 혼종은 이민 2세대 작가들의 소설에서 보다 본격화된다. 우선 중국인들의 습관적인 인사법에 대해서 말하는 부분을 살펴보자.

> "식사하셨어요?"
> 중국인들은 서로 인사를 나눈다.
> "네, 먹었어요."
> 식사를 했건 안 했건, 그들은 대답한다.
> "식사하셨어요?"
> 나는 플라스틱을 먹고 살겠다.[6)]

이민 2세대가 가지고 있는 '중국인'과 '중국'에 대한 인식은 이민 1세대인 어머니로부터 교육받은 것이지만 언어적으로 표면에 나타나는 의미에만 집중하게 될 뿐 그 속에 잠재한 문화적인 의미에 대해서는 깊이 고민하지 않는 모습이 나타난다. 언어로부터 오는 장벽은 미국으로 이주한 이민 1세대의 화인들에게 가장 큰 숙제이자 난관이었다.

> "내가 네 혀를 자른 것은 말을 잘하도록 만들기 위해서였어. 너의 혀가 어떤 말이든지 거침없이 할 수 있도록 하기 위해서. 너는 전혀 관계없는 말도 다 할 수 있을 거니까. 너는 못하는 말이 없을 거니까. 그러기 위해서는 네 설소대는 너무 빡빡한 것 같더라. 그래서 내가 그걸 잘랐다."[7)]

---

6) "Have you eaten yet?" the Chinese greet one another. "Yes, I have," they answer whether they have or not. "And you?" I would live on plastic. M. H. Kingston, *The Woman Warrior*, New York: Vintage International Books, 1989, p.92.

7) "I cut it so that you would not be tongue-tied. Your tongue would be able

어머니는 딸을 위해서 설소대 수술을 하고 이를 통해 조음기관을 일부 변형시켰다. 그리고 딸이 언어적으로 적응하여 '유령의 나라'인 미국에서 잘 적응하고 살도록 만들었다. 이민 1세대인 어머니는 자신이 미국 사회로부터 경험한 이방인으로서의 소외를 이민 2세대인 딸은 경험하지 않기를 바라면서 딸의 설소대를 수술하게 했다. 그만큼 1세대들이 2세대에게 거는 기대는 컸다. 하지만 어머니들은 여전히 화어와 영어를 섞어 쓰고 있고 아무리 영어에 적응이 되고 말을 거의 다 알아듣는다고 하더라도 화어에서 더욱 정확하게 표현되는 말들을 습관적으로 사용하게 된다.

≪조이 럭 클럽≫에서 화어의 '差不多'를 설명하는 부분이 나온다. Amy Tan의 경우 한어병음 방식을 이용하여 화어를 그대로 소설 속에 쓰면서 그 의미를 이민 2세대인 화자가 어떻게 생각하는지 이야기하고 있다.

> 그 두 '죽'은 *chabudwo*라고 어머니는 말씀하셨다. 아니 어쩌면 어머니는 *butong*이라고 말했는지도 모른다. 이것은 중국어에 흔히 있는, 여러 상반된 의도 중의 좋은 쪽을 의미하는 표현이다. 나는 내가 어떤 말을 들었을 때, 처음 그 말의 뜻을 이해하지 못하면 나중에도 그 말을 절대로 기억하지 못하는 버릇이 있다.[8]

---

to move in any language. You'll be able to speak languages that are completely different from one another. You'll be able to pronounce anything. Your frenum looked too tight to do those things, so I cut it." M. H. Kingston, *The Woman Warrior*, New York: Vintage International Books, 1989, p.164.

8) She said the two soups were almost the same, *chabudwo*. Or maybe she said *butong*, not the same thing at all. It was one of those Chinese expressions that means the better half of mixed intentions. I can never remember things I didn't understand in the first place. Tan, Amy, *The Joy Luck Club*, New York: Penguin Books, 2006, p.19.

> 사진만 보아 가지고서는, 이것이 샌프란시스코나 다른 어떤 도시에서 찍은 것이 아니라 바로 중국에서 찍은 것이라고 말할 아무런 근거도 없다. [……] 당신께서는 항상 무례하지 않을 정도로 무관심하시다. 그런데 차이를 보지 못하기 때문에 무관심하다는 뜻의 중국말이 뭐더라?[9)]

어머니 Suyuan Woo가 습관적으로 사용하는 말 중에 '差不多'는 '서로 비슷하다', '별 차이없다'는 뜻이다. 이민 2세대인 딸 Jing-mei "June" Woo는 어머니로부터 그 말을 들을 때는 모호하게 대략적인 의미로 이해하고 있다. 비록 정확하게는 기억하지 못하지만 실제로 자신이 '差不多'를 쓰는 것이 가장 적합하다고 판단되는 상황을 맞닥뜨리자 바로 어머니의 그 말을 떠올린다. Jing-mei "June" Woo에게는 이미 화어와 영어가 혼종적으로 자리하고 있다.

어머니네들이 만든 '조이 럭 클럽'에서도 언어적인 혼종은 발생한다.

> 어머니가 이런 식으로 설명하시는 걸 들으면, 나는 어머니와 내가 완전히 다른 언어를 쓰고 있구나 하는 느낌이 들었고, 또 사실이 그러했다. 내가 어머니에게 영어로 말하면, 어머니는 중국말로 대답하셨다. [……] 조이 럭 클럽의 아주머니들은 남이 하는 이야기에는 귀를 기울이지 않은 채, 제각기 잡담을 하고 계신다. 엉터리 영어에 반은 중국의 각 지방 사투리가 섞인 독특한 그들만의 언어이다.[10)]

---

9) There is nothing in this picture that shows it was taken in China rather than San Francisco, or any other city for that matter. [……] He has always been politely indifferent. But what's the Chinese word that means indifferent because you can't see any differences? Tan, Amy, *The Joy Luck Club,* New York: Penguin Books, 2006, p.27.

이들에게 있어서 언어적인 혼종은 Jing-mei “June” Woo의 말처럼 ‘half in broken English, half in their own Chinese dialect'로 나타나고 있다. 완벽하게 영어라고도, 또 완벽하게 화어라고도 규정지을 수 없는 북미 지역 화인들의 언어적 혼종이 소설에서 표현된 것이다.

> “어미밖에 없다. 어미만이 네 속에 뭐가 들었는지 알아. psyche-atricks 의사는 너를 ‘*hulihudu*’하게 할 뿐이고, 너를 ‘*heimongmong*’만 보게 만들 뿐이야.”11)

> 어리둥절하면서도 두려워하는 그의 눈빛, 나는 내가 원했던 것을 보았다. 그는 ‘*hulihudu*’했다. 내 말을 위력은 그렇게 대단했다.12)

이처럼 이민 1세대들은 물론이고 2세대 역시 언어적 혼종을 경험한다. 어머니의 말은 딸인 Rose Hsu Jordan에게서 이렇게 다시 표현된다. 이 상황을 가장 적절하게 표현하는 것이 중국어의 ‘*hulihudu*

---

10) These kinds of explanations made me feel my mother and I spoke two different languages, which we did. I talked to her in English, she answered back in Chinese. [······] The Joy Luck aunties begin to make small talk, not really listening to each other. They speak in their special language, half in broken English, half in their own Chinese dialect. Tan, Amy, *The Joy Luck Club*, New York: Penguin Books, 2006, pp.33-34.

11) “A mother is best. A mother knows what is inside you,” she said above the singing voices. “A psyche-atricks will only make you hulihudu, make you see heimongmong.” Tan, Amy, *The Joy Luck Club*, New York: Penguin Books, 2006, p.188.

12) I saw what I wanted: his eyes, confused, then scared. He was hulihudu. The power of my words was that strong. Tan, Amy, *The Joy Luck Club*, New York: Penguin Books, 2006, p.196.

(胡里胡涂)'였던 것이다. Jing-mei "June" Woo는 중국대륙으로 친척들을 만나러 가서도 화어와 영어가 뒤섞인 현장을 이렇게 말하고 있다.

> 아주머니와 아버지는 소싯적부터 쓰던 북경어로 이야기하는데 다른 식구들은 광둥어 밖에 하지 못한다. 나는 북경어를 알아듣기만 할 뿐 말은 잘 못한다. 아주머니와 아버지는 북경어로 고향 사람들의 소식을 거침없이 나누신다. 이따금 두 분은 이야기를 멈추고 우리들에게 어떤 때는 광둥어로 어떤 때는 영어로 말씀하신다.13)

이 부분에서 Jing-mei "Jund" Woo는 'Aiyi(阿姨)'라고 친척관계의 아주머니를 가리키고 있는데 영어의 'aunt'가 있음에도 불구하고 그녀는 계속해서 아버지와 이야기하는 아주머니를 'Aiyi'라고 설명한다. 이처럼 소설에서 화인들은 다양한 형태로 언어적 혼종을 경험하고 있다.

≪Woman Warrior≫에서는 이민 2세대가 꿈속에서 언어적으로 혼종된 경험을 하는 부분이 있다.

> 잠자지 않는 동안의 나의 생활을 정상적인 미국 생활로 만들기

---

13) Aiyi and my father speak the Mandarin dialect from their childhood, but the rest of the family speaks only the Cantonese of their village. I understand only Mandarin but can't speak it that well. So Aiyi and my father gossip unrestrained in Mandarin, exchanging news about people from their old village. And they stop only occasionally to talk to the rest of us, sometimes in Cantonese, sometimes in English. Tan, Amy, *The Joy Luck Club*, New York: Penguin Books, 2006, p.275.

> 위해 나는 불길한 어떤 것이 형태로 나타나기 전에 불을 켠다. 나는 불구자들을 내 꿈속으로 밀어 넣는다. 나는 그 꿈을 불가능한 이야기들의 언어인 중국어로 꾼다. 우리들이 부모 곁을 떠날 수 있기 전에, 그 꿈들은 마치 부모들이 집에서 만든 속옷으로 트렁크를 가득 채우듯이 우리의 머릿속을 채운다.14)

그녀가 꾸는 꿈의 중국어는 '불가능한 것들을 현실 속에 끌어올 수 있는 언어'이자 실리적이고 현실적인 영어와 미국 문화의 반의어이다. 그리고 자신이 부모 세대로부터 물려받을 수밖에 없는 다양한 이민 1세대의 출발지에 대한 기억들과 문화적 연결고리들을 받아들여야 한다는 의미로 연결된다.

혼종을 제대로 수용하기 어려울 경우, 이들은 소외되고 차별받게 될 수도 있다. 하지만 혼종적 상태를 적극적으로 받아들인다 하더라도 화인 디아스포라들은 거주국에서 틈새의 공간에 위치하는 사람들이다.

동양인에 대한 차별적 이미지는 출발지로부터 그들이 배워온 문화적 양식을 바탕으로 하고 있다. 그래서 그들은 조용하고 겸손해야 하며 말을 많이 하지 않아야 하는 것으로 가정교육을 받아왔다. 하지만 거주국인 미국에서 이런 겸양은 몰개성으로, 바보로 취급받게 되는 것인데, 이러한 문화적인 혼종은 기존의 것과 새로운 것의 끊임없는 갈등을 야기시킨다. 즉 문화적인 혼종은 화인들이 이주 이전의 자신

---

14) To make my waking life American-normal, I turn on the lights before anything untoward makes an appearance. I push the deformed into my dreams, which are in Chinese, the language of impossible stories. Before we can leave our parents, they stuff our heads like the suitcases which they jam-pack with homemade underwear. M. H. Kingston, *The Woman Warrior*, New York: Vintage International Books, 1989, p.87.

들의 삶의 양식과 이주 이후 새로운 삶의 양식이 서로 섞이고 영향을 주면서 발생하는 여러 가지 상황들로 나타나고 있다.

白先勇의 소설 <冬夜>의 吳柱國 교수의 말은 이러하다.

> "欽磊, 내가 외국 대학에서 강의를 개설했는데, 거의 唐宋에서 그쳐버려. 民國史는 지금까지 열어본 적이 없어. 지난 학기에 캘리포니아 주립대학에서 '唐代 정치제도'라는 강의를 했지. 요즘 미국 대학에서는 데모로 상당히 시끄럽다네. 캘리포니아 대학 학생들은 특히 더해서 학교 건물을 불태우고 총장을 쫓아내고 교수까지도 쫓아 버렸어. 그토록 소란을 피우는 게 나는 정말 싫어. 어느 날 오후, '唐代 초기의 과거제도'를 강의하는 중인데, 학교 안에서 학생들과 경찰이 크게 싸우기 시작했지. 가는 곳마다 가스를 터뜨리고 정말 말도 아니었어. [……] 나는 책을 내려놓고 말했지. '자네들 이런 걸 데모라고 생각하나? 40여 년 전 중국 학생들이 베이징에서 데모할 때는 자네들보다 수십 배는 흉악했지!' 그들은 갑자기 표정이 바뀌어 반신반의하는 것이 마치 '중국 학생들도 데모를 할 줄 아나?'하고 말하는 것 같더군." 吳柱國과 余 교수는 동시에 웃었다.[15]

미국의 대학에서 吳柱國 교수가 강의하는 것은 그가 원래 전공했던 영문학이 아니다. 그에게는 唐宋 시대까지밖에 강의할 수 없는 한

---

15) "你知道, 欽磊, 我在國外大學開課, 大多止於唐宋, 民國史我是從來不開的。上學期, 我在加州大學開了一門『唐代政治制度』。這陣子, 美國大學的學潮鬧得勵害, 加大的學生更不得了, 他們把學校的房子也燒掉了, 校長攆走了, 教授也打跑了。他們那麼胡鬧, 我實在看不慣。有一天下午, 我在講『唐初的科學制度』,學校裏, 學生正在跟警察大打出手, 到處放瓦斯, 簡直不像話! [……] 我便放下了書, 對他們說道:『你們這樣就算鬧學潮了嗎? 四十多年前, 中國學生在北京鬧學潮, 比你們還要兇百十倍呢!』他們頓時動容不起來, 臉上一副半信半疑的神情, 好像說: 『中國學生也會鬧學潮嗎?』。" 吳柱國和余教授同時都笑了起來。白先勇, ≪臺北人≫, (臺北: 爾雅, 2001), p.248.

계가 있다. 교내의 시위로 인한 소란을 계기로 그는 중국대륙에서도 그보다 훨씬 격렬한 시위가 있었음을 알려준다. 하지만 미국의 학생들에게 중국대륙은 공산주의국가이자 정치적인 시위가 불가능한 곳이라고 인식되어 있고 吳柱國 교수도 더 이상 말을 이을 수 없었다. 작가가 직간접적으로 체험하지 않은 문화적 혼종의 모습은 묘사되기 어렵다. 여기서는 白先勇의 경험에 근거를 둔 것처럼 생생한 미국에서의 교수의 모습을 吳柱國의 입을 통해 말하고 있다. 이민 1세대의 혼종은 나와 내가 아닌 자의 구분이 이민 2세대보다 상대적으로 더 분명하게 드러나 있다.

聶華苓의 소설 ≪桑青與桃紅≫의 영역판인 ≪Mulberry and Peach≫의 후기에서 Sau-ling Cynthia Wong은 다음과 같이 말한다.

> 聶華苓의 글은 중국인들이 과거의 트라우마를 바로잡고 자신들의 운명을 완수할 수 없을 것이라고 말하고 있다. 聶華苓의 핵심적인 형상은 여성으로, 함축적으로 보자면, 중심 인물은 여성적이고 문화적 재현이 남성 영웅에게만 국한되었던 오랜 세월의 동서양 문학적 전통에 도전한다.16)

Sau-ling Cynthia Wong의 말과 같이, 聶華苓은 화인 디아스포라가 고국을 떠나와 이주를 겪고 거주국에서 소외당하면서 새로운 디아스포라적 정체성을 가지게 되는 일련의 과정을 여성이라는 형상을 중

---

16) Nieh's story, therefore, suggests the inability of the Chinese people to repair past traumas and fulfill their destiny. And, significantly, Nieh's central figure is female, in defiance of long literary traditions, Eastern and Western, in which cultural representation is assigned to the male hero. Nieh, Hualing, *Mulberry and Peach: Two Women of China*, New York: The Feminist Press at CUNY, 1998, p.212.

심으로 풀어냈다. 더불어 다시 과거로 돌아가거나 떠나오기 전의 정체성으로 돌아갈 수는 없을 것이라는 점을 전제하고 있다는 의미이다.

작품에서 桃紅은 미국으로 이주한 뒤 자아가 분열되고 어느 순간부터인가 작품 속에서도 전혀 다른 인격이 되어 두 개의 목소리로 말하고 행동하게 된다. 자신이 자라온 문화적 환경과 사고방식이 계속해서 다른 문화적 환경에 노출되고 다르게 사고하길 요구받게 되면서 桑靑은 문화적으로 혼종화 과정을 겪는 것이다. 그리고 마침내는 끊임없는 이주 이후에 더 정신적으로 강인한 桃紅이 남게 된다.≪桑靑與桃紅≫에서는 桃紅이 이민국에 보낸 세 번째 편지에 농담으로 자신을 유대인이라고 소개하는 부분이 나온다.

> "넌 어디 사람이지?"
> "외국인이야."
> "알고 있어. 나도 그렇거든. 지금은 외국인의 시대지. 사람들이 사방팔방으로 밖으로만 흘러 나가고 있어. 난 폴란드에서 온 유대인이야."
> "난 아시아에서 온 유대인이야."[17]

문화적 혼종화를 거치고 환경에 적응하면서 桑靑보다 살아가기에 더욱 적합하고 더욱 강인한 존재인 桃紅이 자신은 '아시아에서 온 유대인'이라고 농담을 던진다. 桑靑 즉 桃紅이 중국대륙에서 타이완으로 다시 미국으로 이주한 경험은 자신을 유대인과 같이 떠도는 디아

17) "你是哪兒的人?" "外國人。" "我知道。我也是外國人。這是個外國人的世紀。人四面八方的向外流。我是從波蘭來的猶太人。" "我是從亞洲來的猶太人。" 聶華苓, ≪桑靑與桃紅≫, (臺北: 時報文化出版, 1997), p.144.

스포라에 비유하기에 충분했던 것이다. 유대인은 디아스포라로 집단적 이주를 경험한 대표적인 민족이다. 디아스포라이면서 동시에 거주국에서는 소수자의 신분이라는 미국 사회에서 유대인의 이중성을 고려한다면, 桃紅이 말한 아시아에서 온 유대인이란 화인 디아스포라라는 시눈과 정체성의 불확실성을 뛰어넘어 확실한 존재감을 각인시키려는 의도로 이해할 수 있다.

張系國의 소설에서는 디아스포라의 신분인 화인작가들의 고향에 대한 그리움과 회귀하고픈 욕망이 작품을 통해서 분명히 드러나고 있으며 그 나름의 효과적이고도 훌륭한 역할을 수행하고 있다. 그들이 그리워하는 고향은 베네딕트 앤더슨이 말했던 민족이라는 상상된 공동체와 마찬가지로 상상된 것으로 밝혀지고, 이에 따라 화인 디아스포라인 작가들은 그 사실을 목도하는 것만으로도 충격에 휩싸이게 되며 사실을 사실로 받아들이게 되기까지도 오랜 시간을 필요로 하게 된다.

張系國의 ≪棋王≫에는 미국의 대표적인 작가인 어니스트 헤밍웨이를 언급하는 부분이 있다. 黃段淑를 만나러 程凌은 그녀가 일하는 항공사 사무실을 방문하는데 그곳에서 벽에 붙은 세계 여러 곳의 관광안내 포스터를 보다가 程凌은 문득 카리브 해안을 소개해놓은 곳에 시선을 빼앗긴다.

> 헤밍웨이가 꿈꾸던 아프리카의 해안이다. 程凌은 한 번도 아프리카를 꿈꿔 본 적은 없다.[18)]

---

18) 海明威夢想的是非洲的海岸。程凌從來沒有夢想過非洲。張系國, ≪棋王≫, (臺北: 洪範, 1978), p.78.

程凌이 타이완이나 중국대륙 작가들이 아니라 불현듯 카리브 해를 보면서 떠올린 인물이 미국작가인 헤밍웨이라는 점은 미국문화에 스며들고 싶은 무의식적 욕망을 드러내는 것으로 볼 수 있다. 程凌의 동생이 즐겨듣는 비틀즈의 곡들 'Nowhere man', 'Yellow submarine'은 영미문화권을 넘어서서 전세계적으로 소비가 된 음악들이다. 程凌의 동생은 신동을 설명하는 핵심적인 이야기를 꺼내기에 앞서 비틀즈의 곡들에서 묘사된 휴머니즘과 사랑을 먼저 이야기한다. 주말마다 교회에 나가는 程凌의 부모와 어린 시절 기억 속에서 아련히 풍겨 나오는 교회의 추억들, 그리고 그가 어릴 적 되뇌면서 좋아했던 "나는 알파요, 오메가니라. 내가 곧 현재요, 과거요, 영원이니라."라는 성경구절은 程凌의 성장과 함께 과거의 추억으로 묻히게 되고 이후로는 점차 종교적인 철학보다는 합리적이고 좀 더 인간중심적인 사고로 전이하게 된다. 그리고 더 이상은 신학적인 문제에 골몰하지 않고 실용적이고도 물질을 추구하는 방향으로 변하게 되는 것이다.

馮爲民은 程凌과 高悅白의 그림을 두고 로트렉(Lautrec)의 화풍을 따라하는 편이 차라리 낫다며 그들의 물질주의에 물든 예술 행위를 비난한다.

> "세상에 몸을 기대어 살아가는 것이 얼마나 오래인데 어찌 마음 가는대로 자유로이 놓아두지 않고 서둘러 어디를 가려하는가? 高悅白 형님이랑 형님은 둘 다 형편없어요. 작품이 사실적이어야 하는데, 왜 물랭루주 포스터를 그렸던 로트렉을 본받아서 하지 않죠? 기녀, 술집 여자들은 모두 그리는 것 그 자체로 말이 되잖아요. 이 따위 것들을 그리는 건 정말 쪽팔려요!"[19]

19) "寓形宇內復幾時, 曷不委心任去留, 胡爲惶惶欲何之? 你和高悅白一樣差

타이베이 사람들의 모습에서는 좀 더 나은 삶을 꿈꾸며 고국을 떠나 디아스포라가 된 화인들의 모습이 잘 나타난다. 소수자 집단과 주류 집단의 문화적 성향은 둘 다 소수자 집단이 사회 속에서 어떻게 적응해야 하는지에 관한 기대를 형성하게 되는데[20] 특수한 민족성을 띠는 것이 과연 얼마나 이주민들에게 이익이 되는 것인지에 대한 판단을 우선적으로 한 후 의도적으로 그들의 정체성을 '삭제'해야 할 경우가 드물지 않게 발생할 것이다. 이 점에 대해 빈센트 파릴로는 다음과 같이 말한다.

> 사람들은 종종 이미지(예를 들어, "황화 현상", "인디언 위협", "밀입국자들")를 특정 소수 집단과 연관시킨다. 그리고 사람들은 그들이 상황에 부여한 의미에 따라 행동하고, 그들의 행위의 결과는 그 의미를 다시 강화시킨다. 정의는 곧 자기 충족적 예언(a self-fulfilling prophecy)이 된다. 예를 들어, 백인들이 흑인은 열등하다고 정의하고 그 열등성 정의 때문에 기회가 적게 제공된다면 흑인들은 불리해지고 그 결과 최초 정의를 뒷받침하게 된다. 첫 정의에 영향을 미치는 변수는 바로 문화이다.[21]

빈센트 파릴로가 말하는 이러한 순환구조는 디아스포라들이 종종 경험하게 되는 것이다. 그런데 여기서 이 구조를 크게 뒷받침하면서 반복시키는 것으로서 '문화'가 변수로 작용한다고 보는 견해가 흥미

勁。作品要寫實，爲甚麼不學學羅特列克? 畫妓女，畫酒吧女，都還有點道理。畫這種東西，丟臉!" 張系國, ≪棋王≫, (臺北: 洪範, 1978), pp.137-138.

20) Vincent N. Parrillo 저, 부산대학교 사회과학연구소 역, ≪인종과 민족 관계의 이해≫, (서울: 박영사, 2010), p.47.

21) Vincent N. Parrillo 저, 부산대학교 사회과학연구소 역, ≪인종과 민족 관계의 이해≫, (서울: 박영사, 2010), p.55.

롭다. 문화는 디아스포라에게는 언어 이상의 의미가 있다. 애초에 이주자들을 어떠한 특정한 틀로 규정짓는가 하는 문제는 서양인들의 인식 속에 자리한 오리엔탈리즘과 동시에 작용하면서 중국의 문화를 미국의 문화에 뒤처지는 것으로, 그리고 야만적인 것으로 치부하게끔 만들어왔으며 그것이 곧 일반화되는 과정을 통해 인식에 스며들어 다시금 주류집단이 기대하는 일정한 모습 속에 소수집단이 녹아들면서 그 틀에 맞추어지게 된다. 이주자들의 문화는 현지 문화의 영향으로 오염되고 전이되는 필연적인 과정을 겪게 되지만 이는 가치중립적인 것으로 인식되어야 하며 문화적인 측면에서 볼 때 새로운 혼종적 문화의 탄생의 출발점이 된다. 문화이론에서 분석되는 소수자집단의 대응방식은 문학적인 측면에서도 유사하게 나타나고 있다.

張系國는 타이완 출신 선원의 죽음이라는 한 사건을 중심으로 하는 ≪香蕉船≫에서 유학생이나 지식인이 아닌 노동자의 신분으로 북미 지역에 이주한 화인 디아스포라의 문제를 제기하고 있다. 주인공 黃國權이 타이베이로 강제송환되는 한 선원을 만난 것은 비행기 안이다. 黃國權에게 이민국 직원들은 불법체류자인 선원을 대신 잘 지켜봐주길 당부한다. 타이베이로 가는 도중 도쿄에 중간기착하고 도중에 그 선원이 내려서 다시 미국으로 가는 배에 오르겠다고 할 때 黃國權은 한편으론 걱정하면서도 그가 가도록 모르는 척 내버려둔다. 미국의 이민법 위에 존재하는 자신의 고향 사람에 대한 일종의 동정심의 발로인 것이다. 하지만 머지않아 그에게 전해진 비보는 黃國權에게 충격을 준다. 희망적인 미래를 빌어주던 당시와는 아주 다른 결과였던 것이다.

"黃 선생님께, 저희 회사의 일본과 중남미 노선을 오가는 화물선

> 한 곳에서 3주 전 예상치 못한 일이 생겼습니다. 불법으로 승선한 선원 하나가 바나나를 실어 나르는 도중에 그만 실족하여 대형 화물칸으로 떨어졌는데 당시 급하게 구호조치를 하였지만 결국 사망하고 말았습니다. 사망자는 불법 승선자인 관계로 저희 회사로서는 이와 같은 사고에 대해 책임을 질 방법이 없습니다. 해당 화물선의 1등 항해사에게 징계를 내리고 저희 회사의 고베 영업소에 업무상의 과실 여부를 엄중하게 조사할 예정입니다. 사망자는 신분증이 없었습니다. 사망자의 유품을 조사하던 중 수첩에서 당신의 주소를 찾아냈습니다. 유품을 함께 보냅니다. 사망자의 유족들에게 전달해주시길 바라며 더불어 깊은 애도의 뜻을 전해주십시오. 로버트 슈나이더 보냄"[22)]

비행기 안에서 그들은 대화를 나누었다. '그린카드'가 있느냐에 따라 黃國權은 당당하게 미국과 타이완을 오가며 미래를 설계하는 반면, 선원은 '그린카드'가 없어서 불법체류자가 되고 이것이 3차례 반복되면 영구적으로 귀국해야 할 처지였다. 그래서 선원은 부러움을 금하지 못하고 그에게 부탁했고 그는 선의로 주소를 알려주었는데, 결국 바로 그 주소로 선원의 유품이 배송되어온 것이다. 소설의 제목인 '바나나보트'의 '바나나'는 동양인의 상징이며 하필 이 선원도 바나나를 운반하다가 실족사를 당한다. 고향을 잃고 방황하는 이들은 고국을 떠나올 때처럼 다시 돌아가는 것도 수월하지 않다. 타이완 출

---

22) 親愛的黃先生:　敝公司來往日本及中南美洲航線的一艘貨輪上, 三週前發生了一樁意外。一位非法登輪的船員, 在裝運香蕉時, 不愼失足落入大貨艙, 經急救無效死亡。死者非法登輪, 敝公司無法負責其意外死亡。除懲辦該輪大副外, 並將嚴查敝公司神戶營業處, 是否有失職之處。死者未留下任何證件。經檢查死者的遺物, 在記事本中, 找到你的地址。我們寄上死者的遺物。請轉交死者家屬, 並代致最深的歉意。你誠摯的　羅伯史奈德。張系國, ≪香蕉船≫, (臺北: 洪範, 1976), p.14.

신의 유학생들도 학문을 위해 미국으로 이주해왔지만 곧바로 귀국할 수 없는 여러 가지 상황 속에서 디아스포라의 신분을 유지하면서 미국 내에서 소수민족으로 살아가는 고통과 지난함을 감내해야 했다. 선원의 죽음은 한 동양인 선원의 실종 차원의 문제가 아니다. 그보다는 아웃사이더로서의 외로움과 차별적 이민정책으로 인한 디아스포라의 고통에 대한 절절한 외침으로 평가되어야 할 것이다.

문화적 혼종성이라는 측면에서 劉 교수가 미국의 어느 병원에서 만나게 된 노인과의 인연에 얽힌 에피소드는, 丁玉梅의 환심을 사려고 꺼낸 이야기이긴 하지만, 오히려 서양과 미국사회에 대한 호기심을 자극한다. 피닉스에 사는 이 노인은 부랑자처럼 병원에 실려 왔고 성미도 아주 극성맞아서 툭하면 간호사들과 싸우곤 했다. 그가 그랬던 것은 사실은 자신의 부유함을 감추고자 하는 괴짜 같은 성격 때문이다. 알고 보니 그가 아주 부유한 거물인사였다는 결론은 이야기의 사실 여부를 떠나서 당시 타이완의 산업화와 경제성장에 있어서 누구라도 관심을 가질만한 성공 스토리이다. 소설 속에서 이야기를 듣는 사람들에게도 이 서양 사람과 劉 교수가 가졌던 만남은 재미있고도 흥미진진한 이야기이다. 예를 들면, '자기 집으로 와서 방학을 보내지 않겠냐고 했지. 편지에는 일등석 표도 한 장 같이 들어 있었어요.'[23] , '한 구역이 노인의 전용 주차장이었고 아주 고급스러운 롤스로이스 한 대가 주차되어 있었어요. 제복을 입은 운전기사가 우리가 차를 타길 기다리고 있더군요.'[24]와 같은 부분들이 모두 그렇다. 특히 다음

23) "然後問我能不能到他家度假。信裡附上一張頭等機票" 張系國, ≪棋王≫, (臺北: 洪範, 1978), p.193.

24) "有一塊地方, 是老人專用的停車場, 一輛豪華無比的羅斯洛斯車停在那兒, 穿制服的司機正等待我們上車。" 張系國, ≪棋王≫, (臺北: 洪範, 1978),

부분은 노인이 미국 사회에 동화된, 서양인보다 더 서양사회를 끌어가는 인물임을 보여준다.

> "[……] 거실 중앙에는 개인 방송국이 있는데 미국 전역 각지와 연결할 수 있었지. 007 영화 속의 장비들을 노인은 모두 가지고 있었어요. 알고 보니 그 노인은 보험업계의 거물로 자기 소유로 몇십 개의 보험 회사와 은행들을 가지고 있었던 거였죠. 그 사람이 얼마나 돈이 많은지 상상도 못할 겁니다. 매일 회사의 간부들이 개인 헬리콥터를 타고 와서 중요한 사안의 결재를 받으러 왔어요. 노인은 사막에 살면서 거대 기업들을 지휘해 왔던 거죠."[25]

노인은 홀로 사업을 일으켰고 거부(巨富)임에도 다리를 다치고 병원 신세를 지면서도 수하들이나 자식들에게 알리지 않는 지독한 성격으로 묘사되고 있다. 주변에 그다지 호의적이지 않으면서도 마음을 일단 터놓게 되면 극진하게 대접하며 나이와 인종을 초월해 우정을 쌓을 수도 있는 개방적인 인간관계를 맺는 것으로 나온다. 그래서 노인은 자신을 간호해주었던 푸에르토리코 출신의 간호사와 劉 교수를 특별히 초청해서 대접한다.

> "노인은 딸이 셋인데 하나는 의대생, 하나는 물리학 박사인데 모두 멍청하다고 생각했죠. 막내는 LA 술집의 웨이트리스인데 노인

---

p.193.

25) "客廳中央有一個私人電臺，能够和全美國各地聯絡。OO七電影裡的玩意，他都有。原來老人是保險業的鉅子，手頭控制了幾十家保險公司和銀行。你不能想象他多麼有錢。每天都有公司的高級人員坐私人直昇機來請示機宜。老人就住在沙漠裡，指揮他龐大的企業。" 張系國, ≪棋王≫, (臺北: 洪範, 1978), p.194.

은 막내가 가장 총명할 거라고 했어요. 나는 그에게, 중국인들은 책 속에 황금의 집이 있고, 절세의 미녀가 있다고 생각한다고 말했죠. 노인은 틀린 말이 아니라고 하면서도, 박사과정을 밟는 것은 안정된 삶을 위한 것이라고 했죠. 그는 원하기만 한다면 언제라도 아홉이건 열이건 그를 대신해 일할 수 있는 나 같은 박사들을 돈을 써서 고용할 수 있다는 것이지. 머리를 쓰는 것이 세상에서 가장 가치가 없는 것이라 했어요."[26]

이상의 모든 것들은 사실 타이완 독자들, 더 나아가서 화인 작가들이 미국 사회 내지 서양 사회를 어떻게 상상하느냐를 잘 보여주는 것들이다.

다른 한편으로 독자들 또는 작가가 미국에 거주하는 화인을 보는 시각도 이 소설에서 드러나는데 예를 들면, '노인은 아마도 중국 사람들이 세상에서 가장 약속도 잘 지키고 동정심도 많은 민족이라고 생각하게 됐을 거예요. 사실 그 간호사 아니었으면 병원에 다시 갈 생각도 별로 없었지만.[27]'과 같은 부분이 있다. 劉 교수는 자신의 모습을 보고 모든 동양인 혹은 중국인은 그럴 것이라는 이미지를 서양 사람에게 심어주게 된다면 신의가 있고 동정심도 있는 것으로 비춰지길 바라고 있다. 화인들은 그들이 현재 살고 있는 거주국에서 좀 더 좋은

---

26) "他說他有三個女兒, 一個女兒是醫生, 一個女兒是物理博士, 老人認爲她們都蠢。小女兒在洛杉磯一家酒吧當女侍。老人說她最聰明。我對他解釋, 我們中國人講究書中自有黃金屋, 書中自有顏如玉。老人說不錯, 念博士是個穩當飯碗。可是只要他愿意, 隨時可以花錢買十個我這樣的博士替他工作。腦汁是世界上最賤價的東西。" 張系國, ≪棋王≫, (臺北: 洪範, 1978), p.196.

27) "他大概以爲中國人是世界上最守信最富同情心的民族, 其實我如果不是爲了那位護士小姐, 也不會再跑醫院, 哈哈!" 張系國, ≪棋王≫, (臺北: 洪範, 1978), p.192.

이미지를 갖추는 것이 좋고 그렇게 해야만 주류 사회에 조금이라도 더 가까이 다가갈 현실을 경험했을 수도 있다.

맥신 홍 킹스턴의 소설에서는 이주를 경험한 화인들이 거주국에서 적응하고 동화되고자 노력하는 모습들이 여러 차례 나타난다.

> 내가 아는 중국 사람들은 자신들의 이름을 숨긴다. 이민 온 이들은 삶이 변하면 새 이름을 가지고 원래의 이름은 침묵으로 보호한다. 미국 사는 중국인 후손들이여, 당신 속의 어떤 요소가 중국적인 요소인가를 알려고 할 때 당신은 어떻게 하는가— 유년 시절에만 속하는 것, 가난과 광기와, 한 집안에만 속하는 것, 그리고 자랄 때 이야기를 들려 준 당신의 어머니에게 속하는 것— 이 모든 것들을 어떻게 중국적인 요소들과 분리시키는가. 무엇이 중국 전통이고, 무엇이 영화에서 본 것들인가.[28)]

여기서 주인공은 자신들 속에 혼종되어 있는 여러 가지 문화적 요소들이 결코 분명하게 구분지을 수 있는 것이 아니며 이제는 서로 완전히 혼종화되어 어디서부터 어디까지를 나눌 수 없게 되었음을 말하고 있다. 이들은 거주국에 나눌 수 없이 혼종화되기 위해 자신의 이름을 버렸고, 자신들의 말을 버렸고, 자신들의 과거도 버렸던 것이다.

이민 2세대 중에는 ≪조이 럭 클럽≫의 Waverly Jong과 같이 완전히 미국식 교육을 통해 혼종이 된 경우와 Lena St. Clair처럼 혼혈

---

28) The Chinese I know hide their names; sojourners take new names when their lives change and guard their real names with silence. Chinese-Americans, when you try to understand what things in you are Chinese, how do you separate what is peculiar to childhood, to poverty, insanities, one family, your mother who marked your growing with stories, from what is Chinese? What is Chinese tradition and what is the movies? M. H. Kingston, *The Woman Warrior*, New York: Vintage International Books, 1989, pp.5-6.

을 통해 반쪽짜리 동양인으로 인식하는 경우도 있다. 어머니인 Lindo Jong이 말하는 부분을 살펴보자.

> 그 애는 피부하고 머리카락만 중국 사람일 뿐 마음속은 완전히 미국제다. 애가 이렇게 된 건 다 내 잘못이다. 나는 우리 애들이 가장 좋은 것만 두 가지를 골라서, 미국 환경과 중국 성격을 가지기를 바랐다. 이 두 가지가 서로 섞일 수 없다는 것을 내가 어떻게 알 수 있었겠는가? 나는 미국 환경의 좋은 점을 딸에게 가르쳐 왔다. 여기서는 가난하게 태어나도 그것으로 인생이 결정되는 게 아니다. 맨 먼저 장학금을 받을 수 있다. 지붕이 무너져 내려고 운이 나쁘다고 울 필요가 없다. 누군가를 고소할 수 있고, 집주인보고 고치게 할 수도 있어. 또 부처님처럼 나무 밑에 가만히 앉아, 비둘기가 머리 위에 더러운 것을 떨어뜨려도 가만히 있을 필요가 없는 거야. 우산을 사든가, 아니면 성당 안으로 들어가면 돼. 미국에서는 주어진 환경을 참고 견디라고 할 사람은 아무도 없어.[29)]

미국의 환경과 중국적인 성격의 조합이라는 환상이 깨어지는 것은, 부모의 의도와 현실이 서로 달라지는 차이를 이민 2세대인 자식들을 통해 목격하게 될 때이다. 자식들은 혼종화 되었고 이미 거주지에 속

---

29) Only her skin and her hair are Chinese. Inside — she is all American-made. It's my fault she is this way. I wanted my children to have the best combination: American circumstances and Chinese character. How could I know these two things do not mix? I taught her how American circumstances work. If you are born poor here, it's no lasting shame. You are first in line for a scholarship. If the roof crashes on your head, no need to cry over this bad luck. You can sue anybody, make the landlord fix it. You do not have to sit like a Buddha under a tree letting pigeons drop their dirty business on your head. You can buy an umbrella. Or go inside a Catholic church. In America, nobody says you have to keep the circumstances somebody else gives you. Tan, Amy, *The Joy Luck Club*, New York: Penguin Books, 2006, p.254.

해서 미국의 환경과 미국적 성격에 더욱 가깝게 자라고 있다. 이민 1세대는 이상향을 추구하며 찾아 떠났지만 그곳에서 그들이 직접 체험하는 것은 여전히 기대에 못 미칠 수 있다. Ying-ying St. Clair의 딸인 Lena St. Clair는 이렇게 말한다.

> 나는 아무에게도, 심지어 어머니에게조차도 내 눈에 보이는 것들에 대해 말하지 않았다. 사람들 대부분이 내가 반은 중국 사람이라는 것을 몰랐다. 아마 내 성이 St. Clair이기 때문일 것이다. 처음 보는 사람들은 내가, 아일랜드계 미국인이고 골격이 크면서도 섬세한 데가 있는 우리 아버지를 닮았다고 생각했다. 그러나 그들이 좀 더 자세히 보고 또 내 속에 중국인 피가 흐르는 걸 안다면, 중국사람 같은 모습도 볼 수 있을 것이다. 아버지처럼 광대뼈가 나온 대신 내 뺨은 바닷가 자갈처럼 동그스름했다. 나는 아버지처럼 머리가 황갈색도 아니었고 피부가 희지도 않았다. 내 피부는 햇볕에 바랜 것처럼 희끄무레했다. 내 눈은 어머니의 눈을 물려받고 있었다. 쌍꺼풀도 없이, 마치 호박 초롱을 만들 때처럼 짤막한 칼로 날쌔게 두 번 도려낸 것 같았다. 나는 내 눈을 좀 더 둥그렇게 만들기 위해 눈 양끝을 안쪽으로 밀어 넣곤 했다. 또 흰자위가 보일 때까지 눈을 크게 떠보기도 했다. 내가 눈을 그렇게 뜨고 왔다갔다하면 아버지는 왜 그렇게 놀란 표정을 짓느냐고 물으셨다.30)

---

30) I didn't tell anyone about the thins I saw, not even my mother. Most people didn't know I was half Chinese, maybe because my last name is St. Clair. When people first saw me, they thought I looked like my father, English-Irish, big-boned and delicate at the same time. But if they looked really close, if they knew that they were there, they could see the Chinese parts. Instead of having cheeks like my father's sharp-edged points, mine were smooth as beach pebbles. I didn't have his straw-yellow hair or his white skin, yet my coloring looked too pale, like something that was once darker and had faded in the sun. And my eyes, my mother gave me my eyes, no eyelids, as if they were carved on a jack-o'-lantern with two swift cuts of a short knife. I used to

혼종화된 이민 2세대 화인 디아스포라의 모습은 이처럼 이민 1세대와 다르다. 혼종성이라는 측면은 이민 1세대 작가들의 소설에서도 나타나지만 이민 2세대와 3세대로 갈수록 점점 더 언어적, 문화적 혼종에 관한 부분이 빈번하게 나타날 수 있다.

화인 디아스포라는 그가 여러 문화권을 넘나들면서 얻게 된 다양한 경험들을 하나의 정신세계 속에 공존시키고 있다는 점에서 문화적으로 혼종적인 정체성을 가지고 있다. ≪又見棕櫚又見棕櫚≫의 天磊가 보여주는 것과 같은 상상된 고향, 거주국과 고국에서도 이방인이 되어버리는 모습은 디아스포라들이 두려워하는 일면을 보여주는 것과 같다. 그들은 아무 곳에서도 환영받지 못할지도 모른다는 불안감에 사로잡혀 있다. 하지만 디아스포라들의 문화적 측면에서의 혼종적 정체성은 시대가 변한 지금 새롭게 부각된다. 그들이 가진 특수성은 핸디캡이 되어 소외되고 버려지는 것이 아니라 인센티브가 되어 공동체 문화 속에서 다각적인 멀티플레이어로서의 새로운 영토를 확보하기 때문이다.

push my eyes in on the sides to make them rounder. Or I'd open them very wide until I could see the white parts. But when I walked around the house like that, my father asked me why I looked so scared. Tan, Amy, *The Joy Luck Club*, New York: Penguin Books, 2006, p.104.

제 7 장 디아스포라의 세대 간 갈등과 극복의 가능성

지금까지 살펴보았던 북미 화인화문문학에서 드러나는 것은 떠도는 방랑자의 신분이자 혼종적 주체로서의 화인 디아스포라들이며, 이들은 과거 정치적인 망명의 목적 혹은 쿨리(苦力)와 같은 단순노무자들의 신분으로 파악되던 이민자들과 달랐다. 고향을 떠나서 마음속에 남아있는 고향의 모습을 그리며 향수를 느끼는 것은 과거나 현재나 유사하게 느끼는 정서적인 공통점이지만 이들을 화인 디아스포라라는 새로운 집단의 출현으로 바라볼 때 이들은 과거 이민자들이 부당하게 처분되고 인식되던 자신들의 권익을 위해 어떠한 목소리도 내지 못했던 때와는 달리 비록 주변화 되어있고 미국 내에서도 소수민족으로 치부됨에도 불구하고 적극적으로 자신들의 목소리를 내고 있다. 이러한 목소리 내기는 이민 1세대보다 이민 2세대에서 더욱 적극적으로 표현된다. 자연히 이민 1세대와 이민 2세대 화인들이 서로에 대해서 느끼게 되는 거리는 간극과 갈등이라는 측면에서 소설을 살펴보기로 한다.

우선 聶華苓의 ≪桑青與桃紅≫에는 이민 1세대였던 부친이 남긴 원고를 들고 그 뜻을 알기 위해 사람을 찾아다니는 이민 2세대인 Jerry가 등장한다. 그는 온통 한자로 쓰여 있어 알아볼 수 없다고 하면서 한자를 읽고 해석해줄 수 있는 사람을 찾는다. 이 소설에서 이민 2세대 화인은 '第二代華僑'라고 표현되어 있는데 아래 인용문에서는 '화인 2세'로 번역했다.

> 내가 Jerry와 재혼한 건 그가 침착해서야. 너 알다시피 그는 화인 2세지. 중국인들이 가지고 있는 문제들에서 초월해 있는 것 같아. 우리가 처음 만난 건 라과디 공항이었어. 내가 대합실에 앉아서 비행기를 기다리고 있는데 그가 와서는 중국인이냐고 물었지. 그리고는 가방에서 원고를 한 뭉치를 꺼내면서 말하기를 그 원고가 자기 아버지가 쓴 건데 중국어라서 자기는 읽을 수가 없다고 했어. 예전엔 아버지가 너무 완고하고 보수적이고 독단적이라서 몹시 싫어했었는데, 돌아가시고 나니까 자기도 아버지의 그런 성격을 많이 닮았다는 걸 깨닫게 되면서 아버지 세계를 다시 알고 싶다고 말했어. 그래서 아버지가 남긴 글을 영어로 옮길 수 있는 사람을 찾고 있다는 거야. 그 글을 통해서 아버지를 새롭게 인식하고 싶다면서 말이야. 나더러 도와줄 수 있겠느냐고 묻더군. 그때 그의 모습은 그 뒤로 내가 그와 결혼해 지금까지 살아오면서 단 한 번밖에 볼 수 없었던, 유일하게 감정이 격동하던 모습이었지. 우린 그렇게 알게 되었고, 그리고 결혼했어."[1)]

Jerry는 아버지가 남긴 원고를 통해 자신이 미처 깨닫지 못했던 부

---

1) 我嫁給Jerry只因爲他冷靜。他是第二代華僑，你知道。他好像超然於中國人的問題之上。我們第一次見面是在拉瓜第機場。我坐在候機室等飛機。他走過來問我是不是中國人。他從皮包裡拿出一疊稿子。他說那是他父親寫的文章，因爲是中文，他看不懂。他以前反對父親，父親太頑固、跋扈、保守，他受不了。但是父親死了以後，他自己也有些父親的性格。他突然要認識父親；他到處找人把他的文章譯成英文；他可以從文章裡認識父親。他希望我可以幫這個忙。那是這些年來唯一一次我看見他動感情的時候。我們就那樣子認識了，結婚了！聶華苓，≪桑青與桃紅≫，(臺北：時報文化出版，1997), p.257.

모에 대한 기억과 이민 1세대들인 그의 아버지가 놓지 않았던 출발지에 대한 기억들을 알아내는 데 도움을 받고자 했다. 하지만 Jerry는 미국에 정주하는 이민 2세대 화인이며 부모 세대의 출발지인 중국대륙으로 돌아가기 위해서 무언가를 탐색하는 것은 아니다. 이처럼 이민 2세대는 말할 것도 없고 대부분의 화인 디아스포라의 내면에 민족문화에 대한 그리움이나 고향에 대한 향수는 있지만 그것이 그들을 출발지로 돌아가게 만드는 것은 아니다. 이 사람들은 출발지로부터 이주하여 거주지에 도착했지만, 어쩌면 거주지는 최종 목적지가 아니라 경유지에 불과할 뿐 다시 이 경유지를 거쳐서 또 더 나은 곳으로 이동할 수도 없는 사람들이다. 여러 곳을 이동하면서 화인 디아스포라들이 겪는 혼종화 과정 가운데서도 특히 문화적으로 혼종화된 이들은 자신들의 강점을 이용해 거주지의 문화 속에서 동화되는데 여기서 이민 1세대와 이민 2세대의 차이가 나타난다. 이들은 서로가 출발지에 대해 인식하는 것부터 다르며 거주국에서의 정주에 대한 인식도 다르다.

이민 1세대와 이민 2세대 화인들의 차이에 대한 요소들은 맥신 홍 킹스턴과 에이미 탄의 소설에서 잘 나타나고 있다. 이들은 보통 '중국인들은 어떠하다'거나 '중국 사람들은 이렇게 한다'라는 표현으로 이민 1세대들을 통해 습득한 출발지와 출발지의 문화를 묘사하곤 한다.

> 똑바른 자세로 걷고(무릎을 쭉 펴고 발끝은 앞을 향해야 했다. 중국식 여성다움의 표본인 안짱다리 걸음이 아니었다) 부드러운 음성으로 말을 하면서 나는 미국식 여성다움을 익히도록 노력했다. 중국인들의 의사소통 방식은 왁자지껄하고 공공연하다. 가느다란 목소리로 말하는 건 오직 아픈 사람들뿐이었다. [……] 그러나 고모는 은밀한 목소리로 말하곤 했다. 이는 곧 별개의 개성을 뜻했다.2)

이민 2세대들은 부모 세대들이 공유하고 있는 출발지의 문화에 대해서 일정한 거리를 유지하고 객관적으로 바라본다. 그래서 여기서 화자는 중국인들의 목소리를 귀에 거슬리는 시끄러운 것으로 묘사한다. 그런 사람들 가운데서도 고모는 의사소통 방식이 시끄럽지 않고 조용했다고 말하는데, 이는 다른 개성을 가지고 전통적인 문화에 대항했던 별개의 개성이 이미 자라고 있다는 뜻으로 볼 수 있다.

북미 지역의 역사는 중국대륙의 역사와는 비교가 되지 않을 정도로 짧다. 그리고 이민 2세대들은 부모들의 장구한 출발지의 역사를 간접적으로 체험하고 지식으로 받아들인다. 삶의 모든 양식이 미국식으로 맞추어진 그들에게 중국은 낯선 향기로 다가온다.

> 내가 그 통을 열자, 중국 냄새가 나왔다. 그것은 먼지 같은 흰 박쥐가 사는 중국 동굴에서 천년 묵은 박쥐가 둔하게 날아서 나오는듯한 냄새였다. 먼 곳에서부터 오는 냄새, 아주 오래된 냄새였다. 광둥, 홍콩, 싱가포르, 그리고 타이완에서 오는 화물상자에서도 이런 냄새가 났다. 아니, 그 화물상자들은 더 최근에 중국인들로부터 오는 것이니 냄새가 더 강하다.[3)]

---

2) Walking erect (knees straight, toes pointed forward, not pigeon-toed, which is Chinese-feminine) and speaking in an inaudible voice, I have tried to turn myself American-feminine. Chinese communication was loud, public. Only sick people had to whisper. [……] my aunt used a secret voice, a separate attentiveness. M. H. Kingston, *The Woman Warrior*, New York: Vintage International Books, 1989, p.11.

3) When I open it, the smell of China flies out, a thousand-year-old bat flying heavy-headed out of the Chinese caverns where bats are as white as dust, a smell that comes from long ago, far back in the brain. Crates from Canton, Hong Kong, Singapore, and Taiwan have that smell to, only stronger because they are more recently come from the Chinese. M. H. Kingston, *The Woman Warrior,* New York: Vintage International Books, 1989, p.57.

이민 1세대에게는 기존의 것과 새것이 섞인다면 이민 2세대의 화인들은 부모로부터 머리로 배운 경험들을 근거로 상상된 고국의 이미지에 거주국의 것을 더해 혼종적인 디아스포라의 정체성을 구축해 온 것이다. 딸은 전형적인 중국인들의 무표정한 사진 속의 어머니를 이해하지 못한다. 사진을 찍을 때 웃는다는 것이 어색하기만 한 사람과 사진을 찍을 때는 당연히 미소 짓는 것이 익숙한 사람은 서로를 이해하기 힘든 것이다.

> 우리 어머니는 미소 짓지 않고 있다. 중국 사람들은 사진 찍을 때 미소 짓지 않는다. 그들의 얼굴은 외국에 나가있는 친척들에게는 '돈을 보내라'고, 또 후손들에게는 '이 사진 앞에 제사상을 차리라'고 언제까지고 명령한다. 우리 어머니는 이민 온 중국인들의 스냅사진을 이해하지 못한다.
> "뭘 보고 웃는 거니?"[4)]

그래서 어머니는 딸에게 무얼 쳐다보고 웃는지 묻게 된다. 이처럼 이민 2세대들의 중국에 대한 인식은 구식의 사고방식에 얽매여 있는 것으로 상상되고, 이와 반대로 이민 1세대는 문화적으로 혼종된 이민 2세대의 사고방식을 못마땅해 한다.

> 아이들은 대화를 할 틈을 주지 않았다. 달 난초는 그들에게 말을 시키려고 애써보았다. 그들은 황무지 같은 미국에서 자라났으니,

---

4) My mother is not smiling; Chinese do not smile for photographs. Their faces command relatives in foreign lands—"Send money"—and posterity forever—"Put food in front of this picture." My mother does not understand Chinese-American snapshots. "What are you laughing at?" M. H. Kingston, *The Woman Warrior*, New York: Vintage International Books, 1989, p.58.

> 재미있고 끔찍한 이야기들을 많이 할 수 있을 것이다. 행동은 거칠었고 말의 억양은 정확한 미국의 것이 아닌, 마치 중국의 깊은 산골에서 온 것처럼 자기 엄마가 쓰는 식의 사투리였다. [……]
>
> "너희들 예쁘다." 그녀가 말했다.
>
> "고마워요, 이모." 그들은 대답했다.
>
> 참으로 교만하다. 그녀는 그들의 허영에 감탄을 금치 못했다.
>
> "너희들, 라디오를 정말 아름답게 틀어 놓는구나."
>
> 그녀는 놀리듯 말했다. 그러나 물론 그들은 당황하여 서로 마주보았다. 그녀는 온갖 종류의 칭찬을 다 해 보았다. 그러나 그들은 한번도 "어머 아니에요. 너무 과분한 말씀이세요. 전 잘 할 줄 몰라요. 저는 똑똑하지 못해요."라고 말하지 않았다. 그들은 능력 있는 아이들이었다. 그들은 하인들이 하는 일을 할 수도 있었다. 그러나 그들은 겸손하지 않았다.5)

중국 사람들의 전통적인 가르침에 따르자면 칭찬에 대해서는 겸양의 대답이 나오는 것이 올바른 것이며 예의를 차린 것이라고 배워왔다. 하지만 그녀의 조카들은 칭찬에 대해서 고맙다고 말하고 있다. 이민 1세대와 이민 2세대의 문화적 차이가 확연하게 드러난다. 미국의

---

5) It was true that the children made no conversation. Moon Orchid would try to draw them out. They must have many interesting savage things to say, raised as they'd been in the wilderness. They made rough movements, and their accents were not American exactly, but peasant like their mother's, as if they had come from a village deep inside China. [……] "You're pretty," she said. "Thank you, Aunt," they answered. How vain. She marveled at their vanity. "You play the radio beautifully," she teased, and sure enough, they gave one another puzzled looks. She tried all kinds of compliments, and they never said, "Oh, no, you're too kind. I can't play it at all. I'm stupid. I'm ugly." They were capable children; they could do servants' work. But they were not modest. M. H. Kingston, *The Woman Warrior*, New York: Vintage International Books, 1989, pp.133-134.

문화를 잘 모르는 이민 1세대인 그녀는 조카들의 대답이 허영에서 비롯된 것이라고 생각한다. 같은 민족이고 같은 문화를 공유한다고 믿었던 화인들 사이에서도 이렇듯 갈등이 생긴다. 이것이 확대되어 주류 사회와 화인 사회의 이종 문화의 섞임이 이루어지게 되면 역시 갈등을 유발하게 된다. Amy Tan의 소설에서 Jing-mei "June" Woo가 하는 말을 살펴보자.

> 그러면 그렇지. 나는 다른 분들이 우리 어머니에 대해, 그들의 놀라운 우정에 대해, 그리고 내가 왜 어머니를 대신해서 여기 네 번째 자리에 앉아, 어머니가 어느 무더운 여름날 Kweilin에서 생각해 낸 아이디어를 계승해 나가야 하는지에 대해 이야기할 거라고 생각하고 있었다.[6)]

이민 1세대와 2세대 화인의 차이와 갈등은 Jing-mei "June" Woo의 말에서도 알 수 있다. 이민 2세대인 그녀는 미국으로 이주해 와서도 어머니와 어머니의 친구들인 이민 1세대들이 중국대륙에서 조직한 모임을 계속해나가는 것을 전적으로 이해하지 못한다. 심지어 어머니의 죽음 이후에는 자신이 그 모임에 나가 어머니의 자리를 대신해야 한다는 사실에 대해서도 의문스러워한다. 이민 2세대는 개인주의적인 성향이 이민 1세대보다 강한 것으로 묘사되고 있다. 같은 소설에서 어머니는 딸에게 이렇게 말한다.

---

6) That's it. I keep thinking the others will start talking about my mother, the wonderful friendship they shared, and why I am here in her spirit, to be the fourth corner and carry on the idea my mother came up with on a hot day in Kweilin. Tan, Amy, *The Joy Luck Club*, New York: Penguin Books, 2006, p.29.

"그 사람은 미국 사람이야. '*waigoren*'이지."
어머니는 마치 내가 장님이라서 알아차리지 못했을 거라는 듯이 주의를 주었다.
"저도 미국 사람이에요." 내가 말했다. "그리고 제가 그 사람과 결혼할 거라든가 뭐 그런 것도 아니잖아요."7)

이민 1세대인 어머니는 사고방식의 차이로 이민 2세대인 Rose Hsu Jordan이 Ted와 사귀는 문제를 전혀 다르게 바라보고 있다는 점이다. 어머니 An-mei Hsu는 Ted는 미국 사람이고 그는 외국인이라고 말한다. 소설에서는 거주국에서 자신들이 외국인인데도 미국인을 외국인이라고 부르는 화인의 모습을 그려냈다. 미국식 교육을 받고 자라 온 이민 2세대 화인에게 부모의 충고는 달갑게 받아들여지지 않았다. Lena St. Clair는 어머니 Ying-ying St. Clair가 영어를 완벽하게 이해하지 못하기 때문에 자신의 불행한 결혼 생활을 알지 못할 것이라고 믿는다.

"이게 뭐냐?"
어머니는 중국말로 물으셨다.
"아무것도 아니에요. 그냥 우리가 같이 쓰는 물건을 적은 거예요."
나는 가능한 한 태연하게 말했다.
어머니는 얼굴을 찌푸리면서 나를 바라보지만 아무 말씀도 안하신다. 어머니는 다시 목록을 보면서, 이번에는 좀 더 주의 깊게 손가락으로 하나씩 짚어 내려가며 살펴본다.8)

---

7) "He is American," warned my mother, as if I had been too blind to notice. "A waigoren." "I'm American too," I said. "And it's not as if I'm going to marry him or something." Tan, Amy, *The Joy Luck Club*, New York: Penguin Books, 2006, p.117.

이민 1세대 부모들은 미국식 교육을 받은 이민 2세대 자식과 언어의 장벽으로 더 큰 갈등을 겪기도 한다. 이민 1세대는 자신들을 위해서 뿐만 아니라 자식들을 위해서도 더 나은 삶을 찾아 이주를 해왔고 중국식 사고방식에 미국식 교육이 더해진다면 자식들은 자신들보다 나을 것이라고 믿었다. 하지만 이민 2세대 화인들은 출발지에 대한 인식이나 이주 이후의 상실과 소외가 자신들의 정체성을 규정하는 핵심적인 요인이 아니기 때문에 부모를 이해하지 못한다. 뿐만 아니라 딸은 자신들이 교육받고 자라 온 미국식 해결법이 더욱 합리적이라고 생각한다.

> 여러 해 동안, 나는 여러 사람들이 내놓는 가장 좋은 의견들 중에서 하나를 고르는 것을 배웠다. 중국 사람들은 중국인으로서의 의견을 가졌다. 미국 사람들은 미국인으로서의 의견을 가졌다. 그리고 내가 보기엔 십중팔구 미국인의 의견이 훨씬 나았다.[9)]

그리고 이민 1세대보다는 이민 2세대는 주류 사회 속에 어울려 사는 사람들일 가능성이 높다. 그들은 영어를 쓰고 미국식 사고를 하며 미국식 결과를 내어놓는 것을 당연하게 생각하는 것이다. 그래서 이

---

8) "What is this writing?" asks my mother in Chinese. "Oh, nothing really. Just things we share," I say as casually as I can. And she looks at me and frowns but doesn't say anything. She goes back to reading the list, this time more carefully, moving her finger down each item. Tan, Amy, *The Joy Luck Club*, New York: Penguin Books, 2006, pp.160-161.

9) Over the years, I learned to choose from the best opinions. Chinese people had Chinese opinions. American people had American opinions. And in almost every case, the American version was much better. Tan, Amy, *The Joy Luck Club*, New York: Penguin Books, 2006, p.191.

들은 부모세대가 문제를 해결하는 방식이나 사람들을 대하는 방식에서 부모세대를 이해하지 못할 가능성이 많아지게 된다.

> 나는 미소 짓는다. 미국인의 얼굴로, 그것은 미국인들로서는 이해할 수 없는 중국인의 얼굴이다. 그러나 속으로 나는 부끄러워하고 있다. 나는 그 애가 나를 부끄럽게 여기고 있기 때문에 부끄럽다. 그 애는 내 딸이고 나는 그 애가 자랑스러운데, 그리고 나는 그 애의 어미인데 그 애는 나를 자랑스러워하고 있지 않기 때문이다.[10)]

부모는 자식을 자랑스러워하고 자식은 자신의 합리적인 사고방식과 조화를 이루지 못하는 부모를 부끄럽게 여긴다. 1세대와 2세대의 정체성 인식에의 차이는 이처럼 2세대가 부모인 1세대의 모습을 부끄럽게 여기는 방식으로 표출되지만 그럼에도 어머니는 딸들을 끊임없이 교육시킨다.

> "어쩔 수 없는 일이야." 내가 열다섯 살이었을 때, 중국인의 피가 내 안에 흐르고 있다는 사실을 완강히 부인하는 나에게 어머니는 말씀하셨다. 나는 샌프란시스코에 있는 갈릴레오 고등학교 2학년이었는데, 나의 백인 친구들은 모두 내가 자기들과 완전히 똑같고 중국사람 같은 데라고는 전혀 없다고 했다. 그러나 어머니는 상하이에 있는 유명한 간호학교에서 공부하셨기 때문에 유전에 관해

10) I smile. I use my American face. That's the face Americans think is Chinese, the one they cannot understand. But inside I am becoming ashamed. I am ashamed she is ashamed. Because she is my daughter and I am proud of her, and I am her mother but she is not proud of me. Tan, Amy, *The Joy Luck Club*, New York: Penguin Books, 2006, p.255.

> 서는 뭐든지 다 아신다면서, 일단 내가 중국인으로 태어났으면 도리 없이 중국인처럼 느끼고 생각할 수밖에 없다고 하셨다.[11)]

이민 1세대 화인들의 중국에 대한 집착은 거주국에서 자신들이 더욱 소외되고 거주국 문화에 혼종될 수 없도록 하는 요인이 된다. 하지만 결국 중요한 선택을 해야 할 순간에는 어머니 Suyuan Woo은 자신이 원하는 방식으로 Jing-mei "June" Woo가 결정을 내릴 것이라 믿고 있다.

이처럼 화인 디아스포라들은 이민 1세대와 2세대 간의 차이와 갈등을 겪고 있다. 언어와 문화적으로 혼종된 세대와 그들의 부모 세대가 경험하게 되는 거주국에서의 환경은 혼종의 정도에서도 차이가 날 뿐만 아니라 그에 대한 반응에서도 차이가 나타난다. 그리고 그들 사이의 갈등은 화인 디아스포라 내부에서의 갈등만을 의미하는 것이 아니라 나아가 주류 사회와의 갈등과 그에 대한 반응의 차이로도 이어지게 된다.

---

11) "Cannot be helped," y mother said when I was fifteen and had vigorously denied that I had any Chinese whatsoever below y skin. I was a sophomore at Galileo High in San Francisco, and all my Caucasian friends agreed: I was about as Chinese as they were. But my mother had studied at a famous nursing school in Shanghai, and she said she knew all about genetics. So there was no doubt in her mind, whether I agreed or not: Once you are born Chinese, you cannot help but feel and think Chinese. Tan, Amy, *The Joy Luck Club*, New York: Penguin Books, 2006, p.267.

제 8 장 이종 문화와 전략적 글쓰기

북미 지역에서 화인영문문학은 林語堂의 ≪Chinatown Family (一個唐人街家庭)≫가 1948년 출판된 것을 그 시작으로 볼 수 있다. 이후 黎錦揚의 ≪Flower Drum Song (花鼓歌)≫은 1957년, Louis Chu의 ≪Eat A Bowl of Tea (吃一碗茶)≫는 1961년, 맥신 홍 킹스턴의 ≪The Woman Warrior≫는 1976년, 에이미 탄의 ≪The Joy Luck Club≫은 1989년에 발표되었는데 이들은 북미 지역에서 수많은 독자들을 확보하면서 화인영문문학의 계보를 이어가고 있다.[1] 맥신 홍 킹스턴은 물론 에이미 탄도 이러한 측면에서 화인 디아스포라 작가의 그룹에는 포함될 수 있지만 화인화문문학 작가는 아닌 바 이들은 모두 화인영문문학 작가이다.

맥신 홍 킹스턴과 에이미 탄의 예는 미국에서의 화인영문문학의 대표적인 사례로 볼 수 있을 것이다. 이들은 스스로가 미국문학에 포함될 것을 주장하고 있어 화인화문문학 작가들과 대비적으로 살펴볼 수 있다. 맥신 홍 킹스턴의 경우는 소수적인 문학의 저항적 담론으로부

1) 陳浩泉 主編, ≪楓華文集: 加拿大作家作品選≫, (Burnaby: 加拿大華裔作家協會出版, 1999), p.23.

터 거리가 있는 것은 분명하지만 미국 내에서는 '중국의 신화를 노래하는 중국계 미국작가'[2)]로 이름을 얻고 있다. 미국의 소수민족 문학 가운데 흑인문학을 제치고 미국의 대학교재로 가장 많이 채택되어 읽힌 작품은 그녀의 ≪The Woman Warrior≫이다.

북미 화인화문문학 중에서도 영어로 작품 활동을 하는 맥신 홍 킹스턴과 에이미 탄은 이민 2세대 화인으로 중국대륙이나 타이완과 같은 중국문화권의 경험보다도 미국 내에서의 삶의 경험이 더욱 많았다. 이들은 중국어보다 영어가 익숙하며 오히려 중국문화권에 대해서는 부모 세대로부터 물려받은 문화적 전통으로의 학습 수준에 그치고, 미국 문화에 대한 것은 교육과 체득에 의해 더욱 깊이 있는 인식을 하고 있다. 그리하여 겉모습은 아시아인이나 오히려 미국인으로서의 정체성은 더욱 강화되었다고 볼 수 있다.[3)] 이런 배경 하에서 화인영문문학 작가인 두 사람의 소설은 주로 이민사회의 이민자로서 창작하는 문학, 이민법과 이민문학의 상관관계, 페미니즘 문학의 정전으로 연구되고 있다. 물론 이러한 방면으로의 연구가 문학적 가치뿐만 아니라 문화적으로도 상당히 의미 있는 역할을 하고 있다는 점에서는 이견이 없으며, 이러한 논의들은 여러 가지 담론을 이끌어낼 수 있는 가능성도 내포하고 있다.

아시아계 미국 소설가는 지역적, 문화적 출신성분이 미국이지만 민족지적 구분이 아시아임을 의미하며, 미국 내 중국소설가는 국적의

---

2) 유제분, <미국의 시민 신화와 시민 주체-맥신 홍 킹스톤의 소설에 나타난 시민권과 이민법의 문제>, ≪영어영문학≫제47권3호, (한국영어영문학회, 2001년 가을), pp.694-695.

3) 여기서 강화되었다는 뜻은 미국인들은 자신들의 정체성에 대해 깊이 의식적으로 생각하지 않는다는 측면에서 그들에 비해 2세대 이민자들은 정체성에 대해 정체성을 강하게 인식하고 있다는 것을 의미한다.

구분은 미국이지만 민족적, 문화적으로 중국인 작가임을 의미한다. 하지만 이러한 구분에는 분명 어떠한 전략적인 목표가 숨어있다. [……] 미국의 경우, 인종간의 통합을 추구해야 할 입장에서 자국의 이민자들을 모두 미국계 아시아인, 혹은 미국계 히스패닉, 미국계 유러피언 등으로 구분하고 있으며 중국의 경우, 세계적으로 산재해 있는 화교 및 중국계 이민자들을 다함께 세계 중국인의 개념으로 통합시키려는 의도이다. 그러므로 하나의 같은 대상을 바라보는 양자의 입장도 다를 수밖에 없으며 범주를 정하고 정의를 내리는데 있어서도 각각의 전략적 목표에 따를 수밖에 없는 것이다.[4)]

이렇듯 화인영문문학 작가들이 미국에서 영어로 작품 활동을 하는 것은 수용과 배제를 고려한 전략이 바탕이 되어 있다. 맥신 홍 킹스턴과 에이미 탄은 미국이든 중국이든 그 어떤 곳에도 융화되지 못하고 이질적인 두 문화의 틈 사이에서 균형을 유지하려는 모습을 보이고 있는데, 이들의 소설 속에 등장하는 여성들의 모습은 단일한 국가적 정체성 개념을 해체하고 있으며 화인 디아스포라 주체로 역할하는 적극적인 모습을 가지고 있다. 다만 白先勇, 於梨華, 張系國, 聶華苓과 차이를 보이는 것은 작가 스스로가 자신을 어떠한 문화적 정체성으로 정의내리고 있는가 하는 문제인데 이러한 점에서 각 작가들의 소설 창작에 영향을 주게 된다.

김욱동은 장르해체와 확산의 대표적인 현상의 한 예로, 맥신 홍 킹스턴의 ≪중국사나이들 (Chinamen)≫(1980)이 소설과 자서전의 경계를 허물어뜨렸다[5)]고 평하고 있다. 장르해체와 확산이라는 측면에

4) 고혜림, <수용과 배제: 킹스턴의 ≪여인무사≫를 중심으로>, ≪中國小說論叢≫ Vol.30, (서울: 한국중국소설학회, 2009), p.318.

5) 김욱동, ≪포스트모더니즘≫, (서울: 연세대출판부, 2008), p.90.

서 비교적 괜찮은 평가를 받고 있음에도 불구하고 맥신 홍 킹스턴의 작품들은 종종 중국대륙에서는 서양의 입장에서 보는 중국인의 모습, 혹은 서양인이 보고자 하는 중국인의 모습을 너무나 적나라하게 담고 있다는 이유로 중국대륙으로부터는 배제되고 있다. 맥신 홍 킹스턴과 에이미 탄의 소설은 화인화문문학 작가들과는, 작품의 언어가 중국어인가 영어인가 하는 문제 이전에 작품이 내재한 모종의 점에서 차이를 보이고 있다. 이와 관련해서 유제분은 다음과 같이 말한다.

> 국내에서도 활발히 논의되고 있는 한국계 미국작가 이창래의 ≪네이티브 스피커≫와 ≪제스처 인생≫ 역시 백인 우월주의의 가치에 편입하려는 소수민족의 모범적 역할수행의 신화를 형상화하고 해체시키는 미국 내 소수민족 작품이다. 작품의 주인공들은 사회가 요구하는 역할 수행을 통해 계급, 배경, 전통 그 어느 것에도 상관없이 어느 누구나 자유, 평등한 미국 시민이 될 수 있다는 미국의 시민 신화 속에서 자신의 정체성을 찾으려 한다. 백인의 언어와 삶의 방식을 철저히 모방하면서 완벽한 미국 시민이 되는 것이 이들에게 부여된 미국의 꿈이자 미국의 시민 신화인 것이다. 신화의 끝에는 자신의 지나간 삶을 헛된 '제스처 인생'으로 인식하는 허탈한 자아소외가 자리 잡는다.6)

여기서 나오는 '백인 우월주의의 가치에 편입하려는 소수민족의 모범적 역할수행의 신화를 형상화하고 해체시키는 미국 내 소수민족 작품'이라는 수식어는 한국계인 이창래 뿐만 아니라 화인인 맥신 홍 킹스턴과 에이미 탄에게도 공통적으로 적용된다. 맥신 홍 킹스턴과 에

6) 유제분, 미국의 시민 신화와 시민 주체: 맥신 홍 킹스턴의 소설에 나타난 시민권과 이민법의 문제 343-372, ≪영어영문학≫47.3(2001) 689-712. (정진농 편저, ≪미국소수민족문학≫, (서울: 동인, 2010.4), p.346.

이미 탄은 이러한 측면에서는 白先勇, 於梨華, 張系國, 聶華苓와는 구별된다. 이것이 문화적인 현상이자 문학적인 가치의 문제이기에 미국문학 작품인지 화인문학 작품인지를 명확히 구별해줄 수 있는 수치적 잣대는 존재하지 않는다. 하지만 그러한 불명확한 기준점을 염두에 둔다면, 이러한 작가들의 삶과 텍스트들을 함께 고찰함으로써 문학적 흐름과 더불어 이들의 문학의 지향하는 바가 드러날 수 있다.

맥신 홍 킹스턴과 에이미 탄은 자신들의 문학이 소수자 문학이 아니라 주류문학의 일부분이라고 주장한다. 그뿐만 아니라 중국인 소수자 문학으로 분류되는 것을 오히려 반대한 그들의 주장은 다양한 다른 인종과 민족들과 함께 화인들도 미국으로 이주해 와서 함께 미국의 문화를 일으킨 장본인이라는 입장이다. 이처럼 미국 문학계 내의 자신들의 위치와 역할에 대한 맥신 홍 킹스턴과 에이미 탄이 하고 있는 주류문학의 일부분이라는 주장은 일리가 있지만 그러면 그럴수록 중국대륙 문단에서는 도리어 배제되는 반작용을 가져오게 되었다.

미국 독자들이 즐겨 소비하고자 하는 중국의 신화와 유령 이야기, 그리고 가부장적 전통 속에서 소외되고 매몰되었던 여성의 이야기가 중국대륙의 전통문화를 희화화시키고 그로 인해 야만적이라는 오명을 뒤집어 씌웠다는 점에서 이 둘은 비판받는다. 이 점은 본 논문에서 다루는 작가들과 크게 차이를 보이는 부분이다. 영어를 전공하는 연구자들은 소설 텍스트의 독해에 있어서의 용이함과 편의성 때문에 화인영문문학에 집중하고 있는데 이 때문에 결과적으로 화인영문문학은 중국문학과에서보다 영문학과에서 빈번히 다루어지며 주제의식과 관련하여서도 페미니즘 쪽으로 많이 연구되고 있다. 그런데 이는 상당히 아이러니한 상황을 만들어낸다. 주류 사회의 요구에 응하면서 거주국의 언어로 창작을 하는 화인영문문학은 상대적으로 화인화문문학을 계속해서 주변부에 위치하게 만드는 것이다. 다시 말해서, 북미의 화인영문문학은 화인 디아스포라문학의 일부로서 북미 지역의 주류 사회의 주변부에서 탄생했다. 하지만 그것은 중심부를 도와서 오히려 주변부를 더욱 소외시키는 작용을 하고 있다. 이와 관련해서 유제분은 맥신 홍 킹스턴의 ≪The Woman Warrior≫에 대해 주석을 덧붙여 이렇게 말한다.

> 이 작품은 소수민족문학이지만 어느 새 소수민족문학을 대표하는 정전이 된 셈이다. 이 작품의 정전화를 둘러싸고, 적지 않은 비판의 소음이 있었다. 실제로 민담과 설화, 전설 형태의 이 작품의 글쓰기는 저항적 소수민족문학과는 괴리가 있음이 지적되기도 했다. M. H. Kingston 자신은 자신의 작품의 정전화가 궁극적으로 기존의 정전이 변화되어야 함을 의미한다고 지적한다. 이 모든 의견의 옳고 그름을 떠나서, 분명한 것은 하나의 소수민족문학이 정전화 되어가는 과정에서 소수민족 간의 차이가 간과될 수 있는 부작용을 경계해야 할 것이다. 이 같은 경계의식은 소수민족의 차이를 인정하면서도, 그 차이 자체를 획일화시켜 버리는 미국 다문화주의의 정책에도 향할 수 있다.7)

≪The Woman Warrior≫는 인용된 바와 같이 저항적 소수민족문학적 특성을 담고 있지 않다는 특징을 뚜렷이 드러내고 있다. 북미화인영문문학에 대한 관심은 '上海條約(1973년)'을 계기로 중미관계가 새로운 전환점을 맞으면서 촉발되었는데 M. H. Kingston의 작품은 미국의 학문풍토에서 행하던 페미니즘의 상승효과를 얻으면서 더

7) 유제분, 미국의 시민 신화와 시민 주체: 맥신 홍 킹스턴의 소설에 나타난 시민권과 이민법의 문제 343-372, ≪영어영문학≫47.3(2001) 689-712. (정진농 편저, ≪미국소수민족문학≫, (서울: 동인, 2010.4), p.350.

욱 각광받았고 정전화 되었으며 尹曉煌의 말처럼 제이드 스노우 왕(Jade Snow Wong) 이후 상당한 영향력을 발휘했다. 白先勇, 於梨華, 張系國, 聶華苓과 작품 활동을 했던 시기는 유사하지만, 맥신 홍 킹스턴과 에이미 탄은 미국 사회에서 스스로 적극적으로 주류 사회에 융화되고자 하는 욕구가 더 컸다. 이 점은 이민 1세대 화인 작가들과 다른 점이다.

상호작용을 통해 작가는 미국 내 중국인의 문화가 미국과의 관계에서 변화한 만큼, 미국의 문화도 미국 내 중국인들과의 관계에서 변화할 것을 요구한다. 맥신 홍 킹스턴이 자신에게 부여된 '중국계 미국인'이라는 정체성을 거부한 것은 이러한 맥락에서이다. 이것은 중국인을 형용사로 하고 미국을 명사로 한 표현이다. 킹스턴은 자신의 작품이 미국 문학 작품으로 수용되기를 요구한다. 자신의 작품이 미국 문학 작품으로 변하는 것이 아니라, 자신의 작품을 미국 문학으로 수용함으로써, 미국의 문학 정전이 변화해야함을 주장하는 것이다.[8)]

즉, 맥신 홍 킹스턴의 경우는 자신의 작품은 철저히 미국문학 속에서 이해되길 원하고 있으며 그 자신이 'ABC(미국에서 태어난 화인: American-born Chinese)'[9)]이지만 오히려 미국 문화를 향유하고 미

8) 유제분, 미국의 시민 신화와 시민 주체: 맥신 홍 킹스턴의 소설에 나타난 시민권과 이민법의 문제 343-372, ≪영어영문학≫47.3(2001) 689-712. (정진농 편저, ≪미국소수민족문학≫, (서울: 동인, 2010.4)), p.359.

9) American-born Chinese, or "ABCs" as they are more commonly called, have significantly changed the character of the Chinese American community. As native-born, English-speaking citizens, they form a distinct subgroup, have their own subculture and social circles, and tend to think and act differently from their parents, particularly with respect to their relationship with China and America. Xiao-huang Yin, *Chinese American Literature since the 1850s*, Chicago: University of Illinois Press, 2000, pp.117-118.

국의 대중독자들이 작품을 읽길 기대하는 미국 작가이길 염원하고 있으며 이런 점에서는 에이미 탄의 인식도 크게 다르지 않다. 이 점에 있어서도 맥신 홍 킹스턴과 에이미 탄은 본 논문에서 다루고 있는 화인화문문학 작가들과 차이를 보인다. 맥신 홍 킹스턴이 자신의 책 서평에 대해서 분개하면서 많은 미국의 독자들이 자신의 작품을 미국문학으로 읽고 있지 않다는 사실을 인지했지만 그렇다고 하더라도 그녀의 작품을 바라보는 미국 주류 문학계의 시각을 쉽게 바꾸기는 어려운 것으로 보인다. 즉 여전히 자신들의 주장과는 상반되게 미국 내 중국계 소수민족의 문학의 대표적인 작품으로 인식되고 있는 것이다.[10] 화인영문문학이 미국문학의 일부이기를 원하지만 미국 내 중국계 소수민족의 문학으로 간주되듯이 화어로 쓰인 화문문학도 자신들의 위치를 정의내리는 데 어려움을 겪는다. 이에 상호 대척적이지만 '사이'에 존재하는 문학으로 인식되는 것이다. 데이비드 펜드리는 다음과 같이 말했다.

> 정체성 구축 모델의 최종 단계는 우리를 현재로 데려온다. 나는 이 현재를 포스트 동화(Post Assimilation)라고 부를 것이다. 맥신

10) 킹스턴은 미국독자들이 자신을 미국작가로, 자신의 소설들을 미국문학 소설로 수용하기를 기대했다. 자신의 책 서평을 보면서 킹스턴이 가장 분개한 점의 하나는 많은 평자들이 자신을 미국인으로 보지 않으며 자신의 작품 역사 미국문학으로 읽지 않는다는 것이다. 자신도 모르게 자신의 작품이 미국자신의 문학이 아닌, "그들"의 문학, 즉 중국계 미국문학을 대변하는 작품이 된 것이다. 소수민족 글쓰기에 있어서 재현의 딜레마는 킹스턴에게도 예외가 아니라는 사실은 분명하다. 다시 말하면, ≪여인무사≫나 ≪중국 남자들≫은 킹스턴이 아무리 부인한다 해도 중국계 미국작품의 대표성을 갖게 된다는 것이다. 유제분, 미국의 시민 신화와 시민주체: 맥신 홍 킹스턴의 소설에 나타난 시민권과 이민법의 문제 343-372, ≪영어영문학≫47.3(2001) 689-712. 정진농 편저, ≪미국소수민족문학≫, (서울: 동인, 2010.4), pp.365-366.

> 홍 킹스턴의 업적의 하나는 동화와 그에 대한 전투적 반발이 서로 갈등하고 있고 중국계 미국인을 대변해줄만한 인물이 거의 없던 1970년대에 중국계 미국인의 문화발전에 중요한 공헌을 했다는 것이다. 뿐만 아니라 더욱 우발적이고 상호적이며 변화무쌍한 동화 이후의 세계(Post-assimilation world)를 나아가는 다리의 역할을 했다. 이 세계에서 디아스포라 의식과 정체성의 발전은 통신 네트워크, 여행, 무역, 그리고 초국가적인 '사람들'을 연결하는 혈연들이 탈중심적이고 부분적으로 중첩되는 네트워크에 근거한다.[11)]

데이비드 펜드리의 말처럼, 북미 화인영문문학 작가들이 역할하고 있는 긍정적인 측면은 반드시 있다. 미국 주류집단의 요구와 의도에 맞추어 거주국의 독자들에게 잘 읽힐 수 있는 작품을 창작한 점, 작가 스스로 자신의 작품이 미국문학 작품임을 주장한다는 점, 작품 속에서 중국문화를 소재화하여 다소 극단적인 부분도 하드보일드한 경향으로 묘사하고 있는 점 등이다. 이런 특징들은 그들을 화인화문문학과 구별짓는 부분들이다.

북미 화인영문문학 작가들이 거주국에서 활발한 활동을 펼칠 무렵,

---

11) The final stage of this identity construction model brings us to the present day, which I shall term Post Assimilation. One of Maxine Hong Kingston's achievements is that she not only made an important contribution to Chinese American cultural development during the 1970's, when assimilation and militancy were in conflict and Chinese American culture had relatively few spokesperson, but also bridged toward the significantly more contingent, reciprocal, mutable post-assimilation world, with diaspora consciousness and identity development situated on 'decentered, partially overlapping networks of communication, travel, trade, and kinship that connect [……] transnational "people". Clifford, Routes, 269. David Pendery, "Identity development and cultural production in the Chinese diaspora to the United States, 1850-2004: new perspectives", *Asian Ethnicity* Vol.9, No.3, October 2008, p.214.

화인화문문학 작가들의 상황은 위기에 처해 있었다. 於梨華는 1950년대 말부터 1960년대 초기 미국에서의 중국 이민자들의 삶에 관한 단편소설 세 편을 영어로 써서 발표하고자 했으나 여러 출판사로부터 거절당했다. 다음 인용문에서 보듯이, 미국 출판업계가 판단하는 미국 독자들의 소비욕구에 딱 들어맞는 '동양적 이국정취(Oriental exoticism)'를 충족시킬 수 없다는 이유에서였다. 미국의 출판계는 於梨華의 소설에서 전족을 한 여성의 모습과 아편을 피우는 남성이라는 전형적인 화인들의 미국적 표상을 요구한 것이다.

> 1950년대 말과 1960년대 초에 미국의 화인 이민자들에 관해 於梨華가 영어로 쓴 3권의 소설과 몇몇 단편소설들은 모두 출판사들로부터 거절당했다. 그러나 그녀는 "그들(출판사들)은 단지 전족한 여성이나 아편 중독에 걸린 남성과 같이 동양적인 기이함을 보여주는 스토리에만 관심이 있었다"고 회상한다. "나는 그런 것에 관해 쓰고 싶지 않았다. 나는 미국 사회에서 중국계 이민자들의 투쟁에 관해 쓰고 싶다." 오로지 이러한 저급한 기대치에 순응하는 것만이 그녀를 주류 출판 시장의 "인종적 안전지대"로 진입할 수 있도록 해줄 것이라고 확신함으로써 於梨華는 우선적으로 화어로 창작하는데 몰두하기로 결심했다. 그녀와 그녀의 동료들에게 화어로 창작하는 것은 예술적인 염결성에 대한 증명을 나타내는 것과 마찬가지였다.12)

12) Yu Lihua's subsequent writing in English—three novels and several short stories written during the late 1950s and early 1960s about Chinese immigrants in America—were all rejected by various publishers. However, "They [the publishers] were only interested in stories that fit the pattern of Oriental exoticism—the feet-binding of women and the addiction of opium-smoking men", she recalls. "I didn't want to write that stuff. I wanted to write about the struggle of Chinese immigrants in American society." Convinced that only

於梨華는 미국 출판계의 요구에 맞추지 않았고 자신이 직접 보고 들은 것들을 쓰고자 했다. 그것은 바로 미국 주류 사회 속에서 배제되고 타자화된 화인 디아스포라들의 모습이었다. 尹曉煌의 말처럼, 고집스럽게 화어로 작품을 써내게 된 계기가 된 이 사건들로 인해서 오히려 화어를 사용한 그녀의 창작 활동이 저항적인 행위로 받아들여지게 된 것이다. 於梨華의 경우를 예로 들었지만 이것은 당시 대부분의 화인 작가들이 겪어야 했던 출판업계의 상황이었다. 작가들은 영어로 작품을 썼지만 출판사들은 주류사회 독자들의 구미에 정확히 맞춘 '동양적 이국정취', 즉 잘 팔리고, 잘 소비되는 중국 문화라는 패스트푸드를 만들어주길 원했던 것이다. 이런 거주국의 상황은 화인화문문학 작가들에게 영어로 작품 활동 하는 것에 대해서 회의를 느끼게 했고 특히 於梨華는 그 이후로는 화어로만 창작을 하게 되었다. 이러한 1960-70년대 당시의 미국 출판업계의 성향은 화인화문문학 작가들과는 다른 전략을 가진 맥신 홍 킹스턴과 에이미 탄과 같은 작가들에게는 유리한 출판환경을 제공해주었다.

> M. H. Kingston의 작품 역시 무수한 등장인물들의 개별적 이야기가 다양한 서술 장르와 형식을 통해 한꺼번에 울려나오는 점에서는 윌리엄즈의 것과 유사하다. 그러나 이들의 차이점은 윌리엄즈가 시적 경험의 특수성과 개별성을 전달한다면, 킹스턴 문학의 특수성과 개별성은 그녀의 의도와는 별개로, 중국계 미국인 모두가 겪는

---

by conforming to these low expectations would she fit the "ethnic niche" of the mainstream publishing market, Yu decided to engage primarily in Chinese writing. To her and her peers, writing in Chinese thus represents a vindication of their artistic integrity. Xiao-huang Yin, *Chinese American Literature since the 1850s*, Chicago: University of Illinois Press, 2000, p.169.

> 경험의 대표성과 정형성을 갖는 것이다. 다시 말하면, 중국계 미국인인 킹스턴이 재현하는 개인경험은 독서과정을 통해 중국계 미국 여성 전체를 대표하는 정형성과 대표성을 얻게 된다는 의미이다. 동시에 그녀의 작품에서 재현하는 중국계 미국인의 경험은 다수 백인독자들에게 "우리"가 아닌 "그들"의 경험이라는 이분법적 사고를 불러일으킴과 동시에 우/열, 진보/후진 등의 서열화를 수반하기 십상이다. 이러한 딜레마는 비단 중국계 미국문학만의 딜레마가 아니라 자신들 고유의 문화적 배경을 쓰려할 때 강요당하는 미국 내 소수민족 문학이 직면하는 딜레마라 할 수 있다. 그만큼 소수민족의 개인적 경험은 문학의 재현을 통해 민족적 보편성으로 전환되기 때문이다.[13]

맥신 홍 킹스턴은 미국문학 작가로 불리길 원했고, 미국에서 적극적으로 수용되는 과정에서 그렇게 보이는 듯 했다. 그러나 그녀의 디아스포라로서의 신분적 정체성은 문학으로 재현되자마자 그녀를 다시 소수민족문학, 에스닉 문학으로 환원시켜 놓았다.[14] 반면 중국대륙에서는 '비해외'[15]를 언급함으로써 화문문학이라는 큰 범주 속에서

---

13) 유제분, <미국의 시민 신화와 시민 주체－맥신 홍 킹스톤의 소설에 나타난 시민권과 이민법의 문제>, ≪영어영문학≫제47권3호, (한국영어영문학회, 2001년 가을), pp.706-707.

14) "결국에는 서양의 여러 도시에서 디아스포라적 공간에 위치하는 '제3세계' 지식인에 의해 생산되고 유통되고 구매되는 이 '제3세계'가, 무형(無形)상품이라는 가치형식으로 '본국에' 재수출되어 토착 산업의 발전을 저해할 것이다. 물론 다국적 기업이 지배하는 포스트모던 세계에서 그와 같은 '토착산업'을 언급하는 것 자체가 어쩌면 불가능하겠지만, 그들 지식인은 여전히 '연구대상'에 대해 자신들이 맺고 있는 관계의 진실성 문제에 직면해야만 한다." (레이 초우, 장수현·김우영 옮김, ≪디아스포라의 지식인: 현대 문화연구에 있어서 개입의 전술≫, (서울: 이산, 2005), p.171)고 하는 레이 초우의 말과 같이 이들의 미국에서의 수용은 화인화문문학의 중국대륙과 타이완 등지에서의 소비에 대한 일종의 새로운 문학 정의내리기에 대한 하나의 자극이자 지표가 될 수 있는 역할을 수행하고 있다.

도 교집합 속에 들어갈 수 있는 작품들을 조금이라도 더 중국대륙에 가깝게 느끼거나 혹은 편입시키려는 의도를 보인다. 중국대륙 이외의 문학에 대해서 지속적으로 중국대륙에 귀속되는 것이 마치 모든 화인 화문문학 작가들의 최종적인 목표이자 궁극적인 도달점인 것처럼 다루는데, 이것이 중국대륙에서 화문문학을 바라보는 일관된 시각이다. 분명 중국대륙의 토착학자 입장에서 볼 때는 다양한 중심을 인정하는 것이 힘들 수 있고, 더군다나 정책적으로 중화주의를 거듭 강조하고 있는 중국대륙으로서는 더더욱 화문문학을 중국대륙에 귀속시키려 할 것이다. 검열, 출판금지, 발언권 박탈 등의 타율적 강제는 물론이고 스스로 자기 검열을 행하게 될 것이기 때문이다. 사실 화인화문문학은 단순히 중심의 바깥에 위치한 것들이 아니라 더욱 보편적이고도 근원적인 인간의 감성을 자극할 수 있는 가능성을 가지고 있다. 이와 관련하여 중국대륙 학자 張琼은 다음과 같이 공감한다.

> 서양의 문학사에서 수많은 디아스포라 작가들이 출현했지만 아일랜드의 제임스 조이스나 러시아계 미국 작가 블라디미르 나보코프 등과 같은 이들은 자신의 독특한 삶의 체험에 의해 세계적인 불후의 작품을 선물하였고 진실과 은유라는 어떤 측면에서 보더라도

15) 因此, 筆者在這裡以美國華裔華文作家於梨華的處女作≪夢回青河≫(1963)爲分析文本, 試圖從作品表面“非海外”的特點進行深入分析。[……] 有趣的是, 如果不交代背景, 這部長篇小說就完全是地道的中國本土作家的作品, 和於梨華此後結合海外生活的創作如≪又見棕櫚又見棕櫚≫(1967)、≪考驗≫(1974)等作品有著明顯的區別。雖然作家自身有“當代留學生文學”的開拓者的殊榮, 作品也多以華人留學生在美國的生活體驗、種族遭遇爲背景, 反映他們身處他鄉的情感、事業上的追尋、困惑和奮鬪, 但是≪夢回青河≫却絲毫未涉及任何美國之事, 全然是一種自傳色彩濃郁的回憶小說。張琼, ≪從族裔聲音到經典文學－美國華裔文學的文學性研究及主體反思≫, (上海: 復旦大學出版社, 2009), pp.228-229.

> 디아스포라적인 특성은 문학 창작에 있어서 희소가치가 있는 자산이 된다. 복잡 다양하게 변화하는, 여정은 종종 조용하고 평탄한 삶보다 더욱 사람의 기억과 창작열을 자극하게 되어서 이와 같은 작품들의 감성적 장력은 더욱 사람들의 마음에 쉽게 다가갈 수 있게 된다.16)

여기서 살펴본 白先勇, 於梨華, 張系國, 聶華苓의 소설은 자전적 소설의 특징도 보이면서 화인화문문학 특유의 성격을 잘 보여주고 있다. 세계 속의 화인 디아스포라라는 집단의 감성과 그들의 삶의 철학과 역사를 그려내고 있기 때문이다.

미국의 독자들은 중국문학에 관한 한 전족을 발에 감은 여인들이 등장하고 공중을 날며 혈전을 벌이는 무사들이 등장하는 이국적인 인물들의 갈등을 보려는 욕구로 가득하다. "서양 독자들은 화인 작품들이 주로 과거에 대한 회고나 탐색으로 더욱 관심을 가지고 있으며 이민의 곤경이나 이민생태를 표현하는 문학에 관심을 가지지 않는다"는 말과 같이, 소비의 주체와 생산의 주체가 서로 상충되는 욕망을 가지고 있어 간극이 발생하고 갈등이 생기는 것이며 이러한 부담은 고스란히 작가들에게로 넘어가게 된다. 하지만 於梨華처럼 그러한 소비에 근거한 생산에 저항적으로 행동한 작가들이 있었다는 사실은 세계문학 속의 화인 디아스포라 연구나 화인화문문학사라는 측면에서 볼

16) 在西方的文學史上出現過許多流亡作家，如愛爾蘭的作家詹姆斯喬伊斯(James Joyce)、美國俄裔作家納博科夫(Vladimir Nabokov)等，他們都憑借着自己獨特的生活體驗帶給世界不朽的著作，而且無論從眞實還是從隱喩角度來看，流亡性都是文學創作中不可多得的一種財富。錯綜複雜的輾轉旅程往往比寧靜恬淡的生活更能激發人的回憶和創作激情，投諸作品的情感張力也更容易扣人心弦。張琼，≪從族裔聲音到經典文學－美國華裔文學的文學性硏究及主體反思≫，(上海: 復旦大學出版社, 2009), p.229.

때 지속적인 담론의 지평을 열어준다.

처음 하나의 언어를 문학에 적용하는 것과 두 가지 이상의 언어를 염두에 두고 문학을 하는 것은 모국어로만 작품 활동을 하는 것에 비해 유리한 측면이 있다. 오리엔탈리즘적 욕구를 일단 충족시키면서 작품을 창작할 수 있다는 점이 그것인데, 즉 각기 다른 문화권의 문학 소비계층에게 어필할 수 있는 작품을 만들어낼 수 있는 창작 자질이라는 측면에서 장점이 된다. 통상적으로 서양과 동양으로 구분하여 말하지만, 이데올로기 전략적 차원에서 모순이 존재하는 것은 부인할 수 없으므로, 결국 양쪽 모두에게 이국적인 정서와 호기심을 자극할 수 있는 방향으로 나아가는 것이 가장 큰 이점이 될 수 있다. 작가들이 이종언어로 창작활동을 하는 것은 언어적인 측면에서 유리한 면도 있지만 더불어 이와 이종발화라는 측면에서도 고려되어야 할 것이다. 즉 이들이 작품을 창작하면서 의도한 바 문학적 생산품의 차원을 넘어 작품이 스스로 새롭게 그 속에서 중국대륙 혹은 타이완을 재현해 내면서 실제의 중국대륙이나 타이완의 목소리와 겹치거나 혹은 어긋나는 발화를 하고 있다는 점에 주목해야 한다. 미국의 주류사회의 바깥에 부유하고 있는 화인 디아스포라들은 작품을 통해 자신의 목소리를 내고자 노력하고 있는데 이들의 목소리는 주류사회와 자기 자신을 향해 있으며 그 목소리는 끊임없이 자신들의 문제에 대한 관심을 촉발하기 위한 메시지를 담고 있다.

화문으로 타이완에서 소설을 발표하였거나 혹은 영어로 미국에서 발표하였거나간에 이들 화인 작가들은 양적인 측면은 물론이거니와 문학적인 수준에 있어서도 성공적으로 발전적인 새로운 단계에 진입했다.[17] 문학작품을 통해 느껴지는 감성과 그들의 현재의 활동을 통해 얻어지는 정보들은 겉으로만 부유하던 화인 디아스포라의 문제를 하나의 중심된 화두로 이끌어냈으며, 이는 작가의 발화와 작품의 발화가 어울려서 만들어낸 결과물로 상호 시너지 효과를 내면서 지속적인 새로운 중심을 구축해 나갈 것이다.

레이 초우의 말과 같이 아무런 문제의식 없이 '중국인'이라는 이상에 집착하는 것과, 나머지 세계를 이분법적으로 생각하는 경향은 가장 먼저 제거되어야 하는 것[18]이라고 할 때, 이제는 중화주의라는 허상의 본질을 꿰뚫을 수 있는 측면에서 들여다보아야 한다. 문화적으로 혼종된 정체성의 혼란을 겪고 있는 화인화문문학 작가들 중 白先勇, 於梨華, 張系國, 聶華苓의 경우를 보더라도 이들에게는 경계짓기가 무의미하며 그들의 모습이나 목소리가 탈경계의 변증법적 실례가 된다고 본다. 이 작가들의 현재의 모습과 그들의 목소리는 바로 현대인들의 내면에 존재하는 디아스포라를 일깨우는 실증이 되고 있다. 이들은 중국대륙이 중심이 되는 중화주의 속에 편입되지 않으면서 다원적 세계문학 속에 하나의 문학으로 자리하게 된다. 그리하여 자연스럽게 초국가적이고 코스모폴리탄을 위한 미래로 나아가는 선구자로서 역할하게 될 것이다.

어떤 사람들은 중국대륙 문학의 유구한 역사적 측면, 즉 전통의 연장선에서 이들을 파악하고 이해하면서 기존의 전통을 강조하고 정통

---

17) 這種新的人文特質、新的書寫困惑, 糾纏徘徊在故鄉他鄉、原鄉異鄉之間; 在身份認同、國籍認同、語言認同之間, 經過西方文化衝擊之後, 正逐漸摸索建立一種超越抵御身份、超越有形無形之藩籬的精神歸宿。因此, 有些海外華裔作家就選擇了跨越兩邊的文化及生活方式, 在東西方之間自由穿梭和來回游走, 借以擴展文化交流融合的空間。呂紅, <海外移民文學視点: 文化屬性與文化身份>, *Chinese America: History&Perspectives*, San Francisco: Chinese Historical Society of America, 2007, p.157의 글 참고.

18) 레이 초우, 장수현, 김우영 옮김, ≪디아스포라의 지식인: 현대 문화연구에 있어서 개입의 전술≫, (서울: 이산, 2005), p.138 참고.

성을 주장한다. 그런데 그들은 기존의 전통을 강조하고 정통성을 주장하면서 그 속에 있는 다양한 특성들은 의도적으로나 무의식적으로 간과하거나 무시한 채 강압적으로 거대한 민족주의적이고도 토착주의적인 시각에 입각한 특징들만을 강조하여 읽고 해석하곤 한다. 앞서 살펴보았듯이, 화인화문문학에 드러나는 특징들은 단순히 고향에 대한 그리움이나 신분적 문화적 정체성이라는 측면에서만 규정될 수는 없는 다양성과 다문화적 성향을 내포하고 있다. 이들의 문학을 미국 문학 속의 에스닉 문학 혹은 소수민족문학으로 해석한다 하더라도 그 진정성을 올바로 읽어내기는 부족하다. 그러므로 새로운 차원에서 논의가 되어야 하며, 곧 미래형 문학의 새로운 주체들의 등장을 암시하는 것인데 이러한 문화적이고도 문학적인 현상들을 통합적으로 다룰 수 있는 더 크고 새로운 논리가 바로 화인 디아스포라문학, 더 나아가서 디아스포라문학이 될 것이다.

토착민들에게는 다양성이 분명 불안과 스트레스를 야기시킨다. 토착민들은 단순한 거부감이나 이질감, 혹은 고정관념 외에도 이주자들이 그들 자신의 밥그릇을 나누어 먹어야 하는 존재들이라는 인식에서 두려움과 공포를 느끼게 되고 이로써 '외국인 혐오증(xenophobia)'을 가지게 된다. 종종 정치적 수단으로 전략적으로 이용되기도 하나 이러한 심리는 결국 사회가 지향해야 하는 것이 다양성이라는 점을 깨닫게 된다면 개선, 변화, 발전이 가능해질 것이다. 이 점에서 레이 초우의 다음과 같은 말은 의미심장하다.

> 오리엔탈리즘과 토착주의 사이, 우울한 문화적 호사가와 호전적 마오주의자 사이, 바로 거기에 많은 디아스포라의 지식인이 서양에서 발견하는 포스트 콜로니얼리티의 풍경이 있다. "디아스포라는

> 국경의 문제를 체현하기 때문에 초국가주의의 상징이다"라고 하치그 뢸랸은 적고 있다. '국경의 문제'는 목적론적인 것이 되어서는 안된다. 그것은 궁극적으로 영속적인 것에 길을 비켜주는 일시적인 것에 관한 것이라기보다는, 현재 '영속성' 자체를 만들어내고 있는 존재론적 조건에 관한 것이다. 따라서 만약 윌리엄 샤프란이 말하고 있는 것처럼 '디아스포라적 의식'이 고향으로부터의 이산(離散)이라는 "[그] 존재론적 조건의 지적표현"이라면 '디아스포라적 의식'이란 아마도 역사적 우연이라기보다는 지적인 현실, 즉 지식인이 처한 현실 상황이 아닐까.19)

포스트식민주의의 등장은 기존의 중심 대 주변이라는 고정불변할 것만 같던 틀에 새로운 시각을 가져다주었다. 현재 시점에서 진행되는 많은 문학적 논의들이 이러한 중심 대 주변의 담론에 불고 있는 이 새로운 바람을 맞이할 정서적인 준비가 되어있다고 보는데, 이는 분명 중심/주변이라는 이분법이자 이항대립적인 상황을 한 차원 상위의 단계에서 바라보는 형식이 될 것이다. 모든 것을 해체하여 재조합하자는 것이 아니라 원칙적으로 이미 그곳에 존재하는 현상과 사실들을 기존의 잣대로 해석하는 데 대해 문제의식을 가지고 새롭게 접근할 것을 요청하는 것이다. 수백 년, 어쩌면 수천 년을 이어온 중심/주변의 이항대립적 해석학의 경계는 이미 무너지고 있다. 여전히 고집스럽게 헤게모니 싸움에 머리를 쓴다면, 새롭게 탄생한 디아스포라라는 문화적 생산물을 어떻게 소비하고 어떻게 생산지 표시를 할 것인지에 대한 논의는 큰 의미가 없다. 이들이 현재진행형으로 변화를 거듭하고 있고 기존의 문학텍스트와 문화텍스트처럼 뚜렷한 형태를 보

---

19) 레이 초우, 장수현·김우영 옮김, ≪디아스포라의 지식인: 현대 문화연구에 있어서 개입의 전술≫, (서울: 이산, 2005), p.33.

이고 있는 상황이 아직 아니기 때문이다.

화인 디아스포라는 그 신분적 특성상 자신의 경험에 근거한 자전적 글쓰기를 담당한다. 다양한 이종문화에 노출된 이들은 사상적 정서적으로 전제된 혼종성 담론의 중심에 서 있다. 작품 속에서 그들은 무언가를 찾아 헤맨다. 그것은 자신의 정체성, 혹은 고향에 두고 온 민족과 공동체에 대한 아련한 기억이기 때문에 그 결말은 미래지향적일 가능성이 높다. 이들은 세계문학이라는 더 큰 흐름을 향해 나아가고 있다. 세계문학이라는 것이 특성이나 자격이 꼭 정해져 있지는 않지만 몇 가지 측면에서의 규정은 두드러져야 한다.

우선 세계문학은 특정한 국가와 민족의 이야기를 하고는 있지만 사실은 범지구적인 문제를 다룬다. 범지구적이라 불릴 만한 문제란 인간의 실존과 같은 문제에 접근하는 것을 말할 수도 있으며 이는 곧 세밀한 심리묘사와 인물의 형상화를 통해 발전하게 된다. 이 인물들은 특정 인종의 모습을 하고 있지만 그 속에는 인간의 공통된 고민이 내재되어 있다. 두 번째로 특정한 정치적 이념과 색채를 강하게 드러내지 않고 이데올로기와 정치로부터 오히려 자유로운 모습을 보이거나 강력하게 체제비판적, 혹은 탈이데올로기적 경향을 보이는 경우다. 세 번째는 문학성이다. 문학작품으로 평가되기 위해서 가장 기본적으로 고려될 수 있는 요건으로 문학다움을 갖추고 있거나 혹은 최소한 그러한 노력과 시도가 작품에서 드러나야 한다. 인간에 대한 고민이 있고 글쓰기에 있어서 다양하고도 새로운 시도가 요구된다. 재미있거나 감동적이거나 심금을 울릴 수 있는 저력이 있어야 하고 또 '누구의 무슨 문학'이라는 군더더기 수식어가 없이도 그저 순수하게 '문학'으로 불릴 수 있는 것이 범세계적인 것이다. 인간에 대한 고민을 바탕으로 주류/비주류, 다수자/소수자 및 중심/주변의 이분법적 세계 속에서 자신의 목소리를 내면서 다양한 측면으로 사람들의 의식을 깨우는 이슈와 아이디어를 제공할 수 있어야 한다. 다양한 아이디어와 더불어 열린 논의의 가능성을 배태하고 있는 작품들이 바로 세계문학작품이라 불릴 수 있을 것이다. 그리고 이러한 세계문학의 미래를 본 필자는 북미 화인화문문학에서 찾은 것이다.

북미지역의 화인 디아스포라들에 대한 타자화는 동양과 서양이라는 오래된 이분법적 사고에 그 뿌리를 두고 있어 손쉽게 변화될 수 있는 문제가 아니지만 국경/경계 넘기와 중심/주변의 붕괴로 설명되는 다원주의, 초국가주의 시대에서 새롭게 해석될 여지가 있다. 디아스포라에 관한 연구는 빈번하게 이루어지고 있으며 민족국가, 국민국가의 개념이 전과 다르게 상당부분 희석되었다. 북미 화인화문문학의 연구에서 시작한 디아스포라에 대한 연구와 더 나아가 사회 전반에 자리한 타자에 대한 개념과 인식의 변화는 다가올 시대의 긍정적인 가능성을 내포한 것으로 이해될 수 있다. 이는 미래의 문학이 목표로 하고 또 도달할 수 있도록 기대하는 부분이기도 하다. 디아스포라문학은 이런 차원에서 초국가적 문학을 하면서 좀 더 넓은 문학의 영역 안에서 그 세계를 맛보고 경험해서 체화하고 있는 중이므로 향후 이 모든 것은 북미 지역 화인화문문학계에 새로운 동력으로 작용할 것이다.

제 9 장 21세기 중국문학의 미래와 화인화문문학

이 책에서는 주로 북미 화인화문문학 중에서도 비교적 초기인 1960년대부터 1970년대까지 활동했던 대표적인 네 사람의 작가를 주로 다루었다. 白先勇, 於梨華, 張系國, 聶華苓의 소설들과 나아가 맥신 홍 킹스턴과 에이미 탄, 陳浩泉 등의 소설도 함께 살펴보았다. 1장에서는 화인에서부터 화인 디아스포라, 화인화문문학에 대한 것과 연구의 필요성 및 혼종성에 대해서 살피고, 또 화인화문문학을 연구하는 데 있어서 북미 지역이 의미가 있는 몇 가지 이유들과 특히 시기적으로 1960-70년대를 중심으로 하는 시대적 의미에 대해서도 살폈다. 중국대륙이 상대적으로 부족한 문학적 자원과 중단된 문학적 연결고리를 메우기 위해서 종종 북미 지역 타이완 출신 유학생들의 문학작품들을 언급할 정도로 이들의 문학적 성과는 탁월했다. 기존의 연구에서 이들의 문학은 북미 유학생 문학이라는 층위에서만 언급될 뿐 새로운 잠재력과 발전가능성에 대해서는 크게 부각시키지 않은 면이 많았다.

중국대륙과 타이완과 북미 지역의 타이완 출신 학자들은 화인화문문학을 각자 자신들의 편의에 따라 해외중국문학, 유학생 문학, 화어계 문학 등으로 명칭을 달리하여 특정한 민족국가의 문학영역 확장이라는 측면에서 주로 다루어왔다. 이에 이 책의 2장에서는 중국대륙과 타이완 출신 북미 학자들의 시각을 중심으로 그들의 주장과 한계를 개진하면서 새로운 시각으로 이들에게 접근할 필요성에 대해 고찰하였다. 그 결과 이들을 디아스포라로 보아야 하며, 따라서 그들의 문학을 화인 디아스포라문학으로 볼 것을 주장하였다. 화인 디아스포라문학 중에서도 화인영문문학은 이미 영문학 분야에서 연구가 시도되고 있다. 이에 반해 화인화문문학에 대해서는 중국어 해독능력이 있는 연구자가 주축이 되어야 한다. 하지만 화인 디아스포라문학 연구는 영어와 화어와 한국어 등 다양한 언어적 해독력을 가지고 있는 연구자들에 의해서 고찰되어야 한다. 이에 따라 이들 자체를 연구하고 분석하여 이들이 독립되고도 새로운 특성을 가지고 있으며 그 자체의 발전과정을 거치고 있다는 전제를 해야 한다고 본다.

3장부터 5장까지는 각 작품들을 화인 디아스포라의 정체성을 규정한 요소들로 상실과 소외, 그리고 이상향 추구라는 점에 집중하여, 白先勇, 於梨華, 張系國, 聶華苓과 함께 맥신 홍 킹스턴과 에이미 탄의 소설을 비교하여 그 특징들을 살펴보았다. 네 작가의 작품 중 상실의 문제가 가장 두드러진 것은 白先勇의 ≪臺北人≫이었다. 여기서는 고향의 상실에 대한 이야기가 주로 그려졌으며 고향을 떠나온 인물들의 과거 이야기뿐만 아니라 우울한 심상과 비극적 결말 등이 제시되면서 주제를 심화시키고 있었다. 於梨華의 ≪又見棕櫚又見棕櫚≫에서는 떠나간 곳에서도 이방인이고 다시 돌아온 곳에서도 이방인이 되는 주인공에게 끊임없이 되풀이되는 소외와 그로 인한 자신의 정체성에 대한 물음이 중심된 주제였다. 張系國의 ≪棋王≫은 디아스포라의 이상향 추구라는 측면에서 특징적인 점들이 나타났고, 聶華苓의 ≪桑青與桃紅≫은 중국대륙에서 타이완으로, 다시 미국으로 옮겨간 桑青 또는 桃紅이라는 인물을 통해 디아스포라의 정체성을 규정한 소외와 이상향 추구에 관한 점들을 찾아낼 수 있었다. 이와 동시에 이들 북미 지역의 이민 1세대에 해당하는 작가의 화인화문문학의 경향을 좀 더 분명히 밝히기 위해 이민 2세대에 해당하는 화인영문문학 작가들의 작품을 일정부분 비교할 때 가변적 정체성 문제가 두드러지게 나타나고 있었다.

6장부터 8장에서는 화인 디아스포라에게서 나타나는 혼종성이라는 측면에 집중하였다. 화인 디아스포라들이 가지게 되는 가변적 정체성은 혼종성과 결합하여 이주의 경험으로부터 차별받게 되는 요소가 아니라 미국 사회에서 다양성으로 인정받도록 하는 힘이 되었다고 보았다. 그리하여 그들의 혼종의 상황을 언어적 측면과 문화적 측면으로 구분지어 살펴보았다. 그리고 이민 2세대 작가들과의 비교를 통해서 네 명의 작가들과 구분되는 특징들을 살피고 작품을 통해 이민 1세대 화인과 이민 2세대 화인들의 서로에 대한 인식의 차이와 갈등의 모습을 살펴보았다.

사람을 나무나 식물에 비유하여 뿌리를 찾는다거나 뿌리를 잃고 헤맨다고 말하는 것은 현대에 이르러 대부분의 학계에서 자연스러운 표현법이 되었다. 하지만 이 뿌리는 상징적인 의미이며 식물에 있어서 뿌리는 뽑혀져 나와서 다른 곳에 뿌리내리지 못하면 곧 죽게 되고 어떤 척박한 땅이나 시멘트 속 약간의 흙이라 하더라도 뿌리를 내리고 영양을 받을 공간이 있어야 생존하게 된다. 하지만 사람은 발이 있기 때문에 식물처럼 한 곳에 뿌리를 내릴 수 없다. 여기서 가장 큰 차이가 있다. 오히려 사람을 한 곳에 뿌리내리게 하여 꼼짝하지 못하게 한다면 그 사람은 오래 생존할 가능성이 낮아진다. 식물의 대륙 간 이동보다 사람의 대륙 간 이동이 더욱 용이하며 식물보다는 자연환경의 영향이 생존에 결정적인 요소가 되지 않기 때문에 인간이 더욱 생존 가능성이 높다. 뿌리는 그래서 상징적인 의미를 띠게 된다. 정치적으로 주입된 민족과 인종과 국가라는 개념 속에 뿌리도 함께 존재한다고 보는 것이다. 디아스포라 연구는 기존의 뿌리 잃음, 뿌리 찾기 차원의 틀을 깨야 비로소 이해할 수 있는 새로운 차원의 연구이다. 그들을 새로운 인간집단으로 보기 위해서는 식물처럼 뿌리에 묶어두고 살펴볼 수만은 없다. 그들은 언제나 자유롭게 떠날 수 있고 어디든 정착할 수 있으므로 그곳에서 새로운 문화를 창출해낼 수 있는 무한한 가능성을 가진 존재로 해석해야 한다. 민족과 공동체는 중요하지만 이제 그것들을 새로운 방식으로 상상해야 한다.

고향은 힘들고 고된 현실을 겪고 있는 사람에게 일종의 도피처와 같은 정서적 안정을 주는 기억의 공간이다. 실체화된 고향은 과거의 어느 시점에 존재하기 때문에 결코 현재적 시점으로 재현할 수 없다. 따라서 시간적·공간적으로 다가갈 수 없고 직접 볼 수 없지만 고향은 누구에게나 존재한다. 물론 이민 2세와 3세에게도 그들이 직접 경험하지 못하더라도 일종의 문화적으로 전이되면서 상상된 고향의 이미지가 있다. 그래서 데이비드 허다트는 디아스포라의 정체성과 디아스포라의 고향을 충분히 상상 가능한 것으로 설명한 바 있다.

"고향에 대한 경험이 없어도, 우리는 우리가 원하는 어떤 방식으로든지 고향을 자유롭게 상상할 수 있고, 충분한 이유가 있는 그리고 의지할 만한 정체성을 고향에 자유롭게 부여할 수 있다."[1] 는 말과 같이, 화인 디아스포라는 그들이 생각하는 고향을 항상 기억과 상상 속

1) 데이비드 허다트, 조만성, ≪호미 바바의 탈식민적 정체성≫, (서울: 앨피, 2011), p.130, 이하 p.148에서 인용.

에 품고 현실을 살아나가는 존재들이기에 그들은 고향을 잃을 수 없다. 디아스포라들이 경험하는 이주라는 사실은 대체로 부정적이고 불유쾌한 감각적 기억을 동반하기도 하지만, "해외 이주는 형이상학적 이상, 즉 긍정적인 코스모폴리탄 정체성이 될 수 있다"는 각도에서 디아스포라적 특징들이 조명되어야 하는 것이다.

이런 점에 입각해서 白先勇, 於梨華, 張系國, 聶華苓 네 명의 화인화문문학 작가들을 살펴본 바, 白先勇은 돌아가고 싶은 고향의 모습에 대한 향수를 담아내었음을 발견할 수 있었다. 또한 그의 소설 속에 일관되게 전체를 아우르는 우울한 과거에 대한 그리움과 고향에 대한 그리움의 정서들은 상실이라는 주제로 묶을 수 있었다. 於梨華는 미국과 타이완을 오가며 직접 느끼게 되는 디아스포라의 모습을 자본주의 사회의 '이익을 좇도록 요구받는' 주인공을 통해 자세히 묘사했다. 돌아갈 수 없는 고향을 그리워하면서 동시에 어느 곳에도 속할 수 없는 디아스포라의 모습을 소외를 주제로 나타내었다. 張系國는 다양한 화인들의 모습을 주로 지식인의 전형을 모델로 하여 그의 작품에 묘사하면서 동시에 더 나은 이상향을 추구하고자 하는 바람을 담고 있었다. 화인 디아스포라 주체들은 고정된 정체성을 갖지 못하고 문화적 혼종화 과정을 거쳐서 가변적 디아스포라 정체성을 만들어 가게 되었다. 聶華苓은 두 차례 이주의 경험을 한 주인공이 이상향을 찾아 떠나는 과정에서 혼종화되는 과정을 보여주었다. 그리고 소설에서 인물들이 경험한 상실과 소외는 그들의 디아스포라적 정체성을 규정짓는 중대한 요소가 되었다.

레이 초우는 페미니즘에 대한 인식의 토대를 언급하면서 포스트모더니즘은 "'나도 오케이, 너도 오케이' 식의 포상을 주어 포섭하든가, 모두를 뭉뚱그려서 파괴적인 '주변적 존재'로 규정하는 것"에 불과할

지도 모른다고 느끼는 사람이 많다고 했다.2) 이것은 현재 중국대륙이 여타한 다른 모든 문학들을 주변화시키고 있는 상황과도 일치한다. 북미에서 아시아계 이주민들은 종종 무표정한 인상으로 그려지곤 한다. 이들은 괴로워도 행복해도 그러한 표정을 짓고 있어 상대적으로 풍부한 표정의 축복을 받은 서양인들에 비해 감정이 메말랐다는 선입견을 주고 있다. 이러한 왜곡된 형태로 이미지화된 동양인들의 모습 때문에 그들의 진정성은 가려지고 굴절되어 받아들여졌다. 하지만 이런 사람들이 이제는 변하고 있는 것이다. 이들은 지금 처해 있는 상황을 개선하기 위해 부단한 노력을 기울이면서 동시에 문화적인 갈등과 이민자의 문제에 대해서도 스스로의 목소리를 높여 더 나은 미래를 위해서 분투하고 있다.

디아스포라적 주체와 그로 인해 양산되는 여러 가지 담론들은 기존의 성, 인종, 국가의 범주에 단일적으로 소속되기보다 이러한 범주에 복수적으로 소속되는 개인이 증가하는 글로벌 시대에 고정된 정체성 개념으로는 혼성적 주체를 설명할 수 없다. 그러므로 이들의 지속적인 활동과 문학적 가치에 대한 일종의 보상은 곧, 문화와 문학에 대한 그리고 중국문학에서의 지위와 역할에 대한 더 나은 틀을 제공하는 것이며, 이로써 그들의 문학에 대해 논할 수 있는 더욱 활발한 장을 열어주는 것, 나아가 편향된 시각에서의 편협한 해석과 독법을 벗어나 범세계적이고 범인류적인 주제의식을 통해 그들을 판단하도록 해주는 것이 될 것이다. 이러한 시각 전환과 범주의 확대는 문학을 통한 문화 이해로의 접근을 용이하게 해줄 것이며, 진화는 중국문학 연구

2) 레이 초우, 장수현·김우영 옮김, ≪디아스포라의 지식인: 현대 문화연구에 있어서 개입의 전술≫, (서울: 이산, 2005), p.93 참조.

에 더욱 힘을 실어줄 것이다.[3)]

자본주의는 이미 세계적으로 인간의 삶을 주도하는 하나의 흐름이 되었다. 그리고 이러한 현상은 자본주의를 표방한 국가들에서는 물론이고 자본주의를 기치로 내걸지 않는 국가들에서조차 받아들여지게 되었으며, 심각한 부작용을 동반하면서도 그것의 수정이나 폐기보다는 오히려 더욱 심화되는 경향을 보이고 있다. 자본 이데올로기는 사람들이 고향에서 떠날 수 있는 결정적 계기가 되면서 현대인들이 태어나고 자란 곳이 아닌 지역에서 삶을 살 수 있도록 하는 거대한 동력이 되었다. 현대인들이 동일한 국가 내에서도 다른 지역으로 이동하게 되거나 심지어 다른 국가로의 이동시에도 이러한 이데올로기는 현대인들의 이주를 정당화하는 데 가장 적합한 이유로 작용했다. 타고난 민족이 허구라고 주장했던 베네딕트 앤더슨의 말과 같이 이제는 나고 자란 국가와 국적이라는 것도 정당한 이유에 의해서 선천적이고 태생적인 것이 아닌 후천적이고 선택적인 항목이 된 것이다. 이로 미루어 보건대, 화인 디아스포라 및 화인 디아스포라문학이라는 측면에서 화인화문문학을 논의하는 것은 단순히 문학텍스트 비평의 차원을 넘어서 있다. 오히려 이들의 문학을 통해서 문화를 논하고, 다시금 인간의 삶 속으로 들어가서 현대인들의 모습을 투영시켜 보는 것이 중요하게 되었다.

'교육을 받은 사람들은 여러 다른 문화에 대해 읽고 쓸 필요가 있다'[4)]는 레이 초우의 말은 문화연구의 현주소가 여전히 디아스포라들

---

3) 고혜림, <수용과 배제: 킹스턴의 ≪여인무사≫를 중심으로>, ≪中國小說論叢≫ Vol.30, (서울: 한국중국소설학회, 2009), p.334.

4) 레이 초우, 장수현·김우영 옮김, ≪디아스포라의 지식인: 현대 문화연구에 있어서 개입의 전술≫, (서울: 이산, 2005), p.185.

을 주변으로 내몰고 심지어 이들이 스스로 '발화'하기 시작하면 당장이라도 정치적으로 올바르지 않은 것으로 치부해버리는, 그래서 문학이라는 것도 '일반적인 내러티브의 특수한 로컬적인 실례'가 되는 현상을 설명하는 것이다. 미하일 바흐친의 말처럼 문화적인 것들은 사실상 모두 경계에 위치해 있는 것일지도 모른다.5) 이제 북미 화인화문문학을 그 자체로 연구해야 한다. 중국대륙도 타이완도 그리고 王德威를 중심으로 하는 미국 학계의 시각과도 다른 방향으로 바라보는 것이 필요하다. 白先勇, 於梨華, 張系國, 聶華苓을 위시한 북미 화인화문문학 연구에 있어서 주지해야 할 점은 앞으로는 이들을 전세계적으로 만연한 디아스포라 현상들의 일부분으로 보는 것이 중립적이고도 합리적인 견해라는 점이다. 이는 중국문학과 화인화문문학을 연구하는 한국인 학자들이 반드시 고려해 보아야 하는 사안이다. 이들 작가들은 디아스포라라고 불리는 새로운 인간집단에 속하며 그들이 문학 작품을 창작하는 것은 그 행위 자체로서 디아스포라들의 새로운 문학적 표현형식으로 받아들여져야 한다.

화인 디아스포라의 대다수가 화어로 작품 활동을 하는 것은 분명하다. 언어를 넘어서서 관심을 가져야 할 점은 화인 디아스포라 작가들

---

5) 하지만 문화의 영역을, 경계뿐만 아니라 내부 영토도 가지고 있는 일종의 공간적인 완전체라고 상상해서는 안 된다. 문화의 영역에는 내부 영토가 없다. 그것은 전적으로 경계를 따라서, 즉 모든 곳의 모든 측면에 걸쳐 뻗어 있는 경계를 따라서 분포되어 있다 [……] 모든 문화적 행위는 본질적으로 경계 위에서 살아 움직인다. 여기에 그 중대함과 의미심장함이 존재한다. 경계에서 분리되면 문화적 행위는 그 토양을 잃게 되어, 공허하고 오만해지며, 퇴화하여 죽게 된다. <언어 창작물의 내용, 재료, 그리고 형식의 문제 Problema soderzhaniia, materiala, i formy v slovesnom khudozhestvennom tvorchestve> (The Problem of content, material, and form in verbal creative art), 1975년 러시아어판 선집, 모슨과 에머슨의 번역에 따름, p.25), 게리 솔 모슨, 캐릴 에머슨 지음, 오문석 등 옮김, ≪바흐친의 산문학≫, (서울: 책세상, 2006), pp.110-111 참고.

이 어떠한 표현방식을 가지고 그들의 삶을 그려내고 있는가 하는 점이다. 그들이 상상한 고향은 분명 물리적으로 그곳에 그대로 존재하지 않지만 그들은 영원히 고향을 그리워할 것이다. '無根' 혹은 '失根'이라고 명명하는 그들의 삶에 대해서도 관점을 전환해서 바라보아야 할 것이다. 그들은 '뿌리가 없다'거나 '뿌리를 잃었다'는 개념이 아니라 여기저기를 떠도는 '뿌리 자체가 없는 삶'을 살아내고 있는 존재들로 보아야 한다.

전 세계에서 발생하는 혼종화는 이제 더 이상 하나의 현상으로 묶어서 논의할 수 없을 정도로 다양하고 가변적인 쟁점이 되었다. 디아스포라 현상을 국가나 인종으로 구분하여 논의하는 것과 마찬가지로 혼종성에 대해서도 구분이 필요하다. 이런 차원에서 白先勇, 於梨華, 張系國, 聶華苓은 북미에서 발현되는 디아스포라의 정체성과 주체의 문제 및 혼종성 논의에 의의를 가지는 작품들을 통해서 특징적인 측면들을 보여주고 있으며, 차이를 발생시키는 주체의 의식과 문화적 실천에 시사하는 바가 내포되어 있다.

중심론 논쟁의 무용론을 주장하자는 것은 이 시점에서 다루는 주된 대상은 아니다. 다만 필자는 중화주의의 정치적 전략을 해체하고 중화주의 강화의 수단으로서의 민족주의를 넘어서고 이항대립적인 갈등 상황도 넘어서야 하는 것으로 보자는 것이다. 그래서 한 차원 높은 수준에서 다자적인 중심을 논의하여야 할 것이며 그로써 화인화문문학의 새로운 층차에서의 논의에 한층 더 가까이 다가갈 것으로 전망한다.

가야트리 스피박은 이렇게 말한다. 정치적으로 적합한 제국의 도시에 사는 다문화주의자들은 세상의 타자들이 동일자들이기를 원한다. 제임슨의 경우에는 민족주의자를, 아마드의 경우에는 계급이기를 원한다. 이런 이분법적 요구를 원상태로 되돌리는 것은 주변부 문학이 집합성을 지향하여 좀 더 놀랍고 예기치 않은 책동을 부릴지도 모른다는 것을 암시한다.[6] 이처럼 화인화문문학이 잠재하고 있는 속성과 그 영향력은 아직까지 가시화되지 않았지만 머지않아 세계문학 속에서 활발히 논의될 것이며 고집스럽게 자리를 꿰차고 있는 중심부의 문학에 일침을 가할 것이다. 이 말은 곧 화인 디아스포라에 대한 연구와 더불어 화인화문문학에 대한 연구가 어떠한 역할을 하게 될 것인지, 이러한 논의들이 몰고 올 후폭풍이 어떤 것인지에 대해서 어느 정도 예상이 가능한 시뮬레이션이 될 것이다. 즉, 중국대륙의 문학이 중화주의적 색채를 띠고 정전의 자리를 굳게 지키고 있으면서 중국대륙 이외 지역의 문학들을 민족주의적 정서를 저변에 깔고 회귀하고 싶은 고향과 이주자들의 정체성을 다시금 되새기길 주장하며 속문주의, 혹은 속어주의적 관점에서 포섭하려고 하는 한 화인화문문학이 그에 정면으로 반기를 들게 될 것임은 예측 가능한 일이다.

화인화문문학 연구는 최소한 두 가지의 양면적인 앞길을 가지고 있다고 할 수도 있다. 즉 한편으로는 중화주의의 강화이면서 다른 한편으로는 중화주의의 해체라는 것이다. 과연 그것이 어느 쪽으로 나아가야 할 것인가에 대해서는 두 말할 필요가 없다. 그것은 근본적으로 인간 집단의 새로운 형태인 디아스포라와 관련해서 진행되어야 하는 것이다.[7] 화인화문문학 연구가 어떠한 방향으로 나아갈지에 대한 입장은 연구자들 각자의 몫이지만 특정 이데올로기나 전략적 도구로 다

---

6) 가야트리 차크라보르티 스피박 지음, 문학이론연구회 옮김, ≪경계선 넘기－새로운 문학연구의 모색≫, (경기: 인간사랑, 2008), pp.115-116.

7) 김혜준, <화인화문문학 연구를 위한 시론>, ≪중국어문논총≫제50집, (서울: 중국어문연구회, 2011.9), p.110.

루어질 것이 아니라면 이는 분명 새로운 인간집단인 디아스포라에 의한 문학이라는 전제에서 출발해야 한다. 그리고 중국대륙, 타이완, 북미도 아닌 한국의 연구자가 가져야 될 시각과 화인화문문학에의 접근법에 대해서도 적절한 판단이 따라야 할 것이다.

이 책은 화인화문문학을 언어적 차원의 논의하고자 하는 것이 아니므로 속문주의, 속어주의는 제외하였다. 화인 디아스포라문학의 소위 '민족문학'과의 연관성을 완전히 무시할 수는 없다. 하지만 여기서의 민족주의의 의미는 배타적이고 폐쇄적인 중화주의를 일컫는 것이 결코 아니기에 좀 더 광의의 의미이자 개방적이고 포괄적인 의미로 해석할 수 있는 전세계적이고 전지구적인 네트워크의 바탕 위에서 규정지을 수 있다. 이것이 곧 포스트식민주의와 탈근대주의적 맥락에 입각한 시각이며 기존 중국대륙의 중화주의로의 통합이라는 전략과는 다른 각도에서 분석이 가능해진다. 그러므로 화인화문문학 연구에 있어서 "문자가 아닌 생명, 문화, 생존, 그리고 문화학적 영역 내의 회로애락의 표현들에 집중"[8]해야 할 것이다. 그것은 곧 풍부하고 다채로운 인간의 삶, 생명에 관한 이야기이다. 화인화문문학의 비평과 분석이 모두 '생명', '삶' 이외의 것들을 통해서만 이루어지고 있는 한계에서 벗어나야 한다.

결국 세계화라는 것은 과거에는 힘들게 여겨졌던 외국으로의 여행, 이주, 이민 등 불가능한 저 먼 세상의 일을 현실로 옮겨놓았다. 산업화와 더불어 과학기술로 인한 교통수단의 비약적인 발전이 이루어낸 성과는 마침내 국가 간의 물리적 거리를 좁혀버렸다. 정치적 난민의 신분에서 쫓겨나다시피 떠나야만 했던 시절과는 다른 시대인 지금은

8) 莊園編, ≪文化的華文文學≫, (汕頭: 汕頭大學出版社, 2006), p.153.

돈이, 그리고 경제가 사람을 자신이 나고 자란 고국을 떠나도록 만들고 있다. 단순히 세계화라는 측면에서 디아스포라문학도 연구될 만한 가치가 있다는 차원이 아니라 오히려 디아스포라문학은 이미 진행 중인 문학이며 미래형일 수 있다. 이제는 문학이 한 국가에서만 소비되던 시절도 지나 초국가적인 문학소비가 이루어진다. 그러므로 앞으로의 가장 활발한 문학의 형태나 틀이 될 가능성을 명백히 담보하고 있다. 이러한 추세는 각국의 외국어 교육 열기와 더불어 과학과 기술의 발전으로 더욱 가속화하고 있다. 어떤 한 나라에서 베스트셀러가 되면 또 다른 나라에서도 거의 동시에 번역되어 나와 독자들에게 읽혀지는 소비방식은 어제 오늘의 일이 아니다.

화인화문문학은 중국의 대륙문학이 주도하는 큰 흐름 속에서 종속적인 지위에 머무르고 있다. 삶이 우선이고 문화는 그 다음이 되는 것이라는 주장은 ≪文化的華文文學≫에서도 언급된 바 있다. 그렇기에 '어종적 화문문학'의 주도로 이루어지는 기존과 현재의 연구 틀은 본질을 가리고 있다. 결국은 이러한 여러 가지 상황들이 왜곡되고 과장되며 강화되는 과정을 거쳐서 잘못된 흐름을 주도하는 우를 범하게 되는 것이다. 단순히 '향수'와 '뿌리 찾기'가 그 본질보다 지나치게 신성시되고 이러한 면만 과도하게 강조하는 방향으로 흘러 버렸다. '고향을 생각하는 것'이 과연 모든 해외의 화인들이 항상 가지고 있고 열망하는 욕망의 근원이자 삶의 최종적인 목적이 될 수 있는가 하는 것은 재고할 필요가 있다. '문화적 화문문학'과 '문화적 시각에서 보는 화문문학'은 분명 다른 것이며 오히려 후자에 대한 반동이자 반발로 보아야 한다. 좀 더 다른 각도에서 보자면 화인화문문학은 모든 방법론을 포괄하는 것이다. 이렇게 보자면 화인화문문학에서 자주 다루고 있는 정체성에 관한 문제 역시 한 가지 시각이자 방법론일 수 있다. 다만 정체성이 심리학에서 문학비평으로 넘어온 시점에서 이미 한 차례 전유를 겪었고 이제는 '정체성'을 비평의 주제로 가져올 때 좀 더 참신한 방법론을 추가해서 가져와야 한다. 그러므로 정체성이나 노스탤지어 문제에서 편협한 시각으로 정체성만을 혹은 노스탤지어만을 다루는 단계는 넘어서야 할 것이다.

그들은 뿌리 뽑힌 자들도 아니며 뿌리를 잃거나 버린 자들도 아니다. 그들은 현재 몸담고 살아가는 그 사회 속에서 살거나 어디든 옮길 수 있는 삶을 살아내는 것을 선택한 것이다. 식물이 되어 한 지역에 뿌리내리고 사는 삶이 아니라 뿌리 자체를 넘어서 떠도는 삶을 선택한 이상, 그 삶 속에서 행복과 만족을 찾아내고 사랑을 찾아낼 수 있을 것이다. 역설적이게도 이들이 중국어라는 언어를 표현수단으로 삼고 소설을 표현장소로 삼을 수 있다는 점만으로도 주목을 받을 수 있는 이유는 그들 스스로가 디아스포라 신분이기에 가능한 것이 아닐까. 게다가 디아스포라이기에 더욱 풍부한 문학적 소재와 제재를 찾아낼 수 있고 그 속에 문학적 상상력을 덧붙여 이제는 명백히 전세계적 현상이 된 수많은 디아스포라들의 공감을 이끌어내면서 교감을 이루게 될 것이다.

화인화문문학에 대한 연구는 그 출발 단계에서는 자아정체성 및 문화정체성 문제와 연계되었다. 그러나 이제는 보편적인 현대인의 인간실존의 문제로까지 연결되어야 한다. 이러한 측면에서 화인화문문학 작품들은 긴박감 넘치는 스토리와 치밀한 구성 외에도 보편적인 문제 및 문화적인 혼종성이 포함되어 있다고 보며, 따라서 가히 선구적이라 말할 수 있다. 특히 화인화문문학 중 북미지역의 대표적인 작품들은 문제의식, 인물창조, 스토리 전개와 같은 측면에서도 그 어느 작품들에도 결코 뒤지지 않는, 그러나 어쩌면 시대를 앞선 작가들의 역량과 상상을 담아내고 있었다.

북미 화인화문문학은 현재와 같은 포스트식민시대에 어떠한 역할을 하는 것이며, 화인화문문학 작가들은 자신들의 작품을 통해서 어떠한 이야기를 하려고 하는 것인지에 대한 연구도 후속적으로 이루어져야 할 것이다. 필자는 북미 화인화문문학은 디아스포라문학 집단의 대표적 성격인 이산의 역사, 문학 활동, 정체성 고민, 문화적 혼종화, 주류 문화로부터의 지속적인 통합 압박, 제3의 공간에서 존재하는 순수성, 대안적 저항담론으로 역할 할 수 있는 가능성을 지니고 있음을 보았다. 앞으로는 화인화문문학에 나타난 디아스포라와 혼종성에서 좀 더 나아가 본격적으로 화인화문문학과 화인영문문학의 비교를 통한 화인문학 연구라던지 화인 디아스포라문학과 한인 디아스포라문학의 비교를 통한 디아스포라문학 연구로 발전시켜 나갈 가능성이 과제로 남아 있다.

지금껏 살펴 본 북미 화인화문문학의 특징적인 측면들에 대해서는 앞으로 추가적으로 다음과 같은 부분들의 연구가 필요할 것으로 본다. 전지구적 상황에서 디아스포라를 새로운 인간집단의 탄생이라는 측면에서 조망하게 된다면 북미 지역뿐만 아니라 동남아와 유럽 등지의 화인문학도 다른 각도에서 연구할 수 있을 것이다. 특히 동남아 각 지역을 기반으로 하는 화인화문문학들의 역사와 구체적인 사례에 대한 번역과 분석, 사회학적·문화학적 함의에 대해서도 다루어야 한다. 유럽과 심지어 아프리카에도 화인 공동체가 존재한다는 것은 더 이상 신선한 뉴스가 아니다. 여타 지역에 존재하는 특수한 사례들이 결국 전세계적인 차원에서 보편적인 어떤 현상을 나타내는 것임을 보다 면밀하고 시급하게 다루어야 하는 것이다. 그리고 디아스포라 집단의 출현과 이들로부터 비롯된 여러 가지 환경의 변화들은 이미 민족국가와 인종국가라는 경계 구분을 넘어서는 현재의 우리들이 처한 상황이라는 점에 대한 인식을 바탕으로 할 때 이 분야에 대한 이해는 더욱 발전적으로 전개될 수 있을 것이다.

참고문헌

1. 주요 텍스트

白先勇, ≪臺北人≫, (臺北: 爾雅, 2001)
於梨華, ≪又見棕櫚又見棕櫚≫, (臺北: 皇冠, 1989)
張系國, ≪棋王≫, (臺北: 洪範, 1978)
聶華苓, ≪桑青與桃紅≫, (臺北: 時報文化出版, 1997)

白先勇, ≪孽子≫, (山東: 廣西師範大學出版社, 2010)
白先勇, ≪紐約客-白先勇自選集≫, (香港: 天地圖書, 2008)
於梨華, ≪又見棕櫚又見棕櫚≫, (北京: 中國友誼出版公司, 1984)
於梨華, ≪考驗≫, (北京: 人民文學出版社, 1982)
張系國, ≪昨日之怒≫, (臺北: 洪範, 1979)
張系國, ≪香蕉船≫, (臺北: 洪範, 1976)
聶華苓, ≪桑青與桃紅≫, (北京: 中國青年出版社, 1980)

Nieh, Hualing, Mulberry and Peach: Two Women of China, New York: The Feminist Press at CUNY, 1998.
Maxine Hong Kingston, The Woman Warrior, New York: Oxford University Press, 1999.
Tan, Amy, The Joy Luck Club, New York: Penguin Books, 1989.

2. 주요 텍스트의 번역본

바이셴융, 허세욱 역, ≪반하류사회·대북사람들≫, (서울: 중앙일보사, 1989)

장시궈, 고혜림 역, ≪장기왕≫, (서울: 지만지, 2011)
녜화링, 이등연 역, ≪바다메우기≫, (서울: 동지, 1990)
우리화, 고혜림 역, ≪다시 종려나무를 보다≫, (서울: 지만지, 2013)
맥신 홍 킹스턴, 서숙 역, ≪여인무사≫, (서울: 민음사, 1981)
에이미 탄, 박봉희 역, ≪조이 럭 클럽≫, (서울: 문학사상사, 1990)

3. 학위논문

안은주, ≪맥신 홍 킹스턴의 '중국'과 '미국' 재현 : 다문화주의 극복을 위한 디아스포라 담론의 가능성≫, (서울대학교 영어영문학과 박사학위논문, 2006)

성정혜, ≪탈식민 시대의 디아스포라와 혼종성: 살만 루시디의 ≪자정의 아이들≫, ≪수치≫, ≪악마의 시≫≫, (이화여자대학교 영어영문학과 박사학위 논문, 2010)

황은덕, ≪한국계 미국소설의 디아스포라 주체≫, (부산대학교 영어영문학과 박사학위 논문, 2010)

고혜림, ≪白先勇의『臺北人』연구≫, (부산대학교 중어중문학과 석사학위논문, 2005)

林家綺, ≪華文文學中的離散主題：六七〇年代「台灣留學生文學」研究——以白先勇、張系國、李永平為例≫, (國立清華大學台灣文學研究所碩士論文, 2008)

吳孟琳, ≪流放者的認同研究:以聶華苓、於梨華、白先勇、劉大任、張系國爲研究對象≫, (國立淸華大學碩士論文, 2007)

饒芃子 著, ≪世界華文文學的新視野≫, (北京: 中國社會科學出版社, 2005.3)

林翠真, ≪臺灣文學中的離散主題: 以聶華苓及於梨華爲考察對象≫, (私立靜宜大學中國文學研究所碩士論文, 2002)

朱芳玲, ≪論六、七〇年代臺灣留學生文學的原型≫, (嘉義：國立中正大

學中文研究所碩士論文, 1995)
周世欣, ≪遊子心·懷鄕情: 於梨華小說研究≫, (國立雲林科技大學漢學資料整理研究所碩士論文, 2007)
馮睿玲, ≪Space and Identity in Hualing Nieh's Mulberry and Peach≫, (國立臺灣師範大學英語研究所碩士論文, 2002)

4. 소논문

(1) 국내 소논문

고혜림, <21세기 중국문학연구의 전환과 고민>, ≪중국학논총≫제21집, (중국학연구소, 2007.3), pp.123-145.
고혜림, <수용과 배제: 킹스턴의 ≪여인무사≫를 중심으로>, ≪中國小說論叢≫Vol.30, (한국중국소설학회, 2009), pp.317-336.
고혜림, <북미 화인화문문학의 역사와 시기구분>, ≪중국학논총≫, (서울: 고려대학교 중국학연구소, 2012.11), pp.323-339.
구문규, 박춘영 역, 王德威, <서방의 중국현대소설연구>, ≪중국소설연구회보≫제35집, (서울: 한국중국소설학회, 1998.9), pp.73-81.
김용규, <포스트 민족 시대 혼종과 틈새의 정치학: 호미 바바 읽기>, ≪비평과 이론≫Vol.10 No.1, (서울: 한국비평이론학회, 2005), pp.29-57.
김태만, <21세기 동아시아와 성찰적 중화주의>, ≪중국현대문학≫제18호, (서울: 한국중국현대문학학회, 2000.6), pp.366-413.
김혜준, <화인화문문학 연구를 위한 시론>, ≪중국어문논총≫Vol.50, (서울: 중국어문연구회, 2011), pp.77-116.
노정은, <왕더웨이 「유정의 역사」에 대한 짧은 독해>, ≪중국현대문학≫제54호, (한국중국현대문학학회, 2010), pp.179-209.
박인찬, <중심인가 주변인가: 지구화 시대의 아시아계 미국소설>, ≪안과 밖≫19호(2005), pp.261-279.

박정선, <아시아계 미국인에 대한 타자화와 그 문제점>, ≪역사비평≫, Vol.-No.58, (역사문제연구소, 2002), pp.280-299.

신용하, <'민족'의 사회학적 설명과 '상상의 공동체론' 비판>, ≪한국사회학≫제40집1호, (한국사회학, 2006), pp.32-58.

우석균, <라틴아메리카의 문화이론들: 통문화, 혼종문화, 이종혼형성>, ≪라틴아메리카연구≫Vol.15 No.2, (라틴아메리카연구, 2002) pp.283-294.

유제분, <미국의 시민 신화와 시민 주체-맥신 홍 킹스톤의 소설에 나타난 시민권과 이민법의 문제>, ≪영어영문학≫제47권3호, (한국영어영문학회, 2001년 가을), pp.689-712.

이보경, <대북 사람들 속의 상해인 디아스포라>, ≪중국현대문학≫ Vol.43, (서울: 한국중국현대문학학회, 2007), pp.215-241.

이욱연, <중국인 디아스포라와 高行建의 문학>, ≪中國語文學誌≫, Vol.14.(서울: 중국어문학회, 2003.), pp.383-402.

張顧武, 이현정 역, <포스트모더니즘과 1990년대 중국소설>, 김우창, 피에르 부르디외 외, ≪경계를 넘어 글쓰기≫, (서울: 민음사, 2001.3), pp.742-758.

최진석, <타자 윤리학의 두 가지 길: 바흐친과 레비나스>, ≪노어노문학≫ Vol.21, No.3, (한국노어노문학회, 2009), pp.173-195.

허세욱, <華文文學與中國文學>, ≪중국어문논총≫Vol.10, (서울: 중국어문연구회, 1996), pp.201-212

(2) 국외 소논문

唐韵, <留學生文學的新開拓-論郁秀≪太陽鳥≫的文化特質>, ≪世界華文文學研究≫第四輯, (合肥: 安徽大學出版社, 2007.12), pp.56-64.

杜霞, <從留學生到新移民: 身分焦慮與文學進化論>, ≪文藝研究≫ 2009年第11期, pp.161-163.

劉江, <濃墨重彩巾幗俠氣, 离經叛道浪漫鬪士－≪女勇士≫之中俠文化的運用及誤讀>, ≪世界華文文學研究≫第四輯, (合肥: 安徽大學出版社, 2007.12), pp.161-168.

白先勇, <流浪的中國人--臺灣小說的放逐主題>, ≪明報月刊≫1967년 1월호, (香港: 明報月刊, 1967.1)

史進, <論東西方華文作家文化身分之異同>, ≪中國現代、當代文學研究≫2004年第2期, (北京: 中國人民大學書寶資料中心, 2004.2), pp.173- 177.

孙超, <邊遠的舞蹈-"留學生文學"與"新移民文學"華人女作家比較研究>, ≪世界華文文學研究≫第四輯, (合肥: 安徽大學出版社, 2007.12), pp.29-39.

顔敏, <大陸"台港暨海外華文文學"研究中的"空間"緯度>, ≪世界華文文學研究≫第四輯, (合肥: 安徽大學出版社, 2007.12), pp.13-21.

楊書, <新時期中國"異國戀"文學中的他者形象>, ≪世界華文文學研究≫第四輯, (合肥: 安徽大學出版社, 2007.12), pp.169-177.

王德威, ≪華語語系文學:邊界想象與越界建構≫, ≪中山大學學報≫ (社會科學版), 2006 年第5 期, p.1.

王琅琅, <美國亞裔文學的話語地位和話語策略>, ≪中國現代、當代文學研究≫2004年第1期, (北京: 中國人民大學書寶資料中心, 2004.1), pp.168-173.

王亞麗, <論白先勇小說中的少年意象>, ≪世界華文文學研究≫第五輯, (合肥: 安徽大學出版社, 2009.4), pp.102-109.

饒芃子, 姚曉南, 陳涵平, <世界華文文學研究的回顧與展望>, ≪中國現代、當代文學研究≫2003年第4期, (北京: 中國人民大學書寶資料中心, 2003.4), pp.179-182.

袁勇麟, <世界華文文學研究的回顧與展望>, ≪中國現代、當代文學研究≫2003年第4期, (北京: 中國人民大學書寶資料中心, 2003.4), pp.183-185.

陳瑞琳, <關于紐約華文文學兩則>, ≪世界華文文學研究≫第三輯, (合肥:

安徽大學出版社,), pp.17-22.

肖薇, <文化身分與邊遠書寫>, ≪中國現代、當代文學研究≫2004年第1期, (北京: 中國人民大學書寶資料中心, 2004.1), pp.164-167.

邹涛, <商文學:美國華人文學研究的新視覺>, ≪電子科技大學學報(社科版)≫第10卷第2期, (成都: 電子科技大學, 2008.2)

胡勇, <美國華裔文學研究綜述>, ≪中國現代、當代文學研究≫2004年第2期, (北京: 中國人民大學書寶資料中心, 2004.2), pp.169-172.

荒井茂夫, <華文文學の方向性: 試論,求心力と獨自性>, ≪人文論叢≫11号, (三重大學人文學部文化学科研究紀要, 1994), pp.29-44.

荒井茂夫, <華文文學研究のパラダイム:中華的共感世界の歷史的二元性>, ≪人文論叢≫21号, (三重大学人文學部文化学科研究紀要, 2004), pp.35-55.

呂紅, <海外移民文學視點: 文化属性與文化身分>, ≪Chinese America: History&Perspectives≫, (San Francisco: Chinese Historical Society of America, 2007) pp.153-157.

Shih, Shu-mei, Global Literature and the Technologies of Recognition, PMLA, Vol.119, No.1, Modern Language Association, Jan., 2004, pp.16-30.

David Pendery, <Identity development and cultural production in the Chinese diaspora to the United States, 1850-2004: new perspectives>, ≪Asian Ethnicity≫Vol.9, No.3, October 2008, pp.201-208

5. 단행본

(1) 국내 단행본

빈센트 파릴로 저, 부산대학교 사회과학연구소 역, ≪인종과 민족 관계의 이해≫, (서울: 박영사, 2010)

가야트리 차크라보르티 스피박 지음, 문학이론연구회 옮김, ≪경계선 넘기 – 새로운 문학연구의 모색≫, (경기: 인간사랑, 2008)

게리 솔 모슨, 캐릴 에머슨 지음, 오문석 등 옮김, ≪바흐친의 산문학≫, (서울: 책세상, 2006)

고부응 엮음, ≪탈식민주의 – 이론과 쟁점≫, (서울: 문학과지성사, 2003)

김욱동, ≪포스트모더니즘≫, (서울: 연세대출판부, 2008)

김영희, 유희석 엮음, ≪세계문학론: 지구화시대 문학의 쟁점들≫, (파주: 창비, 2010)

네스토르 가르시아 칸클리니, ≪혼종문화: 근대성 넘나들기 전략≫, (서울: 그린비, 2011)

다니엘 베르제 외, 민혜숙 옮김, ≪문학비평방법론≫, (서울: 동문선, 1997)

데이비드 허다트, 조만성, ≪호미 바바의 탈식민적 정체성≫, (서울: 앨피, 2011)

딜릭, 아리프, ≪포스트모더니티의 역사들≫, 황동연 옮김, (서울: 창비, 2005)

레이 초우, 장수현·김우영 옮김, ≪디아스포라의 지식인: 현대 문화연구에 있어서 개입의 전술≫, (서울: 이산, 2005)

로렌스 베누티 저, 임호경 옮김, ≪번역의 윤리: 차이의 미학을 위하여≫, (서울: 열린책들, 2006)

李曉虹, 김혜준 옮김, ≪중국 현대산문론≫, (서울: 범우사, 2000)

마르티니엘로, 마르코, 윤진 옮김,≪현대사회와 다문화주의≫, (서울: 한울, 2002)

박종성, ≪탈식민주의에 대한 성찰: 푸코, 파농, 사이드, 바바, 스피박≫, (경기: 살림, 2006)

서경식, ≪디아스포라 기행: 추방당한 자의 시선≫, (서울: 돌베개, 2006)

수잔 바스넷 저, 김지원, 이근희 옮김, ≪번역학: 이론과 실제≫, (서울: 한신문화사, 2004)

왕겅우, 윤필준 역, ≪화교≫, (서울: 다락원, 2000)

유선모 저, ≪미국 소수민족 문학의 이해≫, (서울: 신아사, 2001)
유영하 편저, ≪중국 백년 산문선≫, (서울: 신아사, 2000)
윤인진, ≪코리안 디아스포라≫, (서울: 고려대학교출판부, 2004)
이한정, 윤송아 엮음, ≪재일코리안 문학과 조국≫, (서울: 도서출판 지금 여기, 2011)
이한창, <재일 동포문학의 역사와 그 연구 현황>, ≪재일 동포 문학과 디아스포라≫, (서울: 제이앤씨, 2009)
임옥희, ≪가야트리 스피박의『식민 이성 비판』읽기와 쓰기≫, (서울: 현암사, 2012)
張頤武, 이현정 역, <포스트모더니즘과 1990년대 중국소설>, 김우창, 피에르 부르디외 외 , ≪경계를 넘어 글쓰기≫, 서울: 민음사, 2001.3, pp.742-758
전북대학교 재일동포연구소 편, ≪재일 동포 문학과 디아스포라≫, (서울: 제이앤씨, 2009)
정은경, ≪디아스포라문학≫, (서울: 이룸, 2007)
정진농 편저, ≪미국소수민족문학≫, (서울: 동인, 2010)
조나단 프리드먼 지음, 오창현, 차은정 옮김, ≪지구화 시대의 문화정체성≫, (서울: 당대, 2009)
朱自淸 외, 이수용 역, ≪중국차 향기담은 77편의 수필≫, (서울: 지영사, 1994)
질 들뢰즈, 펠릭스 가타리 공저, 이진경 옮김, ≪카프카: 소수적인 문학을 위하여≫, (서울: 동문선, 2001)
Philippe Lejeune, 윤진 역, ≪자서전의 규약≫, (서울: 문학과 지성사, 1998)

(2) 국외단행본

古繼堂 主編, ≪簡明臺灣文學史≫, (北京: 時事出版社)
高小剛, ≪鄉愁以外:北美華人寫作中的故國想像≫, (北京: 人民大學出版

社, 2006)
公仲 主編, ≪世界華文文學概要≫, (北京: 人民文學出版社, 2000)
劉登翰, 莊明萱, 黃重添, 林承璜 主編, ≪臺灣文學史≫, (福州: 海峽文藝出版社, 1993)
劉芳, ≪飜譯與文化身分≫, (上海: 上海交通大學出版社, 2010)
劉紹銘 主編, ≪如此繁華-王德威自選集≫, (香港: 天地圖書有限公司, 2005)
劉俊, ≪世界華文文學整體觀≫, (北京: 人民文學出版社, 2007)
潘亚暾, ≪海外華文文學現況≫, (北京: 人民文學出版社, 1996)
范銘如, 陳芳明 主編, ≪跨世紀的流離≫, (臺北: INK印刻文學生活雜誌出版, 2009)
楊松年, 簡文志, ≪離心的辨證:世華小說評析≫, (臺北: 唐山出版社, 2004)
於梨華, ≪人在旅途-於梨華自傳≫, (江蘇: 江蘇文艺出版社, 2000)
葉枝梅 主編, ≪海外華人女作家評述: 美國卷≫, (北京: 中國文聯出版社, 2006)
王景山編,≪臺港澳暨海外華文作家辭典≫, (北京:人民文學出版社, 2003)
王德威, ≪當代小說二十家≫, (北京: 三聯書店, 2006)
王德威, ≪小說中國:晚清到當代的中文小說≫, (台北: 麥田, 1993)
王德威, ≪衆聲喧嘩以後≫, (臺北: 麥田出版, 2005)
王德威, ≪現代中國小說十講≫, (上海: 復旦大學出版社, 2003)
王潤華, ≪華文後殖民文學——本土多元文化的思考≫, (台北: 文史哲出版社, 2001)
王宗法, ≪山外青山天外天-海外華文文學綜論≫, (合肥: 安徽大學出版社, 2008)
饶芃子 著, ≪世界華文文學的新视野≫, 北京:中國社會科学出版社, 2005.3
饒芃子, ≪流散與回望≫, (天津: 南開大學出版社, 2007)
袁可嘉, ≪歐美現代派文學概論≫, (桂林: 廣西師範大學出版社, 2003)
李君哲 著, ≪海外華文文學禮記≫, (香港: 南島出版社, 2000)
李瑞騰, ≪聶華苓≫, (臺灣: 國立臺灣文學館, 2012)

李亚萍, 《故國回望:20世纪中后期美國華文文學主题研究》, (北京: 中國社會科学院出版社, 2006)
張健 主編, 《全球化時代的世界文學與中國》, (北京: 中國社會科學出版社, 2010)
張琼, 《從族裔聲音到經典文學－美國華裔文學的文學性研究及主體反思》, (上海: 復旦大學出版社, 2009)
張系國, 《讓未來等一等吧》, (臺北: 洪範書店, 1984)
莊園 編, 《文化的華文文學》, (汕頭: 汕頭大學出版社, 2006)
中國社會科學院文學研究所编, 《走向21世紀的世界華文文學》, (北京: 中國社會科學出版社, 1999)
陳賢茂 主編, 《海外華文文學史》[第四卷], (厦門: 鷺江出版社, 1999)
陳浩泉 主編, 《白雲紅楓》, (香港: 加拿大華裔作家協會出版, 2003)
陳浩泉 主編, 《楓華文集: 加拿大作家作品選》, (Burnaby: 加拿大華裔作家協會出版, 1999)
陳浩泉, <溫哥華的月亮>, 《白雲紅楓》, (香港: 加拿大華裔作家協會出版, 2003), pp.131-136.
陳浩泉, 《紫荊·楓華》, (香港: 華漢文化事業公司, 1997)
陳浩泉, 《天涯何處是吾家》, (北京: 中國友誼出版公司, 1999)
彭瑞金, 《台灣新文學運動四十年》, (台北: 自立晚報, 1991)
黄昆章, 吳金平 《加拿大華僑華人史》, (廣州: 廣東高等教育出版社, 2001)
黄萬華, 《美國華文文學論》, (濟南: 山東大學出版社, 2000)

6. 영문단행본

Arif Dirlik, Chinese On The American Frontier, Lanham: Rowman& Littlefield Publishers, 2003.
Christiane Harzig and Dirk Hoerder with Donna Gabaccia, What is Migration History?, Cambridge: Plity Press, 2009.
David Der-wei Wang, The Monster That Is History: History, Violence,

and Fictional Writing in Twentieth-Century China, Berkeley and Los Angeles: University of California Press, 2004.

Homi K. Bhabha, The Location of Culture, New York: Routledge, 1994(초판), 2004.

Hsin-sheng C. Kao, Nativism Overseas: Contemporary Chinese Women Writers, Albany: State University of New York Press, 1993.

Jana Evans Braziel and Anita Mannur, Theorizing Diaspora, Malden: Blackwell Publishing Ltd, 2008.

Kingston, Maxine Hong, China Men, New York: Vintage International, 1989.

Kingston, Maxine Hong, The Woman Warrior, New York: Vintage International, 1989.

Lowe, Lisa. Immigrant Acts: on Asia American Cultural Politics, Durham: Duke UP, 1996.

Mary Louise Pratt, Imperial Eyes, New York: Routledge, 1992.

Rey Chow, Writing Diaspora, Bloomington: Indiana University Press, 1993.

Sau-ling Cinthia Wong, Maxine Hong Kingston's The Woman Warrior Casebook, New York: Oxford University Press, 1999.

Sheng-mai Ma, Immigrant Subjectivities in Asian American and Asian Diaspora Literatures, Albany: State University of New York Press, 1998.

Shu-mei Shih, Visuality and Identity: Sinophone Articulations across the Pacific, Berkeley and Los Angeles: University of California Press, 2007.

Sucheng Chan, Chinese American Transnationalism, Philadelphia: Temple University Press, 2006.

Tan Chee-Beng, Chinese Overseas: Comparative Cultural Issues, Hong Kong: Hong Kong University Press, 2004.

Xiao-huang Yin, Chinese American Literature since the 1850s, Chicago: University of Illinois Press, 2000.

7. 참고사이트

臺灣大學 外文系 홈페이지:
http://www.forex.ntu.edu.tw/about/super_pages.php?ID=about1 (2010.10.30 검색)

世界新聞网:
http://gb.worldjournal.com/blog/309198/?pagenum=8&view_as_list=true(2011.5.11 검색)

Chinese Historical&Perspectives Journal:
http://www.chsa.org (2011.5.29 검색)

世界華文文學資料庫:
http://ocl.shu.edu.tw/interview.htm (2011.7.24 검색)
작가 인터뷰 수록

张系國≪香蕉船≫中主題和結構分析:
http://qkzz.net/article/7d0edc10-a0a8-45be-9070-8bb6dff60a2a_2.htm(2011.12.17 검색)

부록 1

張系國의 소설 ≪棋王≫과 ≪香蕉船≫에 나타난 화인 디아스포라의 정체성[1)]

목 차

1. 들어가며

문학 작품에 등장하는 주체인 ‘나’에 숨어있는 이면의 의미를 찾고 표면에 가려진 것을 넘어서 새로운 해석을 찾아내어 그것을 문화라는 맥락 속에서 읽어내는 것은 신선하고 흥미로운 접근이다. 지금과 같은 포스트식민시대에는 모든 하위주체들이 기존 질서의 전복을 향해 나아가는 경향을 띠게 되는데 이러한 각도에 서 문학을 다루는 것도

1) 이 논문은 2013년 4월 20일 개최된 제87회 한국중국소설학회 춘계학술대회에서 발표했던 것을 수정 보완하여 ≪중국소설논총≫제40집, (서울: 한국중국소설학회, 2013.8, pp.259-277)에 투고·게재된 글임.

문화학적 접근과 무관하지 않다. 하위주체는 그람시에서부터 스피박으로 넘어오면서 더욱 풍부한 함의를 가지게 되었고 대개 서발턴에 관한 것을 전제하는 것에서부터 문제의식이 발견되곤 한다. 서발턴을 전제하여 진행되는 포스트식민시대와 문학에 대한 연구는 디아스포라를 아우르면서 전세계적인 이산에 관한 문제와 주변에 놓여있던 문제들을 함께 흔들어놓게 된다. 이때 디아스포라로 상정되는 인간집단은 주변부에서 스스로의 정체성에 대해서 확고한 인식이 없이 부유하고 있거나 혹은 복합적인 문화적 배경을 바탕으로 혼종적인 성격을 띠게 된다. 그리고 이들에 대한 주목과 본격적인 연구는 중심과 주변으로 이분화되고 모더니티에 종속되어있는 학문적 영역을 확대시켜 주변에서부터 중심을 바라보고 이를 통해 더 나은 발전방향으로 나아가도록 하는 역할을 하게 된다. 이는 로버트 J. C. 영이 언급한 것과 같이 세상을 아래로부터 바라보는 시각을 갖추는 것[2]이 뒷받침 되어야 가능한 것이며, 곧 포스트식민주의적 시각도 여기서부터 나오게 되는 것과 맥락을 같이 한다. 최근 들어 더욱 가속화되는 문화학에 대한 연구의 흐름과 학제간 융합 학문의 열기에도 힘입어 경계에 위치하면서 주변인으로 치부되던 집단과 사람들, 그리고 그들의 문학이 점차 주목을 받게 되는 것을 목격할 수 있다. 그들의 문학은, 지배적이고 주류적인 질서에 기대어 자신들의 인식과 생존의 한계에 영향을 끼쳐 온 집단과 문학에 대해 일정 부분 저항적인 역할을 수행하게 된다. 따라서 여기서 다루고자 하는 화인화문문학과 디아스포라의 상관관계도 이러한 포스트식민주의적 시각에서 접근함으로써 좀 더 구체

2) Robert J. C. Young, Postcolonialism: A Very Short Introduction, New York: Oxford University Press, p.20.

적인 실례를 찾아볼 수 있을 것이다.

1970년대부터 80년대는 타이완에서 북미 지역으로 유학의 열풍이 불었던 때이다. 이 무렵 많은 타이완 학생들이 주로 미국에서 유학을 하였는데 대다수의 유학생들은 고국으로 귀환하지 않고 거주국인 미국에 정주하는 것을 선택했으며 그들 중 적지 않은 수의 사람들이 창작활동을 하면서 작품을 미국에 발표하기보다는 타이완에 발표하는 경향이 나타났다. 그리하여 타이완문학에서는 이 시기 작가들의 활동을 일컬어 유학생문학으로 부르기도 하는데 이 중에서 특히 張系國와 같은 작가들에 대한 연구는 타이완에서 적지 않은 수의 학위논문과 소논문으로 발표된 바 있다. 張系國는 공학도이면서 문학 활동을 한다는 데서 남다른 점이 두드러진다. 그의 소설 중에서도 이주 직후 무렵인 1970년대 말부터 1980년대에 이르는 10여년 남짓한 기간 동안은 미국에 거주하면서 화인 디아스포라에 대한 묘사가 두드러지는 소설들을 많이 발표했다. 이 소설들을 통해 화인화문문학[3]과 화인 디아스포라를 포스트식민주의적 시각에서 읽어내는 작업과, 더불어 화인 디아스포라의 정체성에 관한 문제들을 사유해볼 수 있으리라 생각한다. 소설 속 화인 디아스포라의 정체성을 이해하기 위해서 크게 화

---

3) 화인화문문학은 중국대륙의 학계에서 바라보는 해외화문문학, 해외중국문학 등을 한국적 시각에서 바라보려는 시도이다. 그 의미는 김혜준의 <화인화문문학 연구를 위한 시론>에서 정의되고 언급된 바 있으며 논문 ≪북미 화인화문문학에 나타난 디아스포라문학적 특징≫에서 집중적으로 다룬 바 있다. 화인 디아스포라문학 속에서 화인화문문학, 화인영문문학, 화인한국어문학, 화인일본어문학 등과 같이 언어적인 구분을 전제로 하여 분석하는 것은 해당 언어를 전문적으로 다루고 있는 연구자들에 의해서 보다 효과적으로 진행될 수 있다. 그리하여 화인영문문학이 영문학과에서 주로 다루어지고 있는 것, 그리고 화인일문문학이 주로 일본에서 다루어지고 있는 점과 같이 화인화문문학에 대한 연구는 중문학과 연구자에 의해서 다루어질 때 그 함의에 대한 이해가 더욱 다양한 해석으로 연결될 것으로 생각한다.

인 디아스포라의 자아 인식과 화인 디아스포라의 문화 인식의 측면에서 구분지어 살펴보고자 한다.

2. 화인 디아스포라의 자아 인식

張系國는 1944년 생으로, 1962년 臺灣大學 전자기계공학과에 입학하면서 글쓰기를 시작했다. 그 무렵 張系國는 사르트르의 영향으로 실존주의에 관한 새로운 삶의 방식에 자극을 많이 받았다. 19세에 첫 번째 책인 ≪皮牧師正傳≫(1963)을 출판하였다. 이후 1966년 미국으로 이주하고 소설, 평론 등을 타이완의 ≪聯合報≫, ≪大學論壇≫, ≪大學新聞≫등에 기고했다. 그때 당시의 소설과 평론 등의 원고들은 1971년에 ≪亞當的肚臍眼≫으로 묶어 출판되었다가 다시 ≪孔子之死≫로 제목을 바꾸어 출판되었다. 장편소설 ≪棋王≫(1975), ≪昨日之怒≫(1978), 단편소설집 ≪游子魂組曲≫(1976) 등을 계속해서 발표하였으며 이 중에서도 ≪游子魂組曲≫에 수록된 ≪香蕉船≫은 1973년 12월 ≪中國時報≫의 副刊에 발표 후 1974년 3월 書評書目出版社를 통해 정식으로 출판되었다. 張系國는 앞서의 장편소설 두 편과 단편소설집 이후로는 공상과학소설의 장르로 방향을 전환하게 되는데 1976년 이후 특히 공상과학소설 창작에 더욱 집중하게 되었다. 그가 쓴≪星云組曲≫(1980)은 ≪城≫시리즈 세 권으로 출판하면서 '성 삼부작'[4]으로 더욱 이름을 알리게 된다. 지속적

4) ≪五玉碟≫(1983), ≪龍城飛將≫(1986), ≪一羽毛≫(1991) 등을 묶어서 ≪City Trilogy≫로 미국에서 발표하였다.

인 그의 관심은 ≪中國時報≫와 함께 '중국어 SF 소설상'을 만들기에 이르게 되었고, ≪幻象≫이라는 공상과학 관련 문예 잡지를 창간했을 정도로 그의 이 분야 소설에 관한 애정은 깊어졌다.5)

이 중에서도 '釣魚島 문제'에 관한 것을 주된 내용으로 하고 있는 ≪昨日之怒≫를 제외한다면 1970년대에 연이어 발표된 소설 ≪棋王≫과 ≪香蕉船≫의 두 작품은 공상과학 소설로 넘어가기 전단계의 張系國의 디아스포라에 대한 인식과 담론을 부분적으로 담아내고 있는 것으로 여겨진다. 여기서는 두 소설에서 나타나는 화인 디아스포라의 모습과 정체성에 집중하여 자아 인식적 측면에서 우선 접근하도록 하겠다. 화인 디아스포라들이 경험하는 문화적 충격과 수용의 과정들은 그들의 정체성을 형성하는 데 영향을 주게 된다. 화인 디아스포라에게는 출발지의 기억으로부터 비롯하여 거주국 혹은 경유지에서 경험하게 되는 기억들이 중첩되어 다양한 문화가 내재하게 되고 이들이 뒤섞여 각 개인의 디아스포라적 경험을 형성하고 있다. 그리고 이렇게 형성된 디아스포라적 자아 인식은 더욱 발전적인 방향으로 개체들을 이끌어나가고 있는 것으로 보인다. 다양한 디아스포라의 자아 인식 차원에서도 상대적으로 강하게 드러나는 몇 가지 특성들을 묶어 각각 고향의 기억, 소외의 경험이라는 두 가지 각도에서 접근해보자.

2.1. 고향의 기억

張系國는 미국 유학 이후 고향인 타이완으로 돌아가고자 애썼다.

5) 張系國에 관한 소개에 관한 이상의 내용은 국내에 번역된 소설 장시궈 저, 고혜림 역, ≪장기왕≫, (서울: 지식을만드는지식, 2011)의 pp.14-16을 참고하였다.

하지만 타이완 내부에서 체류하는 동안 1972년부터 1975년까지 반공이라는 이름아래 타이완대학 철학과 교수들과 연구자들이 주축이 되어 발생했던 '철학과 사건'6)과 같은 정치적인 문제에 연루되었고 이와 동시에 글을 쓰면서도 점차 정치적인 색채를 띠게 되면서 정부로부터 감시를 받게 되는 곤란한 상황에 처하게 되었다. 그는 결국 스스로 더 이상 타이완에 체류하는 것이 힘들다고 판단하였고 가족들과 함께 다시 미국으로 돌아가게 된다. 張系國는 그 이후 줄곧 미국에 거주하면서 물리적인 거리를 유지하며 자신의 고향을 바라보게 되었다. 그리고 자신이 거주하고 있는 미국에서도 그곳에 함께 살고 있는 자신과 다른 신분과 직업의 화인들을 접하게 된다. 출발지인 고국을 떠나온 화인들을 보면서 張系國는 공통적으로 고향에 관한 이슈를 발견해내게 되었는데 이런 점들은 소설 작품에서도 아련하게 고향을 그리워하는 노스탤지어의 정서로 표현하기도 했다. 그에게 있어서는 디아스포라의 출발지에 해당하는 타이완은 소설 속에서 어떠한 방식으로든 연결되어 나타나고 있다. 우선 ≪棋王≫은 타이완을 배경으로 하고 있으면서 그 속에 속하지 못하는 이질적인 인물인 신동 아이를 등장시키고 있다. 그리고 ≪香蕉船≫에 등장하는 인물들은 타이완 출신이면서 미국에 살고 있거나 살길 원하지만 쫓겨나 다시 타이

6) 1972년 12월부터 1975년 6월 동안 타이완대학에서 철학과가 중심이 되었던 사건으로, 趙天儀, 陳鼓應, 王曉波, 陽斐華, 胡基峻, 李日章, 陳明玉, 梁振生, 黃天成, 郭實瑜, 鍾友聯, 黃慶明과 미국 국적의 객원교수였던 Robert Martin 등이 주축이 되었다. 1970년대 당시 대외적으로 타이완의 국제적인 위치가 불안해지고 釣魚島 문제가 이슈가 되었는데, 정치적 관심과 문제의식을 인식한 타이완 대학 소속의 인사들에 의해 학생운동으로까지 이어지도록 의도하였던 이 일로 철학과는 1년 남짓 학생을 받지 않기도 했다. 이에 중국대륙 쪽으로 사상적으로 경도될 것을 우려한 타이완 정부가 관련 인사들에 대한 감시와 조사를 벌였던 것으로 알려져 있다.

완으로 돌아가는 사람들로 설정되어 있다. ≪棋王≫ 속 타이완은 급속한 경제발전 속에서 자칫 잃기 쉬운 인간미를 각각의 사람들에게서 찾아가는 과정을 그리고 있다. 더불어 빽빽한 빌딩 숲으로 변한 타이베이[7], 程陵이 떠올리는 어린 시절의 추억에 대한 회상[8]은 작가 자신이 떠올리는 출발지이자 고향인 타이완의 옛 모습들을 함께 담고 있어서 張系國의 고향에 대한 인식을 잘 담아내고 있다.

張系國는 ≪香蕉船≫에서 黃國權은 물론 선원인 李는 각자 자신들이 마음속에 간직하고 있는 고향을 그리며 미국의 생활을 해온 것으로 묘사하고 있다. 이 둘은 직업도, 신분도 서로 다른 경로로 미국에서 거주하고 있던 화인 디아스포라들인데 우연찮은 기회에 같은 비행기를 이용해 타이베이로 돌아가는 길에 인연을 맺게 된다. 타이베이로 돌아가는 길에 도쿄를 경유하면서 여정 내내 이들은 같은 민족이라는 것만으로도 서로 동질감을 느끼고 짧은 시간이지만 친근하게 서로에 대해 관심을 가지고 각자의 상황을 이해하게 된다. 18세기 후반부터 20세기 중반까지 경제적인 이유로 미국으로 떠난 초기 이민자들의 모습을 대표하는 듯 미국에서 쫓겨나는 李와 유학생 지식인 이민자의 하나의 전형을 대표하고 있는 듯한 黃國權은 소설에서 대비되어 나타나고 있다. 이 소설이 짧지만 강렬한 인상을 주게 되는 이유는 이러한 대비로부터 주어지는 효과와도 무관하지 않은 듯하다. 李

7) 程陵望著遠處。公寓之外還有公寓還有公寓還有公寓還有公寓。電視天線是臺北的叢林，沒有飛鳥棲息的叢林。良久，程陵站起來，拍拍衣服。張系國，≪棋王≫，(臺北: 洪範，1978)，p.71.

8) 程陵回想起住在新店的日子，他和弟弟每天上午背書，下午到碧潭玩耍。那時候弟弟還不會游泳，只能在岸邊撿石頭。(……) 然後他們會坐在太陽曬得滾燙、白得發亮的提防上，看人們魚貫行過吊橋，一晃一晃的，似乎行走在天上……。張系國，≪棋王≫，(臺北: 洪範，1978)，p.184

와 같은 이들은 교육수준이 낮고 사회적 신분이 불안하며 경제적으로도 넉넉지 않으며 거주지도 일정치 않은 이들의 삶의 전형성을 보여주고 있다. 그리하여 이 두 작품은 동시에 張系國의 주변에 존재하고 있는 화인들에 대한 작가 자신의 솔직한 이해를 바탕으로 하고 있다.

하지만 고향을 잃고 방황하는 이들은 고국을 떠나올 때처럼 다시 돌아가는 것도 수월하지 않다. 타이완 출신의 유학생들도 학문을 위해 미국으로 이주해왔지만 곧바로 귀국할 수 없는 여러 가지 상황 속에서 디아스포라의 신분을 유지하면서 미국 내에서 소수민족으로 살아가는 고통과 지난함을 감내해야 했다. 선원의 죽음은 한 동양인 선원의 실종과 죽음에 머무르는 것이 아니라 출발지로부터 떠나와서 이곳저곳을 떠도는 아웃사이더로서의 디아스포라의 외로움을 표현하는 것이며, 차별적 이민정책으로 인한 디아스포라의 고통에 대한 외침으로 읽혀질 수 있다.[9)]

디아스포라 신분의 화인들에게 변하지 않는 것이 있다면 오랫동안 교육받고 체화된 그들의 민족주의에 대한 자연스럽고도 강한 동질적 반응이다. 동포로서 중국인들끼리 서로 도와야 한다거나[10)], 부탁받은 돈을 고향의 가족들에게 대신 전해주는 것[11)]에서 그런 특징이 강하게 두드러진다. 李나 黃國權의 삶의 양식이 다소 차이가 있더라도 자신

---

9) 고혜림, ≪북미 화인화문문학에 나타난 디아스포라문학적 특징≫, (부산: 부산대학교 중어중문학과), pp.141-142.

10) 在家靠父母, 出門靠朋友。中國人還是肯幇中國人的忙。不知道您肯不肯留個地址給我? 張系國, ≪香蕉船≫, (臺北: 洪範, 1976), p.10.

11) 臨走前, 我記起海員的囑咐, 特地跑了一趟高雄, 將錢送到他家。他的太太只知道他被送回臺灣, 最近一直沒有收到他的信, 正在焦急。我告訴她一切都很順利, 他有回美國打工, 兩年後, 他會帶一大筆錢回來, 他們就可以開雜貨店了。她高興得跳了起來, 再三說我是大恩人, 還要兩個小孩出來謝謝我, 反而使我很不好意思。張系國, ≪香蕉船≫, (臺北: 洪範, 1976), p.14.

들이 어려서부터 부모와 국가로부터 교육받은 민족과 국가에 대한 이데올로기는 그들에게 유전적으로 내포되어 있다. 그들의 거주국인 미국이 마치 동포들끼리의 정서마저 갈라놓기라도 할 것처럼 행동하고 있다. 이들은 미국이 정한 법에 민족주의적 정서로 뭉치게 되는데 위법적 상황이 되더라도 동포를 도와주는 쪽을 선택하는 데 주저하지 않는다. 張系國이 마음속으로 수없이 그려보았을 수도 있는 그의 상상은 이 작품을 통해서 생생하게 그려지고 있다.

태어나고 자란 곳을 떠나온 이들에게 고향에 대한 기억은 아련한 추억으로 자리할 수도 있고 그 이상의 민족문화적인 의미를 가질 수도 있다. 화인 디아스포라들에게 중국대륙과 타이완은 공통적으로 서양문화에 대비되는 중국문화로 인식되면서 이주 이전의 자신들의 정체성을 형성한 근간으로 작용하였다. 張系國에게 고향은 낯선 이국 땅에서 가족이 남아있는 곳이자 언제든 돌아갈 수 있는 안식처로 인식되고 있다. 타이완은 가족이자 고향이며 동시에 안전한 곳이다. 그렇지만 언젠가는 꼭 돌아가야만 하는 곳은 아니다. 그러므로 언제든 그곳은 떠나올 수 있는 곳이자 동시에 떠날 수밖에 없는 곳으로 묘사되기도 한다. 화인 디아스포라들에게 고향의 이미지는 이처럼 그리움의 정서로 기억되고 있고 자신들이 거주국에서의 삶을 살아나가는 데 있어서 문화적 바탕이 되는 역할을 하고 있으며 거주국의 문화에 대비되는 출발지의 문화로서 내재되어 있다. 하지만 그것이 반드시 돌아가기 위한 곳이거나 최종적으로 꼭 가야만 하는 곳의 의미가 아니라는 점은 한번 더 상기시킬 필요가 있다. 돌아가더라도 더 이상 그곳에 전과 같은 모습으로 존재하지 않고, 오히려 자신이 상상한 것과는 다른 곳으로 존재할 가능성이 더욱 많기 때문이다. 돌아 간 고향에서도 거주국에서와 같이 다시금 경험하게 되는 이방인으로서의 심리상태에 대한 묘사가 화인 디아스포라들의 문학 작품에서 종종 등장하는 것도 바로 이러한 맥락에서 이해가능하다. 그래서 고향이자 고국, 출발지는 반드시 돌아가야만 하는 곳은 아닌 것이다. 차라리 고향이란 건 지금처럼 추억할 거리를 제공해주는 역할 그 이상이 아닐 수도 있다. 그러므로 거주국에서의 삶에 추동이 되는 긍정적인 역할을 하는 부분으로서의 이미지와 기억으로서의 고향은 실체를 발견하게 될 때 다른 의미를 가지게 되는 것이다. 기억 속에 존재하는 고향으로 남겨질 때 그들에게는 더욱 소중한 의미를 가지게 될 가능성이 더욱 높은 것이다.

2.2. 소외의 경험

화인 디아스포라들이 고향을 떠나오면서 겪게 되는 상실감은 이민자의 신분으로 거주국에서 더욱 심각하게 느끼는 부분이다. 따라서 그들은 항상 주류 사회 속에 속하지 못한다는 소외를 경험하게 된다. ≪香蕉船≫을 보면 다음과 같은 부분이 나온다.

> "중국인입니까?"
>
> 고개를 들어보니 경관 둘이 앞에 서 있고 그는 중간에 있는데 멍청한 표정으로 입을 벌리고 있다. 질문을 한 사람은 내 쪽에 있던 경관이다.
>
> "그런데요. 무슨 일입니까?"
>
> 그 경관은 남자를 가리켰다.
>
> "이 사람은 당신네 나라 사람인데 미국 정부로부터 출국조치를 받아서 호송중입니다. 우리가 타이베이로 가는 비행기 표를 구해주었습니다. 이 사람이 영어를 모르는데 가시는 길 동안 살펴봐주시

> 겠습니까?"[12)]
>
> 당연히 안다고 나는 말했다. 하지만 난 미국 정부를 대신해서 죄인을 호송하는 것이 아니라 단지 같은 나라 사람을 돌봐줄 뿐이다. 설령 그 사람이 앙카라 공항에서 비행기를 내려버린다고 해도 내가 책임지지 못한 건 어쩔 수 없는 일이다.[13)]

미국에서의 불법체류를 이유로 타이완으로 강제출국 당하는 비행기 안에서 黃國權과 李는 만나게 된다. 서로 아는 사이가 아니지만 같은 민족이라는 사실 하나만으로도 거주국의 공권력과 법 위에 동포애를 위치시킬 수 있다는 사실은 흥미롭다. 이를 통해 작가가 배치해 놓은 담론적 기능으로서의 민족주의적 정서와 거주국에서 소외를 받는 포스트식민적 피지배상황 속에 놓인 화인 디아스포라의 모습을 동시에 발견해낼 수 있게 된다. 중국 대륙이나 타이완 사회 내에서 남성은 서발턴의 위치에 놓일 수 없지만 화인 디아스포라의 경우엔 다르다. 그들은 거주국 내에서 2등 시민이냐 3등 시민이냐 하는 위치 경쟁에 놓여있다. 제국주의 시대의 식민/피식민이 아닌 21세기의 거주국 내에서의 중심/주변의 대치 상태 속에 타자로서 존재하게 되는 것이다. 張系國의 경우는 작가 자신의 어릴 적 경험에서도 또래들 사이에서 철저한 이방인이자 타자로서 어울리지 못한 경험이 있었음을 회

12) "你是中國人嗎?"/ 我抬起頭, 兩名警官站在我面前, 他夾在中間, 傻頭傻腦的咧開嘴。問話的是靠近我的一位警官。/ "是的, 有什麽是?"/ 那位警官指指他。/ 這位先生是你們同國人。他被美國政府遞解出境。/ 我們替他買了飛機票, 直飛臺北。他不懂英語。能不能請你在路上照顧他? 張系國, ≪香蕉船≫, (臺北: 洪範, 1976), p.5.

13) 我說當然懂, 但我幷不是替美國政府押解犯人, 我只是照顧我的同國人。如果他自己要在按卡拉下機, 我恕不負責。張系國, ≪香蕉船≫, (臺北: 洪範, 1976), p.6.

상하고 있다.

張系國는 ≪香蕉船≫의 후기에서 자신의 어린 시절을 고백하고 있다. 자신의 모습은 아이들로부터 놀림을 당하고 지독한 장난에 시달리면서도 억울하게 교사에게 혼났던 기억으로 남아있다고 밝힌다. 그래서 자신은 그 이후로 약하고 힘없는 사람을 여럿이 괴롭히는 상황을 참지 못하고 상관없는 일이라 해도 무리를 해서 상황을 바로잡으려 노력했다고 한다.[14] 張系國는 또 이렇게 말한다. "남의 일에 관여하는 나의 버릇 때문에 나는 곤란한 상황들을 많이 겪게 되었다. 운 나쁘게 정치 문제에도 관여하게 되었는데－요즘은 무슨 일이든 정치를 벗어날 수 없다－그렇게 되면 문제는 더욱 커지게 된다. 몇 년간 나는 여기저기를 떠돌아다니게 되었는데 남의 일에 관여하는 나의 버릇과 분명 무관한 것은 아니라고 할 수 있다."[15] ≪香蕉船≫ 관통하고 있는 것은 디아스포라의 소외에 관한 문제임을 알 수 있다. 張系國는 그래서 후기에서 자신의 어린 시절 기억을 떠올리게 되었고 자신의 유일무이한 도피처는 바로 글쓰기였다고 밝혔던 것이다. 어릴 때의 그의 경험들과 미국 사회에서 경험한 것들은 타자로서의 소외이자 제3의 공간에 머무를 수밖에 없었던 디아스포라적 정체성에 큰 영향을 준 요소였음을 미루어 짐작할 수 있다.

14) 張系國, ≪香蕉船≫後記, (臺北: 洪範, 1976), pp.145-149 참고.

15) 這個好管閑事的毛病, 給我帶來許多麻煩尤其是管閑事不幸牽涉到政治問題上面——偏偏現在萬事都脫離不了政治——麻煩就更大了。這些年我到處流浪, 和我好管閑事的毛病, 不能不說是互爲因果的。張系國, ≪香蕉船≫ 後記, (臺北: 洪範, 1976), p.148.

3. 화인 디아스포라의 문화 인식

화인화문문학에서 묘사된 화인 디아스포라들의 모습에서는 작가의 이주 경력이나 거주국에서의 삶과 상당히 유사한 일면을 빼닮은 인물들이 종종 등장하곤 한다. 張系國의 소설에서도 물론 이런 인물들이 나타나 흥미를 일으키고 있는데 특히 ≪香蕉船≫에서의 黃國權, 그리고 ≪棋王≫에서의 劉 교수, 程陵 등으로 꼽을 수 있다. 張系國과 비슷한 시기 미국에서 활동한 화인화문문학 작가들 중 白先勇, 於梨華, 聶華苓에게서도 이러한 점은 발견된다.[16] 張系國의 소설 속 인물들은 작가의 다양한 성격적 형상을 닮은 채 작품 속에서 다시 태어났다. ≪棋王≫에서 程陵은 마치 자신의 경험에서 우러나온 듯 외국으로 떠나 디아스포라의 신분으로 살게 되는 운명과 남겨진 가족들에 대한 걱정 등을 토로하기도 한다.[17] 비슷한 시기에 활동한 화인화문문학 작가들 중에서 白先勇, 於梨華, 聶華苓 등도 이렇듯 자전적 경향의 글쓰기를 해왔다는 사실을 통해서 소설 속 화인 디아스포라의 모습과 현실 속 화인 디아스포라의 모습이 얼마만큼 강하게 연관되어 있는지를 읽어낼 수 있으리라 생각한다. 앞서 화인 디아스포라의 자아 인식에 관해서 살펴본 바, 그들의 고향의 기억과 소외의 경험은 그들이 경험한 출발지와 거주지의 삶을 통해 얻게 되는 1차적인 문제점들과 관련된 논의였다. 그렇다면 이러한 것들이 바탕이 되어 어떠한 방향으로 문화를 다시 인식하게 되고 현재적 시점과 미래적 시점을

16) 白先勇, 於梨華, 聶華苓에 관해 더욱 자세한 내용은 고혜림의 논문 ≪북미 화인화문문학에 나타난 디아스포라문학적 특징≫, (부산: 부산대학교 중어중문학과 학위논문, 2013)을 참고.

17) 張系國, ≪棋王≫, (臺北: 洪範, 1978), pp.98-100, p.103.

향해 나아갈 것인지를 화인 디아스포라의 문화 인식이라는 측면에서 문화의 혼종, 그리고 이상향을 찾아 떠나는 여정이라는 시각에서 고찰하도록 하겠다.

3.1. 문화의 혼종

미하일 바흐친의 '유기적 혼종'과 '의도적 혼종'은 호미 바바에 이르러서 피지배자의 흉내 내기가 저항의 힘을 얻게 되는 경우를 '의도적인 혼종'으로, 그렇지 못한 경우를 '유기적인 혼종'으로 구분된 바 있다. 이종 간의 교배로부터 유래한 혼종은 이제는 문화 간의 뒤섞임까지 광범위하게 일컫고 있는 문화학적 용어로 자리잡았다. 그리하여 호미 바바는 "식민주의 시대에 가능한 양가적 저항을 포스트식민주의 시대에 변형하여 적용한다. 탈식민주의 시대를 전지구적으로 확장된 다국적 연결망과 해체된 통신망에 기인한 대량의 이민과 그 결과로 생긴 기괴한 인종 간의 관계로 설명한다. 이런 만연된 혼종적 상황에서 이주민들은 '초국가적'이고 '번역적'이 됨과 동시에 다국적 자본의 지배에 대해 동질화 불가능한 차이들의 협상을 보이는 번역의 양가적 저항을 한다."[18]고 주장한 바 있다. 로버트 영에 따르면 혼종성은 20세기 이후 문화적 의미로 많이 사용되었고, 인종차별주의의 근간인 인종적 순수성의 반대 개념으로 식민주의 논쟁에서 긍정적인 역할을 한다고 보았다.[19] 그는 혼종성의 개념조차도 고정된 것이 아니라 끊임없이 재구성된다고 하여 혼종/혼종성의 다양한 용법과 활용에 대한

---

18) Homi Bhabha, The Location of Culture, London: Routledge, 1994, p.218.

19) Robert J. C. Young, Colonial Desire: Hybridity in Theory, Culture and Race, London: Routledge, 1995, p.6

가능성을 확대해주었다. 이처럼 혼종성이라는 문제는 광범위한 현상적 차원에서도 가능한 논의이면서 동시에 세부적인 인간집단인 디아스포라에도 적용 가능한 잠재성을 가지고 있다.

≪香蕉船≫에서 선원 李는 영어를 모르지만 미국에서 살기 위해서는 'pass'가 있어야 된다는 사실을 안다. 李는 黃國權에게 묻는다. "黃 선생님은 패스가 있나요?"[20] 黃國權은 李가 말하는 '패스'를 '永久居留卡'로 고쳐 말해준다. 李가 거주국에서 생존하기 위해서 그가 얻으려고 애쓰던 이 '패스'는 李를 거주국에서 신분적 안전성을 가져다줄 수 있는 것이면서 동시에 영원히 거주국에서 타자화시키고 추방시켜버릴 수도 있는 기능을 가지고 있는 양면적 매개물이다. 거주국이 자국민을 보호하기 위해, 동시에 이주민을 효율적으로 관리하기 위해 만든 이 증명 서류는 디아스포라들에게는 신분적 안전과 나아가 생명의 보전을 위해서 가져야만 하고 또 그렇게 하길 원하는 절체절명의 무언가가 된다. 그것을 위해서 오히려 인간성을 포기할 수밖에 없는 것과 같은 주객이 전도되는 상황이 생기게 될 수도 있다. 이러한 문제에 관해서는 이주가 만연하기 이전, 문화 간의 교류가 지금처럼 본격적으로 이슈가 되기 이전의 시대에서는 고민할 필요가 없는 것들이었다. 이는 張系國의 소설은 물론 21세기 이후의 화인 디아스포라문학에서도 나타나고 있다. 문화 교류와 그 속에 자리한 디아스포라들의 문제는 혼종성이라는 측면에 좀 더 다가가 있을 수도 있다. ≪棋王≫에서 보면 주인공 程陵이 여행사에 붙어있는 포스터를 보면서 느끼게 되는 유럽의 이국적 풍경에 대한 동경 역시 문화적 혼종의 한 현상으로 보인다.

---

20) "黃先生, 您有派司沒有?" 張系國, ≪香蕉船≫, (臺北: 洪範, 1976), p.9.

> 황금색의 해변, 푸르디푸른 바닷물, 해변 뒤편의 언덕배기, 줄줄이 자리를 잡고 있는 네모난 집들. 카리브 해다. 그는 카리브 해로 가서 휴가를 보낼 수 있는 사람이 누구일지 궁금했다. 타이베이의 돈 좀 있는 사람들이라면 그 정도는 되지 않을까? 해변이 참 매력적이다. 程陵에게 만약 돈이 좀 있다면 그도 카리브 해로 가고 싶을 것이다.21)

程陵 형제만 보더라도 비틀즈의 음악을 즐겨듣고 합리주의에 경도되어 있으며 로트레크 풍의 그림에 익숙한가 하면 삶의 여러 측면과 사고방식에서 혼종화된 모습을 보여주고 있다. 혼종이라는 것이 문화의 섞임에서부터 다층위적 저항담론까지를 모두 포괄하고 있음으로 인해 화인 디아스포라의 비교적 초기 소설에서는 이처럼 문화의 섞임에 관한 내용들이 빈번하게 등장한다. 문화적인 섞임은 소설의 곳곳에서 집요할 정도로 다른 방식이지만 반복적으로 나타난다. 예를 들면 유럽에서 유입된 합리주의적 사고는 程陵 형제들의 대화방식22)에서 사유방식까지 소위 전통적인 방식을 벗어나도록 만들고 있다. 타이완을 배경으로 하고 있기 때문에 타이완에 유입된 서양문화의 영향이 타이완의 문화와 교류하게 되고 이것을 접하게 되는 사람들의 모습이 주로 묘사되어 있다는 것이 가장 큰 특징이다. 張系國은 劉 교수를 등장시켜 미국 생활에 대해서 다들 선망의 눈길 혹은 흥미로운 관심을 가지고 경청하는 것23)과 같은 장면을 넣었는데, 이 역시 타이완과 미

21) 金黃色的海灘, 藍得出奇的海水, 海灘後山麓一排排雪白的方形建筑。加勒比海。他懷疑誰會到加勒比海度假。台北的有錢人還不至於闊到這個地步? 海灘極富吸引力。如果程陵有錢, 他也想去加勒比海。張系國, ≪棋王≫, (臺北: 洪範, 1978), pp.77-78.

22) 張系國, ≪棋王≫, (臺北: 洪範, 1978), pp.100-101 참고.

23) 張系國, ≪棋王≫, (臺北: 洪範, 1978), pp.189-197 참고.

국 생활을 동시에 경험한 작가의 눈에 비친 미국의 모습이자 그것을 바라보는 타이완 사람들의 모습을 투영해낸 것임을 알 수 있다.

화인 디아스포라들이 경험하게 되는 고향을 그리워하는 향수와 이주를 경험하면서 겪게 되는 상실과 거주국에서 경험하는 소외는 공통적인 현상으로 소설 속에 나타나고 있다. 그리고 이들은 다양한 문화의 내재와 뒤섞임도 경험하게 되는데 고국의 문화와 거주국의 문화의 치열한 접합 지대 속에 화인 디아스포라들은 아슬아슬하게 자리하고 있다. 양립할 수 없는 다양한 문화의 충돌 사이에 끼어있는 존재로서의 자신을 발견하는 것, 그리하여 양가성의 불확실하고 초조한 상태를 경험하게 되는 이러한 상태는 포스트식민주의적인 아이덴티티를 드러내는 지점으로 나타난다. 화인 디아스포라 작가들의 화인화문문학에서는 이렇듯 혼종화된 존재로서의 현상들이 짙게 드러나고 있다.

미국 내 화인들의 문학에서 혼종성은 여러 가지 문화들이 뒤섞인 출처를 알 수 없는 단순한 복잡함의 상태라기보다는 다재다능한 상태를 표현하는 것에 더 가깝다. 여러 세기를 다민족 다인종 국가 체제를 유지해온 미국 사회는 이러한 혼종적인 특성을 장점으로 부각시킬 수 있는 바탕이 마련되어 있는 곳이다. 작가들은 그들에게 자연적으로 부여된 혼종성을 적극적으로 활용할 수도 있고, 이를 완전히 배제한 채 문학적 활동을 지속할 수도 있고 또 이들이 영원히 이상향을 찾아 떠나는 디아스포라로 살아가면서 혼종성을 의도적으로 이용하는 경우도 있을 것이다.[24] 張系國가 소설에서 묘사한 인물들은 영원히 이상향을 찾아 떠나는 디아스포라로 종종 묘사되곤 하기 때문에 그의

---

24) 고혜림, ≪북미 화인화문문학에 나타난 디아스포라문학적 특징≫, (부산: 부산대학교 중어중문학과, 2013), pp.128-129 참고.

소설 속 화인들의 모습을 디아스포라로서의 삶을 수긍하면서 작가에 의해서 의도적으로 배치된 혼종성의 성격을 가지고 있는 정도로 설명될 수 있다.

3.2 이상향을 찾아 떠나는 여정

화인 디아스포라들은 거주국 사회에서 주류 문화나 사회 속으로 진입하는데 있어서 눈에 보이지 않는 많은 장애를 마주하게 된다. 그리고 그들은 거주국의 문화 속에서 자신들이 타자임을 인식하고 살아가게 된다. 정진농은 소수민족문학은 다수의 주류 속에서 자신을 소수자화 혹은 타자화해야 한다고 언급한 바 있다. 소수민족문학가가 반문화적으로 되어 주류 문화 속에 개입할 수 없을 것이라는 우려에도 불구하고 주류 문학에 소수자 문학가가 완전히 동화되어버리면 그 문학이 탈영토적이고 정치적이며 소수집단적 역설과 기능을 제대로 수행해내기 힘들다는 의미이다.[25] 그리고 그가 말한 소수민족문학이 가지는 역할적 차원에서의 문제들은 화인화문문학의 역할과도 연결된다. 그리고 그것은 화인화문문학에 와서 주변성, 타자성, 혼종성 등의 문제로 확장되었다.

이제는 원한다면 어느 정도까지는 국적을 선택하는 것이 가능한 시대가 되었다. 정치적 난민, 혹은 쿨리처럼 막연하게 더 나은 삶을 찾아서 이주를 했던 과거와 달리 좀 더 자유로운 형태, 그리고 자신이 현재 처한 환경보다 훨씬 나은 곳에서의 경제 활동이 가능한 국가로의 이동이 보장되는 형태로 이주와 이민이 이루어지고 있다. 그리고

25) 정진농 편저, ≪미국소수민족문학≫, (서울: 동인, 2010), pp.11-12.

이 시대의 이주자들은 20세기 초기 이주자들에 비해서 훨씬 체계화되고 더욱 확실하게 보장이 되는 이민법에 따라 대우를 받고 있다. 이러한 상황에서 디아스포라가 되는 것을 자처하는 자발적 디아스포라들이 생기게 된다. 이제는 국경, 민족을 넘어서는 전지구화 추세 속에서 노동자와 이민자들은 급격한 속도로 증가되고 양산되며 심지어 둘 이상의 문화권을 넘어 다니면서 생활하는 사람들도 생겨나게 된다.

≪棋王≫에서 程陵은 동생이 자신보다는 공부를 더 잘하는 동생이 유학을 떠나는 것이 낫다는 생각을 하고 있다. 1970년대 당시 타이완에서 미국으로의 유학열풍이 대단했던 것을 감안한다면 당시를 시대적 배경으로 하고 있는 소설에서 충분히 소재로 등장할 수 있었던 것으로 보인다. 더욱이 劉 교수의 경우는 1970년대 유학열풍 무렵보다 더욱 일찍이 실제 미국 유학을 경험한 것으로 나오는 것처럼 이미 자발적인 디아스포라들의 발생을 그려내고 있다. ≪香蕉船≫에서도 黃國權은 미국의 시민권을 받았고 李는 노동을 찾아 떠나는 자발적 디아스포라의 모습으로 묘사되어 있다. 이들의 모습은 張系國의 소설에서뿐만 아니라 동시대 於梨華의 대표적 소설인 ≪又見棕櫚又見棕櫚≫의 牟天磊와 같은 인물이나, 聶華苓의 소설 ≪桑靑與桃紅≫의 桃紅에게서도 찾아볼 수 있다. 디아스포라 신분 속에 자발적으로 놓이게 된 이들은 스스로가 포스트식민주의적 번역의 주체로서 자리하고 있음을 인식하지는 못한다. 하지만 이들에 대한 문학이 지금처럼 지속적으로 창작될 경우는 그것이 결국 주변부에만 머무르는 것이 아니라 하나의 새로운 담론으로 주체적인 역할을 할 수 있게 된다.

화인들은 고향인 출발지를 떠나와서 겪은 상실감과 거주국에서 이방인으로서 경험한 소외를 통해 자신들의 디아스포라적 정체성을 형성해나가고 있었다. 애초에 이들이 고향에 머물러 있었다면 디아스포라로서 겪게 되는 상실과 소외는 경험하지 않았을 수도 있다. 그들은 자의에 의해서 혹은 타의에 의해서 자신의 고향을 떠나게 되었고 그것은 더 살기 좋고 행복하게 지낼 수 있는 곳을 찾아 또 다른 곳으로 떠나는 여정으로 이어졌다.[26] 고국을 떠나간 화인 디아스포라들에게 일반적으로 발견되는 그리움의 정서는 그들을 다시 고국으로 돌아가도록 하는 결정적인 요인이 되지는 않는다. 그리고 이들은 심지어 거주국에서 고향을 그리워하고 있는 자신들의 상태 이상의 적극적인 행동을 취하지는 않는다. 한 곳에 거처를 정하고 삶을 꾸려나가는 것은 이 사람들의 삶의 방식과는 다르다. 이들은 끊임없이 다른 곳으로 이동할 수 있고 적극적으로 그러한 상황 속에 자신을 위치시키고 있다. 화인 디아스포라는 이상과 같은 이유들로 인해서 한 곳에 정주하고자 하는 의지보다는 더 나은 이상향을 향해 항상 떠날 수 있고 또 떠날 준비가 되어 있는 자유로운 사람들로 보아야 한다.

> 모두들 기회만 되면 뉴욕에 도착해서는 배를 내리려고 합니다. 배 한 척당 2/3 정도 되는 선원들이 모두 배를 내려 버리는 정도는 흔히 있는 일이죠. 뉴욕에 있는 중국 음식점에서 시간제로 일해도 1, 2년 벌어서 먹고 쓰는 걸 아끼게 되면 몇 천 달러를 벌 수 있으니까 선원질 하는 것보다 훨씬 많게 되죠. 이민국에 발각되고 강제 출국되는 게 제일 걱정이죠.[27]

≪香蕉船≫에서 張系國은 유학생이나 지식인이 아닌 노동자의

26) 고혜림, ≪북미 화인화문문학에 나타난 디아스포라문학적 특징≫, (부산: 부산대학교 중어중문학과, 2013), p.116.

27) "(……) 大家一有機會, 到紐約就跳船。一條船, 三分之二的船員跳了船, 都是有的。就是怕被移民局逮著了, 遞解出境。(……)" 張系國, ≪香蕉船≫, (臺北: 洪範, 1976), p.8.

신분으로 북미 지역에 이주한 화인 디아스포라의 문제를 제기하고 있었다. 黃國權이 李를 만난 것은 비행기 안이다. 黃國權에게 이민국 직원들은 불법체류자인 선원을 대신 잘 지켜봐주길 당부한다. 타이베이로 가는 도중 도쿄에 중간기착하고 도중에 그 선원이 내려서 다시 미국으로 가는 배에 오르겠다고 할 때 黃國權은 한편으론 걱정하면서도 그가 가도록 모르는 척 내버려둔다. 미국의 이민법 위에 존재하는 자신의 고향 사람에 대한 일종의 동정심의 발로인 것이다. 하지만 머지않아 그에게 전해진 비보는 黃國權에게 충격을 준다. 희망적인 미래를 빌어주던 당시와는 아주 다른 결과였던 것이다.

> 黃 선생님께, 저희 회사의 일본과 중남미 노선을 오가는 화물선 한 곳에서 3주 전 예상치 못한 일이 생겼습니다. 불법으로 승선한 선원 하나가 바나나를 실어 나르는 도중에 그만 실족하여 대형 화물칸으로 떨어졌는데 당시 급하게 구호조치를 하였지만 결국 사망하고 말았습니다. 사망한 자는 불법 승선자인 관계로 저희 회사로서는 이와 같은 사고에 대해 책임을 질 방법이 없습니다. 해당 화물선의 1등 항해사에게 징계를 내리고 저희 회사의 고베 영업소에 업무상의 과실 여부를 엄중하게 조사할 예정입니다. 고인은 신분증이 없었습니다. 고인의 유품을 조사하던 중 수첩에서 당신의 주소를 찾아냈습니다. 유품을 함께 보냅니다. 고인의 유족들에게 전달해주시길 바라며 더불어 깊은 애도의 뜻을 전해주십시오. 로버트 슈나이더 보냄[28)]

28) 親愛的黃先生:　敝公司來往日本及中南美洲航線的一艘貨輪上, 三週前發生了一樁意外。一位非法登輪的船員, 在裝運香蕉時, 不慎失足落入大貨艙, 經急救無效死亡。死者非法登輪, 敝公司無法負責其意外死亡。除懲辦該輪大副外, 並將嚴查敝公司神戶營業處, 是否有失職之處。死者未留下任何證件。經檢查死者的遺物, 在記事本中, 找到你的地址。我們寄上死者的遺物。請轉交死者家屬, 並代致最深的歉意。你誠摯的　羅伯史奈德。張系國,

비행기 안에서 그들은 대화를 나누었다. 시민권이 있느냐에 따라 黃國權은 당당하게 미국과 타이완을 오가며 미래를 설계하는 반면, 선원은 시민권이 없어서 불법체류자가 되고 이것이 3차례 반복되면 영구적으로 귀국해야 할 처지였다. 그래서 선원은 부러움을 금하지 못하고 그에게 부탁했고 그는 선의로 주소를 알려주었는데, 결국 바로 그 주소로 선원의 유품이 배송되어온 것이다. 아이러니하게도 동양인은 황인종이라고 하여 종종 미국에서 바나나에 비유되곤 하는데 하필 이 선원도 바나나를 운반하다가 실족사를 당한다.

더 나은 삶과 신분에 대한 확실한 보장이 없어도 소설 속 화인들은 자신의 고국을 출발지로 두고 더욱 나은 경제생활에 대한 희박하나마 가능성이 있는 곳으로의 이주를 감행했다. 이들이 반드시 고향으로 돌아가려 애쓰지 않는 것은 자신이 있는 곳 어디에서든 행복을 찾을 수 있다면 그곳에서 정주할 수 있다는 생각을 가지고 있었기 때문이다. 예외적으로 출발지에서의 삶이 더욱 나은 경제권과 생활권을 보장해준다면 다시 돌아가서 정주하는 경우도 있겠지만 대개는 거주국이 종착지가 될 가능성이 많았던 것으로 보인다. 미국에 거주하는 화인 디아스포라라는 그 자체가 그들의 정체성이 되었고 여기에 추가되는 다양한 문화적 경험들로 인해 새로운 의미와 개념들이 덧대어진 가변적인 정체성[29]을 형성하게 되는 것이다. 이와 같은 가변적 정체성은 동시에 그들을 끊임없이 떠돌게 만들면서 인간이 근본적으로 찾고자 하는 이상향과 행복을 추구하기 위한 동력으로 작용한다.

≪香蕉船≫, (臺北: 洪範, 1976), p.14.

29) 가변적인 정체성에 대한 추가적인 설명은 고혜림의 ≪북미 화인화문문학에 나타난 디아스포라문학적 특징≫의 p.18, pp.125-127를 참고할 수 있음.

4. 나오며

가야트리 스피박은 "포스트식민적이고 세계화되는 세계에서 우리가 목격하는 것은 영역적 경계라기보다 인구적 경계의 회귀 현상"이며, 이것은 자본주의 이전의 현상이고 그보다 더 광범위한 현상이라고 말한다. 스피박은 이에 더해 대규모 이주와 호응하면서 이것이 현대판 가상세계를 전유하고 있음을 지적하고, 또한 독점자본주의를 앞섰던 변동하는 다문화적 제국에 속했던 "국가 단위를 넘어선 집단체"[30)]를 만들어내고 있다고 말한다. 스피박의 말과 같이, 포스트식민시대를 살아가는 사람들은 국가의 단위를 넘어서고 민족의 구분을 넘어서는 전례 없이 특수한 현상을 만들어내고 있다. 이것은 張系國의 소설에서도 나타난 바와 같이 국경을 넘어다니며 자신의 정체성에 의문을 가지고 이주를 거듭하는 화인 디아스포라들을 통해서도 발견할 수 있는 부분이다.

전지구화된 사회에서 여러 형태의 혼종화는 불가피한 현상이 되었으며 전세계적으로 광범위하게 전방위적으로 발생하는 혼종화에 대한 이해는 반드시 뒷받침되어야 한다. 이와 더불어 현대의 포스트식민적 상황에 대한 적극적 이해는 스튜어트 홀이 말한 것과 같이 제국화하는 시선에 대한 저항은 어렵지만 재언술을 통한 의도적 혼종화에서 저항의 가능성을 찾도록 한 것[31)]과 마찬가지로 유용한 비판적 담론을 화인화문문학과 그 안에 있는 화인 디아스포라들에 대한 연구를

30) 가야트리 차크라보르티 스피박 지음, 문학이론연구회 옮김, ≪경계선 넘기: 새로운 문학연구의 모색≫, (경기: 인간사랑, 2008), p.50.

31) Stuart Hall, Cultural Identity and Diaspora, ed. J. Rutherford, Identity: Community, Culture, Difference, London: Lawence & Wshart, 1990, p.226.

통해 찾아낼 수 있다고 생각한다.

지금까지 張系國의 소설 ≪棋王≫과 ≪香蕉船≫을 통해서 화인 화문문학과 그 안에 나타난 화인 디아스포라의 정체성에 관한 주제를 크게 구분지어 자아 인식과 문화 인식이라는 측면에서 분석을 시도하였다. 화인 디아스포라의 자아 인식은 고향의 기억, 소외의 경험으로 나누어 분석했으며, 자아 인식은 문화의 혼종과 이상향을 찾아 떠나는 여정으로 구분하여 분석하였다. 본고에서는 위와 같이 자아 인식과 문화 인식을 구성하는 몇 가지 특징들을 통해 화인 디아스포라의 정체성이 어떠한 양상으로 구현되고 있는지 그리고 이것을 포스트식민적 맥락에서 바라보기 위해서는 어떠한 방식으로 디아스포라와 결합하여 이해할 수 있는지를 중심으로 살펴보았다. 張系國의 소설에서 나타나는 화인 디아스포라들의 정체성을 읽어내는 방식과 그 특징들을 통한 접근이 가장 핵심적인 부분이었는데, 張系國는 자신이 직간접적으로 경험한 출발지 타이완과 거주국 미국에서의 화인들의 모습을 소설 속에 담아내었다. 이것은 이후 포스트식민주의적 새로운 담론과 언술의 주체에 대한 고민 속에서 서구가 주체가 되는 하나의 역사에 대한 인식을 넘어서서, 화인 디아스포라 역시 역사의 구성체이자 독립적인 성격을 가진 문학 활동을 하는 집단이라는 사실에 대한 인식 전환으로 나아가는데 있어서 훌륭한 하나의 예가 될 것으로 여겨진다.

張系國의 소설 두 편은 북미 지역의 화인화문문학의 시기구분이라는 측면에서는 비교적 초기[32]에 해당하는 작품들이었다. 유사한 시기

32) 고혜림, <북미 화인화문문학의 역사와 시기구분>, ≪중국학논총≫Vol. 30, (서울: 고려대학교중국학연구소, 2012.12), pp.323-339.

에 활동한 白先勇, 於梨華, 聶華苓 등과 같은 작가들의 소설은 21세기 이후 발표되는 화인 작가들의 소설과 비교했을 때, 미국의 화인 디아스포라문학의 시대적 특징이라는 측면에서 접근할 필요성과 화인 디아스포라문학의 다음 세대를 준비하도록 하기 위한 전단계로서 일종의 문학적 기반을 마련하는 데 역할을 하였다. 그리고 이들이 공통적으로 갖추고 있는 디아스포라문학적 특성들은 2세대 3세대로 갈수록 더욱더 분명한 경향성을 가지고 발전되어 가고 있음을 발견하게 된다.

샤오메이천은 동양과 서양, 자아와 타자, 전통과 현대, 그리고 남성과 여성 등을 구분하는 이항대립을 조장하는 것보다는 모든 진리들이 가진 고유한 다양성을 긍정하면서 유일무이한 절대적 진리만을 주장하지 않는 동시에 끊임없고 지속적인 대화 속으로 이항대립적인 항목들을 참여시키는 것이 최선이라고 했다. 그리고 스스로의 문화개념에 충실하도록 노력하는 것이 문화 연구의 근본적인 원칙이라는 것을 주장했다. 하지만 상상되었든지 주입되었든지 민족주의와 전통주의에 대한 자부심이 강한 중국대륙은 전통이라고 믿고 있는 것들에 대해서 뿌리부터 뒤흔드는 작업을 하려고 하지 않을 것은 분명하다. 앞으로도 지속적으로 세계문화와 문학 속에서 자신들의 문화를 충실하게 이행하는 한편 나아가 어떻게 그것이 중심과 주변으로 이분화되었는지 그리고 그렇게 담론화한 주체가 누구인지에 대해서 화인화문문학의 차원에서도 진지하게 고민할 수 있을 것이라 믿는다. 더욱 발전적이고 통합적인 연구를 위해서는 두 가지 이상의 다양한 언어를 다루는 연구자에 의한 화인 디아스포라문학 담론이 가능해지는 시기를 기대해볼 수 있을 것이다.

포스트식민시대를 경험하면서 문학은 기존에 없던 경험들을 하고 있다. 이제는 새로운 해석학의 담론들을 담고 있으면서 기존에 읽혀지지 않고 보이지 않던 표상 이면의 것들이 속속들이 드러나고 있는 것이다. 질 들뢰즈가 정의한 소수집단 문학의 특징인 탈영토화, 정치적인 성격, 집단적 성격은 화인화문문학에서도 마찬가지로 발견해낼 수 있는 담론의 장으로 자리하고 있다. 문화번역은 이러한 차원에서 화인 디아스포라문학과 결합하여 다문화 사회를 경험하고 앞으로 더욱 격렬하게 문화적 충돌과 화합을 경험하게 될 동아시아 지역에서 더욱 시사하는 바가 크다는 것을 알 수 있다.

참고문헌

張系國, ≪棋王≫, (臺北: 洪範, 1978)

張系國, ≪香蕉船≫, (台北: 洪範出版社, 1979)

Homi Bhabha, The Location of Culture, London: Routledge, 1994

Robert J. C. Young, Postcolonialism: A Very Short Introduction, New York: Oxford University Press, 2003.

Robert J. C. Young, Colonial Desire: Hybridity in Theory, Culture and Race, London: Routledge, 1995

Stuart Hall, Cultural Identity and Diaspora, ed. J. Rutherford, Identity: Community, Culture, Difference, London: Lawence & Wshart, 1990

가야트리 차크라보르티 스피박 지음, 문학이론연구회 옮김, ≪경계선 넘기: 새로운 문학연구의 모색≫, (경기: 인간사랑, 2008)

高天生, ≪臺灣小說與小說家≫, (台北: 前衛出版社, 1994)

고혜림, ≪북미 화인화문문학에 나타난 디아스포라문학적 특징≫, (부산: 부산대학교 중어중문학과, 2013)

김혜준, <화인화문문학 연구를 위한 시론>, ≪중국어문논총≫Vol.50, (서

울: 중국어문연구회, 2011), pp.77-116.

로버트 J. C. 영, 김용규 옮김, ≪백색신화≫, (부산: 경성대학교출판부, 2008)

박상기, <탈식민주의의 양가성과 혼종성>, 고부응 엮음, ≪탈식민주의: 이론과 쟁점≫, (서울: 문학과지성사, 2003), pp.223-255.

샤오메이 천, 정진배, 김정아 옮김, ≪옥시덴탈리즘≫, (서울: 도서출판강, 2001)

유선모 저, ≪미국소수민족문학의 이해: 한국계 편≫, (서울: 신아사, 2001)

임춘성, <중국근현대문학사 최근 담론에 대한 비판적 검토: '한어문학'과 '화인문학'을 중심으로>, ≪외국문학연구≫Vol.41, (서울: 한국외국어대학교 외국문학연구소, 2011), p.391-414.

정진농 편저, ≪미국소수민족문학≫, (서울: 동인, 2010)

中文提要

張系國小说≪棋王≫和≪香蕉船≫裡出现的华人离散者的认同问题

华人华文文学作家張系國从1970年代末到1980年代末的十年当中所创作的作品比较注重华人离散者，特别关注他们的内心状态、自我认同问题和文化认同问题。他本人从台湾移居到美国以後的时间里发表了几篇以华人离散者为主题的小说。离开台湾以后他自己所经验过的离散者身份让他更接近华人离散者的现状，进而去思考怎样看待他们。若要观察当时的离散者，我认为读一些张系国的小说是很有帮助的。其中显著地表现华人离散者问题的是≪棋王≫和≪香蕉船≫。通过这两篇小说我们不仅能从表面上看到华人离开故国和漂流外国的现实，而且还可以内在地分析作家张系国所意识到的认同问题如何在小说语言上反映出来。最终还能分析到对生活在後植民时代的现代读者和研究者读他的小说有哪方面的意义、引发我们预测怎样看待离散者未来等问题的思考。现代社会任何人都有可能离开他的故国而经验离散者的身份，说不定什么时候我们也会变成一个离散的人。在这个多样多彩的时代裡离散的问题不是特定的一些人群的问题，所以持续研究这方面的问题和小说，就能发展到研究後植民时代产生的自愿离散的现象和我们社会人类的问题。

关键词：後植民時代，文化认同，自我认同，华人离散者，华人华文文学，张系国

부록 2

화인화문문학에 나타난 디아스포라의 양가적 시선과 성격[1)]

목 차

1. 화인화문문학과 디아스포라

전지구화의 이면에는 현 시대를 담고 있는 큰 틀인 포스트식민주의적인 여러 가지 장치들이 다양한 시각과 방법론을 통해 해석되는 담론의 장이 펼쳐져 있다. 유목민을 뜻하는 노마드, 유대인의 강제이주를 뜻하던 디아스포라와 같은 용어들은 점차 특정한 민족이나 특정한

1) 이 논문 또는 저서는 2013년 정부(교육부)의 재원으로 한국연구재단의 지원을 받아 수행된 연구임(NRF-2013S1A5B5A07047145), 2015년에 ≪중국학논총≫제49집(서울: 고려대학교 중국학연구소, 2015.8, pp.185-213)에 투고 게재되었음.

국가의 국민들에 의해서만 이루어지지 않고 세계적으로 동시다발적인 현상으로 관찰되고 있다. 그리고 현재까지 인문 사회과학의 여러 철학적인 사유를 통해 그들을 바라보고 해석하려는 시도들이 이루어지고 있다.

용어 차원에서의 디아스포라와 포스트식민시대 및 전지구화 속의 디아스포라는 개념과 역할에서 볼 때 다소 차이가 있는데 그것은 다음과 같은 이유에서라고 판단한다. 즉 현재적 의미와 기능적인 차원으로 접근해보자면 기존에 일상적으로 이해되어 온 디아스포라의 개념은 세계적으로 흩어져 살고 있는 이주민과 이민자 및 바우만이 말하는 소위 '지구화의 쓰레기들'[2]의 층위 그 이상을 넘어서는 것이 어려울 수도 있다. 하지만 이들의 존재 및 정체성에 관한 연구는 포스트식민시대 및 전지구화라는 전제 속에서 의미를 가지는 측면이 있다고 본다. 즉 디아스포라는 기능적인 의미와 세계문학이라는 거시적 관점에서의 문학론을 논함에 있어서 상당히 유효한 역할을 할 수 있기 때문이다. 디아스포라는 전지구화의 철학적 분야의 한 현상으로 이해될 수 있는데, 이들에 대한 구체적이고 실체적인 고찰을 위해서 본고에서는 표본이 되는 여러 집단들 가운데서도 특히 화인 디아스포라 집

2) 바우만은 잉여적 존재의 구체적 사례들을 열거하는데, 그중에서도 특히 하층계급과 난민이 대표적이다. 하층계급과 난민은 자본의 전 지구화가 낳은 대표적인 잉여적 존재들이다.(135) 내부의 적으로 호명되고 있는 것이 하층계급이라면, 내부로 흘러들어온 '외부의 적'으로 호명되는 존재들이 있다. 이주민과 난민이 바로 그들이다. 이들은 모두 외부로부터 흘러들어와 서구사회를 위협하는 존재들이며 서구사회 속으로 완전히 편입될 수 없는 잉여일 따름이다. 즉 "난민, 추방자, 망명자, 이주민, 불법체류자, 그들 모두는 지구화의 쓰레기들"인 것이다. 이들은 서구사회에 진입하지도 못한 채 사회의 변경지역에 영원히 머물면서 자신이 도착한 곳이나 일시적인 체류지에서 아무런 역할도 할 수 없는 인간쓰레기들로 취급된다. 김용규, ≪혼종문화론≫, (서울: 소명출판, 2013), pp.135-137.

단에 대한 연구를 통해서 이해하고자 한다.

화인화문문학에서 나타나는 화인 디아스포라들이 그들 자신을 혹은 다른 화인을 바라보는 시선에서는 양가적인 성격이 나타나는 것으로 보인다. 데이비드 허다트는 호미 바바를 통해 양가적이라는 개념을 제기하는 것은 '어떤 개념이나 대상을 지칭하는 기표가 실제로 그 지시 대상을 완전히 다 포괄할 수 없음을 의미'하면서 동시에 '그 안에 스스로를 부정할 수 있는 가능성, 즉 양가성을 드러낼 수 있는' 의미요소들이라고 설명하고 있다.[3] 여기서 말하는 양가성은 '이주를 통해 거주국에서 정주하며 고향에서보다 더 나은 삶과 기회를 부여받은 화인 지식인 디아스포라'라는 기표에 덧씌워진 우울증과 자기기만적 행위들로 표현될 수도 있는 화려함 이면의 그림자와 같은 것이 존재한다는 점, 말하자면 '스스로를 부정할 수 있는 상반된 요소들'을 가지고 있음을 가정하고 있다.

북미 화인화문문학 작가들 중에서 미국 지역에는 앞서 언급한 것처럼 주로 白先勇, 於梨華, 張系國, 聶華苓, Amy Tan(譚恩美), Maxine Hong KINGSTON(湯亭亭) 등이 비교적 활발한 활동을 하고 있으며, 캐나다에는 梁錫華, 盧因, 東方白, 李頻書, 梁麗芳, 亞堅, 陳浩泉, 劉慧琴, 崔維新 등이 학계를 기반으로 활발한 저술 활동을 하고 있다.[4] 기실 북미 지역의 모든 화인 디아스포라들의 문학

3) 데이비드 허다트 지음, 조만성 옮김, ≪호미 바바의 탈식민적 정체성≫, (서울: 앨피, 2011), pp.8-9 참고.

4) 王景山의≪臺港澳暨海外華文作家辭典≫에 소개된 북미 지역 화인화문문학 작가들은 미국 74명, 캐나다 11명으로 미국 지역이 압도적으로 많다. 문학단체의 수나 작가들의 작품 활동을 고려할 때도 미국이 더욱 방대한 텍스트를 보유하고 있다. 본 연구에서는 특히 미국 지역으로 한정하여 화인화문문학 속 디아스포라의 양가적 시선과 성격을 중심으로 하고 있다.

을 함께 다룬다는 것은 작품의 편수나 작가의 규모에 비추어 볼 때 무리가 뒤따른다. 그러므로 문학적 가치와 시대적 정신, 일정 정도의 시간적 흐름과 작가들의 문학적 역량을 기반으로 대표성을 갖추었다고 평가되는 점[5]과 더불어 한국에 작품들이 번역되어 있는 작가들을 중심으로 우선적으로 살펴보도록 한다. 이러한 과정을 토대로 추후 여타 작가들에 대한 분석의 틀을 마련하고 연속적인 분석이 가능할 것으로 간주한다.

북미 지역에서 화인들에 의한 문학이라고 부를 수 있는 적당한 수준을 갖춘 작품들의 본격적인 등장은 이민 1세대 타이완 출신의 작가들을 중심으로 창작되면서였다. 그들의 작품은 중국어로 창작되어 타이완과 중국대륙으로 유입되었고 순수하게 문학적인 측면에서도 다양한 각도로 조명되고 있을 뿐만 아니라 미국 내에서 영역되어 읽히기도 하였다. 여기서 논의되는 작가들은 이민 2세대 작가들을 제외하면 공통적으로 중국대륙에서 태어나고 타이완으로 이주하여 교육을 받다가 다시 미국으로 이주하여 고등교육을 받고 경제활동을 하면서 작품 활동을 하였다. 특별한 위치에서 바라보는 경험과 소통능력으로부터 화인 디아스포라문학으로서의 특수성이 나타나게 된다. 이들의 소설에서는 자신들만이 표현해 낼 수 있는 상상력과 문학적 지식을 바탕으로 한 뿌리와 정체성에 대한 갈등, 그리고 이산으로부터 비롯되는 두려움과 고통에 대한 통찰이 있을 뿐 아니라 이러한 것들을 어떻게 수용할 것인지에 대한 고민이 그대로 녹아 있다.

화인화문문학 소설 중에서도 1960-70년대 미국을 중심으로 작품을

5) 고혜림, ≪북미 화인화문문학에 나타난 디아스포라문학적 특징≫, (부산대학교 박사논문, 2013), 71쪽 참고.

발표하고 그 이후로도 계속해서 문학적 활동을 이어오고 있으며 거주국인 북미 지역을 거점으로 활동하는 작가들의 작품이 주요 대상[6]이다. 여기서는 이들의 소설에서 형상화된 작중인물들을 크게 지식인이라는 신분적 정체성을 가진 인물들, 곧 작가에 의해 비교적 효과적으로 묘사된 지식인[7]과 그 외의 직업군과 여타 인물들을 편의상 비지식인 그룹으로 묶어 분류한다. 작중인물들이 작가의 의식이 투영된 지식인으로서 이주자를 바라보는 방식 혹은 그들이 스스로 느끼는 이율배반적 자의식, 그리고 비지식인으로 나뉜 작가의 주변 인물이나 혹은 허구로 창작된 인물들이 지식인 신분인 이주자를 대하는 방식과 그들 스스로를 정의내릴 수 있는 정체성으로 구분지어 그 안에 내재하는 양가적인 시선과 성격을 진단하고자 하는 데 가장 큰 목표를 두고 있다. 화인화문문학에 대한 정의와 범주[8], 전체적인 역사와 시기구분[9], 화인 디아스포라 시각에 입각해 高行健과 같은 작가를 조망

6) "화인 인구가 세계 각지에 집단을 이루어 거주하고 있지만 비교적 현저한 궤적을 남긴 곳이 동남아와 북미 지역이라는 것을 알 수 있다.", 고혜림, ≪북미 화인화문문학에 나타난 디아스포라문학적 특징≫, (부산대학교 박사논문, 2013), 12 쪽 참고.

7) 강수택의 ≪다시 지식인을 묻는다≫의 논의처럼 한국의 지식인론은 사르트르의 지식인론에 가장 크게 영향을 받았다고 볼 수 있으며 대중사회론 등에서는 만하임의 영향을, 그리고 지식인과 대중의 유기적 연관성을 강조한 그람시의 영향 또한 받았다. 서은주, <지식인 담론의 지형과 '비판적' 지성의 가치>, ≪민족문학사연구≫54권, (서울: 민족문학사학회·민족문학사연구소, 2014), 504-505쪽 참고. 여기서 말하는 지식인이란 백과사전적 의미로의 지식과 정보를 기반으로 생업활동을 하게 되는 사람들을 통칭할 수도 있다. 하지만 실제로는 사르트르의 '보편적 지식인론' 혹은 사회학적 의미의 '인텔리겐차'까지는 광범위하게 아우르게 된다. 이를 통해 나아가 화인화문문학에서의 대비되는 두 그룹의 화인들의 서로를 바라보는 양가적 시선을 좀 더 대비되는 방식으로 조명할 수 있을 것으로 기대한다.

8) 김혜준, <화인화문문학 연구를 위한 시론>, ≪중국어문논총≫Vol.50, (서울: 중국어문연구회, 2011, 77-116쪽)

하는 글[10]뿐만 아니라 문화횡단적 행위자들로서 화인을 바라보는 글[11]이 기존의 학계에 논의된 내용으로 조사되고 있는데 텍스트를 보다 중점적으로 다루면서 텍스트 읽기로부터 비롯되는 특징적인 점에 대해 서술한 글은 기존에 많지 않았다. ≪북미 화인화문문학에 나타난 디아스포라문학적 특징≫(2013)[12]의 경우 소설들을 중심으로 다루고 있으면서 화인 디아스포라문학의 특징을 밝혀냈으나 본고에서 살피고자 하는 지식인이라는 키워드 쪽과는 다른 측면에서 접근하였다. 나아가 본고는 특정 시대와 특정 지역의 특정한 집단의 사람들의 거주국에서의 갈등과 적응의 과정을 소설을 통해 읽어가면서 단일민족과 문화를 강조하는 한국 사회에 대한 성찰을 함께 발견할 수 있을 것으로 보고 있다.

북미 화인 디아스포라 작가들은 대부분이 지식인으로 사회에서 역할을 하고 있는 사람들이다. 작중인물들 중에서도 주인공으로 중심 역할을 하는 인물들은 대체로 작가의 과거 혹은 현재적 경험이 투영

9) 고혜림, <북미 화인화문문학의 역사와 시기구분>, ≪중국학논총≫Vol.38, (서울: 고려대학교 중국학연구소, 2012.11, 323-339쪽)

10) 이욱연, <중국인 디아스포라와 高行健의 문학>, ≪中國語文學誌≫Vol.14, (서울: 중국어문학회, 2003, 383-402쪽), 이보경, <대북 사람들 속의 상해인 디아스포라>, ≪중국현대문학≫Vol.32, (서울: 한국중국현대문학학회, 2007, 214-241쪽), 이등연, <聶華苓의 소설 ≪桑青與桃紅≫: 디아스포라 공간의 안팎>, (중국인문학회 2006년 추계정기학술대회 발표원고)

11) 김혜련, 李丹의 <갈등과 융합: 인도네시아 화인 디아스포라의 현지적응 연구>(≪동북아문화연구≫제39집, (서울: 동북아시아문화학회, 2014, 41-59쪽)과 같이 문학이 아닌 화인 자체를 다루는 논문들이 많이 보고되고 있다. 하지만 사회학적, 문화학적 접근이 아니라 문학 텍스트적인 측면에서의 분석은 상기 논문들을 제외하고는 많지 않은 실정이다.

12) 고혜림, ≪북미 화인화문문학에 나타난 디아스포라문학적 특징≫, (부산대학교 박사논문, 2013)

된 지식인들이 대부분임을 알 수 있다. 이들이 자신을 스스로 바라보는 양가적인 시선과 비지식인의 입장에서 이들을 바라보는 시선을 통해 나아가 일종의 보편적인 디아스포라의 특성을 담아내는 가능성을 읽어낼 수 있을 것으로 생각한다. 분석 대상 텍스트들은 해당 시기, 해당 지역의 화인화문문학 작가의 소설들 중에서도 보다 포괄적으로 디아스포라의 특성이 되는 문제들을 다루는 측면이 강한 것들이다. 텍스트 전체를 아우르면서 특히 본고에서 주목하는 점들이 잘 드러나는 부분의 예를 중심으로 살펴본다는 것을 본론에 앞서 밝혀둔다.

2. 지식인 디아스포라의 양가적 시선과 성격

앞서 서론에서 언급한 것처럼 본고에서는 특정 시기에 특정 지역에 거주하던 화인들의 문학에서 발견되는 특징적인 현상들이 어떻게 읽혀지는지 현상을 고찰하면서 동시에 그로부터 보편적인 디아스포라의 특징들과도 연결되는 접점을 고찰하는 것을 목표로 하고 있다. 이에 북미 지역의 화인화문문학의 역사와 시기구분에 따라서 1960-70년대에 속하는 제 3기 이민 1세대 화인들의 소설들을 위주로 일정한 경향을 파악하고 그로부터 현상을 분석하고자 한다. 소설에서 나타나는 지식인 디아스포라의 인물형상은 그들 스스로 느끼는 양가적인 시선과 지식인이 아닌 집단들 곧, 비지식인들이 그들을 바라보면서 느끼게 되는 시선과 성격에 따라 차이를 보인다. 이렇듯 소설에서 드러나는 디아스포라의 양가적 시선과 성격은 화인 디아스포라의 특징이면서 동시에 전세계 디아스포라의 공통적인 부분을 연결하는 특징적인 요소이다.

디아스포라 연구는 문화적 차원에서 주로 제기되고 있긴 하지만 사실상 인문, 사회학 및 교육학 등의 분과학문으로까지 확대될 수 있는 가능성을 가지고 있다. 그리고 디아스포라가 하나의 지역에 국한된 특수한 현상이 아니기에 화인 디아스포라문학의 연구는 다른 종족에 의한 디아스포라문학 연구에서도 일종의 지표로서의 역할을 수행할 수 있음은 분명하다. 디아스포라가 특정 지역이나 특정 민족에서만 나타나는 현상이 아니라 이제는 전지구적 단위로 발생하고 있으며 여전히 발전중인 현상이기 때문이다. 이들의 소설 속에서 빈번히 등장하고 있는 지식인 디아스포라들의 모습은 소설에서 어떻게 묘사되고 있으며 그들 스스로 양가적으로 느끼게 되는 자신들의 정체성이 주로 어떠한 방식으로 묘사되고 있는지를 살펴보는 것이 선행되어야 할 것이다.

소설에서 화인들의 양가적인 시선은 오리엔탈리즘적 내재화의 영향도 다분히 있는 것으로 추정된다. 그것은 작품 속에서 화인들 간의 갈등으로 표현되기도 하고, 혹은 문학 작품 외적으로 지역 단위의 화인들에게의 수용과 배제의 형태로 형상화되는 결과를 보이기도 한다. 이와 같은 점을 전제로 하여 작품 외적인 영역으로의 확대에 앞서 문학 텍스트들을 통해서 파악할 수 있는 양가적인 시선과 성격을 지식인이라는 키워드를 중심으로 먼저 접근하는 것이다.

화인 디아스포라 작가들은 스스로를 중국인으로 인식하면서도 동시에 미국인으로 교육받고 살아온 경험[13]으로 인해 디아스포라라는

13) 북미 지역의 화인화문문학 작가들은 최종적으로 미국에서 고등교육까지 받고 학계에서 지금까지 현역으로 활동하고 있거나 혹은 계속해서 문단과의 접촉을 유지하고 있는 지식인들에 속한다. 그들의 자전적 경험이 소설에 그대로 녹아나고 있음은

신분적 특성을 기반으로 서구를 바라볼 수도 있고 서구인의 시각에서 자신의 모국을 평가할 수도 있다. 여기서는 중점적으로 작중인물을 중심으로 논의하므로 작가의 신분적 정체성과 지식인으로서 이주자를 대하는 시선과 사고방식에 대해서는 논외로 한다. 張系國의 ≪棋王≫에서는 고등교육을 받은 지식인의 한 형상인 程陵이 역시 대표적인 지식인으로 등장하는 劉 교수를 냉소적으로 바라보면서 다음과 같이 말하는 부분이 있다.

> 동생이 막 말을 하려는 찰나, 程陵이 황급히 말을 이었다.
> "아무것도 아닙니다. 그냥 재미삼아 하고 있었을 뿐이에요. 士嘉, 劉 교수는 지고서 줄행랑을 쳐 버렸지."
> "일이 있으셔서. 劉 교수님은 초청 인사인데 굳이 그렇게 꼬집을 필요가 있나. 내가 아주 곤란하네."
> "일부러 난처하게 할 생각은 아니었지. 그가 분명히 신동에게 졌는데, 입으로는 여전히 우쭐대면서 늙수그레한 티를 내니 참을 수가 없었어."14)

주인공인 程陵은 고국인 타이완에서 교수로서 또 서구 유학을 경험한 고등 지식인의 한 사람인 劉 교수에 대해서 줄곧 비판적인 자세로 바라보고 있다. 劉 교수는 작품의 전반부에서 나온 위의 인용문에서도 알 수 있다시피 쉽게 게임의 결과에 승복하지 않고 거만한 자세

≪북미 화인화문문학에 나타난 디아스포라문학적 특징≫(2013)에서 분석된 바, 자신들의 이주의 경험과 거주국에서의 갈등을 소설을 통해 풀어내고 있었다.

14) 弟弟正要說話，程陵趕忙接下去:「沒甚麽,我們隨便玩玩。士嘉，劉教授抱頭鼠竄了?」「他有事。劉教授是客人，你何必故意損他，搞得我很不好意思。」「我沒有故意給他難堪。他明明下不過神童，嘴裡還要逞强，做老前輩狀，受不了。」張系國，≪棋王≫，(臺北: 洪範，1978，57쪽)

를 가지고 있으면서 또 주변의 여자들과 자유롭게 대화를 이끌어가는 주동적이고 적극적인 인물로 다루어지고 있다. 그의 모습으로부터 程陵은 일종의 우월감과 자조적인 냉소를 읽어내고 있음을 알 수 있다. 이것은 지식인이라 할 수 있는 程陵의 시선에서 바라본 화인 지식인의 모습인 것이다. 白先勇의 소설 중에서도 특히 <冬夜>에서 나오는 교수들의 대화 장면에서는 이런 점이 역시 발견된다.

> "그가 낭독을 마치자 청중들은 모두 술렁거렸고 특히 몇몇 중국 교수와 학생들은 일제히 나에게 눈을 돌리더군. 반박할 줄 알았지만, 나는 한 마디도 남기지 않고서 조용히 회의장을 빠져나왔지.." (…중략…) "자네도 생각해보게. 내가 국외 에서 수십 년이나 도망병 노릇을 하였는데 그런 장소에서 무슨 면목으로 '5.4운동'의 변호를 하겠나? 그런 이유로 이 몇 년 동안 외국에서 민국사 강의를 원치 않았다네. 캘리포니아 대학에서 '5.4운동'이야기를 꺼낸 것은 대학생들의 데모 소동을 웃음거리로 이야기한 것밖에 안되네. (…중략…) 이렇게 외국에서 수십 년을 외치다 보니, 어떤 때는 우습기도 해. 내 자신이 마치 당 현종의 백발 궁녀가 되어 외국인에게 천보시대의 유산이나 죽어라고 자랑한 것밖에 안되잖아."15)

이처럼 미국에서 현재 교수 생활을 하고 있는 지식인으로서의 吳

15) 他一念完, 大家都很激動, 尤其是幾個中國教授和學生, 目光一起投向我, 以爲我起來發言。可是我一句話也沒有說, 默默的離開了會場——"(……)" 你想想看, 我在國外做了幾十年的逃兵, 在那種場合, 還有甚麽臉面梃身出來, 爲'五四'講話呢? 所以這些年在外國, 我總不愿意講民國史, 那次在加大提到'五四', 還是看見他們學生學潮鬧得熱鬧, 引起我的話題來--也不過是逗着他們玩玩, 當笑話講罷了。(……) 就是這樣, 我在外國喊了幾十年, 有時也不禁好笑, 覺得自己眞是像唐玄宗的白髮宮女, 拼命在向外國人吹嘘天寶遺事了--白先勇, ≪臺北人≫, (北京: 作家, 2000, 157-158쪽)

柱國는 민주혁명에 참여했던 자신의 과거가 지금은 우스개로밖에 전락하지 않은 데 대해 깊은 시대유감을 표한다. 거주국에서 그쪽의 구미에 맞추어 말하고 행동할 수밖에 없고 자신이 강의하고자 하는 '중화민국사'나 '근현대사'에 대해서는 다룰 수 없다는 사실로 인해서 우울한 吳 교수이지만, 그를 바라보는 余 교수는 더 나은 이상향이 그곳에 있는 것처럼 여기면서 그를 부러워하는 마음을 감추지 못한다. 余 교수 역시 고국을 떠나고자 하지만 그에게는 여러 가지 상황이 여의치 않았다. 余 교수는 마침내 吳 교수에게 자신의 전공인 영미문학이나 '바이런'에 대한 강의를 할 수 없고 단순히 '기초 중국어'를 강의할 수밖에 없다 하더라도 미국에서 살 수 있는 기회와 자리를 마련해달라는 부탁을 한다. 고향을 떠나 더욱 선진국인 거주국으로 이주한 화인을 바라보는 시선은 부러움으로 점철되어 있다. 지식인 화인 디아스포라인 吳 교수는 자신의 미국에서의 삶을 아이러니하게도 스스로가 꿈꿨던 이상향에서의 모습과는 거리가 있음을 설명하고 있다. 그를 바라보는 余 교수의 생각과 떠나고자 하는 그의 심리 상태 역시 더 나은 곳을 지향하는 갈망을 여지없이 드러내어 보여주고 있다. 吳 교수가 느끼는 상반된 심정과 유사한 부분은 於梨華의 소설에서도 발견된다.

> 제일 마지막에 집으로 보냈던 그 사진은 그가 미국 대학생 아홉 명과 함께 캠퍼스의 잔디밭에서 찍은 것이었다. 능직 웃옷과 맞춘 갈색 양복바지에다 구부러진 모양의 영국산 갈색 담배 파이프를 든 단정한 모습이 매우 성공한 듯한 모양새였는데 보기에만 그럴 뿐이었다. 막 유학을 떠났을 때의 희망 두 가지는 모두 실현했고 학업도 달성했으며 일도 구했지만 성공은 어떻게 판단할 수 있는 것일까? 그리고 또 무엇으로 가늠할 수 있는 것일까?16)

소설에서는 사진 속의 남자 주인공 天磊의 모습과 그 기억을 되살리는 자신의 생각이 그대로 드러나 있다. 즉 거주국인 미국에서의 삶에 융화된 듯 보이는 아름답고 정겨워 보이는 사진은 말 그대로 '보기에만 그럴 뿐'이며, 사실상 그의 삶은 성공여부로 판단할 수 없는 참담함과 우울함으로 점철되어 있다. 지식인이 그 스스로 느끼는 자조적인 냉소와 우울감은 이렇듯 작품의 전반에 내재되어 있다.

張系國의 소설에서 劉 교수의 미국에서의 일화가 중심을 이루는 소설의 14장에서 이런 부분이 집약적으로 드러난다. 그가 미국에서 겪었던 괴상한 거부 노인에 대한 이야기를 할 때의 허풍스러운 자세와 말투 및 한편으로는 자본주의 사회에서의 성공한 인물에 대한 부러움, 그리고 스스로도 고향으로 돌아와 그와 유사한 방식으로 학문을 추구하면서 동시에 사업도 함께 일구는 실천으로 그의 상반된 심정이 반영되고 있음을 알 수 있다. 그러면서도 지식인으로서의 명예를 끝까지 지키면서 마지막에는 장기 시합의 결과에 승복한 뒤 호탕하게 자리를 떴다.

지식인들의 눈에 비친 화인 디아스포라 지식인들의 모습은 이처럼 양립하기 어렵다고 볼 수 있는 복합적인 감정들이 뒤섞여 있는 상태로 묘사되고 있다. 화인 지식인들이 여타 지식인들의 앞에서 자신들의 흔들리는, 혹은 가변적인 정체성을 가장하고 행동할 때에도 그런 모습들이 같은 부류인 지식인들에게는 그대로 드러나거나 더욱 왜곡되고 일그러진 모습으로 보이게 되는 것이다. 화인 지식인들의 이와

16) 最後寄回家的那張就是他和九個美國學生做在校園的草地上照的。一件咖啡斜紋上裝, 一條西裝褲, 一只咖啡色弓背的英國制烟斗, 儼然是很有成就的樣子, 也僅是樣子而已。剛去國時的兩個希望都實現了, 學已成, 業已就, 但是這個成就應該如何去衡量? 而又用甚麼去衡量呢? 於梨華, ≪又見棕櫚又見棕櫚≫, (南京: 江蘇文藝出版社, 2010, 5쪽)

같은 정체성의 불안정한 상태는 문화 간 혼종을 경험하고서 그들이 자의식의 과잉 혹은 자의식의 부족이라는 양단을 오가며 스스로에게 학습된 일종의 정신적인 상태이다. 그리고 이러한 정신적인 상태는 그들이 접하게 되는 다른 사람들에게도 그대로 전달이 되면서 동시에 위에서 살펴본 것처럼 우월감이나 자조적인 냉소의 방법으로 표출되고 있는 것이다.

聶華苓의 소설에서 미국 이주 후 주인공이 만나게 되는 다양한 고등교육을 받은 지식인들은 속물이며 겉과 속이 다른 이중인격으로 묘사되고 있다.

> 타이완으로 돌아가는 거? 거긴 정말 견딜 수가 없어. 그럼 중국 대륙? 그곳도 안 돼. 이곳에 눌러 앉는다면? 나 같은 게 여기 있어 봤자 뭘 해? 오늘 학교 도서관 아르바이트 일에 오 분인가 늦었어. John Zhang 그 개자식이 위세를 떨면서 나에게 영어로 명령하듯 큰소리를 질러대잖아. 늦거나 조퇴하지 말라고 명령하는 거야. 중국인이 미국에 온 것은 뭐 금이나 얻어내러 온 게 아니란 말이야. 누구를 막론하고 고생할 각오를 해야 한다고 말이야. 그래서 내가 그 자식한테 말해 줬지. 이봐, Zhang, 당신도 중국인 아냐? 우리말로 좀 말씀하시지. 그러자 그 자식이 나에게 삿대질을 하며 고함치더군. "뭐 이런 놈이 다 있어. You are fired!" 내가 당당하게 도서관을 나오는데 Zhang은 몸을 돌리고는 새로 도착한 『아름다운 중국』책을 역사학과 어느 교수에게 보여주면서 이러더군. "It's a wonderful country, isn't it?"[17)]

---

17) 回臺灣吧, 受不了! 回大陸吧, 也受不了! 留下來嗎? 我在這兒又算個什麽? 今天我到學校圖書館去打工, 遲到了五分鐘。約翰·張那王八蛋用英文和我打官腔, 大聲命令我不能遲到, 不能早退, 中國人到美國來不是淘金的, 無論什麽人都得苦幹的。我對他說:『姓張的, 你是中國人嗎? 請用國語發音!』

지식인의 한 형상으로 소설에서 묘사된 도서관 사서 John Zhang을 바라보는 또 다른 지식인인 小鄧의 시선은 미국인에게 아첨하고 미국을 지상 최대의 낙원인양 묘사하는 그 모습에서 신물을 느끼는 자신의 심정을 그대로 투영해 냉소적이고도 경멸을 담아낸 것으로 나타나고 있다. 小鄧 역시 지식인 화인 디아스포라로서 자신 스스로 일관되지 않은 모습을 보이기도 하지만 桃紅과의 관계를 통해 스스로의 신분적 정체성에 어울리지 않는 행위들을 지속적으로 보여준다. 다시 於梨華의 소설에서 지식인 화인 디아스포라인 주인공이 느끼는 내재적 갈등 부분을 살펴보자.

> 출국 후에 그와 같이 졸업했지만 외국으로 나가지 않았던 동기들과 간혹 연락을 주고받았는데 그들은 당연히 생활적인 부담을 무겁게 지고 있었지만 동시에 평범한 인생을 살고 있었다! 그 동기들의 번뇌는 어쩌면 정확히 그와는 반대되는 것이어서 외국으로 나가지 못해서 후회하는 것이고 그의 경우에는 실제로 이런 종류의 목적을 이루지 못해서 생기는 후회보다는 더욱 심각한 것이어서, 그건 어떤 목표를 이룬 뒤에야 완전히 그것이 아님을 알고서 느끼게 되는 환멸 섞인 번뇌였다. 모르긴 몰라도 그 동기들은 속으로 그의 금의환향과 박사 학위, 성공을 부러워할지도 모를 일이었다. 하지만 이런 것들이 그가 모든 청춘의 활력과 맞바꿔서 대가를 지불한 것이라고 누가 알 수 있을까? 게다가 활력과 꿈을 대가로 지불하고 떠나서 지금처럼 즐거움은 주지 못하는 안정과 영화로움으로 바꿔 왔건만 그가 느끼게 되는 것은 단지 허무함뿐이라는 것을 또 누가

他指著我大叫: “你是什麽東西? You are fired!” 我堂堂正正走出圖書館, 只見他轉身把一本新到的≪錦繡中華≫畵冊拿給歷史系一個美國教授看: “It's a wonderful country, isn't it?” 聶華苓, ≪桑靑與桃紅≫, (臺北: 時報文化出版, 1997), 219쪽.

> 알겠는가? 하물며 10년 동안 외국에서 겪어 온 피할 수 없었던 인종차별, 고생, 그리고 인문학 공부를 하면서 받은 갖은 인생과 학업의 끝도 없는 좌절, 안개보다 아득하고 흐릿한, 바다보다 아득히 넓고 얼음보다 시린 외로움은 더 말할 나위가 없다! 이런 공허함은 그가 다른 사람에게 설명할 수도, 다른 사람이 이해할 수도 없는 것이었다.[18]

주변의 사람들이 모두들 그가 '금의환향'한 것으로 존경과 부러움을 표현하더라도 스스로가 생각하는 자신의 모습은 여전히 남들이 자신을 통해 투영시켜 보고자 하는 모습과는 거리가 있다. 자신이 보이고자 하는 모습과 남들의 기대에 부합하는 모습, 그리고 실제 자신의 모습과 남들이 알고 싶어 하지 않는, 그리고 심지어 외면하고 싶어 할 정도의 솔직한 현실의 사이에 존재하는 틈으로부터 갈등이 생겨나고 있는 것이다. 이로부터 고정불변의 것으로 더 이상 여겨질 수 없는 불안정한 상태가 지속되고 가변적인 정체성[19] 문제가 제기될 수 있다.

---

18) 出去後, 和他同期畢業沒有出國的同學, 他偶爾還有連絡, 他們唐硯負着重重的生活担子, 可是他們也過着平順的生活呀! 他們的煩惱也許正是和他相反的, 爲了沒有出成國而煩惱, 而他的, 則實在比這種沒有達到目的的煩惱深的多, 那是一種達到目的之後, 發現完全不是那麼回事的幻滅的煩惱。也許那些同學們在心里羨慕他的衣錦榮歸, 他的博士及他的成就。可是誰能猜測到這些是支付了他全部的青春活力去換來, 而活力與夢想制服出去之後, 雖然換來了這些只能給與安全而不能給與快諾的榮耀, 而他所感覺到的只是一個空字呢? 何況, 十年來在國外所受到的不能避免的種族歧視, 自己的辛苦, 以及讀文科所受的種種生活與學業的挫折以及無窮無盡, 比霧還迷濛、比海還浩瀚、比冰還要寒心的寂寞! 這份空洞他是沒有辦法向人解釋的, 沒有人能懂的。於梨華, ≪又見棕櫚又見棕櫚≫, (南京: 江蘇文藝出版社, 2010), 46-47쪽.

19) "화인 디아스포라의 정체성에 관한 것은 그들이 이주를 통해 축적한 문화적 경험들로 구성된다. 그들은 스스로 자신의 정체성을 인식하게 되는 여러 가지 계기들을 통해서 기존의 것을 바탕으로 새로운 것을 받아들여 혼종화된 방식으로 문화적

위에서 살펴본 바와 같이 소설에서 나타나는 지식인 디아스포라의 양가적 시선에 대해서 다음과 같은 몇 가지 특징으로 정리할 수 있다. 우선 이들은 스스로에게 우월감을 느끼면서 동시에 자조적인 냉소를 가지고 있다. 다른 화인들이나 고향 사람들에게 이러한 우월감을 드러내는 방식은 소극적이거나 적극적이거나 정도의 차이를 보일 뿐 어느 정도는 허세의 모습으로 혹은 다소 겸손한 모습을 가장한 형태로 표현되고 있다.

둘째, 이들은 혼종적이고 뒤섞인 감정 상태를 이중적으로 표현해내고 있다. 화인 디아스포라들의 감정 상태는 기본적으로 혼종화 과정을 겪고 있거나 여러 갈래의 뒤섞인 양상으로 표현되고 있는데, 이를 통해서 보다 뚜렷하게 복잡한 심리와 소외된 상태로서의 갈등을 잘 드러내고 있는 것으로 보인다.

셋째, 이들의 정체성은 가변적이거나 혹은 끝없이 흔들리고 있는 모습을 보여준다. 천부적이거나 후천적으로 형성되는 여러 다양한 조건들로부터 정체성은 규정되는 것이지만, 화인 디아스포라들에게 있어서 이러한 규정되는 정체성이라는 것은 보다 역동적인 의미로 해석되어야 한다. 소위 뿌리를 흔들어놓는 이주와 이중적인 소외의 경험

정체성을 형성해나가게 된다. 따라서 그들은 고정된 하나의 정체성을 가지는 것이 아니라 이동하거나 변화되는 정체성을 가지게 된다. 이러한 움직임은 정체성의 의미의 변화 요구에서 파생되어 새로운 정체성의 출현을 의미하게 되었다. 정체성을 이해하는 데 있어서 기존에 국가나 영토라는 틀로 규정되었던 구성원이라는 의미가 약화되고 종족, 인종, 지역공동체, 동일 언어 사용자들의 공동체 혹은 기타 문화적인 형식에 기초한 새로운 정체성이 그 자리를 대체하고 있다.[1] 화인 디아스포라들의 질긴 삶의 추구 의지 속에 구축된 저들의 정체성은 저만치 다가서 있지만 직접 손이 닿지 않는, 그러나 거칠게는 끊임없이 변화하는 속성으로 이미 파악된 '가변적 정체성'인 것이다.", 고혜림, ≪북미 화인화문문학에 나타난 디아스포라문학적 특징≫, (부산대학교 박사논문, 2013), 18쪽.

들은 몇 마디 말로 정의될 수 없다. 이는 또 분명하게 어떤 하나의 국가나 민족이나 특성으로 규정될 수 없는 정체성을 그들에게 부여하고 있었기 때문이다. 그러므로 이들은 정체성의 변화 과정 혹은 변화의 요인들을 마주하는 과정과 가변적이거나 정의내리기 힘든 정체성의 모습을 보여주게 되는 것이다. 기실 외부적으로 존재하는 식민의 형태는 이미 디아스포라들의 모습 속으로 내재되어 있다는 것을 알 수 있다. 이처럼 내재된 식민의 형태가 곧 포스트식민적 디아스포라의 한 측면으로 관찰되는 것이다.

3. 비지식인의 지식인 디아스포라에 대한 양가적 시선과 성격

白先勇, 張系國, 於梨華, 聶華苓 등의 북미 지역의 제 3기 화인화문문학에서 나타나는 지식인들의 모습과 특징은 앞서 살펴본 것과 같이 특징적인 몇 가지 성격으로 종합되는 경향을 보였다. 이들을 바라보는 비지식인들의 양상 역시 동일한 하나의 시각이 아니라 복합적이고도 양가적인 시선을 보이는 것으로 추정되는 바 여기서 보다 면밀하게 살펴보도록 하겠다.

지식인이 지식인 화인 디아스포라를 바라보고 있을 때 이들을 바라보는 또 다른 시선으로 대비되어 소설에서 나타나는 비지식인들의 대화와 사고방식에서 추가적으로 화인 디아스포라들의 모습이 다른 방식으로 표현되고 있다. 앞서 지식인으로 통칭했던 이들의 스스로의 신분과 정체성에 대한 고민들은 그들을 제외한 여타 사람들, 즉 비지식인들의 눈에도 그들만의 방식으로 보이게 될 것이며, 그리고 그러한 시선 속에서 양가적인 성격 역시 일정한 방향성 혹은 특징들을 가지고 발현되고 있을 것이라고 미루어 짐작한다.

화인화문문학에 나타난 비지식인 디아스포라의 지식인을 바라보는 시선에 대해서는 먼저 於梨華의 소설을 통해 살펴볼 수 있다. 그녀의 소설에서 등장하는 인력거꾼은 충분한 정규교육을 받지 못한 시장의 상인들 중의 한 명으로 묘사되고 있으며 이를 반드시 비지식인이라고 분류하는 것에는 이견이 있을 수도 있다. 다만 於梨華 자신이 스스로를 지식인으로 그리고 그녀의 소설 속 여타 직업군의 사람들을 지식인에 대비되는 직업들로 묘사하고 있는 기존 독서계의 일반론을 근거로 하더라도 天磊에 대비시켜 비지식인의 한 유형으로 분류하는 것 역시 가능하리라고 본다. 인력거꾼들은 길거리에 침을 뱉거나 함부로 말을 던지는 등 주인공이 그들을 보는 시선에도 일정 부분 지식인들을 대할 때와는 다른 예의 없음, 무례함 등의 감정을 느끼게 되는 것으로 묘사되는 것이다. 이제 막 십년 간의 미국 유학을 마치고 돌아온 天磊를 보며 인력거꾼은 다음과 같이 말한다.

> 또 다른 인력거꾼이 말했다. "서양에 유학하던 사람들 보니까 많이들 돌아와서 가족을 만나러 오더라고. 내 인력거 빌려 탔던 그 우(巫) 부인 큰아들도 돌아와서 자기 어머니한테 눈깔만큼 큰 다이아몬드 반지를 하나 사 줬다지. 참! 우 부인 말로는 아들이 미국에서 1년 동안 번 돈을 타이완에 와서 쓸라치면 평생을 먹고살 수 있다더라구요! 허허허! 우리 아들은 내 이 두 다리가 부러지는 한이 있어도 길을 찾아서 미국에 가서 큰돈을 벌어 오도록 할 생각입니다요."[20]

인력거꾼의 직업적 특성상 그가 접하게 되는 다양한 고객들 중에서도 특히 미국을 유학했던 경험을 가진 사람들에 대한 이야기를 통해서 지식인 화인 디아스포라를 바라보는 비지식인의 모습을 엿볼 수 있다. 인력거꾼의 말처럼 미국 유학이라는 것이 '눈깔만큼 큰 다이아몬드 반지'를 고향집으로 가져다줄 수 있을 만큼 부를 보장하는 선택이라고 생각하는 것은 당시 타이완의 수많은 비지식인들의 공통된 인식과도 같았다. 그리고 부모의 공통된 바람인 자식의 성공을 꿈꾸는 것 역시 미국으로의 유학, 곧 자발적 디아스포라 신분으로의 전환을 전제하고 있다는 것이다.

白先勇의 단편 중에서도 대표작으로 꼽히는 <永遠的尹雪艷>에서의 尹雪艷은 중국대륙에서 타이완으로 이주한 사람으로 사실상 그녀는 지식인으로 분류될 수는 없지만 이주하여 성공적으로 정착한 화인의 한 사람으로 은유되고 있다. 장소가 타이완이라는 것을 제외하면 이주 후에도 계속해서 고향의 모습을 거주국에서 재현하고 소위 '나만의 작은 고향'을 다시금 만들어내는 면에서 미국의 차이나타운과 같은 느낌을 자아내고 있다. 하지만 그녀를 대하는 다른 화인들의 시선은 다소 다른 방향으로 나타날 수밖에 없다.

> 이것이 尹雪艷이었다. 兆豊 나이트클럽의 댄스홀에서나 蘭心 극장의 복도, 霞飛路 일대 고관대작들의 응접실에 하얀 옷차림으로 발을 괴고 소파에 비스듬히 앉은 윤설염이 그녀의 입가에 살포시

20) 另一個車夫說: "好多留洋的人都回來探親來了, 包我車子那家巫太太, 她大兒子也剛回來, 給她帶來一個鉆戒有眼珠子那麼大, 啊! 巫太太說她兒子在美國一年賺的錢到臺灣來用, 可以過一輩子呢! 嘖嘖嘖! 我的兒子, 哪怕我把這雙眼蹬斷, 也要想法把他送到美國去賺大錢。" 於梨華, ≪又見棕櫚又見棕櫚≫, (南京: 江蘇文藝出版社, 2010, 46쪽)

> 미소를 띠고 있을 때, 자리에 모인 이사나 상무들, 그리고 직물 공장의 영감이나 간부들, 심지어 그들의 부인들에 이르기까지 모두가 그녀 앞에 몰려 혀를 차고 말았다. 그러나 洪 처장의 팔자도 허약했다. 끝내 尹雪艷의 살을 억누를 수는 없었다. 첫해에 벼슬을 뺏기고 이듬해에 파산당하고 臺北으로 철수해선 한직 한 자리도 주울 수 없었다.21)

白先勇의 소설에서 묘사되는 많은 인물들의 모습은 화인 디아스포라의 또다른 은유의 형식으로 이해될 수 있을 정도로 소외되고 갈등하는 모습을 담아내고 있다. 비록 <永遠的尹雪艷>와 같이 작가의 목소리로 가장한 비지식인 디아스포라들의 尹雪艷에 대한 평가는 질투를 넘어서 원망과 불운의 원인으로 치부되기도 하지만 말이다. 고국에서 벗어나 이동하는 디아스포라들에게 고군분투하는 자신들의 삶을 더욱 현실적으로 고통스럽게 만들어버리는 알 수 없는 성공한 집단 혹은 사람들을 호기롭게 대한다는 것은 참으로 힘든 일일 것이다. ≪臺北人≫의 경우 이런 점 외에도 끝없는 과거의 반추와 기억의 회상이 점철된 이주자들의 다양한 모습을 다루고 있다. 위 작품 외에도 특히 그 기억들 속의 화인의 모습 중 지식인을 바라보는 비지식인의 행위가 주목할 만한데 그것은 白先勇의 소설 중에서도 영화화되기도 했던 단편 소설 <花橋榮記>를 보아도 알 수 있다.

---

21) 這就是尹雪艷: 在兆豊夜總會的舞廳裡、在蘭心劇院的過道上, 以及在霞飛路上一棟棟候門官府的客堂中, 一身銀白, 歪靠在沙發椅子上, 嘴角一徑挂着那流吟吟淺笑, 把場合中許多銀行界的經理、協理, 紗廠的老板及小開, 以及一些新貴和他們的夫人們都拘到跟前來。可是洪處長的八字到底軟了些, 沒能抵得住尹雪艷的重煞。一年丢官、兩年破産, 到了臺北來連個閒職也沒撈上。白先勇, ≪臺北人≫, (臺北: 作家, 2000, 3쪽)

> 장기 식객 중에 盧 선생 한 사람만이 우리 桂林의 동향이었다. 보면 묻지 않고도 알 수 있었다. 예의를 알고 셈도 하는 모범적인 지식인으로 장춘소학교에서 여러 해 국어 교사를 해왔다.(…중략…) 그러니 내가 盧 선생 편을 든다고 할 수 있겠는가? 누구라도 예전에 좋은 집에 살았다 하더라도 지금은 다 마찬가지로 다 망한 것이다. 하지만 盧 선생 같은 사람은 교양이 있어서 안분(安分)하면서 허튼 소리를 잘 하지 않았다. (…중략…) 지금처럼 생명이나 부지하는 것이 이치였고 아쉬운 대로 참고 살지 않으려 해도 닥치고 있거나 해야 했다. 남이야 뭐라 하든 상관없이 나는 盧 선생의 밥상엔 신경을 썼다.[22]

<花橋榮記>의 일부분에서 나타나는 지식인에 대한 묘사의 일부분에서 盧선생으로 불리는 인물의 삶의 태도를 엿볼 수 있다. 이주 이전 누리던 부귀와 명예는 기회와 안정을 찾아 떠난 이후 환경과 신분의 변화로 이어지게 되었다. 이 소설의 여자주인공은 이주 후 식당을 꾸리며 지식인 세계와는 거리가 먼 비지식인의 한 형상으로 묘사되고 있다. 그리고 그녀는 자신의 지난 과거에 대해 억척스러운 자세로 삶을 개척해나가는 모습을 보여주지만 盧 선생의 경우는 지금의 방식에 만족하며 살고 있는데 주인공은 그런 그의 모습을 안쓰럽게 생각하며 더욱 신경 써서 밥상을 준비한다는 것이다. 중국대륙 출신의 다른 이들과 달리 자신들의 신분적 변화를 받아들이지 못하고 엄한 곳에서

22) 包飯的客人裡頭, 只有盧先生一個人是我們桂林小同鄉, 你一看不必問, 就知道了。人家知禮識數, 是個很規矩的讀書人, 在長春國校已經當了多年的國文先生了。(……)所以說, 能怨我偏向人家盧先生嗎? 人家從前還不是好家好屋的, 一樣也落了難。人家可是有涵養, 安安分分, 一句閒話也沒得。(……)我就不由得光火, 這個年頭, 保得住命就是造化, 不長將就就的, 還要習嘴呢! 我也不管他們眼紅, 盧先生的菜里, 我總要加些料。白先勇, ≪臺北人≫, (臺北: 作家, 2000, 104-105쪽)

화풀이를 해대는 사람들을 많이 접하다보면 盧 선생 같은 사람을 만나기는 쉽지 않았던 것이다. 하지만 안분하며 산다는 것은 주인공만의 짐작이었을 뿐 사실상 盧 선생은 내적으로 바뀐 환경과 신분의 변화 및 과거 교유하던 사람들과의 관계 변화로부터 심각한 갈등을 겪은 것으로 묘사된다. 결국 그것이 그를 죽음으로 내몬 이유들인지 명확하게 밝혀진 것은 아니지만 그가 가장한 외적인 모습과 죽기 직전까지 보여준 지식인이라 볼 수 없으리만치 광기어린 행동들은 그러한 갈등이 줄곧 존재해왔음을 반증한다. 於梨華의 소설에서 天磊를 바라보는 식당 가게 주인과 다른 손님들의 모습을 역시 살펴보자.

> "도련님 부친께서 종종 들러서 우리 이 노점들을 돌봐 주곤 하셨죠! 도련님 오시기 전만 해도 어르신은 도련님이 미국에서 몇 해나 계셨고 몇 년 동안 공부를 했으며 미국 돈을 몇 푼이나 벌었는지 저희들한테 말씀하시곤 하는데 입을 못 다물 정도로 웃으셨답니다! 어르신 말씀으로는 도련님이 미국 대학교에서 가르치는데 그게 어디 쉬운 일입니까! 중국인이 미국인들을 가르치는 선생님이 되셨다니!" 노점 주인의 말에 天磊는 매우 난처해져서 얼굴이 붉어졌고 몇몇 인력거꾼들은 주인이 이야기하는 것을 보고서 또 그를 쳐다보는데 모두 존경의 표정이었다.[23]

지식인 화인 디아스포라를 바라보는 비지식인들의 모습은 위와 같이 우선적으로 '존경의 표정'이나 행동들을 통해 잘 표현되고 있다.

---

23) "您的老太爺常來照顧我們這個小攤呢! 您還沒回來, 您老太爺就跟我們說哪, 您在美國多少年, 讀了多少書, 賺了多少美金, 您老太爺笑得合不攏口呢! 他說您在美國教大學堂, 那多不容易呀! 中國人做美國人的老師!" 天磊被他說得十分窘迫, 紅着臉, 幾個車夫見老板這樣說, 朝他望, 滿臉的欽慕。於梨華, ≪又見棕櫚又見棕櫚≫, (南京: 江蘇文藝出版社, 2010, 45쪽)

지식인으로서 화인 디아스포라 신분을 살아내는 사람을 대하면서도 특히 그들이 생각하는 선진국이자 당시로서는 아직까지 'American dream'이 여전히 유효한 시대였기에 이러한 표현이 가능했던 것으로 보인다. 비지식인들의 눈에 비친 그들의 모습은 존경과 선망의 대상이면서 이루지 못하는 욕망을 실현한 실제적인 존재로서 일차적으로 받아들여진다. 이는 기원지 혹은 출발지로 말할 수 있는 디아스포라들의 고향이라는 장소가 국제 정치학과 힘의 역학적인 차원에서 보았을 때 더 선진국이라고 느끼는 곳은 경험한 사람을 대할 때 보다 분명히 드러난다. 비지식인들이 느끼게 되는 소위 사대주의적 사고방식은 그들이 스스로 내재하고 있는 잠재된 주변화, 혹은 타자화의 결과물이라고 말할 수도 있을 것이다. 혹은 내재된 어떠한 의식으로부터의 자연스러운 발화라고도 말할 수 있을 것이다. 지식인 화인 디아스포라들이 가장 드러내고 싶지 않은 모습은 자신들이 감추고자 하는 치부가 그들에게 노출되게 될 때 비지식인 디아스포라들이나 기타 고향의 화인들이 그들에게 보일 수도 있는 철저한 냉소와 비판을 견뎌낼 수 있을지에 대한 확고한 불신이 있기 때문으로 여겨진다. 노점에서 음식을 사먹는 동네 사람들이 미국 유학을 경험하고 타이완에 잠시 들른 天磊를 대하는 장면은 또 다른 특징을 나타낸다.

> "여러분, 수고가 많으시네요! 이렇게 늦은 밤에도 일들을 하시나 봐요?"
>
> 한 인력거꾼이 손등으로 쓱 입을 닦고서 바닥에 침을 탁 뱉었다가 天磊가 자신도 모르게 인상을 찌푸리는 것을 보고는 서둘러 발로 흙을 눌렀다.[24)]

24) "諸位辛苦了吧! 這樣晚還在做生意?" 有一個車夫用手背一抹嘴, 吐了口唾沫

위풍당당한 마을 유지의 아들이라는 것 외에도 마을 사람들은 天磊가 미국 유학을 하고 와서 성공이 보장된 탄탄대로를 걸을 인재라고 믿고 있다. 그들은 天磊의 표정 하나하나를 신경 쓰고 있으며 오히려 소탈하게 배려하는 天磊를 더욱 곤란하게 만들고 있다. 비지식인들이 지식인 화인 디아스포라를 대하면서 느끼게 되는 열등감과 부러움은 다음과 같은 방식으로도 표출된다.

> 魏 주방장이 허허 웃으며 말했다. "牟 선생님, 선생님은 미국에서 이제 막 돌아오셨으니 무슨 좋은 방법이 있으시겠죠. 좀 알려주시겠습니까. 제가 평생 몇 나라 가 보지는 못했지만 그래서 더더욱 외국으로 가서 여기저기 다니며 시야를 넓히고 싶습니다. 도와주셔서 그쪽에 갈 수 있도록 해 주시면 음식점을 열어서 선생님께 이익을 절반 드리겠습니다. 어떻습니까?"
>
> 天磊는 하는 수 없이 웃으면서 말했다. "제 여동생도 미국으로 놀러 가고 싶어 하는데도 저는 별 방법이 없는 걸요!" 하지만 자리에 있는 모든 사람과 魏 주방장이 자신을 보고 있는 것을 보자 그는 이어서 말했다. "臺北로 돌아가면 영사관 쪽에 물어봐 주고 다시 대답을 주도록 하죠. 어떠세요?"
>
> 魏 주방장은 손을 비비면서 그에게 감사하다고 했고 다시 들어갔다.[25)]

在地上, 看見天磊不由自主地皺眉, 忙用脚將它揉入沙塵裡。於梨華, ≪又見棕櫚又見棕櫚≫, (南京: 江蘇文藝出版社, 2010, 46쪽)

25) 老魏呵呵的笑着: "牟先生, 你先生剛從美國回來, 可有甚麼好法子, 說給我們聽聽, 我這一輩子也沒有跑過幾個碼頭, 倒眞想出去跑跑開開眼界, 如果你有甚麼法子帮我去了那邊, 我開開館子, 你先生淨拿對利。怎麼樣?" 天磊勉强笑着說: "我自己妹妹想去美國玩玩, 我都沒有辦法呢!" 但看見全席的人和老魏都在望他, 他接下去說: "等我回臺北, 替你到領事館去問問, 再給你回音, 好嗎?" 老魏搓搓手, 謝了他, 退下去。於梨華, ≪又見棕櫚又見棕櫚≫, (南京: 江蘇文藝出版社, 2010, 184쪽)

사실상 주인공도 그가 미국에서 지내는 동안 내내 이방인 아닌 이방인의 삶을 경험했기에 고향에서 사람들이 하는 부탁과 요청에 대해서도 냉정하지 못하다. 그는 감추고서 거만하게 행동할 수도 또 드러내놓고 절절한 이방인으로서의 경험을 말할 수도 없는 것이다. 그저 영양가 없는 대화들을 주고받는 그 모습들은 지식인 화인 디아스포라들이 가지고 있는 특징이며 이는 소설에서 비지식인의 눈과 입을 통해 묘사되고 있다.

위에서 살펴 본 바와 같이 비지식인에게 있어서 지식인 화인 디아스포라들의 존재 자체가 그들이 스스로 열등감을 느끼게 만드는 상황을 종종 만들도록 하고 있었다. 지식인을 대하게 될 때 비지식인으로 분류할 수 있는 사람들은 열등의식을 바탕으로 지식인 화인들을 자연스럽게 중심화 시켰고 그들 스스로를 주변화 시켰다. 주변화의 주된 요인은 선진국에 대한 부러움과 열망 등으로부터 기인했으며 결국은 그들은 오리엔탈리즘적인 방식을 내재화26)하면서 스스로를 더욱 낮은 존재, 주변화 된 존재로 전락시키고 있었다.

비지식인의 입장에서 지식인 디아스포라를 바라보는 양가적 시선은 위에서 살펴본 바를 근거로 다음과 같은 몇 가지 특징으로 귀결된

---

26) 에드워드 사이드의 주장은 서양에서 동양을 논의하는 방식으로부터 '오리엔탈리즘'과 관련한 담론들이 발전되었다고 하는 것이며 이는 곧 우월한 서구적 자아와 열등하다고 여겨지는 비서구 타자의 연관관계이자 그것을 설정하는 방식에 관한 문제로 귀결되고 있었다. 하지만 오리엔탈리즘을 통해 드러나는 실체는 동양이라기보다는 서양이며 기저에 깔려있던 전제는 식민지배와 확장이라는 서구의 야욕이었다. 이를 위해 작동한 기제인 오리엔탈리즘은 결국 피식민주체들의 식민의식의 내재화를 유발했지만 식민지배 권력의 불안정성으로 인해 틈이 생길 수밖에 없었다. 이것이 호미 바바로 넘어오면서 피식민주체에 내재하는 양가적인 성격에서 기인한 피식민주체들의 행위주체로서의 인식에 이르게 되었다. 지배자를 계속해서 불안정한 상태에 위치하도록 만드는 불안감은 그 틈으로부터 다시 나오게 된다.

다. 화인을 바라보는 오리엔탈리즘적 요소들로 크게 구분지어 우선 지식인들이 스스로 내재한 것과 마찬가지로 혼종성을 띠고 있다. 여기서 말하는 혼종성은 주로 문화적 혼종성을 일컫는 것으로 어떤 문화라 하더라도 다른 문화들과의 영향권 바깥에 존재하면서 순수함을 간직할 수는 없다는 것을 의미한다. 호미 바바는 문화 간의 상호작용이 혼종적인 문화를 만들어내는 것이 아니라 출발점이 문화들 간의 경계선 혹은 중간 지대라고 여기는 지점으로부터 나온다고 보았고 그 부분에 있어서 기본적으로 같은 범주에서 출발한다.

두 번째로 이들은 사대주의적 의식이 그들 인식의 저변에 깔려 있음을 알 수 있다. 더욱 나은 곳으로 이주하는 것, 그리고 그것이 부를 담보하고 더 나은 미래를 보장해줄 수 있다는 믿음은 경험적이거나 현실적인 판단이라기보다는 오히려 상상되고 허상으로 밝혀질 수도 있는 실체 없는 그 무엇임을 발견하게 된다. 그럼에도 불구하고 비지식인들을 통해 발견되는 지식인들의 모습은 결국은 미국을 경험한 이들에 대한 부러움을 기본으로 하면서 질투어린 시선을 담고 있게 된다.

세 번째로 이들 역시 내적 오리엔탈리즘을 경험하고 있음을 알 수 있다. 사이드의 말처럼 그들 자신의 내부에 이미 자신의 것과 같이 내재화된 오리엔탈리즘적인 요소들로 인해 그들은 스스로를 덜 행복하고 덜 안정적이며 언제나 더 나은 것을 갈구해야만 하는 오리엔탈리즘적 존재들로 만들어 버리는 것이다. 내적 혹은 내재화된 것이라고도 할 수 있는 동양에 대한 왜곡된 시선이 그들의 말과 행동에서도 드러나고 있었던 것이다.

4. 디아스포라의 신분적 층위와 갈등

앞서 화인화문문학에서 나타나는 화인 디아스포라들의 모습을 지식인 유형을 중심으로 지식인 스스로 자신을 바라보는 양가적인 시선과 그 특징, 그리고 비지식인의 입장에서 지식인을 바라보는 양가적인 시선과 그 특징을 살펴보았다. 화인화문문학을 이해하도록 하는 다양한 시각과 관점이 존재할 수 있다. 같은 국가로부터의 이주자들을 보더라도 부의 정도에 따라 거주국에서의 위치성이 달라지는 현상이 나타나는 것은 당연한 일이다. 본고에서는 이주자인 화인 디아스포라들의 사회경제적 위치, 특히 지식인으로서의 사회적 지위를 가짐에 따라 타자화와 주변화가 다른 부류의 사람들과 어떻게 다르게 나타나는지를 살펴보았다. 이를 여기서는 신분적 층위에 따른 요인들이 갈등에도 직간접적으로 영향을 끼친다고 보고 있다. 본고에서는 지식인을 중심으로 바라보았으며 혹여 다른 각도에서 이들의 작품 혹은 또 다른 시기의 화인화문문학을 살펴보게 된다면 그 역시 귀납적으로 결론에 이를 수 있는 다양한 사례를 제공할 수 있을 것으로 생각한다. 지식인이라는 키워드가 제공할 수 있는 직접적인 면모에서부터 보다 다양한 면모들을 엿볼 수 있는 계기 역시 마련할 수 있을 것으로 판단한다.

앞서 화인화문문학에서 표현된 화인 디아스포라들의 모습은 특히 지식인들이 스스로를 바라보는 양가적 시선이라는 측면에서 (1) 우월감과 동시에 자조적인 냉소 (2) 혼종적이고 뒤섞인 감정상태의 이중적 표출[27] (3) 가변적, 혹은 흔들리는 정체성이라는 특징들을 찾아낼

27) 디아스포라 혹은 문화횡단적 행위자들을 가리켜 혼종적 정체성을 가졌다고 설명하

수 있었다. 그리고 이들은 바라보는 비지식인 디아스포라들의 시선은 (1) 사대주의적 혹은 주변화된 의식의 잠재 (2) 직업적 사회적 역할로부터 기인한 열등의식 (3) 내재된 오리엔탈리즘이라는 특징들을 발견할 수 있었다. 사실상 문학을 통해 표현된 지식인 화인 디아스포라에 대해 이와 같은 특징들을 도출해내는 것은 신분적 층위에 따라 양가적으로 발생하는 것으로 보인다. 소설이 삶을 비추고 담아내는 그릇 혹은 거울이라는 측면에서 볼 때 이러한 양상들은 특정 시기의 화인들의 문학작품에만 한정된 경우는 아닐 수도 있다.

포스트식민 담론 내에서 지금껏 살펴 본 화인 디아스포라의 모습을 지식인이라는 인물형상을 중심으로 한정지었을 때, 다음과 같은 점에서 문학비평의 역할적인 기능을 수행할 수 있을 것으로 예측할 수 있다. 첫째는 디아스포라 연구에 있어서의 문학적 접근에 있어서의 장점의 한 가지로, 사회학적인 측면의 통계와 경계 짓기 혹은 구분을 벗어나 그 속의 인간의 복잡하고 미묘한 감정의 흐름과 인간성 탐구라는 근원적 화두로 다가갈 수 있다는 점이다. 두 번째는 디아스포라에 대한 휴머니즘적 접근과 이해를 바탕으로 현실 속에서 존재하는 수많은 디아스포라에 대한 이해로 나아가는 예방적 사전적 방법론이라는 측면에서 유효하다는 점이다. 세 번째는 디아스포라의 신분적 층위와 갈등에 대한 문제를 다룬다는 것은 향후 방향성을 예측하고 미래적 개념으로의 전망을 가능하게 해준다. 디아스포라 연구는 사회학, 문

는 글도 적지 않다. 신지연, 이영민의 <글로벌 이주 시대의 재외 한인타운의 재구성과 민족간 관계 연구>(≪문화역사지리≫제26권1호, 서울: 한국문화역사지리학회, 2014, 50-66쪽)의 경우 '혼성적 정체성'으로 번역하고 있으나 영문 'hybrid identity'는 원어상 동일한 개념이다. 이가야의 <카리브해 지역의 혼종적 정체성>(≪프랑스문화예술연구≫제48집여름호, 서울: 프랑스문화예술학회, 2014, 241-272쪽)에서는 문화적 정체성으로부터 기인한 혼종적 정체성을 다루고 있다.

화학, 문학을 통틀어 인문사회과학 전반에 걸친 지금의 시대의 이슈이자 화두이다. 그리고 이는 현재적 의미에서 북미 지역의 캐나다와 미국처럼 다문화 사회로 변화되고 있는－최근의 북미 지역은 다문화의 개념을 넘어서 모자이크 사회로 나아가는 경향을 보이고 있다. 이는 분명 한국 사회에 있어서도 해결적 방법론을 제시할 수 있는 가능성을 담고 있다. 나아가 같은 민족이지만 오랜 시간적 간극을 사이에 두고 있는 한국이 향후 통일된 한국을 맞이하게 되었을 때를 대비할 수 있는 일종의 실마리를 제공할 수 있는 가능성 역시 내포하고 있는 것이다.

기본적으로 정체성은 고정된 무엇이 더 이상 아님을 인정하여야 한다. 사실상 그 누구도 원칙적으로는 온전하고 완전한 정체성을 가질 수 없다는 뜻이며 그러므로 정체성이 불완전하다는 사실을 주지해야 한다는 것과[28] 이에 가변적 정체성이라는 관점에서 접근해야 한다는 것이다. 소설 속에서 나타나는 화인 디아스포라들의 지식인 형상들과 그들의 양가적인 사고 형태를 살펴보고, 나아가 비지식인들이 지식인 디아스포라를 바라보는 시선에 대한 상반된 사고 형태를 살펴보는 것이 일반적으로 지식인 스스로가 느끼는 정체성 문제나 비지식인이 지식인에게 갖게 되는 양가적인 정의내림과도 무관하다고 볼 수 없다. 하지만 이것이 유사하면서도 또 다른 형태로 화인화문문학 안에서도 묘사되고 있다는 점에 주목해야 할 것이다.

기존의 학계에서 이주에 관해서 이루어진 연구 방식은 주로 경제적인 이유로 사람들이 국경을 넘는 이주를 감행하는 방법, 그리고 이주

28) 데이비드 허다트 지음, 조만성 역, ≪호미 바바의 탈식민적 정체성≫, (서울: 앨피, 2011), p.32 참고.

가 거주국에 미치는 영향, 고향을 포함한 출발지에 미치는 영향, 이 사람들이 거주국의 주류사회에 적응 혹은 동화되는 방식과 같이 소위 고향과 거주국 두 곳에서 각각 벌어지는 문제들을 중심으로 진행되어 왔다. 그러나 최근의 연구는 고향과 거주국 사이의 지속적인 연결성 탐구와 이러한 연결성에 기초하여 두 곳의 공간이 어떻게 상호 재구성되는가에 대해 주목한다.29)

여기서 양가적이라 부를 수 있을 만한 상반된 사고 형태나 그 사이의 간극 및 갈등은 포스트식민적 상황 속에서 끊임없이 존재하는 사람과 사람 사이의 서로를 바라보는 시선의 문제로부터 발생하는 것으로 보고 있다. 이 속에 수많은 이데올로기와 정치적, 경제적 문제들이 함께 섞여 있어 중층적인 작용을 하고 있는 것은 물론이다. 그리고 기본적으로 화인 디아스포라들이 겪게 되는 필연적인 정체성의 문제 역시 적극적으로 이 문제들에 개입하고 있어 상호관계 속에서 결과적인 현상으로 도출된다.

여기서는 모든 화인들의 모든 경우의 수를 다루기 이전에 지식인 화인 디아스포라를 집중적으로 조명함으로써 세부적인 접근을 시도하고자 했다. 지식인 화인 디아스포라가 자신을 바라보는 양가적인 시선과 성격에서부터 기타 비지식인 화인들이 지식인을 바라보는 방식을 통해 작중 지식인 출신이거나 지식인으로 묘사된 화인들이 경험하고 있는 문화 교류의 치열한 현장에서부터 실존의 문제로까지 해석

29) "특히 트랜스국가적인 이주를 통해 형성되어 정치적, 경제적 조직을 재생산해 나가는 '트랜스이주자들의 사회적 네트워크'는 트랜스이주의 결과물이자 또한 과정으로서 중요한 연구대상이자 방법으로 부상하고 있다."는 점이 앞으로 더 연구될 가능성이 큰 부분이다. 이영민, <글로벌 시대의 트랜스이주와 장소의 재구성: 문화지리적 연구 관점과 방법의 재정립>, ≪문화역사지리≫Vol.25, No.1, (서울: 한국문화역사지리학회, 2013), 56쪽 참고.

학적이고 인식론적인 지평을 넓혀나가고자 하는 것이다. 이를 위해서 상기한 것과 같이 지식인 디아스포라들이 스스로를 평가하는 이중적 잣대와 그들이 다른 사람의 인식에 다가가는 이중적 잣대를 특징적인 측면에서 조망하고자 했다.

결과적으로 이들의 모습에서 도출되는 몇 가지 분석이 어떤 측면에서는 디아스포라 일반론과 중첩되는 부분들도 나타났다. 이는 특정 지역에서 특정 시기에 발생한 디아스포라의 특징들이 특수성으로 남아있지 않고 보다 더 큰 보편성을 지향하는 것으로 이해될 수 있다. 전세계 모든 특수한 사례들이 어떤 이데올로기 혹은 어떤 정치적 집단에 의해서 조종되는 것이 아님에도 불구하고 유사한 특징을 보이게 된다는 것은 상당히 흥미로운 일이다. 이는 나아가 보다 전지구적 문제로 나아갈 수 있는 가능성, 혹은 현재적 시점에 학계에서 주목받고 있는 또다른 담론인 세계문학적인 어떤 가능성을 내포하고 있다는 것으로도 발전적으로 해석될 수 있는 것이다.

5. 나오며

본고에서는 화인 디아스포라라는 특수한 집단에서 발견되는 양가적이고 혼종적인 특성을 화인들의 작품을 통해서 살펴보았다. 특히 인간성의 탐구와 인간성에 대한 성찰이라는 문제에 가장 근접하는 하나의 키워드로서 지식인의 양가적 입장과 성찰을 진단하는 것으로부터 접근했다. 화인화문문학은 1세기가 넘는 역사를 지나오면서 사실상 현재적 시점에서 그 어느 때보다 큰 관심과 주목을 받고 있다고 해도 과언이 아니다. 화인화문문학은 중국대륙중심주의를 전복하고 해체하고자 하는 과격한 이데올로기가 아니다. 오히려 본고에서 계속해서 주목한 점은 이들의 글에서 발견되는 요소들이 특수한 것으로 치부될 수도 있지만 오히려 그 특수성이 전지구적 보편성으로 나아가는 한 사례가 될 것임을 전망하고 있다는 것이다. 위에서 살펴본 바와 같이 특히 張系國, 於梨華의 소설에서는 지식인에 대한 묘사가 비교적 빈번하게 나타나고 있으며 지식인 스스로가 자신에 대해 느끼게 되는 상반된 정체성 문제가 자세하게 묘사되어 있었음을 알 수 있다. 또한 白先勇의 소설에서도 일부 지식인에 대한 묘사 및 비지식인들이 지식인을 대하거나 바라보는 사고의 형태들이 비교적 뚜렷하게 나타나고 있었다. 聶華苓의 경우 소설의 후반부인 거주국에서의 인물의 경험에서 이런 점들이 일정 부분 묘사되고 있는 것으로 보인다. 앞서 살펴본 바와 같이 지식인의 사고형태의 양가적인 시선과 성격은 기본적으로 그들이 자신의 정체성을 어떠한 방식으로 받아들이고 변화시켜나가는가 하는 문제들과도 긴밀하게 연관되어 있다는 것을 알 수 있다. 이렇듯 화인 디아스포라 지식인을 바라보는 시선들을 통해서 소설을 살펴봄으로써 한 단계 더 화인화문문학의 이해에 대한 길을 만들어나갈 수 있다는 점에서 의미를 찾을 수 있을 것이다. 다양한 측면에서 조망할 수 있는 특징을 내포하고 있다는 것은 곧 화인화문문학의 문학적 함의의 풍부성과도 상관관계가 있는 것이다.

화인 디아스포라에 대한 특정 시대와 특정 지역에 대한 고찰은 앞으로 더 수많은 변증법적 사례들을 다룰 수 있게 해주는 방법론적인 차원에서도 의미를 가질 수 있을 것으로 진단한다. 다양한 시대와 보다 다양한 작가와 작품들에 접근하기 위한 단계적인 차원의 작업의 일환으로 현상을 진단하고 고찰하여 이로부터 디아스포라 일반과 관련해서도 일정한 접점을 찾게 되었다. 그리고 나아가 한국 사회에서의 디아스포라 연구에 대한 유의미성을 찾는 방향에 대한 향후 연구에 대한 전망으로 연결되어 오는 과정 역시 문화학적 차원에서 흥미로운 결론을 이끌어 낼 수 있을 것이다.

다문화 사회, 디아스포라, 문화의 혼종, 중심과 주변의 경계 허물어짐과 같은 현상들은 이제 전세계적으로 시간적 차이가 거의 없이 발생하고 있다. 이에 본고에서는 수많은 현상들 중에서도 하나의 구체적인 예를 통해서 보편적인 현상이자 특징으로 나아가고자 하였다. 그리고 대표적으로 북미 지역의 화인들에 의한 화문문학이 주된 문제의식으로 접근하는 하나의 실례가 된다는 전제로 접근했다. 향후 보다 더 특수한 수많은 사례들을 통해서 일반적인 결론으로 도달하기 위한 방법론으로 발전한다면 우리 사회에서 안고 있는 고민들을 좀 더 구체적이고 현실적으로 인식하고 발전적인 방향으로 진행되도록 할 수 있을 것이다. 즉 다문화사회와 디아스포라에 대한 긍정적이고 잠재적인 발전요소를 이해하게 된다면 오랫동안 한국 사회에서 강조되어온 민족주의의 신화를 넘어설 수도 있는 새로운 지향점 제시 혹은 방향성 설정에도 도움이 될 수 있을 것이다.

동북아시아의 중심이라는 지정학적 위치로 인해 한국은 주변 민족과 국가들과 끊임없이 교류 혹은 마찰, 그리고 이후 무역과 교역이 활발해지고 나서 줄곧 다른 민족과 국가 출신의 사람들의 정착과 이주 역시 경험했다. 순혈주의와 민족주의가 근대 이후 한국인들에게 주입되어온 신화, 혹은 베네딕트 앤더슨이 말했던 '상상의 공동체'라는 사실을 깊이 인식하기 전까지 우리는 다문화와 다민족을 우리 사회의 뿌리를 흔드는 불안요소와 다름 아닌 것으로 간주하게 될 위험이 여전히 존재한다. 하지만 다문화와 다민족에 대한 긍정적인 이해와 중립적인 시각의 접근은 이러한 사회불안요소로 치부될 문제를 좀 더 우리 사회에 활력을 줄 수 있는 발전적 요소로 이해할 수 있도록 하는 순기능적 역할을 할 수 있을 것이다. 그리고 그것은 세계적으로 동시다발적으로 발생하는 다양한 현상에 대한 문학적, 역사적, 사회적, 문화학적 접근을 통해서도 필요한 해석학적 방법론과 인식의 지평을 넓혀줄 수 있는 단초들을 찾아내도록 할 것이다.

참고문헌

白先勇, ≪臺北人≫, (臺北: 作家, 2000)

聶華苓, ≪桑青與桃紅≫, (臺北: 時報文化出版, 1997)

張系國, ≪棋王≫, (臺北: 洪範, 1978)

於梨華, ≪又見棕櫚又見棕櫚≫, (南京: 江蘇文藝出版社, 2010)

고혜림, <북미 화인화문문학의 역사와 시기구분>, ≪중국학논총≫, (서울: 고려대학교 중국학연구소, 2012.11), 323-339쪽

고혜림, ≪북미 화인화문문학에 나타난 디아스포라문학적 특징≫, (부산대학교 박사논문, 2013)

김용규, <포스트 민족 시대 혼종과 틈새의 정치학: 호미 바바 읽기>, ≪비평과 이론≫Vol.10 No.1, (서울: 한국비평이론학회, 2005), 29-57쪽

김용규, ≪혼종문화론≫, (서울: 소명출판, 2013)

김혜준, <화인화문문학 연구를 위한 시론>, ≪중국어문논총≫Vol.50, (서울: 중국어문연구회, 2011), 77-116쪽

데이비드 허다트 지음, 조만성 역, ≪호미 바바의 탈식민적 정체성≫, (서울: 앨피, 2011)

레이 초우, 장수현·김우영 옮김, ≪디아스포라의 지식인: 현대 문화연구에 있어서 개입의 전술≫, (서울: 이산, 2005)

마이클 새머스, 이영민, 박경환, 이용균, 이현욱, 이종희 역, ≪이주≫, (서

울: 푸른길, 2013)

서은주, <지식인 담론의 지형과 '비판적' 지성의 가치>, ≪민족문학사연구≫54권, (서울: 민족문학사학회·민족문학사연구소, 2014), 503-533쪽

王景山編,≪臺港澳暨海外華文作家辭典≫, (北京:人民文學出版社, 2003)

李瑞騰, ≪聶華苓≫, (臺灣: 國立臺灣文學館, 2012)

孙超, <邊遠的舞蹈-"留學生文學"與"新移民文學"華人女作家比較研究>, ≪世界華文文學研究≫第四輯, (合肥: 安徽大學出版社, 2007.12), 29-39쪽

顏敏, <大陸"台港暨海外華文文學"研究中的"空間"緯度>, ≪世界華文文學研究≫第四輯, (合肥: 安徽大學出版社, 2007.12), 13-21쪽

이보경, <대북 사람들 속의 상해인 디아스포라>, ≪중국현대문학≫ Vol.43, (서울: 한국중국현대문학학회, 2007), 215-241쪽

이영민, <글로벌 시대의 트랜스이주와 장소의 재구성: 문화지리적 연구 관점과 방법의 재정립>, ≪문화역사지리≫Vol.25, No.1, (서울: 한국문화역사지리학회, 2013, 47-62쪽

이욱연, <중국인 디아스포라와 高行健의 문학>, ≪中國語文學誌≫ Vol.14, (서울: 중국어문학회, 2003), 383-402쪽

Arif Dirlik, Chinese On The American Frontier, Lanham: Rowman &Littlefield Publishers, 2003.

Christiane Harzig and Dirk Hoerder with Donna Gabaccia, What is Migration History?, Cambridge: Plity Press, 2009.

Homi K. Bhabha, The Location of Culture, New York: Routledge, 1994(초판), 2004.

Kingston, Maxine Hong, The Woman Warrior, New York: Vintage International, 1989.

Shu-mei Shih, Visuality and Identity: Sinophone Articulations across the Pacific, Berkeley and Los Angeles: University of California Press, 2007.

영문초록

Ambivalent Perspectives and Characteristics of Diasporas represented in Chinese Literature by Chinese Diaspora

This is a study on what the Chinese Literature by Chinese Diaspora (CLCD) really stands for, unlike it is sometimes misunderstood as a radical ideology to overset and to deconstruct mainland Chinese literary environment. Should there are inside in the CLCD's literary works definitely are not unique or special cases just found in their article but they are regarded as universal and rather general examples to proceed to the global general instances, thus, the concept of CLCD and the characteristic of them is to attract more and more researchers attention.

In this piece of work, some of representative novels written by Shih-kuo Chang and Li-hua Wu complied frequent description over intellectuals who are drifting both in their own homeland and in other countries about how deep the self-identity agony is and how complicated their status are. Also, in Hsien-yung Pai's novels I can recognize some of the portrait of intellectuals' anguish. At the same time, when they encounter some of non-intellectual people in the novel, the reactions and their way of realizations obviously stimulate reader's curiosity. At the last part of Hua-ling Nieh's novel, there is partially depicted how intellectual Chinese Diasporas live their lives. It is clearly discovered that the problems over how they accept their changed or yet-to-changed identities and to deal with them, these are the very closely related issues. Based on previous research outcome, I propose to go one step forward by analyzing aspects of intellectuals and gaze of non-intellectuals with characteristics of ambivalence and hibridity.

국문 키워드: 화인화문문학, 디아스포라, 양가적 시선, 혼종성, 포스트식민, 오리엔탈리즘, 지식인, 정체성
Keywords: Chinese Diasporas, ambivalence, hibridity, post-colonialism, orientalism, intellectual, self-identity

영문 사사표기:
This work was supported by the National Research Foundation of Korea Grant funded by the Korean Government (NRF-2013S1A5B5A07047145)

부록 3

≪물고기뼈: 말레이시아 화인 소설선≫[1]의 해설

고운선, 고혜림

오늘날 한국인들은 '말레이시아'라는 곳에 대해 어떤 인상을 가지고 있을까? 나이 지긋한 분들에게는 낯선 곳으로, 출장이나 해외여행을 통해 처음 접한 사람들에게는 '미국'만큼이나 다인종·다민족 국가로서, 국제무역의 중요한 거점지역이자 깨끗하고 안전하면서 볼거리 많은 관광지로 다가왔을 것이며, 젊은 학부모와 청소년들에게는 북미·호주·영국·뉴질랜드에 비해 저렴한 비용으로 영어를 배울 수 있고 투자대비 국제화 경험을 쌓기 좋은, 떠오르는 '조기유학 대상지'라는 것을 먼저 떠올릴 것이다.[2]

---

1) ≪물고기뼈: 말레이시아 화인 소설선≫은 2015년 출판(서울: 지만지)된 최초의 말레이시아 화인 소설의 한역본이며 선집에는 말레이시아를 대표하는 8인의 화인 작가들의 소설이 수록되어 있다.

2) 2008년 코트라(KOTRA)의 조사에 따르면, 최근 몇 년 간 말레이시아가 한국인이 선호하는 조기유학 대상지로 각광받고 있다고 한다. 이것은 말레이시아의 생활 제반 여건과 국제학교의 교육체계뿐만 아니라, 한국인의 조기유학 열풍·부동산 투자 바람·은퇴 이민 등을 적극 장려하기 위해, 말레이시아 정부가 '마이세컨드홈(Malaysia My Second Home)' 정책을 펼치면서 한국인의 비자 기간을 갱신하기 좋도록 우대하고 있기 때문이기도 하다.(성정현·홍석준, ≪그들은 왜 기러기가족을 선택했는가: 말레이시아 조기유학 현장보고≫, 한울아카데미, 2013 참고.)

말레이시아는 일반적으로 말레이 반도와 북부 보르네오의 사라왁(Sarawak)·사바(Sabah) 지역을 영토로, 이슬람교를 국교로 하고, 말레이어를 공용어로 사용하는 입헌군주국으로 알려져 있다. 하지만, 보르네오 섬은 원래 말레이시아의 영토가 아니었으며, 복잡한 민족·인종 구성으로 인해 헌법에서 이슬람교 외의 종교의 자유를 보장하고 있으며, 또한 여러 민족들과 어울려야 하는 공적인 생활에서는 '영어'를 공용어로 사용하고, 사적인 가정생활에서는 말레이어·중국어·인도어·각종 원주민어를 사용하고 있는 복잡한 나라이다.

말레이시아 지역은 '자바 원인(猿人)'까지 발견될 정도로 인류의 오랜 터전으로 존재했지만, 7C초 수마트라와 자바 지역에서 위세를 떨쳤던 해상왕국(스리비자야(Srivijaya))이 등장하면서부터 문헌 기록에도 등장하게 되었다. '실크로드(silk road)'가 한창 동서 문물의 교량이 되어주던 시대에는, 인도로부터 불교를 받아들여 티베트에 불교를 전파할 정도로 불교의 중심지이기도 했다. 인도네시아－말레이시아 지역이 이슬람교와 무역의 중심지로 급부상하기 시작했던 때는 14C 즈음, 완정한 왕국의 체제를 갖춘 '믈라카 술탄국(Malacca Sultanate)'[3]이 들어서고부터였다. 스리비자야의 지배로부터 벗어나

3) 근대 이전 인도－말레이 지역의 술탄 왕국은, '중앙집권적' 체제였다기보다 각 지역과 섬을 관할하는 가신국들이 따로 있는 '봉건(封建)'체제에 가까웠다고 할 수 있다. 그래서 오늘날과 같은 통합적인 국가 형태나 단일한 통치 단위로 이 지역의 복잡한 역사에 접근할 수 없다고 한다. 하지만 이러한 봉건체제 덕분에, 포르투갈－네덜란드－영국으로 이어지는 오랜 식민의 역사에도 불구하고, 문화적·종교적·언어적·정서적으로 말레이인들의 정체성은 저변에서 계속 이어지며 오늘날까지 이어져 올 수 있었다고 볼 수 있다. 그리고 1400년 무렵 이 지역의 통치자들은 종교를 불교에서 이슬람교로 개종하는 것에 큰 거부감이 없었다고 한다. 오히려 중동 지역의 여러 국가들과의 우호적인 교류를 돕는 발전적인 것으로 받아들였다고 한다.

세력을 키운 자바와 말레이반도의 가신국(家臣國)들에서 유래하는 믈라카 왕국은, 향신료 무역의 중심지로서 인도·중동 지역의 많은 이슬람 상선(商船)들의 교역을 관할·통제했으며, 중국의 역대 왕조들과는 조공(朝貢) 관계를 통해 힘의 균형을 유지했다. 16C가 되기 전까지만 해도, 말레이 반도와 인도네시아 일대를 비롯한 그 지역의 수많은 섬들은, 이렇게 오늘날의 '국가'관념과는 다른 방식으로, 자신들의 해양왕국과 문명을 영위하고 있었다.

그러다가 세계사에서 흔히 말하는 '지리상의 발견' 이후, 서유럽 국가의 해상탐험과 식민지 개척이 활발해진 1511년에, 포르투갈이 믈라카 왕국을 몰락시키고 130년 동안 이 지역을 지배하게 되었다. 그러나 포르투갈은 사방이 바다로 둘러싸여 외부의 침입에 대비하기가 쉽지 않았던 이 지역에서, 제한적인 범위의 상업적인 영향력을 발휘했을 뿐, 문화적·행정적·법률적 측면에서는 기존 이슬람 방식에 크게 영향을 끼치지는 못했다. 16~17C 믈라카 해협의 '주석'이 1차 원료로서 점차 각광을 받게 되자, 이 지역을 둘러싸고 유럽 열강들 간의 경쟁이 치열해졌는데, 1642년에는 네덜란드가 포르투갈에게서 영유권을 넘겨받았고, 1786년에는 영국이 말레이반도의 페낭(Penang)을, 1819년에는 싱가포르를 점유했다. 독점과 규제에 기초한 네덜란드의 방식은 말레이인들과 상업이익을 놓고 잦은 충돌을 일으킬 수밖에 없었는데, 결국 자유무역을 앞세운 영국에게 1824년 말레이시아 지역의 영유권이 온전히 넘어가게 되었다. 이때 특수한 형태의 지배하에 있던 보르네오 섬 북부 지역 사라왁과 사바(1877년 영국에게 양도) 역시, 1888년 '영국 북보르네오 회사'로 넘어가게 되어 영국의 '보호령' 아래에 놓이게 되었다.[4)]

상업·무역에만 주력했던 포르투갈, 사업과 종교를 연관시키지 않고 기독교 전파를 자제했던 네덜란드에 비해, 영국은 이 지역에서 인종적·민족적·계급적 구성이 더욱 복잡하게 엮이도록 만들어버렸다. 물류유통에 유리한 지리적 위치와 함석 제조 기술의 발전으로 갈수록 가치가 높아졌던 '주석', 그리고 전세계 고무농장 면적의 절반에 육박하는 농장을 보유한 '고무'의 원산지였던 인도－말레이 지역에, 이주민들이 대량 유입되기 시작했던 것이다. 말레이시아 지역에 중국인들이 유입된 것은 포르투갈 점령시기부터라고 하지만, 대량의 중국인이 유입된 것은 주석산업이 한창 탄력을 받던 1850년대 무렵부터였다. 이 무렵 말레이시아 지역의 사회 구조는, 대외적으로는 영국령 연방 말레이주(Federated Malay States, 1874년 공표)였고, 정치체제의 정상엔 이슬람교의 수장인 '술탄'이 기존 말레이(Malay) 귀족 출신의 고관들을 거느리고 행정적·군사적인 측면에서 영향력을 행사하고 있었으며, 영국이 도로와 항만을 건설하여 강어귀 중심으로 발달한 전통적 도시를 무너뜨리고 내륙 지역에 신흥 산업도시를 건설하고 있었다. 일례로 타이핑(Taiping)·이포(Ipoh)·틀룩 안손(Teluk Anson, 현재

4) 보르네오(Borneo) 섬은, 그린란드(Greenland)와 뉴기니(New Guinea)에 이어 세계에서 세 번째로 큰 섬으로, 현재 말레이시아, 인도네시아, 브루나이공화국(Brunei Darussalam)으로 나뉘어져 있다. 원래 이 보르네오 섬은 '브루나이 술탄'이 지배하던 지역이었다. 지형의 대부분이 가파른 언덕과 산지, 빽빽한 열대우림으로 이루어져 있으며, 다야크(Dayak)·이반(Ibans)·카얀(Kayans)·케니아(Kenyahs)와 같은 소수 부족민들이 자급자족 경제를 이루고 있던 곳이었다. 1841년 영국인 제임스 브룩(James Brooke, 1803~1868)이 해적을 물리친 공으로, 술탄에게서 봉토(封土)를 받아 국왕 격인 '라자(Rajah)'로 임명되어 사라왁 지역의 영국인·원주민·중국인을 통치하는 독특한 왕국을 이루게 되었다. 교육은 영국에서 받고, 성인이 되어서는 보르네오로 돌아와 왕이 되었던 이러한 기묘한 백인 왕국(House of Brooke)은, 영국령 하에서 1946년까지 지속되었다. '보르네오 섬 북부 지역, 사라왁과 사바'는 이러한 역사를 거쳐, 1963년 오늘날 말레이시아의 영토로 편입되게 된 것이다.

의 '틀룩 인탄(Intan)')·콸라룸푸르(Kuala Lumpur) 등이 신흥 개발된 도시로서, 초기 중국 이민자들의 거점지가 되었다. 혈통중심적 문화와 언어적 문제로 인해 폐쇄적인 성격을 띠는 중국인 사회는, 토착 말레이 통치자들의 무관심과 영국의 이민정책 덕분에, 주석 산업을 통해 경제적·물질적 측면에서 차차 자리를 잡아갈 수 있게 되었다.

반면, 토착 말레이의 경제체제는 근본적으로 '자급자족'의 형태였기 때문에, 토착 하층민 말레이인들의 생활반경은 농촌지역에서 크게 벗어나지 않았으며, 어찌되었든 이슬람 통치자들의 휘하에 있었기 때문에 서구식 경제체제와 문물에 거의 노출되지 않았다. 식민지 정부로서의 역할만 하는 영국인, 이슬람식 행정 통치를 유지하는 토착 말레이 지도층, 주로 영국인 행정관리와 교류하며 새로운 삶의 터전을 닦기 시작한 중국인, 이러한 복잡한 외부적 변화를 짐작조차 할 수 없었던 토착 말레이 하층민들은, 이후 주석 산업을 장악한 중국인들과 영국의 관할 하에 있는 고무농장에 대량으로 고용된 인도인 노동자들과 함께 말레이 지역의 다인종·다민족 구성원이 되었다. 전대미문의 경제체제(즉 자본주의)를 통해 사는 지역을 공유하게 된 그들이었지만, 역사적·민족적·종교적·언어적·문화적·지리적으로 서로 격리된 상태로, 말레이시아의 구성원이 되었다고 할 수 있다. 이때부터 배태되기 시작한 말레이시아 지역의 종족에 따른 부의 불평등한 분배는, 오늘날까지 말레이시아의 평화를 위협하는 근본적인 문제가 되고 있다.

1900년대로 접어들면서 상술한 종족적·계급적 문제가 그물처럼 더욱 복잡하게 얽히기 시작했다. 영국에서 서구식 교육을 받고 돌아온 토착 말레이 청년 귀족들은, 영국으로부터의 독립을 주장하며 反제국주의적 성향을 띠는 공산주의 운동에 투신하기도 했다. 하급 고용인의 신분으로 시작했던 인도인들은, 영국의 인도 지배로 인해 익힌 영어와 그동안의 노동을 통해 소규모 자본을 축적하여, 말레이시아 지역에서 정부직 진출까지 노리게 되었다.

인구수는 물론, 눈에 띠게 부를 축적한 중국인들은, 다른 종족들뿐만 아니라 내부적으로도 서로 다른 미래를 꿈꾸게 되었다. 쑨원(孫文)의 정신을 계승한다고 하는 국민당을 추종하는 세력과 1930년대 이후 눈에 띠게 성장한 마오저둥(毛澤東)의 공산당을 추종하는 세력, 영국 식민지정부에 말레이인과 동등한 정치적 지위를 받을 수 있는 정책을 요구하는 세력으로 나뉘어졌는데, 말레이시아 지역이 아닌 중국 대륙과 밀접한 관계가 있었던 1920~30년대 말레이－중국인들의 이러한 정치의식은, 1930년대 후반~1940년대 말레이시아 역사에서 간과할 수 없는 역할을 하게 했다.

1937년 중일전쟁으로 중국 대륙과 전면전을 치르기 시작한 일본은, 동쪽으로는 1941년 12월 7일 미국 진주만(Pearl Harbor)을 공격하는 동시에, 서쪽으로는 같은 해 12월 8일 말레이 반도를 침공했으며, 70일 후인 1942년 2월 15일에는 연방 말레이주와 싱가포르의 영국 행정부를 항복시켰다. '대동아공영권(大同亞共榮圈)'이라는 표어 아래, "일본·중국·만주를 중심으로 아시아 지역을 통합하고, 프랑스령 인도차이나, 태국, 말레이 반도, 보르네오, 네덜란드령 동인도(당시 인도네시아 지역), 오스트레일리아, 뉴질랜드, 인도까지 일본의 정치적 패권 하에 경제적으로 자급자족할 수 있는 공영권"을 건설한다는 명목으로, 제2차 세계대전을 일으킨 것이었다.

일본 점령 하의 인도－말레이시아 지역은, 원자재 공급 주력 식민지로 전락했고, 인종을 가리지 않고 수많은 여성들이 일본군의 성(性) 노예로 전락했으며, 수많은 젊은이들이 태국과 미얀마의 철도 공사에 끌려가는 등, 말레이시아 식민 역사에서 볼 때 3년이라는 짧은 기간이었지만 가장 혹독한 식민 통치를 경험하게 되었다. 일본은 '대동아공영권'의 원활한 건설을 위해, 말레이인과 인도인에게 反英의식·反백인종 의식을 심어주고자 했지만, 자신의 모국(母國)이 일본과 전면전을 치르고 있던 중국인들은 오히려 이 지역의 대표적인 '反日세력'으로 성장했다. 원래 좌익 계열 말레인과 좌익 계열 중국인으로 구성되어 있었던 말라야공산당(Malayan Communist Party, 1930년대 창설)은, 이러한 중국인의 反日감정을 자극하여 더 많은 공산당원을 확보했고, 마침내 말라야공산당 내에 말라야인민항일군(Malayan People's Anti-Japanese Army)까지 결성하여 항일투쟁을 지속했다. 포로로 잡히지 않은 영국군들은 이러한 말라야인민항일군과 연합하여 일본군과 국지전을 치뤘고, 1945년 일본이 항복하고 말레이시아 지역에 다시 영국군정 체제(British Military Administration)가 들어섰을 때, 말라야인민항일군은 그 공을 인정받아 영국 군정으로부터 훈장을 받기도 했다.

1945년 일본의 퇴각으로 말레이시아 지역은 평화를 되찾을 듯 했으나, 예상과 달리 겹겹이 쌓여온 모든 문제가 여기저기서 폭탄처럼 터져 나왔다. 말레이 지역을 일본 군대로부터 보호하지 못했던 영국정부는 참회의 마음이 아니라 오히려 '보호령'에서 '식민지'로 지위를 바꾸려 했고, 일본이 뿌려놓은 내셔널리즘 의식에 고취된 말레이인과 인도인들은 영국인뿐만 아니라 중국인에게서도 뚜렷한 정체성의 차이를 인지하게 되었다. 反외세, 反제국주의 의식이 강했던 중국인들, 특히 말라야공산당 활동에 적극적이었던 좌익 말레이-중국인들은, 일본뿐 아니라 영국까지 말레이시아 지역에서 내보내는 것을 우선적인 목표로 삼았던 것이다.

결국 1948년 출범한 영국령 말라야연방(Federation of Malaya)은, '속지주의'를 원칙으로 인종에 관계없이 말레이 지역에서 태어난 모든 사람에게 시민권 자격을 부여하는 기존의 방침을 포기하고, 술탄과 토착 말레이인들의 특수한 지위를 보장하되, 외교·군사 등의 주요 사항은 영국 총독과 그 내각이 관할하는 통치 체제를 운영하기 시작했다.[5] 이로써 이에 반대하는 모든 조직은 불법 조직으로 영국-말레이 정부군의 탄압을 받았으며, 非말레이인 이민자들의 불만은 증폭하게 되었다. 제2차 세계대전 종식 후, 말라야공산당과 말라야인민항일군에서 활동했던 대부분의 사람들이 총기를 반납하고 이들의 통치를 받아들였지만, 일부 사람들은 정글 밀림으로 들어가 '反英 게릴라 부대'를 꾸리기 시작했다.

총독 관할 하의 영국인과 실제 행정 통치자였던 말레이인들은 이러한 밀림 속 '게릴라 부대'를 '무장 테러단체'로 규정하고, 이들에게 도피처와 식량을 제공하는 사람들까지 '공산당'으로 몰아 탄압하기 시작했다. 통상 개괄적인 역사를 다룰 때, 말라야공산당은 '중국인들로 구성되었다'고 서술하지만, 당시 모든 중국인들이 말라야공산당에 호감을 보였던 것도 아니었고, 1948년 이후 게릴라 부대에 참여했던 사람들 모두 '철저한 좌익 사상'을 가진 사람들도 아니었다.[6] 단지 영

5) 영어로 'Malay'라고 했을 때는 '말레이어'나 '토착 말레이인'을 가리키는 것이고, 'Malayan'이라고 하면, '말레이시아 지역에 거주하는 모든 非말레이인', '非토착인'을 가리킨다. 그래서 토착 말레이인은 'Malay'를 사용한 합성어를 선호하고, 화교나 인도인은 'Malaya' 또는 'Malayan'을 사용한다. 1948년 영국이 나라명의 영문표기를 'Malaya'로 채택한 것도, 이러한 복합인종사회를 '분열'이 아니라 '통합'하기 위해서였다.

6) 실제로 말레이시아 중국인 사회에서는, '모든 중국인이 공산주의자거나 동조자가 아니라'는 것을 피력하기 위해, 1949년 중화인민공화국이 건국된 후, 그들의 입장을 분명히 해야 했다. 상업적·사회적 기반을 다지고 충분한 부를 이룬 상당수의 중국인들은 공산주의 중국으로 돌아가기를 주저했고, 결국 정글 주변의 중국인 집단촌을 새롭게 정착시키려고 하는 영국정부의 정책에 동조할 수밖에 없었다. 중국인 특유의 혈족관계와 동향(同鄕)관계를 적극 활용하여, 재정착해야하는 중국

국－말레이인 연합 공권력이 지속적으로 혹독한 탄압을 했기 때문에, 양자택일을 하지 않으면 생존할 수가 없었던 사람들이 최종적으로 정글 밀림에서의 삶을 선택했던 것이었고, 이런 사람들이 소위 '공산 게릴라 부대'를 이루게 되었던 것이다.

1957년 말라야연방이 영국의 지배에서 벗어나 독립을 하고, 왕족 출신 툰구 압둘 라만(Tunku Abdul Rahman, 1957~1970년 총리 역임)이 초대 총리로서, '종족 융화 정책'을 채택했다. 그는 말레이인의 정치적 입장을 대표하는 '말레이연합민족기구(UMNO: United Malays National Organisation)'를 중심으로, 중국 화교 후손들의 정치적 입장을 대표하는 '말라야중국인협회(MCA: Malayan Chinese Association)'와 인도인 이민자 후손들의 정치적 입장을 대표하는 '말라야인도인의회(MIC: Malayan Indian Congress)'와 연합하여 '국민전선'을 형성하고 "정치는 말레이인, 경제는 화교"라는 원칙하에 과도한 종족정치의 충돌을 막고 정치적 안정을 꾀하고자 했다. 1963년에는 기존의 싱가포르(2년 뒤 '도시국가'로 독립)에다 보르네오의 사라왁과 사바까지 인수받아 나라 이름을 '말레이시아(Malaysia)'로 바꾸었다.

그러나 'UMNO' 내에서 차차 두각을 나타내게 된 마하티르 모하마드(Mahathir bin Mohamad) 등 젊은 말레이 정치인들은, 그럼에도 여전히 말레인의 나라에서 대다수의 말레인이 가난하다는 불만을 가지고 있었다. 결국 인구의 절반을 넘게 차지하는 말레이인들의 정치적 압력이 거세져 1961년부터 1965년까지 시행된 제2차 경제개발 5

인들에게 많은 사회적 도움을 주는 방식으로 새로운 말라야 사회에 정착하고자 했다.

개년 계획에, 말레이인 농민과 무역·상공인에게 보조금을 지급하는 정책이 실시되었다. 1957년 독립 당시의 교육령에서 말레이어와 영어가 공용어로 채택되고 중국어가 배제된 상황에서, 중하층의 화교들은 이러한 정부 정책에 대한 불만은 물론, '국민전선'내 '말라야중국인협회'에 등을 돌리게 되었다. 같은 종족 내에서도 경제적·문화적 계급격차가 불거져 나오게 된 것이었다. 결국 1969년에 실시한 총선거에서 '국민전선'은 많은 의석을 상실하게 되었고, 중하층 화교 계급을 대변하고 연립 정부에 비판적인 중국계 야당인 '민주행동당(DAP: Democratic Action Party)'이 많은 의석을 차지하며 중앙 정치무대에서 급부상하게 되었다.

이러한 총선거 결과에 고무된 화교들은, 1969년 5월 13일 당시, 수도 콸라룸푸르에서 '야당의 승리'를 선언하며 대대적인 기념 행진을 벌였다. 그러자 이에 자극받은 말레이인들이 이 행진을 습격하여 유혈참사가 발생했다. 이 유혈사태는 하루 만에 진압됐으나, 총격과 방화 등은 며칠간 전국적으로 확산되어 총 196명이 사망하고 439명이 부상하는 대참사로 번졌다. 라만 총리는 전국에 계엄령을 선포하고 사태진압을 위해 군을 동원했으며, 모든 신문을 정간시키는 등 극단적인 수단으로 대응해 간신히 사태를 진정시켰다. 하지만 결국 라만 총리는 5.13사건으로 인해, 이듬해 총리 직에서 사퇴할 수밖에 없었다.

1969~1971년까지 2년 동안 정부는 비상사태를 선포하고, 헌법과 국회를 정지시켰다. 말레이시아의 향후 방향을 결정하는 숙고의 기간에 해당했으나, 이후 채택된 정책은 이른바 '부미푸트라(Bumiputra)', 말레이어로 '토지의 아들' 즉 '토착 말레이인'이라는 뜻으로, '말레이어'가 국어, '이슬람교'가 국교, 이슬람 지도자 '술탄'의 특별 지위에 대한 논란 금지 등을 골자로 하는 것이었다. 화교에 비해 경제적·사

회적 지위가 낮은 말레이인의 지위 향상을 위해, 종족 간 향후 사회자본 비율을 말레이인 30%, 화교 40%, 외국 자본 30%이하로 가이드라인을 설정하여 명백히 말레이인을 우대하고, 화교와 인도인을 억압하는 정책을 펼쳤다. 토착 말레이인들의 가난이 그들 개인의 노력부족 때문이라기보다, 포르투갈-네덜란드-영국의 식민 시대를 거치면서 말레이인들이 전통적인 농업 부문에서 상공업 분야로 전환할 정당한 기회를 얻지 못했다고 판단하고, 이를 조정하기 위해 국가의 힘이 개입될 수밖에 없다는 것이 말레이시아 정부의 공식입장이었다. 당연히 화교와 인도인들은 쉽게 받아들이진 못했지만, 인구의 절반을 차지하고 있고, 관료 조직을 장악하고 있는 말레이인들과 무력 충돌하기보다는 적당한 선에서 타협하며 자신들의 기득권을 유지하는 편을 선택할 수밖에 없었다.

이러한 역사적 굴곡을 거쳐, '말레이어-이슬람교'의 말레이인(인구의 50% 이상), '중국어-중국 민간신앙'의 화교(인구의 22% 이상), '타밀어(Tamil language, 스리랑카·말레이시아·싱가포르·남인도 지역의 인도인 공용어)-힌두교'의 인도인(인구의 8% 이상) 및 그 외 토착 말레이 소수민족·태국인·스리랑카인·주변국 이민자들로 구성되어 있고, 1981년 총리에 당선된 마하티르 모하마드의 개발주의 정책[7])을 거쳐 오늘날과 같은 눈부신 경제성장을 이룬 국가가 바로

---

7) 정치 부문에서의 권위주의적 체제와 경제 부문에서의 국가 주도형 개발이 결합된 정치체제를 정치학에서는 통상 '개발주의 국가'라고 부른다. 제2차 세계대전 당시 다른 나라의 식민 지배하에 있었던 한국·타이완·인도네시아·말레이시아·싱가포르·태국·필리핀 등은, 독립 후 민간자본이 빈약한 상태에서 자국 경제를 신속하고 효율적으로 발전시켜야 했다. 식민자들에게 경제적으로 의존하게 되면, 이것이 결국 정치적 종속으로 연결될 가능성이 높다는 것을 이미 경험해본 나라들이었기 때문이다. 결과적으로 1990년대 초반까지, '아시아의 기적', '동남아의 기적'이라는 찬사를 받을 정도로 급속한 경제성장을 이뤄냈지만, 정치 영역에서의 '장기집

오늘날 우리가 마주하는 '말레이시아'이다.

말레이시아 소설선에서 종종 등장하는 '화인'은 기존의 '화교'라는 용어와 범주 및 의미에서 다소 차이를 보인다. 상식적으로 통하는 의미로서의 중국인은 대개 중국대륙 출신의 사람들을 가리키고 있다. 하지만 중국대륙 이외의 지역, 즉 타이완, 홍콩, 싱가포르, 말레이시아 등의 동남아시아 지역에 있는 소위 중국계 사람들과 보다 나아가 한국 및 일본, 북남미, 오세아니아, 유럽, 아프리카까지 아우르게 된다면 훨씬 광범위한 지역적인 범주를 가지게 된다. 그렇다면 우선 이를 기존의 중국대륙 사람을 주로 가리키는 데 사용했던 중국인으로 계속 지칭하는 데 대해 한계를 인식하고 나아가 앞으로 점점 더 다양해지는 신분적 정체성과 문화적 정체성에 어울리는 보다 객관적인 용어에 대한 필요성이 대두되게 된다. 현 시점에서의 합의는 중화의 '화(華)'를 빌어 와서 '화인(華人)'을 사용하는 것인데, 사용하는 사람들에 따라서는 중국대륙을 포함하는 경우도 있지만 사실은 주로 중국대륙 이외의 지역, 즉 타이완, 홍콩, 마카오, 싱가포르, 말레이시아 등지의 중국계 사람들을 통칭 '화인'으로 부르고 있다. 그렇다면 '화교(華僑)'의 개념은 어떻게 되는 것일까. '화교'는 사전적으로 '본국을 떠나 해외 각처로 이주하여 현지에 정착, 경제활동을 하면서 본국과 문화적·사회적·법률적·정치적 측면에서 유기적인 연관을 유지하고 있는 중국인 또는 그 자손'을 일컫지만 용어의 사용을 보게 되면 주로 이주와 이민에 따른 1세대들을 가리키고 있는 것임을 알 수 있다. 이민

권'과 '민주화운동 탄압'이라는 오명을 동시에 내포하게 되었다. 실제로 말레이시아의 '부미푸트라' 정책은, 종족 간 계급문제를 해결했다기보다 예상과 달리, 정부의 특혜가 일부 말레이인에만 집중되어 오히려 말레이인 내부의 소득격차를 더 벌어지게 만들었다고 한다.(이와사키 이쿠오(岩崎育夫) 저, 최운봉 편역, ≪아시아국가와 시민사회≫, 을유문화사, 2002참고)

의 역사가 길어짐에 따라 중국계 이주민의 후손, 고유한 문화를 최소한의 수준으로 유지하면서 현지에 동화되거나 혼혈로 인해 새로운 인종의 형태를 구성하는 경우는 '화예(華裔)'라는 용어로 설명할 수 있다. 이 모두를 포괄하는 의미개념이 '화인'으로 이는 세대구분, 국적의 유지와 변경 여부 등에서 비교적 자유로운, 중국대륙 이외의 지역에 거주하는 중국계 사람들을 모두 아우르는 말이 될 것이다.

한국인이 쓰는 말을 한국어, 영미권 사람들이 쓰는 말을 영어라고 부르듯이 '화인'들이 쓰는 중국어의 갈래는 '화어(華語)'라고 불러도 무방하다. 중국어에서는 주로 한족이 쓰는 말로부터 기인했다고 하여 중국어 표현으로 '한어(漢語)', 혹은 중국인들의 말과 문학이라고 하여 '중문(中文)'이라는 표현을 쓰고 있다. 이와 같은 연장선상에서 '화어'로 표현된 문학은 '화문 혹은 화문문학(華文文學)'이라고 부르게 된다. 이 표현방식을 이용하자면 지역과 출신계통 및 사용언어까지 세부적으로 정의하기에 용이하게 된다. 예를 들자면, 이 책에서 수록된 작가들의 출신국가와 스스로의 국가적 정체성은 말레이시아이며 문화적, 신분적 정체성은 화인이고 이들이 사용한 문학의 언어는 화문이 되므로 종합하면 말레이시아화인화문문학이 된다. 편선자인 황진수의 말에 따르면 말레이시아 화인 작가들은 영어, 타밀어 등으로도 문학 활동을 하고 있다고 했으니, 그럴 경우 말레이시아화인영문문학, 말레이시아화인타밀어문학 등으로 세부적인 규정을 변경시킬 수도 있게 된다.

여기서는 말레이시아 화인문학을 줄여서 '마화문학(馬華文學)'으로 부르고 있다. 말레이시아의 중국어 표현이 馬來西亞(발음: 마라이시야)이므로 그 첫 번째 글자이자 발음을 가져와서 쓰다 보니 말레이시아 화인들을 가리키는 말이 '마화'가 되는 것이다.

찾아보기

기타

후기

중국대륙에서 5·4의 문학사적, 역사적 가치와 의의는 충분히 이해되며 중요성을 가지고 있음은 사실이다. 그럼에도 불구하고 중국대륙의 화문문학 학계측은 정통성과 전통을 주장하는 것을 넘어서서 이것을 일종의 민족문화와 민족주의의 강화 및 중화주의로 포섭하려는 전략을 내포하고 있다. 그리고 이것을 5·4라는 전통으로 위장하고 있기 때문에 문제가 된다고 본다. 5·4의 본래의 의미와 취지도 퇴색시킬 수 있으리만치 강압적이고 공격적으로 변한 중국대륙의 민족주의와 중화주의 열기는 결국 북미 화인화문문학을 그 고유의 것으로 가치판단 내리기를 애써 외면하고 있다. 이러한 시각들은 중국대륙의 화문문학 학회에서 발표되는 단편 논문에서나 화문문학이라는 주제로 연구되는 저술들에서도 가시적으로 드러나고 있다. 민족 혹은 민족주의라는 것을 정치적 전략의 한 방편으로 이용하게 될 때 충돌과 갈등이 발생하게 됨은 명백한 일이다. 특히 북미 화인화문문학의 경우는 더욱 독립적이고 순수하게 학술적으로 접근할 필요가 있다.

중국대륙에서 해외문학이나 비교문학에 대한 유행의 바람을 일으킨 주축이 되었던 타이완 출신의 미국 학자들에 대해서는 지속적으로 관심을 가질 필요가 있다. 북미에서 활동 중인 타이완 출신의 화인학자들의 학술적 성취와 성과 및 그들의 역할은 괄목할 만큼 왕성하다. 중국대륙의 입장에서 보면 역으로 이들이 중국대륙에 끼치는 영향력도 점차 커져가고 있음을 부인할 수 없는 것이다. 이 책에서 다루었던 학자들 중에서도 특히 葉維廉은 시인으로 활동하고 있으며 그는 중국시학을 다루는 쪽에서 비교적 성취를 이루어내고 있다. 더불어 王德威는 작가와 문학작품에 대한 날카로운 비평을 통해서 기존의 중국문학에 대한 새로운 해석을 선도하고 있다. 史

書美와 같은 학자는 Sinophone literature를 주장하고 있어 주목할 만한데 특히 다음의 글은 중국대륙 중심의 시각에서 보는 '중국문학'에 대한 그녀의 의문을 잘 드러내고 있다. 위 학자들과 관련한 역서들이 속속 국내에 출판되고 있는 상황과 구미 지역에서 발생하였거나 혹은 동아시아와 구미 지역 간의 상호교류 속에서 탄생되는 다양한 학문적 시각들이 보다 더 많이 한국에 소개되길 기대해볼 수도 있을 것이다.

이 책에서 나는 화인 디아스포라문학을 그 자체로 읽을 수 있는 방향에서 접근해야 함을 주장하였다. 이러한 시도를 위해서 화인화문문학은 세계중국문학의 한 지역 혹은 미국에서 형성된 중국대륙의 상대적 개념의 화어계 문학이 아닌 화인 디아스포라문학이라는 큰 틀 속에서 논의되어야 한다고 바라본다. 기존에는 중국어로 된 것을 주로 중국대륙 문학의 연장선상에서 세계중국문학이라는 틀 속에 분류하고 영어로 된 것은 미국의 소수민족문학으로 분류하곤 했는데, 이것은 한국문학이 재외 동포문학이라고 부르면서 영어로 된 것은 한국계 미국문학으로 한국어로 된 것은 재외 한국인 문학으로 분류하는 것과 동일한 분류방식이다. 북미 화인화문문학의 특징들은 해당 지역에만 국한되는 것은 아니다. 화인화문문학의 정위를 다원적인 세계 속에서 새로운 하나의 중심으로 본다면, 화인 디아스포라문학은 장차 북미 화인 디아스포라문학, 동남아의 화인 디아스포라문학, 유럽의 화인 디아스포라문학, 아시아의 화인 디아스포라문학 연구에 있어서도 시사하는 바가 있을 것으로 기대한다.

화인화문문학과 관련된 연구와 이러한 문학현상에 대한 관심은 앞으로 점점 더 증대되게 될 것이다. 더군다나 화인화문문학이 여전히 발전중이며 향후 더욱 빈번하게 이러한 현상이 발전되고 변화하게 될 것이므로 이 책에서는 더욱 추가되거나 보완되어야 할 부분 역시 지속적으로 생기게 될 것으로 짐작한다. 일례로 북미 지역의 화인작가들을 소개하는 곳에서 王景山의 책을 인용하여 설명한 부분은 2016년인 현재의 시점에서는 시기적으로 다소 격차가 있는데 향후 보다 더 효과적인 자료가 등장하길 기대하는 부분이기도 하다.

2013년 학위논문으로 발표했던 글을 이렇게 최종 마무리하여 책으로 세상에 내놓게 된 이 시점에 지난 시간을 잠시 돌아보니 지금까지의 과정은 학문을 하는 것과 사람답게 사는 것, 이 두 가지 측면에서 스스로 일찍이 깨닫지 못한 단련과 수련의 시간이었던 것 같다. 결과물을 앞에 놓고 이 책이 나오기까지 도움을 주신 많은 분들께 지면을 빌어 감사의 말씀을 전하며 후기를 마무리하고자 한다.

꿈은 컸지만 내공이 아직 부족했던 젊은 연구자였던 나를 인도해 주신 박사 지도 교수님께 먼저 감사의 말씀을 드리고 싶다. 학부시절부터 박사과정까지 오는 동안 학업과 연구에 매진할 수 있도록 아낌없이 격려해주셨다. 처음 논문 주제에 대해 지도를 받는 동안에도 논문 자료들을 어떻게 잘 꿰어야 할지 고민이 많았는데, 성실하게 학문을 하는 태도부터 가르쳐 주셨다. 과정을 이겨나갈 수 있도록 진정으로 염려하며 이끌어주신 평생의 스승이신 김혜준 교수님, 학자로서 학문만큼이나 중요한 것이 책임감과 정의로운 사람이 되는 것임을 깨닫게 해주신 교수님께 진심으로 감사드린다. 그리고 바쁘신 가운데에서도 논문 심사를 맡으시고 소중한 충고를 해주셨던 공동 지도교수이신 동의대학교 강경구 교수님께 감사드린다. 학문의 막다른 골목길에 부닥친 순간마다 긍정의 힘을 실어주시고 사고의 폭을 넓혀 주셨고 특히 문장에 대해 관심을 가지시고 격려와 조언의 말씀을 해주셔서 학위논문의 막바지까지 긴장을 늦추지 않고 올 수 있었다. 동국대학교 김영철 교수님께 감사드린다. 흔쾌히 논문심사의 위원장을 맡아주시고 심사과정에서 논문을 대하는 데 있어서 어떠한 마음가짐으로 풀어나가야 할지 초심으로 돌아가서 생각할 수 있도록 조언을 아끼지 않으셨다. 부산대학교 영문학과 김용규 교수님께 감사드린다. 논문에서 도움이 될 수 있는 자료가 빠지지 않도록 세심하게 챙겨주시고 논문에 관한 조언 가운데 학위논문 이후의 길에 대해서도 진지하게 고민할 수 있도록 하는 진심어린 말씀들을 해주셔서 깊이 성찰하고 사색하는 법을 배웠다. 서강대학교 중문학과 이욱연 교수님께 감사드린다. 교수님께서 해주신 조언과 용기를 북돋워주는 말씀들은 기나긴 과정 동안의 힘들었던 시간들을 추억으로 기억할 수 있도록 해주었다. 학문의 길로 들어서는 초보연구자였던 나에게 진정으로 격려해 주셨고 더불어 앞으로도 긴장을 늦추지 않고 지속적인 자기 계발을 할 수 있도록 해야겠다는 결심을 하게 해주셨다. 초보 학자의 길에 들어섰던 석사과정 당시부터 지속적으로 지금까지 신경써주셨던 부산대학교 독문학과 허영재 교수님께도 이 자리를 빌어 감사의 마음을 전한다. 후학을 위해 아낌없이 시간을 내어주시고 먼 거리에서도 지도를 마다하시 않으셨던 그 배려 덕분에 더 나은 논문의 형태를 갖추게 되고 힘들어서 좌절될 때마다 도움을 받고 큰 용기를 얻을 수 있었다.

책의 기본 틀인 학위 논문 연구에 있어서 마음의 지원군이 되었던 현대중국문화연구실의 선생님과 동료들에게도 감사의 말씀을 전한다. 후배들을 위해서 서울 쪽 중문학계 소식을 알려주고 연락할 때마다 충고와 격려를 아끼지 않았던 고운선 선생님, 석사 입학 동기로 먼저 박사 학위를 받고 계속 응원해주었던 錢錦 선생님에게 감사드린다. 그리고 논문에 관련된 자료와 관련하여서 중국대륙에서 절판된 서적을 구할 수 있도록 도움을 준 梁楠 선생님, 타이완에서 필요한 자료를 찾아주었던 문희정 선생, 포스트식민주의를 비롯하여 디아스포라에 관한 공부에 적극적으로 함께 자리해 주면서 소논문과 글을 함께 읽어주었던 송주란 선생님, 순간순간 떠오른 개념어들의 영어와 중국어 번역에 관해 함께 얘기를 나누었던 呂曉琳 선생, 마지막에 논문을 읽고 도움을 준 고찬경 선생님 등 모두가 든든하고 소중한 인연들이다. 지금은 上海에서 박사 과정 중인 후배 畢文秀 선생에게도 응원과 격려의 말을 전한다. 더불어 부산대학교 중어중문학과 97학번 동기들의 우정과 신뢰가 변하지 않기를 바라며 힘을 보태주었지만 이 지면에 일일이 언급하지 못한 선배, 친구들에게도 고마움을 전한다.

이 과정을 무사히 마칠 수 있도록 배려해주고 늘 곁에서 따뜻하게 도와준 부모님과 남편과 아이와 동생에게도 감사와 사랑을 전한다. 가족의 울타리 안에서 다른 걱정 없이 공부만 할 수 있도록 지켜봐주어서 감사드린다.

마지막으로 책의 편집과 이후 출판까지의 모든 과정에 있어서 도서출판

학고방의 조연순 팀장님, 명지현 팀장님께도 감사인사를 전하고 싶다. 촉박한 일정 속에서도 최대한 시간적인 배려를 해주어서 무사히 마무리할 수 있었다. 총서의 출판과 관련해서 여러모로 신경써주신 인문학연구소의 이효석 교수님께도 감사드린다. 이 외에도 책이 나오기까지 많은 분들의 가르침과 도움, 그리고 응원에 짧게나마 지면을 통해 감사의 말씀을 전하며 그 은혜에 보답할 수 있도록 앞으로도 끊임없는 노력을 하겠다는 약속으로 이 글을 마무리 하고자 한다. 다시 한 번 아끼고 사랑해주신 모든 분들께 진심으로 감사드린다.

2016.2.18.
고혜림

지은이소개

고혜림은 부산대 중문과에서 중국현대문학으로 문학박사학위를 받았으며 현재 부산대학교 현대중국문화연구실 소속 연구원으로 중국 문학 번역 작업 및 연구와 강의를 하고 있다.

주요 연구 분야는 중국의 현대 문학과 화인화문문학, 화인 디아스포라문학과 세계 문화, 세계 문학과 화인문학 작가들의 정체성 문제다. 또한 페미니즘, 포스트식민주의와 관련한 여러 가지 문학 쟁점, 문학과 영화의 관계, 이종 문화 간 충돌과 결합 등에 관해서도 지속적인 연구를 하고 있다. 대표적인 글로는 <북미 화인화문문학에 나타난 디아스포라문학의 특징>(2013)이 있으며 역서로는 ≪사람을 찾습니다≫(공역), ≪장기왕(棋王)≫, ≪다시 종려나무를 보다(又見棕櫚又見棕櫚)≫와 ≪물고기뼈(魚骸): 말레이시아 화인소설선≫(공역), ≪동생이면서 동생 아닌: 캐나다 화인소설선≫(공역)이 있다.

포스트식민시대의
디아스포라문학

초판 인쇄 2016년 5월 10일
초판 발행 2016년 5월 20일

지 은 이| 고 혜 림
펴 낸 이| 하 운 근
펴 낸 곳| 學古房

주 소| 경기도 고양시 덕양구 통일로 140 삼송테크노밸리 A동 B224
전 화| (02)353-9908 편집부(02)356-9903
팩 스| (02)6959-8234
홈페이지| http://hakgobang.co.kr
전자우편| hakgobang@naver.com, hakgobang@chol.com
등록번호| 제311-1994-000001호

ISBN 978-89-6071-588-2 93820

값 : 20,000원

이 도서의 국립중앙도서관 출판예정도서목록(CIP)은 서지정보유통지원시스템 홈페이지(http://seoji.nl.go.kr)와 국가자료공동목록시스템(http://www.nl.go.kr/kolisnet)에서 이용하실 수 있습니다. (CIP제어번호 : CIP2016011878)

■ 파본은 교환해 드립니다.